KB085898

반야

8

반야

제3부 | 아침이 오리라

송은일 대하소설

문이당

차례

마음을 내놓으라 하면 내놓을 수 없고
정작 찾을 길도 없나니
까닭이 무엇인가 하면
지나간 마음을 얻을 수 없으며
현재의 마음을 얻을 수 없으며
미래의 마음도 얻을 수 없음이니라

－『금강경金剛經』, 「일체동관분一切同觀分」 중에서

각기 빛나는 감옥들

좀 전에 능연이 알려 준 사실에 따르면 도성 안 반족부인 모임인 채운회 회원 세 명이 오늘 동행하여 반야원에 왔다. 함께 왔으나 점사방에는 따로 들어오는데 첫 손님이 마흔두 살의 수재당이다. 그의 시부가 당상관을 지내다 돌아갔고 부군이 종오품의 고을 현감으로만 칠 년째라 언제 승차하여 내직으로 들어올지를 물으러 왔다. 수재당에게서 이런저런 말을 들은 심경이 말한다.

"나리께서 내년에 다른 고을로 옮기시겠으나 몇 년 내에 승차하실 수는 보이지 않습니다."

수재당이 한숨을 쉬는데 심경이 덧붙인다.

"하온데 마님, 나리께서 최근에 새로 첩실을 보셨지요?"

"뭐?"

"그 첩실이 이미 수태하였고요."

"뭐?"

"소인이 이 말씀을 드리는 까닭, 이미 수태한 그 첩실이 올해 안에 딸을 낳을 것인데요, 그 딸을 잘 키우시면 더불어 나리마님의 전도가 잘 풀리실 것 같기 때문이옵니다."

이런저런 말을 더 묻고 얘길 들은 수재당이 나간다. 두 번째 손님은 석옥당으로 그의 부군이 세자익위사에 있다가 금위대 중위검관 자리로 옮겨간 국치근이었다. 석옥당은 작년에 부군의 벼슬이 떨리는 바람에 혼비백산했다. 오래지 않아 다시 벼슬을 하게는 됐으나 예전보다 두 품계나 낮은 자리로 들어갔다. 석옥당은 자신의 부군이 다시 예전만큼의 자리로 올라가겠는지 물으러 왔다. 더하여 석옥당은 딸만 셋을 낳았다. 젊은 날부터 아들을 낳고 싶어 별의별 짓을 다 했으나 허사가 되었고 몇 달 전부터는 달거리가 들쭉날쭉해졌다. 달거리가 끊길 조짐이었다. 이제 양자를 들여야 할 판이라 답답하여 반야원을 찾아왔다. 심경이 석옥당한테 말한다.

"남의 집에서 아들 데려올 생각 마시고 서출들 중에서 일곱 살짜리 사내아이가 있으면 아들로 삼으십시오. 그 아이와 석옥당 마님 간에 모자의 합이 들었으므로 그 아이를 아들 삼으시면 부군의 앞날도 순조로워질 겁니다."

석옥당 집안에는 정말 그런 아이가 있는 모양이다. 국치근이 집안의 젊은 시비를 건드려 낳은 아이로 행랑방에서 제 어미와 살고 있는 것 같다.

"정녕 그 아이를 양자로 들이면 우리 나리의 전도가 탄탄해지겠느냐?"

석옥당의 채근에 심경이 답했다.

"서출을 적자로 삼아 고이 키운다 할 제 그 맘과 그 태도는 너그러움과 자비로움에서 비롯될 것입니다. 타인을 향한 그런 베풂이 마님 댁을 고루 다사롭게 만드는바 나리께도 좋은 일이 생기시리라는 것입니다."

수재당이나 석옥당이나 심경으로부터 시원한 말 대신 울화증 돋을 소리만 들은 셈이다. 그렇지만 앞뒤가 한 치도 어긋나지 않는 점사였던 탓에 허투루 여길 수도 없게 되었다. 무엇보다 복채를 여섯 냥씩이나 내놓고 들은 소리라 수재당과 석옥당은 복채가 아까워서라도 천출들의 자식을 상전 모시듯이 키워야 하게 생겼다.

세 번째 손님이 들어오기 전에 능연이 점사방 안쪽의 너울 안에 앉은 반야한테 이번 손님은 우륵재의 안주인인 보연당이라고 알려준다. 반야가 고개를 끄덕이자 능연이 너울 밖으로 나간다. 반야는 능연이 보연당을 맞이해 심경 건너편에 앉히는 기척을 느낀다. 보연당이 이무영의 부인임을 아는 까닭인지 다른 부인들을 모실 때보다 한결 공손하다.

"네가 칠지선녀구나!"

보연당의 목소리는 잔잔하면서도 명랑하다. 타고난 명랑함이 현실에 억눌려 있는 셈이랄까. 그의 마음속에 외간사내가 있는 것 같다. 이역 같은 거리를 단숨에 넘어서서 품어 버린 어둡고 뜨거운 사람이. 그 때문에 보연당의 성정이 억눌려 있는 것이다.

"예, 마님."

심경과 보연당 사이에 인사가 오간 뒤 대화가 시작된다. 오늘 보연당이 점을 보러 온 까닭은 지아비를 미워하는 자신 때문이다. 채운회의 다른 부인들과 비교했을 때 보연당의 삶은 월등히 평화롭다. 부군인 우륵은 지나치다 싶게 단정하다. 기생집을 드나들길 할까, 집안의 시비를 눈여겨보길 할까. 눈뜨면 관복 입고 등청하고 퇴청하면 사랑에 들어앉아 책 읽고 책을 쓴다. 지금까지 교서관에서 판각되어 나온 그의 책이 열한 권이다. 그는 귀가가 늦거나 밤 외출을 하더라도 인경이 울리기 전에 들어온다. 드물게 외박하거나 원행을 나설 때도 근거가 뚜렷하다. 다른 집들과 달리 우륵재에서는 안주인인 보연당이 문제다. 하속들이 하는 일마다 일일이 간섭하며 역정을 내므로 보연당 스스로도 그걸 잘 안다.

"마님, 외간에 정인을 두고 계시지요?"

심경도 보연당의 심간에 든 정인의 존재를 느꼈는가. 대번에 정곡을 찌르고 들어갔다. 보연당의 놀람이 파동쳐 너울 안쪽 반야한테까지 전해진다.

"그렇다. 그런 것까지 아느냐?"

"그리 느껴져 여쭤 보았나이다, 마님. 어떤 분이시고 얼마나 만나셨사옵니까?"

"어릴 적 함께 자란, 젖형제다. 내 혼인하고 십여 년 동안 보지 않다가 삼 년 전쯤부터 다시 보게 됐다."

보연당은 뜨겁고 솔직한 여인이다. 심경이 그이한테 묻는다.

"하오면 마님, 무얼 바라시옵니까?"

"지금까지 아무 일도 일어나지 않았듯이 앞으로도 내 신상에 나쁜 일이 일어나지 않았으면 싶다. 그런 상태로 정인과도 만나면서 살고 싶고. 아니 정인의 내자가 저절로 딱 죽어 주면 좋겠어. 내 가군에게는 숨겨진 계집이 있어서 내 앞에 나타났으면 좋겠고. 잡아다가 더럭더럭 분풀이를 하고 싶으니까. 더 솔직하게는, 남정들이 첩을 거느리듯 가군과 정인을 한집에 두고 내가 내키는 대로 거리낌 없이 두 품을 드나들고 싶다."

말이 안 되는 말임을 알면서도 다 하고 나니 통렬한가. 웃음에 배인 통증이 깊다. 그의 통증에 반야의 가슴도 저린다. 우륵이 보연당한테 맘을 다 주지 못한 까닭이 반야 자신 때문만은 아닐지라도 책임이 작지 않다. 세 사람의 젊음이 실 타래처럼 얽혀 있지 않은가. 더구나 이제 보니 셋이 아니라 넷, 보연당 정인의 내자까지 다섯이다. 반야가 자신의 가슴팍을 문지르는데 심경이 답한다.

　"마님께오서 솔직하시니 소인이 통쾌하옵니다. 하여도 이제 현실을 직시하셔야 할 때가 되신 듯하와요. 마님께서도 그리해야 하리라는 생각에 소인을 찾아오신 거지요?"

　"그런 셈이지. 네 생각에는 내가 어쩌면 좋겠느냐?"

　"마님께서는 몹시 귀한 자리에서 나신 덕에 지켜야 할 법도도 그만치 많아 온갖 법도에 갇혀 계시죠. 마님께서는 담장 안에서만 사실 수 없는 성정이시고요. 그 때문에 담장 안에서 그리 위태로운 일을 거듭해 오신 것 아니겠어요? 벌써 들켜서 조리돌림을 당하고, 가문에 먹칠을 하고, 자녀분들의 앞날을 그르치고도 남았을 행각이 드러나지 않은 까닭은, 마님 운수가 좋아서가 아니었습니다. 바깥어른의 타고난 기운이 넓고도 깊어 부인을 감싸오신 덕이시죠. 마님께서 바깥어른을 어찌 생각하시든, 내외분의 합이 좋았던 것이고 마님께서는 그 덕을 톡톡히 봐오신 거예요. 하지만 올해부터 바깥어른께서 삼재에 드셨어요. 내년에 삼재살의 정점에 이를 것이고요. 바깥어른께서 마님의 날카로운 기운을 감당해 주실 수 없게 된 거예요. 해서 마님께서 자구책을 찾으셔야 하는 거지요. 그 자구책의 시작은, 많은 사람을 만나면서 마님을 구속하는 온갖 법도를 완화시키는 것일 테고요."

"나를 구속하는 법도들을 완화시켜? 무슨 수로?"

"그 방법이 소인의 소견으로는, 마님께서 큰살림을 돌보시면서 많은 사람을 당당하게 만나시거나, 장사를 하시면서 더 많은 사람을 상대하시는 거예요. 제가 마님의 차림새를 뵙자니 구색이 사뭇 적절하시어 아름다우시어요. 마님 스스로는 아무것도 재미없고 잘하는 일도 없다 하시지만, 소인이 뵙기에 마님께서는 사물의 조화로운 놓임에 대한 식견이 넓으시고, 그걸 즐기시는 듯싶어요. 하속들이 하는 일을 일일이 참섭하시는 까닭이죠. 아무것도 하기 싫고 못하는 사람은, 누구한테라도 옷을 이리저리 지으라 하지 않고, 물건을 요리조리 놓으라 하지 않잖아요. 뜰의 나무가 어찌 자라건 관심 두지 않고요. 그와 같은 일상과 연결해서 장사를 하시면 어떠실까요, 마님?"

"네 말이 일리 있다만 나는 장사치로 나설 처지가 못 된다."

심경이 정성 들여 말하는데 보연당은 여지없이 잘라 버린다. 심경이 속으로 쉬는 한숨이 반야한테 느껴진다. 심경은 보연당이 누군지 이미 안다. 능연이 미리 언질한 내용뿐만 아니라 이무영과 자신이 이복남매인 것이나 이무영과 반야가 오래전부터 다정을 나누는 사이임을 아는 것이다. 예사 손님일 수 없는 보연당을 앞에 둔 심경의 심란이 반야에게 고스란히 느껴진다. 제 숨결을 다스린 심경이 다시 입을 연다.

"그렇더라도 마님 스스로를 위한 일을 찾으셔야 작금의 난국을 헤쳐나가실 수 있을 것이옵니다."

"어떤 일이 나를 위한 것인데?"

"자신을 위하는 일에는 무수한 방법이 있겠으나 여러 사람한테 좋은 일이 자신한테도 가장 좋은 일이다, 라고 소인 스승들께 배웠습니다.”

“그건 무슨 뜻이지?”

“소인이 미력하고 경험이 일천하여 마님의 하문을 다 감당하기가 어렵습니다. 소인의 신모께서 대신 말씀하셔도 괜찮으실는지요?”

점사를 행하면서 무녀 둘이 한 손님을 응대하는 경우는 없다. 아무리 어린 강신 무녀라도 일단 점상 앞에 앉았을 때는 홀로 감당해야 한다. 반야는 일곱 살 때도 혼자 손님을 맞았다. 그때 할머니와 어머니는 문밖에서 안절부절 못하면서도 반야가 홀로 하도록 두었다. 점사가 끝난 뒤에야 손님들을 응대할 때 말투가 어때야 하는지, 해야 할 말과 하지 않아야 할 말들을 숨쉬듯 가르쳤다.

“다른 부인들한테 네 신어미가 가끔 끼어든다는 말을 듣긴 했다.”

“그리하여도 될는지요, 마님.”

심경은 타고난 영기가 워낙 맑아 신기도 높았다. 원래부터 상대의 속을 자신의 것인 양 느낄 수 있는 아이였다. 그에 더하여 뭇기가 내리자 솜이 물을 흡수하듯 신기가 깊어지고 넓어지는 참인데 그 속도가 너무 빨랐다. 반야는 심경이 신기를 갈무리하면서 필요한 만큼만 드러내게 가르쳐야 했다. 뒤에서 심경의 기세를 누그러뜨려 줄 필요도 있었다. 그리하느라 요즘 반야는 해 질 녘에 소소원으로 가서 자고 새벽 점사를 본 뒤 반야원으로 와 심경의 점사에 배석한다. 할머니와 어머니가 자신에게 행하던 가르침을 심경의 점사방 안에서 하고 있는 것이었다.

“그리해라. 아니 내가 네 어미한테 직접 묻겠다. 너울 안에 있는 심경의 어미, 말씀해 보시게.”

너울 안에서 반야는 입을 열기 위해 음, 낮게 목소리를 가다듬는다.

"높으신 은혜에 엎드려 절합니다, 마님. 딸아이를 대신하여 소인의 생각을 말씀드리겠습니다. 사람이 겪는 재앙을 크게 세 가지로 나눌 수 있지 않을까 합니다. 첫 번째가 천재입니다. 대가뭄, 대홍수, 돌림병 같은 것이지요. 두 번째가 인재입니다. 나는 아무 일도 하지 않았는데 다른 사람이 일으킨 화가 나한테 미쳐 재앙이 된 경우일 겝니다. 가령 어느 집의 가장이 양곡을 사러 저자에 가는 길에 도척을 만나 돈을 뺏기고 죽었다고 할 때 집에 남은 처자에게는 재앙이 닥친 거지요. 인재는 당한 사람한테는 천재나 다름없습니다. 세 번째는 자초하여 불러들인 재앙입니다. 내 것 아닌 재물이나 권력을 탐하거나, 인연 아닌 사람을 욕심내어 일을 벌이다 재앙이 되고 마는 경우이겠지요. 자초하는 재앙의 시작은 우연하고 미미할지라도 결과는, 자신은 물론 다른 사람에게는 천재나 인재와 같은 재앙이 됩니다. 자초하는 재앙도 자신뿐만 아니라 여러 사람의 삶을 그르치거나 목숨을 잃게 할 만큼 커지기 십상이기 때문입니다."

진강포의 맹학성과 마항포의 인종들이 그러했다. 화완의 양자인 후겸의 생부 정석달도 마찬가지. 그들이 벌인 짓으로 인해 그 처자식과 부모들이 한시절 밥술이나 먹었을지 모르지만 결국엔 서방과 아비와 자식을 잃은 숱한 사람들을 만들었다. 그게 재앙이 아니고 무엇이랴. 그때 일을 처리하라는 명을 받아 움직인 무절들에게도 살인은 재앙과 다를 게 없었다. 살인은 행하는 순간 자신을 죽이는 것과 같기 때문이다.

"그런가?"

"예, 마님. 자초한 화가 다른 사람에게 재앙이 됨은 물론 자신에게로 돌아오는 것과 마찬가지로, 덕도 그렇지요. 마님께서 스스로를 위해 좋은 일을 하신다 할 때, 가장 좋은 일이 여러 사람을 위한 일이라는 말의 뜻은, 마님께서 누군가를 위해 좋은 일 한 가지를 하면 그 한 가지가, 열 가지 백 가지 좋은 일을 만들어 낼 수도 있다는 뜻일 것입니다."

"가령?"

"마님께오서 오늘 저희들을 찾아오시어서 내려주신 여섯 냥의 복채를 들 수 있습니다. 마님께서 내주신 복채는 해 질 녘에 저 아래 홍익원에 찾아들 걸립패거리의 주린 배를 채워 줄 것입니다. 큰 덕을 베푸시는 거지요."

"예서 그런 일도 하는 게야?"

홍익원은 약방이 될 것이다. 돈이 없어 치료받을 수 없는 사람들과 돈이 있어도 신분이 천하여 치료를 못 받는 사람들을 위해 사신계가 열기로 한 약방이다. 문성 무진께 홍익원으로 들어오시라 권하였는데 당신 연치가 높아 약방을 운영하기 어렵겠다며 제자들 중에서 맞춤한 사람을 보내겠노라 했다. 금선 의녀나 남당 의녀 중에서 오게 될 것 같은데 누가 됐든 자신의 전 생애를 옮겨오는 것이라 시일이 걸릴 수밖에 없었다. 그때까지는 홍익원을 걸인들에게 밥을 내어주는 장소로 쓰게 되었다.

"예, 마님. 마님 같은 귀한 분들께서 베푸신 어진 마음을 받아 저희 식구들이 펴는 게지요. 마님 같으신 분들이 저희들로 하여금 많은 이들에게 주먹밥 한 개씩이라도 쥐어 줄 수 있게 하니, 나눠주는 이들이나 받는 이들이나 다 좋지 않습니까. 어쨌든, 마님! 자신의 마음에만 갇혀 지내지 마시고 눈을 크게 뜨시고 세상을 넓게 보십시오. 더불어 마님 주변 사람들의 삶을 가만히, 자세히 보시는 겝니다.

이왕이면 마님을 위해서 옷을 짓고, 세답을 하고, 밥을 짓고 마당을 쓸고 가마를 메어 주는 아래 사람들을 보십시오. 미천한 그들도 사람 형상으로 태어났으니, 배곯지 않고 춥지 않게 살아야 할 것이라 생각하시면, 그들이 하는 일들도 다른 사람들의 삶에 보탬이 되는 귀한 일임을 아시게 되며, 마님께서 재미나게 하실 일도 생기실 겝니다."

"너울 속에 앉은 자네 말을 듣다 보니 쉬운데, 너무 쉬운 게 다시 걱정스럽네. 내가 그리할 수 있을지 의심스럽거든."

"옛날 촉한을 세운 유비가, 악함이 작다고 하여 하지 말고, 착함이 작다고 하여 아니하지 말라고 했다 합니다. 악함은 아무리 작더라도 쌓이면 큰 악이 되고, 착함은 아무리 작더라도 쌓이면 큰 선이 된다는 뜻이겠지요. 소인들과 더불어 주고받으신 이야기들을 다 잊으시더라도 소인이 촉한 왕 유비의 말을 빌려서 드린 말씀은 이따금 떠올려 주시옵소서. 오늘 마님께서 내신 여섯 냥의 복채가 마님을 위한 큰 덕으로 쌓이실 겝니다."

"오늘 자네들이 내게 해줄 말을 다 했다는 뜻인가?"

"마님께서 소인들의 말을 들으러 오시었으면서도 또한 듣기 싫어하시니 소인이 몸둘 바를 모르겠나이다."

"시방 내 심사가 꼬여서 그렇네. 그래서 하는 말인데 부적을 쓰면 어떻겠어? 내가 제정신이 들어서 외간 사내를 놓고 집안 살림만 하며 살 수 있는 그런 부적을 쓰면?"

"부적은 그 자체로는 그림이 그려진 종이쪽에 불과하옵니다. 부적은, 지닌 사람이 부적에 의지하여 자신을 믿음으로써 신력이 발현합니다. 그리고 부적의 효험은 나와 더불어 주변 사람들까지 다 잘 되기를 바랄 때 훨씬 커집니다.”

“내 문제 때문에 쓰는 부적인데도 남까지 생각해야 한다고?”

“자기 자신만을 위해서 마음 쓰는 것을 욕심이라 하고, 자신을 아우른 타인들까지 아울러 마음 쓰는 것을 불가佛家에서는 원력願力이라 칭한다고 하옵니다. 욕심으로는 어떤 기도도 소용없다 하고요. 부적도 기도이옵니다. 그렇기 때문에 원력을 위한 믿음과 의지가 강할수록 부적의 효험도 강해져서 원하는 대로 풀리는 거죠. 부적에 담긴 소망과 부적을 갖게 된 이의 소망이 엇걸이 되지 않아야 하고요. 마님께서 원하신다면 심경이 부적을 드릴 것입니다만, 여기서 부적을 지니고 나가실 때의 마음을 유지하심은 물론이고 그 마음을 강화시켜야만 부적의 힘을 보실 수 있는 것이지요.”

“욕심과 원력의 차이를 알겠네. 어쨌건 부적을 주게. 부적 값을 따로 내야 하는가?”

“아니옵니다. 잠시 차를 드시면서 기다려 주시면 심경이 부적을 찾아드릴 것이옵니다. 심경아, 마님께 부적을 맞춰 올리려무나.”

심경이 제 경상의 서랍을 열어 부적을 찾는 기척이 난다. 백여덟 가지의 부적이 있고 한 가지 부적의 종류는 석 장으로 이루어져 있다. 무격이 부적을 그릴 때는 목욕재계한 뒤 한밤중인 자시 간에 경면 주사로 그린다. 무슨 그림이든 잘 그리는 심경은 부적 그리기도 쉽게 배워가고 있다. 스승인 구일당이 그만치 잘 가르치는 것이다. 심경이 알맞은 부적을 찾는 기색인데 보연당이 심경한테 묻는다.

“부적은 보통 그 자리에서 그려 주는 거 아니더냐?”

“그렇기도 하다고 들었사오나 저희원에서는 미리 그리옵니다. 사람의 기본적인 번뇌가 크게 백여덟 가지로 구분된다 하오니 그 번뇌들을 펼칠 수 있는 부적을 기도와 정성을 들여 그리는 것이지요. 마님처럼 번뇌를 소상히 말씀하시며 부적을 달라 하시면 맞춰드리기 위해서입니다."

"부적 달라는 이들이 많지?"

"열 분 중 두세 분 정도 부적을 원하시옵니다."

"따로 부적 값을 받는 것도 아닌데 부적을 원하는 이들이 그밖에 아니 돼?"

"부적을 지니는 건 곧 자신의 맘을, 좀 전에 소인의 어미가 말씀드린 것과 같은 원력을 깊이 써야 하는 것이라, 그처럼 맘을 깊이 쓰기보다 즉각 효력을 볼 수 있는 해결책을 바라시는 게 아니겠사옵니까?"

"그렇구나."

"마님, 이 봉투 안에 남정이간부, 여인바람방지부, 육정육갑신장부 등 석 장의 부적이 들어 있습니다. 석 장을 합하여 남정을 떼어 내는 부적이 되옵니다. 이 부적을 마님 베개 속이나 속옷에 넣고 지내시면 되나이다. 하온데 조금 전에 소인의 어미가 말씀드렸듯이 마님과 정인분을 아우른 여러 사람을 위해서, 남정과 결별하겠다는 의지를 가지시고, 의지를 지니신 마님 스스로를 믿으셔야 효험을 보시옵니다. 부디 유념해 주사이다, 마님."

"나도 내가 그렇기를 바란다. 부적 고맙다."

보연당이 일어나 나간다. 능연이 보연당을 배웅하기 위해 따라 나가자 수앙이 너울을 걷고 들어온다. 반야의 이마를 짚어 보고 손을 잡는다. 수앙은 손의 사늘함마저 어미와 닮았다. 손의 모양도 비슷했던 모양인데, 손가락들이 잘리면서 달라졌다. 반야는 자신의 이마에 얹힌 수앙의 왼손을 잡는다. 모조 손가락을 벗어 맨손이다. 모양이 달라졌을지라도 놓치지 않고 잡을 수 있어 다행이건만 아이 손을 잡을 때마다 반야의 손이 씀벅씀벅 아린다.

"어머니, 괜찮으세요?"

"난 괜찮다만 영감 댁이 큰일이로구나."

"마님이 그러시는 걸 어머니는 예전부터 아셨어요?"

"마님을 첨 뵀는데 어찌 알았겠니."

"영감도 모르시겠죠?"

"모르시겠지. 모르셔야 하고."

"영감께 뵙자고 청해서 의논을 드리면 어때요? 마님의 정인에 대한 얘기는 쏙 빼고, 성정이 그러하시니 집 밖에서 소일하실 일거리를 만들어 드리면 어떻겠냐고요. 아니면 용문골로 가시게 하거나요."

"어떤 방향이든 영감께서 먼저 말을 꺼내신다면 마님은 담박에 너를 지목하여 큰일을 내고 마실 게다. 화약지고 불로 들어가시고도 남을 분이야. 마님께서 먼저 작정하시고 영감과 의논을 하셔야지."

"그럼 마님이 자신을 망치고 집안을 망치는 것을 지켜만 봐요? 지금 꼭 도화선에 불이 붙은 화약 더미에 앉아 계시는 형국인데요?"

"맘을 달리 잡수실 기미는 못 느꼈니?"

"어머니도 못 느끼셨잖아요."

"마님께서 용문골로는 가실 것 같지 않고, 장사가 맞다면 어떤 장사가 마님께 맞을 것 같으냐?"

"마님의 생김새는 보통이에요. 오늘 입성도 수수한 편이에요. 점치러 오면서 치장하고 오실 까닭이 없잖아요. 그런데 잘 맞춰 입으셔서 환하고 아름다워요. 마음이 그렇게 어둡지 않았다면 반짝반짝

빛났을 거예요. 제가 장사 좀 해봐서 알잖아요. 마님께는 사람의 맵시를 가꿔 주는 분야의 장사가 어울릴 것 같아요."

"맵시를 가꿔 주는 장사가 어떤 것인지 엄마는 잘 모르겠구나."

"여인들만을 위한 공간이라는 의미로 맵시 가꿔 주는 집이라고 한 건데요, 크게 보면 여인들만을 위한 약방이라 할 수 있어요. 여인이 중한 병에 걸려도 의원 만나기가 쉽지 않잖아요. 특히 여인만의 속 병이 걸렸을 때는 남정 의원한테 내보일 수가 없는 탓에 홀로 앓다 가 병을 키우기 일쑤죠. 그건 신분의 고하를 막론하고 비슷하고요. 그런 여인들을 위한 약방을 만드는 거예요. 그런 약방에 더해서 아 름다워지기를 바라는 여인들의 맵시를 가꿔 주는 장사를 겸하는 거 죠. 언젠가 제가 그런 약방을 꾸려 보리라 생각했는데 오늘 마님을 뵈니 그 일이 마님께 맞겠구나 싶었어요. 마님께서는 생각해 볼 것 도 없다는 것처럼 털어 버리셨고요. 부적이 효험을 내기는 어려우실 성싶어요."

보연당이 건네받은 부적이 힘을 갖기 위해서는 사통을 그치겠다 고 작정해야 한다. 그러기에는 보연당이 느끼는 고독이 심히 깊다. 그 때문에 그이는 세상 사람들한테 들키지 않을 수 있고 현재 누리 는 삶이 흔들리지 않는다면 사는 동안 정인을 계속 만나고 싶은 것 이다. 보연당한테는 장사가 맞다는 소리도 어불성설이다. 사대부가 의 아낙에게, 공주의 손녀한테 장사가 당키나 한가. 허원정의 이온 이 장사치 노릇을 하는 건 폐조의 후손이기 때문이다. 그나마 여러 대가 지나 왕실과는 멀어졌기에 하는 것이다. 보연당은 삼대 전 임 금인 현종의 외손녀다. 현종의 손자가 작금의 성상이며 보연당과 성 상은 여염의 촌수로 따지면 고종남매뻘이다.

"어쩌면 좋겠느냐?"

"마님의 마음이 너무 뜨거운지라 그 뜨거움을 현재 상태 그대로는 식힐 수가 없지요. 장사가 어렵다면 어른들이 계시는 향리로 가시어 억지로라도 정인과의 거리를 두시는 게 적절하겠지만 그리하기도 힘드시겠죠."

보연당은 용문골에서 살고 싶지 않았을 것이다. 그 시골에서 무슨 낙으로 산단 말인가. 그리 살 수 있었으면 진작부터 홍외헌에서 살았을 터이다. 시어른들 모시면서 집안 다스리고 영지를 관리하며.

"지금 생각난 건데요, 어머니."

"응?"

"저, 우륵재의 딸아기를 만난 적이 있어요."

"도솔사에서?"

"예. 재작년과 작년 봄에요. 맑고 총명한 아기더라구요. 글을 잘 쓰죠?"

"영로아기를 알아보겠더냐?"

"알아봐지던데요. 이름이 영로예요?"

"그렇다고 들었다. 현재 삼품이고, 『새 심청 이야기』가 그 아기 작품이다."

"어머나! 태일이 그 아이였어요?"

"그 아기의 고모가, 월정이시지 않니. 월정이 가르친 덕에 글이 숙성한 게지."

"그래도 신기하고 대견하네요. 암튼 영로아기가 태일이라니까 더 생각해 볼 만하겠어요. 영로를 불러서 제 모친의 일을 알고 있는지 살펴보고, 알고 있다면 더불어 의논을 좀 하면 어떨까요?"

"아이가 가엽지 않느냐."

"우리가 아무것도 하지 않고 있는 동안 진짜 일이 터지면, 우륵재 식구는 물론이고 사온재 대감이며 정부인마님까지 오욕을 겪으시게 될 텐데, 그게 더 가여운 일이죠."

"그렇긴 하지. 네가 영로아기 만날 방법을 찾아보려무나."

"그럴게요. 그런데 어머니?"

"응?"

"어머니는 정말 보연당께 미안하신 거예요? 어머니랑 영감께서 먼저 만나셨는데도?"

"지금까지 영감께 미안했지 보연당께 죄송한 적은 없다. 오늘 뵙고 보니 죄송하구나."

"그래서 앞으로도 영감을 모른 체하실 거예요?"

수앙의 내림굿을 치른 사흘 뒤에 경령 회합을 치렀다. 이무영이 현무부령에 오르고 처음 치른 회합이었다. 반야원 학당에서 이루어진 회합이라 여섯 사람이 더불어 여유롭게 한나절을 보냈다. 지나온 사신계와 앞으로 가야 할 사신계에 대한 갖은 이야기를 나누며 술도 마셨다. 와중에 사신경이며 다른 부령들의 손을 잡고 그들의 미래를 살폈다. 이무영의 손도 잠깐 잡았다. 그게 다였다. 회합이 끝난 뒤 반야는 이무영을 따로 청하지 않았다.

"그래야 마땅한데, 뵙지 않을 자신이 없고, 뵐 자신도 없구나. 일단 보연당께서 마음을 잡으시고 두 분 사이가 원만해지시기를 바랄 뿐이다."

"그리될 가망이 희박함을 아시잖아요?"

"어떻게든 도움이 될 수 있게 해야겠지. 너도 이 어미를 봐서, 또

너와 무관치 않은 영감 댁을 봐서 최선의 방법을 궁리해 보렴. 실상 나는 별 도리가 없지만 너는 할 수 있지 않니."

"궁리해 볼게요."

이미 궁리를 해냈으면서 궁리해 보겠다고 말하는 아이의 성정이 반야는 걱정스럽다. 현재까지는 제 스스로도 몰라 드러나지 않는 성정의 이면에 무엇이 들어있을지. 그 이면을 다독이며 다스려 줄 여유가 반야에게 없고 기운도 없는 탓이다.

"헌데 어머니. 빈궁전께서 이사하시게 될 일에는 우리가 관여치 않는 거예요?"

지난 새벽 소소원에는 화협 옹주의 지아비인 신광수가 다녀갔다. 변복한 그가 자신의 사주라고 내민 게 소전의 사주였다. 반야가 그에게 나리 사주가 아니지 않냐고, 나리의 사주를 대라고 했더니 그가 제 손위처남의 사주라며, 장모의 부탁을 받아 왔노라 했다. 그의 장모가 소전의 모궁이니 모궁이 새삼스럽게 아들의 앞날을 알아보려 한 것이었다. 반야는 빈궁전에게 했던 말을 되풀이 강조했다. 방 안에 둔 쇠붙이들을 다 치우라 하시라. 특히 윤오월이 지날 때까지는 궐 밖 출입을 삼가시고, 술을 입에 대지 말고, 외간 계집을 멀리하시라 하라.

"우리가 관여해서 될 일이 아니거니와 그 식구들이 이처럼 나서고 있는데 우리가 끼어들 필요가 있겠니."

오래전 열 살의 소전이 죽을 수에 걸렸을 때 반야는 세상 무서운 게 없던 젊은 무녀였다. 지금 수앙의 나이 때였다. 소전의 전생을 알아보았고 그에게 닥친 죽음도 알아챘다. 어린 그를 그대로 떠나가게 할 수 없었다. 그때 반야는 젊었고 교만했다. 내가 무녀로 태어난 까닭은 운명에 맞서기 위함이리라. 그리 자신하며 소전에게 드리운 죽음과 맞섰다. 소전이 살아났고 반야는 원기를 잃었다. 세월이 한참 지나 소전에게 그게 다시 닥치고 있지만 반야에게는 이제 기운이 없다. 소전을 구할 사람은 소전 자신이다. 그가 자신을 구할 길은 부왕에게 온전히 승복하여 납작 엎드려 받들든지, 부왕을 죽이든지 두 가지뿐이다. 하지만 소전에게는 그 두 가지가 애초에 불가능하다.

"소전마마의 식구들이 나서지 않아야 할 것 같은데, 자꾸 나서는 게 아무래도 심상치 않잖아요."

수앙의 말대로 소전의 일에 그 식구들이 자꾸 나서는 게 심상치 않다. 특히 소전 모궁이 도드라지는 게 꺼림칙했다. 현재 내명부에서 대전과 가장 가까운 여인은 소전 모궁인 영빈이다. 자식 여럿을 앞세운 대전에게는 현재 영빈 이씨 소생의 소전과 옹주 셋, 귀인 조씨가 낳은 옹주 한 명, 숙의 문씨가 낳은 옹주 둘이 있다. 자식 욕심을 더 부리거나 젊은 여체를 탐하기에는 대전의 나이가 너무 많았다. 정성왕후 탈상 뒤 새 왕후가 들어섰지만 대전은 영빈과 함께 경희궁에서 지낸다. 생과부처럼 대조전에 내버려진 셈인 젊은 왕후의 속내에 무엇이 쌓여가고 있을지. 반야는 그걸 염려하는데 느닷없이 영빈이 나서고 있었다.

"식구들이 나서는데 무슨 일이야 생기겠니. 믿어 보기로 하고 지금은 잠깐 쉬자꾸나. 너도 나가서 햇빛을 좀 쐬고 들어오너라. 주전부리를 하고 오던지."

"네, 어머니."

수앙이 명랑한 대꾸를 남기며 나가고 의녀 단아가 들어선다. 약사발을 들었는지 약내가 난다.

"약재가 바뀌었나? 향이 달라졌네."

"모올께서 처방해 놓으신 대로 달이다 보니 오늘부터 약이 달라졌나이다. 오늘부터 하루 두 번씩 달포에 걸쳐 석 제를 드시게 되는데, 약이라기보다 보식음료에 가깝습니다. 연꽃과 가시연밥과 마름과 등자피와 백동과가 섞였습니다. 연꽃은 마음을 진정시키고 노화를 늦추어 준다고 하지요. 가시연밥은 정기를 돕고 귀와 눈을 밝게 하고요. 마름은 속을 편케하고 오장을 보하고요. 등자피는 소화를 돕고 장위 속의 나쁜 기운을 배출합니다. 백동과는 피부를 윤택하게 하고 소갈기를 없애 주고 열을 풀고 대소변을 원활히 하고요. 약의 이름은 소제가 백세안신탕白歲安身湯이라 붙여 보았습니다."

"그리하다간 내가 앞으로도 백 년을 살지 몰라. 자네 증손이 자라 자식을 낳을 때도 내가 살아 있을지 모른다고."

"그리되시면 좋을 것이오나 모올께서, 앞으로 백 년을 살자면 마님께서 너무 고되실 터이니 육십 년만 사시게 하자, 말씀하시더이다. 드시어요. 쓰지 않습니다."

쓰든 달든 주는 대로 약을 마신다. 수앙이 무녀 수업을 마칠 때까지 양쪽을 오가며 버텨야 하기 때문이다. 수앙을 무녀로 살게 하기로 결정하기까지 워낙 호된 시간을 보낸 터라 칠요 후계로 정하자는 오원들의 말에는 반대할 의지가 없었다. 혜원과 방산이 주도한 일이라 당할 재간이 없었거니와 그들을 믿기도 했다.

선등을 해내고도 제가 칠요 후계가 된 사실을 모르는 수앙은 타고난 성정을 되찾아 명랑하고 활달했다. 무슨 일이든 놀이처럼 여기더니 이제 시작한 무업도 무녀놀이쯤으로 여겼다. 아침 점사가 끝나면 제 방으로 건너가 책을 읽고 그림을 그렸다. 오후에는 열두 굿판의 사설을 외우고 각종 노래를 익혀 나갔다. 반야가 소소원으로 가고나면 제가 주관하여 저녁 예참을 하고 저녁을 먹은 뒤에는 춤을 배운다. 그 덕에 안당 마당에서 저녁마다 춤판이 벌어지는 모양이었다. 수앙이 식구들을 모아 놓고 제 노래와 춤 공부를 구경시키기 때문이었다.

"향과 맛이 다 좋구나. 고맙다."

"좋으시다니 좋습니다. 잠시 홀로 쉬시겠나이까?"

"그러련다. 너는, 태기가 든 성싶은데 몸조심하여라."

"예?"

"몰랐어?"

"예. 생각지도 못했사와요."

"지아비와 함께 사는 젊은 아낙이, 더구나 의원이, 어찌 그 생각을 못해?"

"소제가 그걸 생각할 상황이 아니지 않나이까."

능연이 회임을 못하므로 단아는 제 수태를 기뻐하지 못한다. 능연은 자선과 혼인하고 반년여 만에 태기를 느꼈다. 태기를 느낀 이레 만에 하혈했다. 똑같은 일을 한 번 더 겪었다. 문성 의원은 능연이 독기에 중독되었을 때 여러 혈맥들이 엉키면서 자궁이 약해진 탓이라 했다. 당시 수태 중이었던 수앙이 태아를 잃은 것과 같은 이유였다. 능연이 두 번이나 유산하였으므로 단아는 자식을 낳기 미안한 것이다.

"그리 생각지 마라. 식구인데 하나라도 더 낳아서 같이 키우는 기쁨을 안겨 주어야지. 너도 알지 않니?"

"예, 스승님."

"능연도 자식을 갖게 될 것이니 염려치 말고 네게 깃든 생명을 맘껏 기뻐하여라. 혈족없는 네 지아비에게도 그 기쁨을 안겨 주고."

"예, 스승님."

"한식경 뒤쯤에 손님이 들 테니 손님상에 차 새로 준비하고, 이제 나가 보려무나."

"알겠나이다. 아, 요강 필요하시어요?"

"괜찮다."

단아가 보연당이 마신 찻상을 치워 나간다.

"마님!"

능연이 방으로 들어오며 부르는 소리다.

"응?"

"평양에서 서신이 들어왔나이다."

"누가 보낸 무슨 내용이오?"

"막 받아 들어왔습니다. 문산께서 보내셨다 하고요."

"서신을 놓고 갔어요, 답을 기다리고 있어요?"

"답을 듣고 오라 했다며 기다리고 있나이다."

"그럼 읽어 보세요."

서신을 개봉하는 기척이 나더니 능연이 맞은편에 와 앉는다.

"전문을 읽어 드리리까. 내용을 간략해 드리리까?"

"다 읽어 주세요."

"평양 버드나무집의 장자 김인하, 반야원주님께 글월 올립니다. 무사강령 하신지 안부 여쭙나이다. 차설, 소생 휘하의 장무항과 장무슬 형제가 지난 사월 의원 취재에서 동시에 입격하였나이다. 스물네 명의 입격자 중 무항이 구등을 하였고, 무슬이 이등을 하였습니다. 이등으로 입격한 무슬에게 내의원 종구품의 품계인 참봉이 내려져 오는 오월 십육일부터 내의원에 입시하게 된 참입니다. 헌데 장무슬이 소생을 찾아와 어처구니없는 소리를 하더이다. 내의원에 들어가지 않겠다면서, 반야원에서 원주님을 시봉케 해달라는 것이었습니다. 소생이, 나도 모르는 반야원을 네가 어찌 아느냐 물으니 놈이, 취재시험 끝난 즈음에 반야원 성주굿을 구경했다고 대답하였습니다. 소생이, 갓 입격한 신입 의원이 품계 받고 내의원에 들기가 석달 가뭄에 말라 버린 벼 포기 살리기보다 어려운데 네놈이 정신이 나간 게냐, 호되게 야단을 쳤습니다. 마이동풍이었습니다. 놈이 막무가내, 떼를 쓰는 까닭이 아무래도 금복이 때문인 듯싶어 소생이 놈의 종아리를 쳤나이다. 불가하다, 그러면 아니 된다, 연신 타일렀고요. 그러자 놈이 저희 집 대문 앞에 꿇어앉더니 나흘째 먹지도 않고 버티고 있나이다. 들어내다 놓으면 또 나타나 엎드리기를 반복합니다. 온 평양에, 서문약방 아들들이 나란히 입격하고 막내아들은 내의원 벼슬을 하게 되었다더니 버드나무 집에 무슨 잘못을 했기에 저리 상거지 꼴로 엎뎌 있나, 소문이 나서 놈을 구경하러 오는 사람도 생기고 있습니다. 소생이 하는 수 없이 원주님께 여쭤보겠노라 하며 일어나라 했나이다. 하였더니 이번에는 놈이, 원주님께오서 불가하다 하시면 금강약방으로 보내 달라 억지를 씁니다. 소생이 그러면 원주님께 여쭐 것 없이 금강약방으로 가거라, 하였더니 먼저 원주님께 여쭤 달라고 생떼를 씁니다. 원주님으로부터 가부간의 답이 와야 제 집 대문 앞에서 일어나겠다 하고요. 이러다간 제자놈을 굶겨 죽이게 생겼기에 하는 수 없이 소생이 붓을 들었나이다. 무가내의 제자를 길러 원주님께 심려를 끼치는 점 엎드려 용서를 청하옵고, 어찌하올지, 답을 주시기 바라옵니다. 임오년 사월 이십구일에 불초 소생 김인하가 여쭈옵니다. 강령하시오소서."

들는 중에 슬몃슬몃 웃은 반야는 편지가 끝나자마자 하하하 웃음을 터트린다. 무슬은 유릉원 대문 앞에서 상거지 꼴로 며칠째 탈탈 굶고 있다지만 반야는 참말 재밌다. 귀엽고 어여뻐 웃음이 나고 아름다워 눈물이 난다.

"마님, 시방 이게 웃을 일이 아니십니다."

그리 말하는 능연도 소리 내어 웃는다. 둘이 합창으로 깔깔거리는데 차 쟁반을 들고 들어오던 단아가 놀라서 더듬거리는 게 느껴진다.

"얼마 만에 웃어 보는지 모르겠습니다. 귀엽습니다. 장하고 아름답습니다. 당장 내게 보내 달라 하고 싶은데 능연, 어쩌리까?"

"금복이 때문이라는데, 될 일이옵니까? 몇 해 전 금복이 임림재로 갈 때도 무슬이 뒤 따라온 바람에 금복의 종아리에서 피가 터졌던걸요. 이제 다 자라 서로의 할 일이 정해진 마당에, 금복이 홀몸도 아니고, 불가하지요."

"그렇기는 한데 무슬이 가여워서 어쩐답니까."

"그가 가엽기는 하오나 그보다 더 가여운 사람이 삼내미에서 불 꺼진 밀초처럼 지내고 있으니 어찌하겠나이까. 여기서 데리고 있기는 불가하다 하시고, 다른 일은 문산께 맡기시지요."

"그래요, 그럼. 답을 기다리고 있다니 편지를 씁시다."

능연이 너울 안쪽으로 들어가는 기색이더니 종이를 펴고 먹물을 준비하는 기척이 난다. 반야는 구술하기 위해 음음, 목을 가다듬는다. 한바탕 웃었을망정 답신은 신중해야 할 터이다. 장무슬이 제 인생의 또 한 고비를 넘고 있지 않은가. 그가 수앙 때문에 넘어야 하는 고비가 또 있을 것이었다. 순전한 제 노력과 운수로 내의원으로 쑥 들어섰으니 거기서 자리잡고 살아가면 좀 좋으랴. 수앙을 잊고 새 인연을 만나 혼인하고 벼슬도 높이면서. 그리 순탄한 길을 두고 무슬은 어려운 길을 가고자 한다. 가야 할 길과 가게 될 길과 가고 싶은 길 앞에서 가고 싶은 길로 들어서고 싶어 한다. 그게 감옥인 줄 모르고. 젊은 그도 외로운 것이다. 앞날을 생각지 못할 정도로.

삼백 냥에 해당하는 비밀

해 질 녘인데 이조판서 윤급의 비장 나경언이 찾아왔다. 홍집은 오늘 밤 번이 들었으므로 귀가치 않을 것이었다. 어쩐지 그게 다행이다 싶은 온은 나경언과 독대하겠다 이르며 난수까지 아울러 곁을 물린다. 나경언이 홀로 들어와 읍하곤 맞은편에 앉는다.

"거두절미하고 묻겠네. 윤급과 용부령 김현로와 그 형 김상로와 곤전의 부친 김한구 등이 무슨 일을 꾸미고 있는 건가?"

나경언이 머뭇거리며 입을 연다.

"아씨, 소인이 육진으로부터 들었나이다. 소인이 어떠한 말을 가지고 오면, 문 안의 쓸 만한 집 한 채 값을 내리겠노라 하셨다고요."

온은 뻣뻣하고 무거운 팔을 들어 탁상 한쪽에 놓인 필통을 연다. 필통 안에 붓 대신 들어 있던 금덩이 세 개를 꺼내 내민다. 개마다 은 자 백 냥에 해당하는 금이므로 문안의 쓸 만한 집 한 채 값은 된다.

"이제 말해 보아."

"제가 모시는 어른과 그 주변 분들이 어떤 생각을 하시는지 저는 잘 모르옵니다. 저는 다만 금위대의 김제교 사관과 훈련원의 홍남수 습독관을 통해 얼핏얼핏 들은 사실로 짐작만 해볼 따름입니다."

"짐작 정도가 아닐 터이지! 그대가 상소문을 쓰기로 했다며? 내가 알고자 하는 건 그 내용이야. 그걸 말해야 삼백 냥이 제값을 하는 게 아니겠어? 상소문 내용이 뭐야?"

"소전마마에 관한 것입니다."

"소전마마의 뭐?"

"작년 사월에 소전마마께서 관서에 행차하신 일이며 오가시는 중에 벌이신 여러 가지 일들과 궁인들을 죽이신 일 등이, 강상의 죄를 범하는 것인 동시에 대전에 대한 역심이라고, 발고할 채비를 하고 있습니다. 소전마마 측근의 이름이 거론될 것 같고요."

"소전 측근, 누구누구?"

"그것까지는 아직 모르옵니다."

"진정 모르는 거야, 그대가 아는 것의 일부만 나한테 내놓고 있는 거야?"

"정말 아직은 모릅니다."

경언이 모르는 것이든 아는 내용의 일부만 내놓는 것이든 얼토당토 않는 소리다. 소전이 역심 가질 까닭이 무엇인가. 만백성이 다 다니는 평양이나 의주 등에 다녀왔기로, 오가는 길에 계집들을 건드렸다손 그게 어찌 강상의 죄를 범한 것이 된단 말인가. 작년 팔월에 주인이 사노비를 죽일 수 없다는 법이 반포되기는 했으나 소전은 법위에 있는 존재이므로 제 궁인들을 죽인 게 죄일 수 없다. 소전이 벌여온 살인들을 죄로 칠 것이었으면 소전은 진작 죽었을 것이다. 소전의 살인이 어제오늘의 일이 아니기 때문이다. 또한 그렇게 따지면 대전은 다른가?

곤전 세력이 벌이려는 일은 그처럼 말이 안 되는 것이긴 하나 세상에는 말도 안 되는 일이 왕왕 벌어진다. 통천 비휴들과 무극들이 사라진 일이야말로 말이 안 되는 경우였다. 소전이라고 그런 일 당하지 말라는 법은 없다. 온은 미리 알고 있음에도 불구하고 경언에게 누구 이름으로 발고하게 될 것 같으냐고 묻는다.

"제 이름으로 발고하게 될 모양입니다."

"그대가 소전마마와 무슨 상관이 있다고 그 같은 일을 해?"

온의 물음에 경언이 작년 사월 소전이 관서 지역에 잠행했을 때의 일을 말한다. 평양과 의주 지역을 돌아치던 소전이 상경하던 길에 해주로 내려왔다. 그때 경언은 제 향리인 해주에서 모친의 장례를 치르고 며칠 머물던 참이었다. 해주감영의 별장을 지내던 아비 나정순이 죽은 뒤 그 장자인 대언이 아비를 이어 감영에서 일하던 차라 소전 일행이 해주에 나타난 사실을 알게 되었다. 소전이 평양에서 평안감사 정휘량에게 대접받았듯이 해주에서는 황해 관찰사인 두회준의 영접을 받았다. 소전이 해주에 머문 이틀 동안 대언이 소전 일행을 인근 호위했고 경언은 그 이야기를 들었다. 소전은 이틀 동안 해주 곳곳을 둘러보았을 뿐이었다.

소전이 도성으로 향한 뒤 경언도 도성으로 돌아왔다. 홍남수와 술자리를 하다가 지나가는 말로 소전이 해주에 납셨더라, 덧붙였다. 그리고 일 년이 지났는데 김제교가 경언에게 그때 일을 거론하면서 네 이름으로 소전을 발고하라 했다.

"그러면서 김 사관이 덧붙이더이다. 고래로 역모를 발고한 자들은 주상께 충신이 되는바 이 일이 끝난 뒤 그대는 공신이 되면서 부와 권세를 쥐게 될 것이네, 라고요."

김제교가 나경언에게 말한 발고는 권신들 간의 세력 다툼에서 일어나는 역모일 경우다. 나경언처럼 아무 것도 아닌 자한테 해당하지 않는다.

"그대는 김제교의 그 말을 믿는 거야?"

"믿지 않을 이유가 없지 않나이까?"

지금 경언은 소전을 겨냥하여 역모를 운운하는 일이 얼마나 큰일인지 알지 못한다. 그 누구보다 저 자신에게 큰일이라는 것은 더 모른다. 그는 나중에 공신이 되든 충신이 되든 우선 사대문 안에다 집한 채를 더 가지게 될 욕심에 이온한테 들른 것뿐이다. 이온이 원래 제 상전인 것을 잊고 정보를 디밀어 돈을 벌기 위해서다.

"그런 게 그리 쉽사리 믿겨?"

"소전마마가 해오시었고, 현금에도 벌이시는 일이 있사온데 소인이 믿고 말고 할 까닭도 없지요."

지난달 곤전이 보현정사로 거둥할 것이라는 기별이 왔다. 미리 기별해 온 까닭은 보현정사의 주인인 이온을 만나자는 의미일 터. 명색이 곤전이란 거냐? 가소로웠으나 명색이 곤전이므로 아니 갈 수는 없었다. 곤전과 이야기를 나누면서야 깨달았다. 절대 만만히 볼 사람이 아님을. 만만하기는커녕 무섭기까지 했다. 곤전은 천진했고 명랑했다. 그 순간의 곤전은 물정 모르는 젊은 아씨였다. 호기심 가득한 눈을 반짝이며 온에게 여인의 몸으로 어찌 그처럼 거대한 약방을 운영하느냐고 물었다. 약방 경영이며 집안 경영, 부중 여인들의 삶에 대해 연신 질문했다. 그 순진한 얼굴 이면이 어떨지에 대해서는 온이 가늠해야 했다. 곤전의 이면 속에 나경언이며 이판 윤급, 제 오라비며 부친 등을 움직이는 힘이 응집되어 있었다. 나경언 같은 놈들은 짐작조차 하기 어려울 의도가 있는 것이었다.

"한 가지 더 묻지. 요새 도성 안 천지에 밤마다 나붙고 뿌려지는 소전 참소 벽서는 누가 쓰는가? 그대도 같이 쓰는가?"

"소인은 아씨께서 무슨 말씀을 하시는지 모르겠나이다."

"정녕 모르나?"

"예, 아씨. 소인 이만 물러가도 되올는지요?"

너 죽을 짓 하지 말라는 말을 해줄지 말지, 온은 망설인다. 네놈이 문안에 집을 몇 채 갖게 되든지 네가 살지는 못할 것이라고. 토사구팽이라는 말도 모르느냐, 어리석은 놈아! 그리 소리쳐 충고할까 말까.

"정말로 나한테 더 할 말이 없어?"

"예, 아씨."

"더 할 말이 없다면 더 있을 필요 없겠지. 가 보게."

"은혜가 높으시옵니다, 아씨."

정중히 읍한 경언이 물러간다. 어리석은 놈. 그의 뒤에 대고 온이 중얼거린다. 소전이 자신의 성정을 주체하지 못하여 갖은 난행을 저질러 왔을망정 십여 년 동안 국정의 태반을 거뜬히 수행해왔다. 부자지간이 견원지간 같다 해도 늙은 임금의 유일한 아들이다. 그가 있음으로 늙은 임금이 지금도 임금이다. 여염의 장사치를 불러들인 곤전조차도 소전에 대해서는 입도 벙긋하지 않았다. 그러므로 참소讒訴가 들어가도 소전이 역적이 될 리 없다. 소전이 역적이 되지 않으면 그 측근도 역적이 되지 않는다.

곤전을 둘러싼 세력이 이 일을 꾸미게 된 까닭은 소전의 난행이 그친 때문일 터였다. 두어 달 전부터 개과천선한 듯 고요해진 소전이 점잖게 지내며 정무를 돌보다 순조로이 등극하는 날 이제 막 커지려는 그들의 권세가 쭈그러들거나 끝날 것이기 때문에 막아야 하는 것이다. 참소가 역모로 비화되지 않을지라도 원래부터 심히 어긋나 있던 임금 부자의 관계는 훨씬 더 비틀릴 것이고 돌이킬 수 없게 될 터였다.

이 일이 내게는 득이 되는가, 해가 되는가.

부친께서 예전 같으시다면 당연히 득이다. 임금 부자가 서로를 죽이면서 현재의 왕실이 약해질 때 조선을 갈아엎고 일조 광해를 시조로 한 나라 만단萬旦을 세우는 것. 부친께서 멀쩡하셨다면 현재와 같은 상황을 만들어 냈을지도 몰랐다. 하지만 부친은 허수아비처럼 되어 버렸다. 온은 부친의 뜻을 잇고자 하여도 불구가 된 데다 지아비인 홍집이 내 편이 아니므로 엄두를 내기 어렵다. 그럴 제 다른 자들이 나서서 나를 대행해 주는 이 상황이 작금의 내게 어떤 의미인가. 그걸 더불어 따져볼 사람이 없다.

소소원에나 한번 가 보자.

온은 소소원을 떠올림과 동시에 그쪽 나들이를 작정한다. 빈궁전이 다녀왔다는 소소원에 무녀 중석이 있을 게 틀림없지 않은가. 소소 무녀는 옛날부터 새벽에만 점사를 보는 것으로 유명했다. 지금도 소소는 파루 때부터 인시 말까지만 손님을 받는다고 했다. 날이 새기도 전에 하루 일을 끝내 버리는 무녀 소소는 중석임에 틀림없다. 덕적골의 반야원도 어쩌면 중석의 다른 집일 수 있을 것이다. 복면을 쓰고 내림굿을 치르고 그 복면을 한 채로 점사를 본다는 반야원의 칠지 무녀가 중석과 어떤 관계인지는 차차 드러날 터다.

난수한테 알아보라 한 덕적골 반야원의 주인은 외형상으로는 구일당이라 부르는 마흔 살 가까운 무녀라 했다. 하지만 칠지선녀라는 스무 살짜리 무녀의 복채가 여섯 냥이라고 하고 구일당은 두 냥이라 했다. 두 냥도 작은 돈은 아닐지나 그처럼 거대하다는 굿당에다 여섯 냥짜리 무녀를 현판처럼 내걸 깜냥으로 보기에는 무리다. 반야원 주인이 중석이라면 말이 된다. 그 신딸이 칠지선녀라면.

지난 사월 보름밤에 덕적골에서 거창한 내림굿이 벌어졌다. 일곱 층으로 쌓인 시루 탑 위에 퍼렇게 벼린 작두날을 얹고 그 위에서 펄쩍펄쩍 춤추며 선등을 이루고 멀쩡하게 내려왔다는 칠지선녀 심경. 선등 탑에서 내려온 심경 무녀는 아홉 가지 곡식 종지를 가진 아홉 사람을 정확하게 찾아냈다. 아홉 종지 안에 든 곡식의 이름을 다 맞추었고 그중에서 쌀이 담긴 종지를 받듦으로서 천신을 맞이했다는 사실을 수백 사람 앞에서 증명했다. 그리고 수십 명에게 공수를 하고 나서 굿판에 있던 사람들과 어울려 춤추며 내림굿을 끝냈다고 했다.

그 굿판 이튿날 오후에 허원정까지 스며든 덕적골 굿판의 내용이 그랬다. 저자에 나갔다 온 아낙들이 무녀 심경에 관한 장황한 소문을 물어왔던 것이다. 하얗게 나풀거리는 옷을 입은 심경이 얼굴에 흰 복면을 쓰고 양손에 칠지도와 칠지화를 들고 내림굿을 치렀는지라 저자에서는 어느새 칠지선녀로 불리고 있더라고 했다. 구경온 손님들에게 죄 흰 머리띠를 두르게 하고 그 머리띠들은 덕적골 길가 나무들에서 꽃처럼 피어 한들거리고 있으며 칠지선녀가 앞으로 점사를 보게 될 시각은 묘시 초부터 진시 말까지라는 소문도 나돌더라고 했다.

한갓 무녀 따위가 발칙하기도 하다. 그리 여기면서도 온은 참으로 영리한 족속들이라고 감탄했다. 그들이 그 굿판에 얼마의 자금을 쏟아부었든 미구에 가래로 긁듯이 돈을 벌게 될 것이었다. 칠층으로 쌓은 작두 탑과 선녀의 천의무봉의天衣無縫衣처럼 하늘거리는 옷과 얼굴 가린 무녀의 신비함과 눈앞에서 벌어진 작두 춤. 작두를 탄 무녀는 선등 무녀라 하여 최상의 신기를 지닌 것으로 인정받는바 그에 넘어가지 않을 자가 누구이랴. 수십, 수백 배 부푼 소문이 온 도성을 돌아 팔도로 퍼져나가는 데 며칠 걸리지 않을 터였다.

어쨌든 난수는 반야원 내막을 알아내기는커녕 반야원 안에 들어가 보지도 못했다. 반야원 전체를 두른 담장을 몇 바퀴 돌아 보기는 했는데 담장을 넘을 수는 없더라 했다. 담장이 높아서가 아니라 기이하게도 어느 곳을 넘어야 할지 결정하기 어렵더라는 것이었다. 모든 곳이 함정처럼 느껴지더라고. 예사 무녀의 집이 그런 형세를 갖출 수는 없었다. 그 집 주인이 중석이고 중석이 사신계 칠성부령이기 때문에 가능한 것이다. 그래야 모든 의혹들이 풀린다. 끝내 잡히지 않던 중석. 시간이 지나면서 결론이 났다. 모든 일의 배후에 사신계 칠성부령 중석이 있었으며 부친께서 저리 되신 까닭에도 중석의 영향이 있는 거라고.

중석이 사신계든 아니든 그들의 실체를 모르지만 온은 혹독한 대가를 치르며 깨달았다. 이제까지 일어난 일들은 전부 이온 혹은 만단사 쪽에서 시작한 일이었다. 그들은 그림자 같았다. 이쪽이 움직이지 않으면 움직이지 않았다. 그들은 먼지 같았다. 건드리지 않으면 일어나지 않았다. 그들을 건드리지 않았어야 했다. 온은 사신계를 적으로 생각지 않고 아예 잊기로 했다.

"아씨, 소인 들어가리까, 물러가오리까?"

"잠깐 들어와."

난수가 들어와 탁상 앞에 선다.

"내일 새벽에 소소원으로 가 볼 참이야. 준비해 줘."

"예, 아씨."

"방금 나경언이 다녀간 사실을 비밀에 부쳐 줘. 보위들한테도 단단히 이르고. 무슨 말인지 알지?"

홍집에게 아무 소리 말라는 뜻인 걸 알아들은 난수 얼굴이 굳는다.

"명심하겠나이다."

"보연당에 대해 알아보라는 건 어찌 됐어?"

"아직 별다른 일을 포착하지 못했습니다."

"알았어, 나가 봐."

"예, 아씨."

어떤 일에 있어서는 홍집이 의논 상대가 되지 못했다. 어떤 일들에 있어서는 천지간에 단 한 사람의 내 편이 없었다. 난수조차도 그랬다. 난수는 홍집과 사통하면서 온이 하려는 일들을 미주알고주알 일러바치고 있었다. 제가 하는 짓을 이온은 꿈에도 모를 거라 여기면서 천연스레 홍집을 제 집으로 끌어들여 만났다. 온이 무슨 일을 벌이는지 다 알려 하는 홍집으로서는 난수를 밀어낼 까닭이 없었다. 때문에 경언이 다녀간 사실도 미구에 홍집이 알게 되겠지만 그 내용을 알기까지는 며칠 걸릴 것이다. 온은 홍집에게도 난수에게도 자신이 그들 사이를 안다는 것을 내색치 않았다. 필요할 때까지는 모른 척할 것이었다.

은월당

예관골에서 회동으로 넘어가는 고갯길에서 동쪽으로 일백여 보 걸으면 닿는 자리에 은월당이 있다. 은월당 마당 앞쪽 담장 밖 아래로 이십여 뙈기의 다락밭이 내리펼쳐졌다. 마당 끝에서 보면 다락밭들 아래로 예관골 집들이 드문드문 보였다. 마당 동쪽은 여덟 자 높이쯤으로 솟은 언덕 모양으로 살구나무며 박태기나무며 비싸리 등을 대중없이 키우며 담장을 대신했다. 그 너머에 회동으로 난 길이 있고 민가들이 드문드문 자리했다. 일부러 들어와 보지 않는 한 모든 시선에서 비켜 있는 자리에 은월당이 있는 것이다.

은월당隱月堂이라는 현판은 대문 추녀 밑에 수줍게 걸려 있었다. 난수는 보연당을 미행해 와서 이 집을 알게 됐다. 그 뒤 혼자 다시 왔을 때, 집 이름을 왜 은월당이라고 붙였을까 싶었다. 꼭 무당집 같지 않은가. 그 다음 왔을 때가 보름밤이었다. 담을 넘어와 마당으로 내려섰을 때에야 당호의 의미를 깨쳤다. 그 순간에 보이는 건 오로지 달뿐이었다. 그 밤에 그 집에도 달빛만 있었다. 그 달빛 속으로 난수가 보연당이 숨겨 놓은 달을 훔치려는 것처럼 들어선 것이었다.

해 질 녘인 지금은 소쩍새 소리만 들린다. 소쩌쿠 소쩌쿠. 소쩍새 소리를 따라하며 난수는 마루 끝에 걸터앉는다. 마루 양쪽으로 방이 있을 뿐인 자그만 집이다. 헛간을 겸한 대문채와 본채 사이의 마당은 집에 비해서는 넓은 편이다. 동쪽 언덕 밑에 옹달샘이 졸졸 흐르고 마당가의 꽃밭은 어슬녘에도 화사하다. 정인들이 다녀간 지 여러 날 됐는지 사람 훈기는 느껴지지 않는다. 충정재의 영지 마름인 재근과 보연당이 만나는 날짜는 일정치 않은 것 같았다. 보연당이 사대부가의 부인이라 밤에 만나는 일이 없는 것만 분명했다. 달빛이 마당 가득히 고였다가 흘러넘쳐도 정인들은 정작 그 달빛을 구경하지 못하는 것이다.

이온이 보연당의 뒤를 살피라 한 건 한 달 전쯤이다. 난수가 보연당 뒤를 캔 건 두 해 전쯤부터였다. 뭐든 살피는 게 직무인지라 뭔가 눈에 걸리면 일단 캐고 보는 습관이 들었다. 그렇게 해서 알게 된 사실들을 이온에게 고스란히 보고하지는 않았다. 거르고 덜어내며 아뢨다. 아뢰지 못한 건 쓸모없는 것이므로 버렸다. 그렇지만 아뢰지 못한 것들 중에 버리지 못하고 쟁여 놓은 것들도 있다. 윤홍집과의 일도 그중 하나다.

지난 정초에 난수는 친정 격인 안성 동백약방에 다녀오던 길에 길목에 있는 청호약방에 들렀다. 대낮에 정식으로 방문한 게 아니라 초저녁에 아직 닫히지 않은 대문 안으로 슬쩍 들어가 동정을 살폈다. 홍집의 기척 같은 건 느껴지지 않았다. 그는 정초나 한가위 등 수유가 몇 날씩 될 즈음이면 간혹 외박을 했다. 그럴 때 온은 홍집이 청호약방의 선덕을 찾아다니는 것으로 여기는 듯했다. 선덕은 보원약방에서 일하며 내의녀 취재시험 공부를 하느라 혼기를 놓쳤으나 의녀가 되었다. 덕분에 사비 일성이 세상 떠난 뒤 청호약방을 맡아 경영하게 됐다. 선덕에게 청호약방을 맡기자는 말을 홍집이 했다. 온이 홍집과 선덕을 의심하는 까닭이었다. 그렇지만 온이 난수한테 그 두 사람을 살피라는 명을 내린 건 아니었다. 난수 스스로 오다가다 한번씩 청호약방에 들러 보는 것뿐인데 별다른 낌새는 없었다. 그날도 난수는 아무것도 확인하지 못했다.

그 밤에 난수는 청호약방 건너 객점에서 잘 요량이었으나 내처 가기로 했다. 유천이나 과천에서 자고 강을 건너자 싶어 도성 쪽을 향해 나섰다. 객점 앞 사거리에서 말에 오르려는 참에 지나가는 말 한 필과 그 주인을 보았다. 어두웠지만 출사를 탄 홍집을 알아보았다. 그의 뒤를 따랐다. 어딜 가는지 궁금해서였다. 오래 따르지는 못했다. 앞서가던 홍집이 진위역에서 기다리고 있지 않은가.

"나오세요, 난수 씨."

난수가 몸을 드러내자 그가 주막을 가리키더니 들어갔다. 난수도 따라 들어갔다. 그가 객방 하나를 얻더니 난수에게 들어오겠냐고 물었다. 미행을 들킨 마당에 들어가지 않을 수도 없었다. 둘이 술을 마셨고 이야기를 나눴다. 그는 딸아이 미연제를 보러 가는 길이라 했다. 미연제의 소재를 말하지는 않았다. 난수는 선덕과 무슨 사이냐고 물었다. 온의 의심을 규명해 놓을 필요가 있었기 때문이었다. 그가 고개를 저었다. 그는 고개를 저었을 뿐이지만 난수는 믿었고 이온을 위해서가 아니라 스스로 안심했다. 그런저런 얘기를 주고받으며 둘 다 취했다. 그와는 아무 짓도 하지 않으리라 여겼던 몇 해간의 결심이 자취 없었다. 그 밤에 할 일이란 안고 안기는 것뿐인 듯했다.

난수가 다가드니 그가 뿌리치지 않았다. 아침에 일어나 그는 아랫녘으로 향했고 난수는 도성으로 돌아왔다.

얼마 전 온이 미연제를 찾으라 명했다. 그 명을 수행하기 위해서는 홍집을 통해야 하는데, 난수가 홍집에게 미연제의 소재를 물을 수는 없었다. 온도 홍집이 모르게 하라 명했다. 결국 그의 뒤를 밟아 알아내야 하는데, 홍집은 어둠에 익숙할 뿐만 아니라 어둠 속의 움직임에 대해서 귀신처럼 예민하다. 그를 미행하는 게 불가능하다는 사실을 온도 모르지 않는다. 그럼에도 온은 홍집 모르게 미연제를 찾아내라 했다. 그 명령의 저의가 무엇인지는 난수가 짐작했다.

온은 불구가 되면서 직감이 훨씬 예민해졌다. 어쩌면 온은 홍집이 사통하는 상대가 의녀 선덕이 아니라 난수인 걸 눈치채고 있는지도 몰랐다. 홍집과 난수는 진위역에서의 밤 이후 한 달여 만에 다시 만났다.

"백자동에 있는 제 집으로 오시겠어요?"

난수가 청해 이루어진 재회였고 집을 마련한 지 몇 해 만에 처음으로 초대한 손님이었다. 지금까지 유일한 손님이 그였다. 그 스스로는 난수 집에 오는 일이 없고 만나자고 먼저 청하지도 않는다. 난수가 청하면 오거나 오지 않거나 할 뿐이다. 온이 미연제를 찾으라 한 후에도 만났다. 미연제에 대해서는 묻지 못했다. 이 짓을 계속하다 온에게 들키면 어찌될 것인가. 정말 어찌하자는 것인지 난수는 자신의 심사를 알 수가 없었다. 홍집과 사통했던 호원당의 끝이 어떠했는지 다 보고서도 이러고 있는 자신을.

난수가 온에게 말하지 못하고 쟁여 둔 사실이 또 있다. 신덕스님이 아직 무녀 삼딸로 불리던 몇 해 전. 그날 저녁에 난수는 보현정사 학동인 초아를 보러 갔다. 초아는 학동 중에 가장 어린 일곱 살이었고 보현정사에 들어온 지 석 달 남짓 됐는데도 자주 아팠다. 처음 봤을 때부터 자꾸 눈에 밟히는 아이였다. 밤이 늦은 터라 사람을 부르기가 수선스러웠다. 담을 넘기로 했다. 매양 엿보고 다니는 처지라 당당해도 될 곳에서조차 소리 없이 움직이는 게 습관이 됐고 그런 자신에 실소하며 다가드는데 담장 안에서 옅은 기척이 났다. 보현정사 동쪽 담장 쪽이었다. 움찔 숨죽이고 있노라니 담장기왓장이 들리고 뭔가가 놓이고 기왓장이 덮였다.

담장 안쪽의 기척이 멀어진 뒤 기왓장 밑에 놓인 걸 빼냈더니 봉서였다. 그 무렵 갓 마련했던 백자동 집으로 가서 봉서를 조심스레 열어봤다. 수신인도 발신인도 없는 그 편지에는 보현정사 식구들의 신상명세가 정음으로 적혀 있었다. 당시 보현정사에는 스님 두 분, 행자 두 명, 학동 아홉 명과 삼딸 무녀 모녀와 살림하는 영글의 어미아비가 있었다. 허원정에서 태어나 늙은 영글의 부모는 글을 몰랐다. 학동들은 담장에 편지를 수월하게 놓을 만큼 키가 크지 않았다. 스님 두 분과 행자 두 명의 신상파기가 몹시 상세했으므로 그들이 쓴 것도 아니었다. 남은 사람은 무녀 삼딸뿐이므로 발신자는 그이였다.

삼딸 무녀가 이런 걸 왜 쓰지?

의혹이 생겼으므로 난수는 편지를 다시 봉해 그 길로 제자리에 가져다 놓고 보현정사로 들어가 초아와 학동들을 만났다. 그날 밤 아이들과 놀 때 담장 위의 봉서가 궁금했다. 봉서가 어떻게 되는지 지켜봐야 하는 게 아닐까. 조바심이 나기도 했지만 몸을 일으키기는 싫었다. 그걸 살피기 싫은 자신의 심사를 생각하고 싶지도 않았다.

아이들과 자고 식구들이 새벽 예불을 올릴 때 나오며 담장을 살폈더니 봉서가 없었다. 그 봉서가 정말 삼딸 무녀가 쓴 것인지 자신하기 어려웠고 누구의 손에 들려 어디로 갔는지 알지 못했으므로 온에게 고하지 않았다. 아씨가 아직 편찮으니 나중에 확실히 알아보고 아뢰려니, 했다. 이후 더 알아본 게 없으므로 아뢰지 못했다. 핑계는 그랬으나 그때 왜 더 알아보지 않았는지 난수는 아직 자신을 몰랐다. 그걸 알 때쯤은 호원당과 같은 파국을 맞을 수도 있을 터였다.

달빛도 없는 어둔 마루에서 상념에 잠겨 있던 난수는 발딱 일어난다. 대문 밖에서 인기척이 나지 않는가. 대문이 열리기 전에 옹달샘을 넘어 언덕으로 오른다. 비싸리 무더기 뒤로 앉는데 자물쇠가 풀리고 대문이 열린다. 검고 호리한 형체, 검고 가녀린 형체 둘이 들어선다. 여인들이다. 대문을 대충 닫은 여인들이 마루로 다가들더니 섬돌에다 신발을 벗어 놓고 올라앉는다. 호리한 여인이 부시를 친다. 치 칫. 두 번 만에 부싯켜에 불이 붙자 초에다 붙인다. 촛불에 드러난 얼굴들은 낯설다. 스무 살 안팎의 젊은 얼굴인데, 가녀린 몸피에 단발한 여인의 얼굴은 신기하다. 이목구비가 놀랍게 정교하지 않은가. 아름답다는 표현으로는 모자랄 듯한, 어쩐지 보는 사람 눈이 아프고 맘이 아픈 용모다. 그가 말한다.

"이 집이 그 집이라는 거죠?"

"예, 아씨."

"참 예쁜 집이네요. 탐나요."

"별 말씀을 다 하십니다."

농담이었는지 웃던 단발 여인이 고개를 갸웃하더니 난수가 숨은 어둠 쪽을 건너다본다. 순간 난수는 자신이 들켰다는 걸 느낀다. 지금껏 숱하게 남을 살폈다. 들킨 건 청호역에서 홍집을 뒤따랐을 때

뿐인데 지금 여인이 알아챘다. 도망을 치려면 뒤로 빠져 언덕을 내려가야 한다. 난수는 망설인다. 아무 기척을 내지 않았는데도 알아챈 저이가 움직임을 모르랴. 난수가 멈칫하는 사이 단발 여인의 눈길이 제 일행한테로 돌아가더니 입을 연다.

"이 집에서 그림을 그리면 좋겠다는 뜻이에요."

"화실로 삼기에는 좀 좁지 않을까요?"

"마당이 이리 넓고 하늘은 또 저리 넓은데 좁긴요."

마루의 두 사람이 주고받는 몇 마디를 듣는 동안 난수는 호리한 몸피의 여인도 어둠 속의 존재를 눈치챈 걸 깨닫는다. 여인들은 난수한테 물러날 기회를 주는 참이었다. 서로 부딪치지 않도록 먼저 온 네가 먼저 나가라, 하고 있었다. 단발머리 여인은 몰라도 호리한 여인은 무공이 높은 고수다. 함부로 시험하면 안 되는 상대. 게다가 시험할 필요도 없는 상황이다. 난수는 가만히 몸을 물려 반대쪽으로 내려온다. 존재를 들킨 충격에 잠시 긴장했으나 물러나니 자유롭다. 누구였을까. 어찌 은월당에 왔을까. 난수는 도리질을 하고는 고개를 든다. 초저녁 하늘에 별이 총총하다.

끝내 고독하리라

　자그만 불상이 봉안되어 있을 뿐 치장이라곤 없는 신당. 불단이 있음에도 방이 휑하다. 가구라고는 멀찍하게 마주하고 있는 경상 두 개뿐이다. 건너편 중석의 경상 위에는 연꽃이 든 사발이 있고 이쪽 온이 마주한 경상 위에는 차가 준비되어 있다. 칠 년여 만이다. 푸른 빛이 돌만치 새하얀 세모시 치마저고리를 입은 중석은 나이가 든 것 같지 않다. 혜원이라 불리던 여인은 곁에 없으나 칠 년 전과 다름없어 보이는 중석이 입을 연다.

　"오랜만입니다. 아씨."

　"저를 금세 알아보십니까?"

　"아직까지는 한 번 뵌 분들의 기운을 알아봅니다."

　"예전에 뵀을 때 제가 스승이 되어 주십사 청했는데, 거절하셨습니다."

　"제가 아씨께 가르칠 게 없어 제자로 들일 수 없다고 말씀드렸지요."

"이제금 제가 다시 청해도 거절하시겠습니까?"

"스승은 임금과 같고 어버이와 같다고 하지요. 사제지연을 맺으면 스승은 어버이가 자식을 기르듯, 임금이 백성 돌보듯 제자를 살펴야 하고, 제자는 어버이나 임금인 듯 스승을 섬기며 따라야 한다고요. 당시 아씨께서는 좇아야 할 스승을 원하신 게 아니라 등불 들어 줄 하속을 필요로 하셨지요. 지금은 그때와 달리 스승을 원하십니까?"

당시 그랬듯 지금도 스승이란 이름의 하속, 혹은 책사로서의 무녀를 원한다. 집안의 종인 아지어멈이 유모여도 여전히 종이듯 무녀가 스승이 되어도 무녀일 따름이다. 그럼에도 청한 건 중석이 어찌 나오는지 보기 위해서다.

"재고의 여지가 있습니까?"

"홀로는 방 밖에도 못 나가는 제가 무슨 영화를 바라 새삼 아씨의 하속이 되겠습니까."

"허면 내가 자네한테 공대할 까닭이 없겠구먼?"

온이 대번에 말투를 바꾸자 중석이 빙그레 웃는다.

"그러하십니다."

"복채가 다섯 냥이라 들었네."

"보통 그러하오나 아씨께서는 주시고 싶은 대로 주십시오."

"그건 공평치 못하지 않은가?"

"아씨 스스로 세상 누구와도 공평하실 생각이 없으실 제, 공평을 논하십니까."

"답지 않게 신랄하구먼. 각설하고, 신당의 주객으로서 정식으로 하세."

"그리하소서."

온은 왼쪽 소매 속에서 은병 다섯 개가 든 주머니를 꺼내 옆에 있는 회색 쾌자한테 건넨다. 주머니를 받은 회색 쾌자가 중석 옆에 앉은 검정 쾌자한테 가져다주고 돌아와 앉는다. 주머니 속을 확인한 검정 쾌자가 중석에게 무어라고 속삭이자 중석이 미소 짓는다.

"열 곱이나 되는 복채를 내리셨습니다."

"물을 게 많아 많이 준비해 왔네. 쉰 냥이면 내가 몇 가지를 물을 수 있는가?"

"손님들께서 제게 여러 질문을 하시더라도 정작 묻고자 하시는 바는 대개 한 가지이더이다. 그 한 가지에 다다르기 위해 여러 말씀들과 여타 질문을 선행하시는 거지요. 아씨께서도 정작 필요한 질문에 다다르실 때까지 하문하십시오. 먼저 사주를 말씀해 주시겠습니까?"

온이 오늘에 이르기까지 무녀에게 사주를 말한 경우는 흔훤사의 노고지리를 만났을 때뿐이다. 그때 노고지리는 운세란 의지에 따라 바뀌는 것인바 온이 미혼과부로서의 운세를 바꿔 지아비를 만들어 내리라 했다. 그날 밤 노고지리를 비롯한 무녀 셋을 죽인 건 사신계를 찾기 위해서였다. 사신계는 찾지 못했으나 온이 혼인했으므로 노고지리의 예시는 맞았다.

"을묘년 상달 십일 묘시 중경에 났네."

중석이 자신 앞에 놓인 연꽃 사발을 한참이나 매만지다 고개를 든다.

"이제 오늘 저를 찾아오신 까닭을 말씀해 보십시오."

"내가 삼 년여 전까지 세 무리의 젊은 하속을 거느렸네. 서른 명쯤 되는, 사뭇 단련된 젊은이들이었지. 그들은 어린 날 내내, 나를 위해 죽을 수 있는 충성스런 사람들로 키워졌고, 다 자라 내게 왔어. 헌데, 기묘년 정월에 각기 다른 장소로 보낸 그들이 사라졌네. 일시에 종적 없이, 연기처럼 증발했어. 그들이 한꺼번에 죽을 수는 없는데, 죽지 않았다면 그처럼 깜깜하게 두절될 까닭도 없으니까 살아 있다고 보기도 어렵겠지. 그럼에도 나는 그들이 살아 있을 것만 같아서 궁금해. 그들이 살았겠는가, 죽었겠는가? 살았다면 어찌 내게 아니 돌아오고, 죽었다면 어찌 죽었을 것 같은가?"

"소인 같은 무격의 입장에서 볼 때, 살아 있는 사람은 흔적 없이 사라질 수 있습니다만, 죽은 사람의 열의 아홉은 혼령으로 남습니다. 남은 아홉 혼령 중 서넛은 천도되어 사라집니다. 스스로 사라지거나 천도되지 못하고 구중천에 남은 혼령이 환생하거나 귀신이 되는 것인데, 귀신들은 살아 있을 때 인연이 깊었던 사람의 주변에 머물기 십상이지요. 무던한 죽음이었다면 산 사람이 죽은 이의 혼령을 찾을 까닭이 없으므로, 귀신 입장에서도 그 주변에 머물 까닭이 없겠지요. 삼 년이 지나 아씨께서 그들을 찾으실 제, 아씨 곁에 그들의 혼령이나 귀신이 없으므로 그들은 살아 있다고 봐야할 겝니다."

"혼령과 귀신이 다른가?"

"무녀들은 달리 봅니다. 혼령이든 귀신이든 예사 사람 눈에는 어차피 안 보이는 그들일지라도 무녀들한테 혼령은 형체가 없습니다. 물 같고 연기 같다고나 할까요. 느낌을 보는 것이지요. 귀신은 혼령 단계를 지나 살아 있을 때의 모습을 갖추고 있습니다. 현재 아씨 곁에는 아씨가 찾는 그들이 없는 것이고요."

"내 곁에 그들의 혼령이나 귀신이 없으므로 그들이 살아 있다? 그 럴싸한 말이구먼. 하여 자네는 그들을 찾을 수 없다는 말을 하려는 게지?"

"그들이 죽었다면 초혼제나 진혼굿을 통해 혼령을 부를 수 있겠습니다만, 그들이 살아 있는 한 무격의 능력 밖에 있는 것이지요."

그들이 살아 있으리라 확신하면서도 굳이 거론한 건 중석의 표정을 보기 위함이다. 지금 중석의 여상하고 여낙낙한 얼굴로 보자면 헛짓이 된 듯하다.

"그들이 살아 있다면 어디에 있을 것 같은가? 무격으로서가 아니라 숱한 사람을 만나온 자네의 식견으로 짐작을 해보게."

"아무리 많은 사람을 만났기로 소경의 몸에 무슨 식견이 들었겠습니까. 그래도 주워들은 풍설을 조합해 보자면 조선이든 청국이든 왜국이든, 또 구만리 이역의 무수한 나라들이든, 하늘 밑에 살고는 있을지라도, 나라라는 틀을 벗어나 사는 사람들도 드물지 않게 있는 것 같더이다. 우리가 사는 조선 땅에 국한하여 가늠해 보더라도 삼년에 한 번씩 치르는 호구조사 때, 포함되지 않는 사람들이 제법 있다고 들었습니다. 체제를 벗어나 있는 사람들이지요."

"체제를 벗어나서 무슨 수로 살아? 숨어 살면서 어떻게 생계를 마련하고?"

"탐관오리한테 빼앗기지 않고, 땅 주인에게 소작의 태반을 내놓지 않아도 되고, 힘 가진 자들의 탐학에 시달리지 않아도 된다면, 여름에 홑옷 두어 장, 겨울에 솜옷 한 벌이면 살고, 하루 한두 끼니 입에 풀칠하고, 초막 한 채면 한 식구 살 만하지 않겠습니까. 주워들은 풍설을 억지로 그러모으자면 그렇다는 것이지, 아씨의 사람들이 아씨 곁을 떠나 그와 같이 살고 있을 것이라는 뜻은 아닙니다."

풍설을 빙자하여 힘 가진 자들을 비판하는 것이자 저와 마주앉은 이온의 힘을 꼬집는다.

"결국 자네가 그들의 행방을 짐작치 못한다는 말인데, 모른다 하면 될 일을 거창하게도 만드는구먼. 어쨌든 알겠네. 다른 걸 물어보지."

"하문하십시오."

"내 아는 어떤 사람이 내게 소식 하나를 가져왔네. 그를 돌쇠라 부르기로 하지. 또 한 사람이 있는바 그를 화양이라 부르기로 하고. 돌쇠가 가져온 소식은, 높고 환한 자리에 있는 화양과 그 주변 사람을 캄캄한 곳으로 끌어내림은 물론, 죽일 수도 있을 내용이네. 그리고 돌쇠 자신도 죽을 수 있는 내용이고. 돌쇠를 살리자면 화양을 죽게 돼야 하고, 화양을 살리자면 돌쇠와 그 주변의 몇 사람을 당장 죽여야 할 것 같아. 헌데 돌쇠나 화양이나 나한테는 존재의 값이 비슷해. 오늘의 내가 돌쇠를 살려야 하는가, 화양을 살려야 하는가?"

중석이 여전히 소전과 닿아 있을 제, 화양에 관한 말을 알아들을 테고 어떤 행동이든 취할 터이다. 어떤 경로를 통해 소전에게 알리는지, 소전을 구하기 위해 빈궁전 주변 사람들 이외 어떤 세력이 움직이는지, 온은 볼 수 있을 것이다. 중석이 알아듣고도 움직이지 않는다면 그건 소전과 빈궁전의 불운일 뿐이다. 궐에서 부자간의 골육상쟁이 나든 말든 온으로서는 추이나 지켜보면 된다. 임금과 세자 간, 왕자들 간의 골육상쟁이 드문 일도 아니지 않는가. 일조 광해의 부왕 선조도 그랬다.

선조는 임진란이 일어나자 스스로는 왜군을 피해 달아나면서 광해군을 세자로 책봉하고, 조정을 둘로 분조分朝하여 세자로 하여금 전쟁을 치르게 했다. 전쟁이 끝난 뒤에는 세자 광해를 폐하기 위해 갖은 트집을 잡아댔다. 그로 하여 권신들이 세자를 불신하며 얕보게 만들었다. 세자 광해가 즉위하고도 권신들이 임금에 승복하기보다 끌어내리려 끝없이 모의한 까닭이었다. 명나라가 쇠하고 쪼그라졌는바 새로 일어나는 청나라를 대비하여 국력을 길러야 한다는 광해 임금의 뜻을 좇는 대신 작당하여 싸워대다 결국 폐조로 내쳤다. 일조 광해를 내치고 등극한 능양군 인조는 정묘년의 호란을 당했다. 그는 자신의 아들들인 세자 형제를 청국에 인질로 내주었다. 인조가 제 아들 소현세자를 얼마나 미워했는지는 수많은 기록들이 방증했다. 어쨌든 그 덕에 봉림대군이 즉위했고 청국까지 가서 봉림대군을 받들었던 허원정 삼조三祖 이린은 폐족될 뻔한 광해 일족을 살려냈다.

"돌쇠와 화양이 아씨와 어떤 관련이 있습니까?"

"둘 다 관련이 없지는 않아도 누가 살든 내겐 다르지 않네. 누가 죽든 상관없고."

"그 정도 말씀으로는 제게 느껴지는 것이 없사와 돌쇠와 화양의 생사에 관한 말씀을 드릴 수 없습니다. 하오나 그 둘을 다 살리심이 아씨 자신께는 크게 득이 되실 텝니다."

"무슨 까닭에?"

"죽을 수도 있을 두 사람을 살리시면 아씨는 물론이고 아씨의 자녀분을 위한 큰 공덕이 되기 때문이지요."

"지금 자식 얘기는 어찌 나오는 거지? 내겐 자식도 없는데?"

중석이 미간에 주름을 잡으며 고개를 숙인다. 꽃 사발의 가장이를 매만지는 손가락이 희고 갸름하다. 중석의 시좌가 온의 탁상에 놓인 찻잔에 차를 따라 놓는다. 온은 고개를 끄덕여 고맙다 표시하곤 찻잔에 손대지 않는다. 팔을 구부려 찻잔을 잡기가 번거롭거니와 중석이 내주는 차를 마시기가 꺼림칙했다. 이온이 중석의 실체를 캐거나 잡으려던 일들이 모조리 실패했을망정 그 스스로는 자신이 여러 번 위태로웠던 사실을 느꼈을 터였다. 차에다 독을 넣지는 않았겠지만 그 맘에 독기야 없겠는가. 이윽고 고개를 든 중석의 얼굴에 미소는 없다.

"아씨께서 불편하신 몸으로 굳이 저를 찾아오셨고 두둑한 복채를 내리시기에 최소한 무녀로서는 믿으시는구나, 하였습니다. 헌데 저를 기만하십니다, 그려."

"내가 자네를 기만하다니, 그 무슨 억울한 소리야?"

"아씨는 이미 따님을 두시었고 두어 차례 유산하신 뒤 현재 수태 중이시지 않습니까?"

중석이 어찌 나오는가 보자고 대놓고 거짓을 말했던 온은 사뭇 놀랐다. 중석이 미연제의 존재나 유산한 사실을 알아챈 것 때문이 아니라 자신이 다시금 회임한 사실을 몰랐기 때문이다. 두 차례 유산하면서, 미연제를 낳을 때 배를 가른 탓이라고 생각했다. 산통이 생겨 자식을 낳아야 할 제 낳지 못하면 산모와 태아는 같이 죽을 수밖에 없다. 그걸 잘 알면서도 힘들게라도 분만케 하지 않고 배를 가른 의녀 백화를 몹시 원망했다. 그 일을 허락한 홍집도 원망했다. 다시 수태하기 어려우리라 여긴 탓이었다. 헌데 수태 중이라 하지 않는가.

"내가 낳은 자식이 있긴 하나 잃어버린 탓에 그 아이가 내 자식인지 알 수 없어 한 말이네. 내가 다시 회임한 사실은 지금 자네로 인해 알게 된 게고. 그러니 노여워할 거 없고, 내가 돌쇠와 화양을 살리는 게 내 자식들한테 덕이 된다는 말이 무슨 뜻인가?"

"아씨 심신에 깃든 살기가 강하여 태아가 견디지 못하기 때문입니다. 그런 까닭에 거듭하여 유산하신 거지요."

"내가 태아를 담은 채 살기를 품어 본 적이 없는데 그 때문이라고?"

"아씨 몸에 깃든 태아한테야 살기를 품지 않았겠지요. 허나 아씨는 지금도 살기를 풍기고 계십니다. 물론 저를 죽이겠다는 살기는 아니시기에 제가 이리 마주앉아 있습니다만, 상대가 누구이든지 내가 살기를 지니게 되면 언젠가는 자신을 치는 겁니다. 살기의 결과는 금세든 나중이든 반드시 자신의 몸에 나타나기 마련이고요. 더구나 수태에 있어서는, 여인이 살기를 가졌을 경우 수태하기 어렵거니와 수태하여도 태아가 모체를 견디기 힘듭니다."

"자네가 아무리 신기 높은 무녀라도 해도 그리 함부로 단언하며 장담할 수 있는가?"

"저는 어느 일도 장담하지 못하고 아니합니다만, 삼십 년 넘게 점사를 행하면서 그런 경우 드물지 않게 보았습니다. 시앗과 시앗이 낳은 자식, 시어미 등을 죽이고 싶은 마음을 갖고 있으면서 스스로는 아들 낳기를 바라는 여인들이 많지요. 누굴 향한 살기든, 살기를 지닌 이들은 수태하기 어렵고, 수태하여도 낳기 어렵고, 낳아도 백일 넘기기가 어렵더이다. 태아가 모체의 살기에 치이기 때문이지요."

"단언컨대 나는 회임해 있는 동안 누구도 죽기를 바란 적 없네. 지금도 마찬가지고."

"아씨께서 그리 단언하시면 저는 어쩔 수 없습니다만, 한 말씀 올리지요. 『아함경』에 '어떤 경우라도 남을 비난치 말라. 비난하는 것은 마치 피를 물고 남을 향해 뿌리는 것과 같다'는 말이 나온다 합니다. 남을 향해 피를 뿌리기 위해서는 남에게 닿기 전에 먼저 자신의 입 속에 피를 머금게 된다는 뜻이겠지요. 비난도 그러할 제 살기, 살의는 어떻겠습니까."

온은 솟구치는 분노를 기를 쓰며 참는다. 분노를 터트려 봐야 당장은 받아줄 사람이 없거나와 수태 중이라 하지 않은가. 침묵이 고인다. 분노는 참을 수 있으나 침묵은 참기 힘든 온이 입을 연다.

"각설하고, 자네는 내가 얘기한 돌쇠와 화양에 관한 내용을 알아들었는가?"

"막연하게 말씀하시어 이해하지 못하였습니다."

"이해하였어도 그리 말할 자네가 아니겠지. 그 문제는 내가 더 생각해 보겠고, 내 더 물을 게 있네."

"하문하소서."

"자네, 자식을 낳은 일이 있는가?"

"저는 몸으로 자식을 낳아 보지 못했습니다만, 어찌 그런 걸 물으십니까?"

"내가 물으려는 사안에 대한 선행 질문이네. 어찌 자식을 못 낳았어? 사내를 겪어 보지 않았다는 말인가?"

"천것인 제가 사내를 겪지 않고 살아나올 재간이 있었겠습니까."

"헌데?"

"저는 어린 날부터 신기 높은 무녀로 제법 이름을 날렸습니다. 그러다 보니 권세 가진 남정들이 제 신기와 몸을 탐내어 저를 윽박지르고 억압하더이다. 제 신기를 독점하여 자신의 전도에 쓰고 제 몸은 하초 꽃으로 쓰려는 남정들이 여럿이었지요. 저는 그들에게 유린당하면서 그들을 저주하였습니다. 그들이 급살 맞아 죽기를 기도하고, 그들을 죽여 달라 신령들께 간구했지요. 신령들께서 제 기도를 들어주셨던지 제 몸을 탐하고 저를 억압했던 여러 남정이 죽었습니다. 그 결과로 저는 눈을 잃었지요. 동시에 자식도 못 낳는 몸이 되었고요."

"평생 잡티 한 점 끼치지 않은 것 같은 몸에 사연이 많구먼. 원래 형제는 어찌되는가?"

"제 어미가 늘그막에 저 하나를 낳고 별세한 탓에 혈혈단신입니다. 어찌 물으십니까?"

"내가 자네와 똑 닮은 젊은 여인을 만난 적이 있네. 자네가 낳았거나 자네와 부모가 같다고 볼 수밖에 없게끔 닮은 여인이었어. 나는 그이로 인해 불구가 되었고, 그이는 나로 인해 이 세상 사람이 아니게 되었다고 들었지. 듣기는 했는데 나는 그이가 죽었을 것 같지가 않아. 불구로 사는 동안 내내 그게 미심쩍었어. 그이가 살아 있을 것 같아서. 그이가 살아 있는지 죽었는지, 자네는 알 수 있겠지?"

"저는 제 반생을 소경으로 살아온 탓에 제 얼굴이 어찌 생겼는지도 잊었는데, 저 닮은 여인을 보셨다 하시니 신기합니다만, 지금 아씨 곁에 그 혼령이나 귀신은 없습니다."

"내 곁에 그 혼령이 없으므로 살아 있다고 보는 것인가? 사라진 내 하속들처럼?"

"그가 죽었다고 가정할 때 그의 혼령은 윤회의 고리를 끊고 구중천을 벗어났을 수가 있고, 이미 환생하였을 수도 있습니다. 또 구천을 떠돌고 있으되 아씨를 거리껴 아씨 주변에는 오지 않을 수도 있지요. 그가 죽은 게 확실하다면, 혼령의 유무를 알아보자면 초혼굿을 하여 그를 불러 봐야 할 겁니다."

"자네가 할 수 있겠지?"

"손님과 마주하여 자주 드리는 말씀입니다만, 저는 눈이 어두워

굿을 못합니다. 굿 잘하는 무녀를 찾아드릴 수는 있지요. 어쨌든 굿을 할 때는 돈을 내어 굿판을 여는 이가 굿의 주인입니다. 그렇지만 굿의 주인이 굿판을 열 때는 그 자신과 직접적인 관련이 있어야 합니다. 누군가의 생사를 알고자 굿을 할 때 굿판의 주인은 알고자 하는 그이의 혈육이거나 식구여야 하는 게지요. 그이가 혼령이나 귀신으로써 구천을 맴돌고 있다 해도 혈육 아닌 자의 초혼에 응하지 않기 때문입니다."

"피붙이나 식구가 아니어도, 나 때문에 죽어 귀신이 되었다면 분해서라도 나를 찾을 성싶은데? 분풀이를 하기 위해서라도?"

"누구 때문에 죽어 된 혼령이라 할지라도 반드시 악귀로 변하지는 않습니다. 원귀들은 구천을 떠돌지 않고 자신이 원하는 바를 곧장 찾아내어 해꼬지를 하고 말지요. 생시의 원한을 품고 죽으며 죽어서라도 갚고 말리라고 독심을 품은 혼령들이 악귀가 되기 때문입니다. 구천을 떠도는 귀신들은 대개 원귀나, 악귀가 아니라 가야 할 길을 찾지 못해 떠버린 이들입니다. 그들을 뜬것이라 부르지요. 어쨌든 현재 아씨 곁에 그 귀신은 느껴지지 않습니다."

온은 사비가 아이를 낳지 못하고 죽은 것이며 자신이 거듭하여 유산한 까닭이 은재신의 귀신이 작용한 탓일지도 모른다고 여겨왔다. 은재신이 당시에 회임한 상태였다는 말을 들었기 때문이다.

"그러므로 현재로서는 자네 닮은 여인의 생사 유무도 알 수 없다는 게지?"

"그렇습니다."

"마지막으로 묻겠네. 내 아버님께서 자네를 여러 번 만나신 걸로 아는데, 내 아버님을 기억하는가?"

"기억합니다."

"내 아버님의 향년 운세를 봐 주게. 필요하다면 내 아버님 몫의 복채를 따로 내지."

"따로 복채를 내리실 필요는 없습니다만, 선친 운세의 어떤 면이 궁금하신지 구체적으로 말씀해 주시기 바랍니다."

"내 아버님이 몇 해 전에 원행을 나가셨다가 병환을 얻어 아무 일도 못하게 되셨네. 살아 계시고, 일 년쯤 지나서부터는 간혹 멀쩡해 보이실 때도 있는데 그런 순간은 착각인가 싶게 짧고, 보통은 백치 같으시지. 아버님의 정신이 다시 돌아오시겠는지, 하여 예전과 같아지실 수 있는지를 알고 싶네. 혹은 뭐가 씌신 건지."

"아씨의 선친께서는, 오래전의 제가 여기 살 때 처음 찾아오시었지요. 그때 선친께서는 아드님을 낳으실 수 있는지 제게 하문하셨습니다. 저는 따님 한 분이 열 아들을 값할 것이라 말씀드렸고요. 제가 화개에서 아씨를 만난 뒤 선친께서 다시 찾아오셨을 때는 당신의 전도를 물으셨습니다. 저는 선친께 만승지존이 되고자 하시는가, 여쭸고요. 선친께서 수긍하시면서 그 시기가 언제쯤이겠냐 제게 물으셨습니다."

"그래서?"

"홀로 가실 길이 아니라 수많은 목숨들과 함께 가셔야 하므로, 더불어 갈 사람들을 어찌 거느리느냐에 따라 뜻하시는 일의 향방이나 시기가 보일 거라 말씀드렸지요."

"그뿐이었다고?"

"선친께서 대충의 시기를 말해 보라 하시는데 제게 보이기로 십 년쯤을 계획하고 계시는 듯싶더이다. 해서 저는, 그리 큰일은 스스로 용단하셔야 하매 그 시기를 십 년 뒤쯤으로 잡고 계시지 않은가, 여쭸습니다. 그때 제가 본 것은 아버님의 생각뿐이었던 거지요."

"당시 자네한테 내 아버님의 전도가 보이지 않았다는 건가?"

"아버님이 원하시는 전도가 아니 보였지요. 그래서 아씨의 선친께, 어떤 일도 서둘지 마시고 사람들을 부드러이 거느리시라 말씀드렸지요. 자충수를 두시면 아니 된다고도 했고요. 그건, 지존이 되실 수 있으리라는 뜻이 아니라 무고한 사람들을 죽이지 않아야 당신의 욕망에 치이지 않고 타고난 수명을 사실 수 있으리라는 뜻이었습니다. 아씨의 선친께서는 제 말 뜻을 달리 해석하시는 것 같았고요. 누구나 자신이 듣고 싶은 말만 듣는 것처럼 선친께서도 그러신 듯하였습니다."

"결국 아버님께서 뜻하신 바가 가능하지 않는 운세이셨다는 뜻인가?"

"그렇습니다. 편찮으시다는 아씨의 선친께서 다시 예전과 같아지실 수 있을지는 소인이 알지 못하고요. 뭐가 씌신 건지는 주변 분들도 충분히 아실 겝니다. 뭐가 썬 사람은 백치처럼 보이는 게 아니라 다른 사람처럼 보이기 마련이니까요."

"아버님을 잇고 있는 내 전도는 어떠한가?"

"이미 말씀드렸습니다만, 아씨의 선친께서 뜻하신 일은 불가능한 일이었습니다. 아씨께서도 그걸 아시고요. 아씨 자신의 전도는, 자식을 낳으실 수 있는, 생명을 기르실 수 있는 심신이 되신다면, 가령 돌쇠나 화양을 놓고 저울질하기보다 둘 다 살 수 있는 방법을 찾는 덕을 베푸신다면, 당금에 지니신 많은 것들을 유지하며 사실 수 있을 텝니다. 선친과 같은 길을 걷지 않는다고 전제했을 때 그렇다는 것입니다."

"돌쇠와 화양은 내게 무관한데?"

무관하다는 온의 말에 중석이 미간에 주름을 만들더니 풀고는 답한다.

"또 주워들은 풍월입니다만, 『잡아함경雜阿含經』에 이런 말이 나온다고 합니다. '이것이 있으므로 저것이 있고, 이것이 생기므로 저것이 생긴다, 이것이 없으면 저것이 없고, 이것이 사라지면 저것도 사라진다'고요. 연기緣起에 관한 말로서, 모든 존재하는 것은 서로서로 인연이 되고 조건이 되어서 생겨난다는 뜻이겠지요. 하늘 아래 사는 사람들 누구도 완전히 무관할 수는 없다는 의미이겠고요. 그러할 제 돌쇠는 아씨를 찾아와 화양에 관한 이야기를 해준 사람인데 어찌 무관하겠습니까. 돌쇠의 말을 들으신 아씨께서 저를 찾아와 그 말씀을 하시매 아버님과 태중의 아기씨까지 거론됐지 않습니까. 아씨와 제 사이, 그 주변에 있는 셀 수도 없을 만치 많은 사람이 연결돼 있는 것이지요."

무녀 주제에, 그것도 장님인 주제에 읽은 책이 지나치게 많다. 부친이 중석을 당신의 제갈공명으로 삼고자 했고, 그리 못할 시 다른 사람의 제갈공명이 되기 전에 죽여야 하리라고 했던 까닭이다.

"그럴 수도 있겠지. 해서 내가 화양과 돌쇠를 모른 체하면 어찌되는데?"

"아시면서 물으십니까?"

"몰라 묻네."

"지금까지 그러셨듯 앞으로도 고독하시겠지요."

아아, 고독! 듣고 보니 평생 고독했던 것 같다. 속내 털어놓을 한 사람도 갖지 못한 채 외롭고 쓸쓸했는데, 몰랐다.

"내가 자네와 다시 만날 일은 있겠는가?"

"그건 아씨께서 작정하시기 나름 아니겠습니까."

"내 다시 자넬 만날 작정을 하는지, 두고 보면 알겠지. 오늘은 이만 해도 되겠네. 내 시중들이 있는 바깥으로 나를 데려다 주시게."

대문 바깥에 난수와 욱진과 공우가 기다리고 있었다. 파루와 함께 집을 나와 가마골 웃실 입구까지 말을 타고 왔고 욱진과 공우한테 번갈아 업히며 산길을 올랐다. 평평한 곳은 목발이나 지팡이에 의지하여 몇 걸음 옮길 수 있지만 가파른 길은 한 걸음도 내디딜 수 없는 불구. 그렇게 업힐 때마다 불구라는 것을 실감하게 되어 집에서는 업히지 않는다. 피치 못할 경우가 아니면 외출도 삼간다. 그 불편함을 무릅쓰고 찾아와 들은 말이 남을 살려야 내가 산다는 것이다. 그렇지 않을 때 고독하리라는 것이다.

"그리하겠나이다, 아씨. 안녕하소서."

중석의 말이 끝나자 곁에 있던 시좌가 바깥에 대고 사람을 부른다. 금세 남정 쾌자가 온 옆에 등을 대고 앉는다. 쾌자 여인들이 남정 등에다 온을 얹어 준다. 그 등에 업혀 방을 나서자 아직 캄캄하다. 온의 눈앞도 어둡다. 쾌자 남정의 등판에 이마를 댄다. 아직 새벽이라 땀을 흘리지 않는지 얇은 무명적삼과 무명쾌자가 보송하다. 깨끗이 푸새되어 햇볕에 잘 마른 무명의 감촉과 냄새다. 온의 콧날이 매큼해진다. 오래전 홍집한테서는 늘 땀내 섞인 몸내가 났다. 함화루 풀 마당에서 목검을 잡고 어울릴 때나 폐사였던 보현정사에서 뒹굴 때. 그 무렵의 홍집이 이온을 향해 얼마나 다정했는지 그때는 몰랐다. 혼인하고 그의 다정이 그친 뒤에야 느꼈다. 그의 다정을 몰라 외로움을 몰랐다. 그의 몸에서 땀내가 나지 않고, 다정도 그쳤지만 그가 지아비로 곁에 있으므로 여전히 외로움을 모른다. 외로움이 슬픔인지도 몰랐다. 남의 등판에 엎드린 지금 알겠다. 내가 고독한 것을. 고독이 슬픔의 한 가지라는 걸. 허원정 일조 광해의 육대손 이온은 이후로도 내도록 고독하리라는 것을.

거절치 못할 부탁

보름 전쯤부터 도성 안 곳곳에 소전을 참소하는 벽서가 나붙고 뿌려졌다. 흔히 발견된 게 그때부터지 벽서에 관한 소문이 나기 시작한 건 한 달이 넘었다. 크고 작은 종이에 부러 서툴게 끼적거린 것 같은 벽서들의 내용은 전부 세자의 비행에 관한 것이었다. 세자가 밤마다 궐을 나와 도성 안 계집들을 후리고 다닌다거나, 누구를 죽였다거나, 칼잡이들과 어울려 다닌다거나, 권전장에 나타나 주먹질을 했다는 식이었다. 왈패들을 모아 큰궐을 도모하려 한다는 내용이 본격적으로 나타나기 시작한 게 열흘 전부터다. 포도청 나군들이며 의금부 순군들이 벽서 붙이는 자들을 잡으려 눈이 벌게져 밤거리를 돌아다녀도 허사였다. 놈들이 비호처럼 벽서를 붙이고 그림자처럼 어둠속으로 사라지기 때문이었다. 어쩌면 나군들이나 순군들 중에 벽서를 붙이는 자들이 있는 거라고 추측해야 할 것 같았다.

오늘 위종사청에서 김강하, 문현조, 윤홍집, 김형태 등의 위종사들끼리 나눈 얘기가 그러했다. 속 깊은 얘기들은 아니었다. 김형태가 금위대장 김한구의 조카인 탓에 넷이 나누는 대화는 주막집에서 손님들이 나누는 잡다한 내용들보다 나을 게 없었다. 강하가 퇴청해 집에 들어서자마자 우쇠 할아버지가 말한다.

"웃대에서 기별이 왔는데, 서방님, 오늘 밤에 필동으로 오시랍니다."

삼내미에서는 반야원을 웃대라 부른다. 필동은 완유헌의 대칭對稱이다.

"어른들께선 평양으로 가셨는데, 누가요?"

"가 보시면 알 테죠."

노인 얼굴에 미소가 어린 걸 보니 수앙이 만나자는 모양이다. 뜻밖의 선물을 받은 듯 강하의 가슴이 설렌다. 즉각 움직이려다 씻고 저녁 먹고 부러 느릿하게 집을 나선다. 혹시 모를 눈을 경계하며 거리로 나서니 사통하는 정인을 만나러 나선 듯해 웃음이 난다. 서학고개를 넘고 경운궁 옆을 지나 명례방을 거쳐서 교서관골 앞의 큰길을 지나 남학도 지나면 필동이다. 완유헌 앞에 이르자 의도했던 대로 인경이 울린다. 부러 천천히 왔으되 대문 앞에서 수앙이 기다리고 있을 거라는 생각은 못했다. 대문 앞 계단에 홀로 앉아 있던 수앙이 내달아 안겨오며 소리친다.

"왜 이제 와? 한참이나 기다렸잖아! 졸려 혼났다고."

수앙 덕에 진강포의 여섯 아이가 살아나 건강을 회복했다. 귀섬에서 시달리던 아이들 예순두 명이 구출되었고 그 아이들을 그곳에 이르게 한 마흔두 놈이 바다 속에 수장되었다. 제물포 선주인 정석달과 연백군수 김종태에게 배후는 없는 것 같았다. 배후가 있건 없건 그들이 제 뒤에 누가 있는지 불지 않고 죽은 건 그나마 다행이었다.

연백군수 김종태는 정석달과 함께 배를 타고 나갔다가 오리무중이 된 것으로 마무리됐다. 그리 어마어마한 일을 해놓고도 그 사실을 아는지 모르는지, 수앙은 예사롭다. 예전의 저 같아 강하의 맘이 설렌다.

"언제까지 오라고는 하지 않았잖아."

"오라는 말 듣자마자 왔어야지!"

힐책하면서도 수앙은 강하의 목에 두 팔을 감고 까치발을 딛고 얼굴을 든다. 입술이 마주친다. 혀가 엉키며 몸이 뜨거워진다. 이러다 대문 앞에서 일을 벌이겠다 싶어 강하는 고개를 든다.

"밤에 어찌 혼자 나와 있었어? 안에 있지 않고서."

"큰언니가 늦게 오니까 그렇잖아. 청지기 아저씨가 안절부절 못하고 들락날락했어. 들어와."

수앙이 강하의 손을 잡아끌며 계단을 오른다. 완유헌 청지기가 안에 있다가 강하에게 인사를 하고는 대문을 닫는다. 수앙은 익숙하게 곧장 별당 쪽으로 향한다. 완유헌 일꾼들이 묵는 사랑 곁채며 내원 아래채의 불빛이 흘러나오긴 해도 내다보는 사람은 없다.

별당은 대청을 가운데 두고 왼쪽은 방이 한 칸이고 오른쪽은 두 방이 나란히 있다. 수앙은 오른쪽 방으로 들어선다. 강하가 처음 들어와 보는 방이다. 나란한 두 방의 가운데에 턱없는 장지문이 달렸다.

"웃대에서 혼자 내려왔어?"

"아니. 동아언니가 데려다 주고 갔어. 내일 아침에 데리러 온다고."

"그럼 지금 안아도 돼?"

강하의 물음에 수앙이 히 웃으며 팔을 벌린다. 어깨를 당겨 안으니 수앙이 강하의 옷고름에 손을 댄다. 수앙은 첫날밤 치를 때부터 강하의 옷 벗기기를 좋아했다. 이제야 안해로 돌아온 것이다. 강하는 서두르지 않으려 애쓰면서 수앙을 안고 불빛이 먼 아랫방으로 내려와 옷을 벗긴다. 서로 공들여 만지면서 천천히 합일하고 동시에 절정에 오른다. 평화로운 교접이 끝난 뒤 속곳만 걸친 수앙이 마루에서 물주전자와 잔이 얹힌 쟁반을 들여온다.

"밤이 늦어서 차는 준비하지 않았어. 그런데 혹시 시장해? 안에 가서 뭐 좀 가져올까?"

"물이면 충분해."

강하가 물을 따라 잔을 건네자 한 모금을 마신 수앙이 건네준다. 강하가 물잔을 비워 내려놓자 수앙이 입을 연다.

"지난 새벽에 이온이 소소원에 다녀갔대."

"뭐?"

"큰언니, 몇 해간 이온을 본 일 없지?"

"어떻게 봐."

꿈에서라도 다시 보고 싶지 않으므로 꿈에서도 본 적이 없다.

"검곡재께서 이온의 팔다리를 다 못쓰게 만들어 놨다고 들었는데, 오늘 능연 선생님한테 들어보니 아주 못쓸 정도는 아닌 것 같던데?"

"나는 그쪽 이야기 들은 적 없어서 몰라."

"그이는 두 번 유산했는데 현재 다시 수태 중이래. 그 스스로는 몰랐던가 봐. 많이 놀라더라고 들었어. 그이하고 홍집 대장님하고 내외라면서?"

"응."

"그이들한테는 딸이 있고?"

"응."

"그 아이가 있어서 홍집 대장님한테는 참 다행이야. 이온은 지금 몸에 품고 있는 아기를 못 낳을지도 모르니까."

"왜?"

"어머니 말씀에 따르면 이온에게는 살기가 많아서 아기가 태어나기가 어렵대."

"지금도?"

"지금도! 그래서 내가 언니를 만나야겠다고 어머니께 말씀드렸어."

"이온의 살기가 나한테 뻗쳤다는 거야?"

"이온이 말하길, 자기 아는 사람 중에 돌쇠가 있는데, 그가 최근에 한 소식을 가져왔대. 돌쇠가 가져온 소식은, 높고 환한 자리에 있는 화양과 그 주변 사람을 캄캄한 곳으로 끌어내려 죽일 수도 있고, 돌쇠 자신도 죽을 수 있는 내용이래. 이온이 돌쇠를 살리자면 화양을 죽게 둬야 하고, 화양을 살리자면 돌쇠와 그 주변의 몇 사람을 당장 죽여야 한대. 그런데 돌쇠나 화양이나 이온한테는 존재의 값이 비슷하대. 이온은 자신이 돌쇠를 살려야 하는가, 화양을 살려야 하는가, 별님께 물었대."

화양은 소전일 텐데, 익위사에서만 사용하는 소전의 별칭을 이온이 대놓고 쓴 게 예사롭지는 않다.

"별님께선 뭐라 하셨는데?"

"그 둘을 다 살려야 이온이 아기를 낳을 수 있으리라는 뜻으로 말씀하셨대. 이온은 알아들었다고 하면서 돌아갔고. 그런데 어머니가 느끼시기에 이온은 그 둘 다를 살릴 생각이 없는 것 같대. 그래서 큰일이 나게 생긴 거고."

"돌쇠 때문에?"

"돌쇠와 그 주변 사람들 때문에 화양과 그 측근들이 큰일인데, 화양의 측근 중 한 명이 큰언니잖아."

"화양이 소전마마라는 거지?"

"그렇지. 해서 낮에 선오 무절을 홍집 대장한테 보냈어. 돌쇠가 누군지, 그가 하려는 일이 무언지, 그의 배후가 누군지 알아보라고."

화양이 소전이므로 돌쇠 주변은 곤전 주변 사람들이다. 곤전 주변에서부터 따져 보면 금위대장 김한구가 있고 그 사위인 김제교가 있고, 김제교가 거쳤던 훈련원에 습독관 홍남수가 있다. 홍남수는 만단사 봉황부령인 홍낙춘의 장자이자 예전에 만단사령 보위대장을 지냈다. 작금의 만단사는 세 갈래로 나뉜 셈인데, 사령을 대신하는 이온이 고립되어 있는 셈이다. 거북부가 동떨어져 나갔고, 봉황부와 용부와 기린부가 한 동이 되어서 사령 측을 위협하고 있다. 그런 사실을 전제로 유추해 보면 돌쇠는 예전에 만단사령 보위대에 있던 자이고, 홍남수와 친하고, 김제교와도 안면이 있으며 현재 이온 주변에 있는 자와 잘 아는 자라 할 수 있을 것이다. 현재 이온의 보위대원 중에서 예전 사령보위대에 있던 자는 임욱진뿐이니 그가 보위대 시절부터 알고 지내던 돌쇠를 찾아내면 될 터이다. 문제는 그 돌쇠가 자신이 하려는 일의 의미에 대해 제대로 알고 있느냐는 점이다. 또 돌쇠가 이미 알고 있다고 가정할 때 그 사실을 이온에게 곧이곧대로 알렸는가 하는 것이다.

"그건 양연무가 금세 알아내겠지. 그런데 그대가 걱정하는 게 뭐야?"

"아무래도 큰언니가 화양하고 같이 걸릴 수 있을 것 같아서 그래."

"내가 죽을 수에 걸려 있어?"

강하의 직설에 수앙이 얼굴을 잔뜩 찌푸렸다 풀고는 도리질을 한다.

"나는, 며칠 내로 죽을 사람은 알아보는 것 같아. 도솔사에 들어간 첫해 가을에, 중양절 아침이었나 봐. 대중방에서 공양하는데 공양주 스님이 죽비를 손에 들고 아침 공양 의식을 진행하고 계셨어. 그 모습을 뵙는데 며칠 못 사실 것 같다는 생각이 들더라고. 사흘 뒤 새벽에 주무시다 열반에 드신 모습으로 발견되셨어. 또 나는 귀신의 형상을 보고, 형상이 없는 혼령을 느낄 수도 있어. 내 앞의 사람이 생각하는 것도 어지간히 짐작돼. 그렇지만 긴 수명은 못 봐. 어머니 말씀에 따르면 수련이 깊어지면 긴 수명도 볼 수 있을 거래. 전생과 전 전생, 후생도 볼 수 있을 거라셨고. 어쨌든 현재 나는 큰언니가 죽을 수에 걸렸는지 아닌지는 모른다는 거야. 또 나는 소소원을 오가시는 어머니 생각도 몰라. 어머니가 당신 생각을 일체 보여 주시지 않으니까."

"그래도 내가 죽을 수에 걸렸다면 어머니가 말씀하셨을 거잖아. 아니니까 아무 말씀도 아니하신 거고. 뭐가 걱정이야?"

"화양께서 내달, 윤오월에 이사를 하게 될 거라 그래. 그전에 화양께서 큰언니한테 무슨 명을 내리실지도 모르니까."

"화양의 이사라는 게 무슨 뜻이야? 궐에 변고가 생긴다는 거야?"

"아마 그런 모양이야. 어머니가 말씀을 아니하시기 때문에 제대로 아는 게 없지만, 전해 들은 말들로 미루어 생각할 수는 있잖아. 화양께서 자신에게 닥친 위험을 느끼셨을 때 가만히 당하고만 있지 않으실 거고, 무슨 일인가 하시려 할 제 누굴 시키시겠어? 결국 큰언니를 찾으시겠지."

"궐에 생기는 변고가 화양께 위험하다는 의미야?"

"내 내림굿 전날, 화양의 부인께서 소소원에 다녀가셨다잖아. 능연 선생님에 따르면 그날 별님께서는 화양 내외분의 앞날에 대해서 입을 열려하지 않으시더래. 그러자 화양의 부인께서 역정을 내시면서 별님께 다시, 직설로 물으셨나 봐. 당신 내외분이 언제 작은집을 벗어나겠느냐고. 별님께서는 별 수 없이 윤오월이라고 대답하셨는데 그 말을 들은 화양 부인께서는 좋아하시는 기색이 역력했대. 별님 말씀은 그 부인께서 원하는 방식의 이사라는 뜻이 아니었는데, 부인께선 오해하신 거지. 그 부인이 옮기실 집은 좋은 집이 아니고 큰집도 아닌 거야. 그럴 제 그 부군이신 화양에게 무슨 일인가 생길 게 뻔하고 그 불똥이 큰언니한테도 튈 거라는 거지. 그래서 하는 말이야. 큰언니, 사직하고 궐에서 물러나면 어때?"

"뭐?"

"내일이라도 당장."

"이보세요, 부인."

"네에, 나리."

"내 관직은 내 맘대로 그만둘 수 있는 게 아니야. 우리 세상의 웃전들께서 허락을 하셔야지. 그리고 사직하려도 사직상소를 올리고 재가가 난 뒤에 물러나기까지 최소한 열흘은 걸려야 해. 무엇보다 소전께 위험이 닥친다면 세손 또한 위험한데, 나 살자고 나를 스승이라 부르는 어린 상전을 내버려두고 달아나란 거야? 또 소전께서는 세상에서 믿을 사람이라고는 김강하뿐이라며 나를 아끼시는데, 나 살자고 주군을 떠나? 내가 겨우 그런 놈이어도 그대는 괜찮아?"

몇 해 전, 사람을 모아 소전 주변에 둘러 주고 싶었을 때 소전을 지키자는 게 아니었다. 소전의 등극을 당연히 여긴 상태에서 임금이 된 그가 펼쳐갈 새 세상의 일꾼을 모으자는 것이었다. 그랬건만 이제 소전의 안위를 걱정해야 할 판세가 됐다.

"큰언니가 내 곁에서 나보다 오래 살기만 하면 난 다 괜찮아. 주군 아니라 아버지라도 그렇지. 달아나면 어때서? 무서운데, 무서운 건 정말 무서운 건데, 달아나는 게 자연스럽지, 맹하게 있다가 무서운 일을 당하는 게 옳아?"

수앙은 납치되어 고신당할 때 무서웠던 걸 이제 말하고 있다. 그 당시에 대해 수앙은 한 마디도 하지 않은 채 삼 년여의 묵언 속으로 들어가 버렸고 묵언을 깬 지는 고작 두 달 됐다. 그 두 달 사이에도 그때에 대해서는 말하지 않더니 지금 했다. 강하는 덧들이기 싫어서 손가락으로 수앙의 콧등을 톡 건드린다.

"여보, 부인! 아직 아무 일도 일어나지 않았거든요?"

"정작 일이 터지면 도리 없이 되고 말잖아. 사람들이 큰언니 한 달 녹봉에 해당하는 큰돈을 내면서 어머니나 나한테 점을 보러 오는 까닭이 뭐겠어? 도리 없이 되기 전에 예방하기 위해서지. 여느 사람들도 그럴 제, 무녀의 아들이자 무녀의 지아비인 큰언니가 그런 지경을 당하면 되겠어?"

"몇 해 전에, 그러니까 내가 연경 가기 전에 저하와 독대하여 이야기를 나눈 적이 있어."

"예전에 무슨 대화를 나눴건, 지금 상황은 큰언니가 화양 곁을 떠나는 게 맞아."

"들어 봐요, 부인. 내가 그때 화양께, 나 같은 자들을 골라 키워서 나중을 도모하시라 말씀드렸어. 그때 화양께서 나를 익위로 들이신 순간부터 그리하고 싶으셨다고. 그렇지만 역적 패륜아가 될 거라는 두려움 때문에 그리 못한다고 하셨어. 또 아니한다고도 하셨어. 세자로서의 자존 때문에 못하시는 거라 하시면서 이러셨어. '내가 세자이며 장차 왕이 될 사람인데 숨어서 그와 같은 짓을 해야 하나? 조선은 내 나라이고 신하들은 내 신하이고, 백성들은 내 백성인데, 내가 내 나라를 강성하게 만들려는 건데 숨어서 사람을 따로 기른다? 그건 결국 내 나라를 내가 치겠다는 음모가 되잖아. 내가 왜 그래야 해?' 저하께서 그리 말씀하실 때 나는 저하를 주군으로는 물론이고 같은 사나이로서, 또 벗으로서 좋아하게 됐고, 사람마다의 자존과 명예에 대해 다시금 생각하게 됐어. 내가 지금 화양 곁을 떠나는 건, 내 존재의 자존과 명예를 버리는 것이 돼. 죽지 않는 게 중요하지만 사람은 각기 지켜야 할 명예가 있고, 현재 나한테 그것은 화양 곁에 머무는 거야."

"살아 있어야 자존이니 명예니 하는 것들이 필요하지, 살아 있지 않은데 무슨 소용이야?"

"이봐요, 부인. 지금 내가 살아 있잖아요? 살아 있으니 생각하는 대로 살아야 하는 것 아니겠어요? 어쨌든 부인! 달아나는 건 나중에라도 할 수 있어요. 정말 어쩔 수 없다면 달아나야지. 하지만 어머니와 내자의 힘을 입고 미리 달아날 수는 없어. 명색이 장부인데 그런 짓을 하고 나서 어찌 살아?"

"내 부탁이라도?"

"그대가 부탁하거나 조르거나, 무얼 청해도 나는 거절 못해. 어머니 말씀은 불복해도 그대 말은 거스르지 못한다고. 그러니까 그런 부탁 같은 건 아예 하지 마세요, 부인. 그리고 나, 부인보다 오래, 백 살까지 살아서 내 손으로 부인 장례 치르고 십 년쯤 더 살다 죽을 테니 걱정도 마시고요. 또한 화양은 그리 허약한 분이 아니십니다. 그리 걱정할 만한 분이셨으면 벌써 무슨 일을 내셔도 냈을 건데 가만 계시는 건 굳건한 힘이 있기 때문이란 말입니다."

"천지가 화양마마의 적이야. 그 식구들까지도 한통속으로 화양마마를 몰아붙이고 있단 말이야. 그 아바님은 원래 그런 분이라 쳐도 근래에는 그 어마님과 누이까지 화양마마의 적당처럼 됐어. 그 식구들이 화양마마를 덮치고 있다고. 맹렬하게."

그렇다고 해도 소전은 젊다. 때때로 솟구치는 울화로 인해 하지 않아야 할 일을 많이 해왔을지라도 그가 소전인바 그에게는 죄가 성립되지 않는다. 그가 저지를 수 있는 단 하나의 죄가 있다면 역란을 일으켜 실패했을 경우뿐이다. 그런데 소전이 절대 범하지 못할 죄 또한 역모뿐이다. 범하지 못하는 게 아니라 범하지 않는 것이다. 근자에 소전의 역모를 운운하는 참소들이 곳곳에 나붙어도 대전에서 문제 삼지 않는 까닭은 그 점에 관해서는 소전을 믿는다는 의미였다.

"요즘 화양께서는 고요히 지내시잖아. 아마 그분 평생에서 가장 점잖은 시절이실걸."

"큰바람 불기 전의 고요일지도 몰라. 그러니까 큰언니, 아니 서방님! 자존이니 명예니 따지지 말고 화양마마 곁에서 물러나 주세요. 부탁이에요."

"지아비한테 그런 부탁하면 못 쓴다고 했을 텐데! 그리고 소전께서 무슨 일을 당하게 된다면, 그리하여 내가 소전과 함께 죽을 수에 걸린 거라면 지금 사직해도 소용없어."

"아직 안 늦은 걸 알잖아. 부탁할게요, 서방님. 사직해 줘요."

"그런 부탁하면 안 된다고 했잖아? 어쨌든 알았어."

"사직한다고?"

"나중에, 상황을 좀 지켜보고 나중에 할게."

"나중은 늦는다니까!"

"늦지 않게 잘 할게. 정말이야. 그대를 과부 만들지 않을게."

"어머니가 명을 내리시면?"

"별님께선 그런 명을 내리실 분이 아니잖아. 그건 정도가 아니기 때문이고, 나를 믿기도 하신 때문이지. 해서 그대가 나한테 이러는 것이고."

"허면 내가 유릉원의 아버님께 큰언니를 궐에서 끌어내 달라고 청할 거야. 내일 당장 평양으로 가서."

"그대가 그리 청하고 나서면 아버님은 당장 쫓아오셔서 내 종아리를 치실걸. 사내놈이 변변찮게 내자의 치마폭에 숨어들려고 한다고. 방산께서도 내 종아리를 또 터트리실 거고. 그대가 지금 이러는 게 그런 사항인 거야. 나를 변변찮게 만드는 거. 그러니 걱정 접고 이리 와."

강하가 두 팔을 벌리며 수앙을 달랜다.

"정말 나를 과부 만들지 않는다고 약조해?"

"약조해. 그러니까 지금 이 순간에는 우리가 같이 있는 것만 생각해. 내일 밤 우리가 다시 끌어안고 잘지라도 이 순간은 지금 뿐이잖아. 내일은 다른 날인 거고. 우리 시간의 주인은 우리야. 그게 진리라고."

"그거 어디선가 들어본 말씀 같은데? 즉시현금卽時現今 갱무시절

更無時節 수처작주隨處作主 입처개진立處皆眞? 옛날에 혜원께서 자주 하신 말씀이잖아?"

강하는 흐흥 웃으며 수앙을 끌어당긴다. 혜원께서 즐겨 하신 말씀이긴 하나 원래는 임제 의현의 게송偈頌이라 했다. 수앙의 불안을 누그러뜨리기 위해 읊은 건데 한 번 들은 걸 잊는 법이 없는 사람이라 금세 전거를 떠올린 것이다.

"불가에 임제종이라는 종단이 있고 그 개조開祖가 임제 의현인데 그분 시래. 혜원께서 즐겨 쓰신 거고. 이런 순간에 써먹으라고 가르쳐주신 거 아니겠어?"

수앙이 피이, 바람 빠지는 소리를 내며 안겨온다. 한 달에 한 번쯤만 늦은 밤의 도둑처럼 만나 이렇게 안고 하룻밤씩 잘 수 있다면, 그렇게 평생 살아도 무방할 것이다. 자식은 생기면 좋고 생기지 않아도 괜찮다. 벼슬도 마찬가지. 해도 그만 아니해도 그만이다. 소전이 대전으로 들어가고 세손이 세자로 안정되는 상황을 지켜보고 싶지만 웃전들께서 물러나라는 명을 내리면 즉각 물러나리라. 어머니와 안해가 있는 반야원을 지키면서 학동들한테 무예를 가르치며 살면 되는 것이다. 그러다 한동안 떠나 있을 수 있게 되면 팔도를 돌아다녀 보고 더 먼 곳으로 가 볼 수 있다면 왜국이나 청국을 주유해 보고 청국 너머 서역 땅까지, 그보다 더 먼 곳, 지상의 끝까지 갔다 와도 좋을 터이다. 하늘 아래 모든 땅은 다 연결되어 있다고 하므로 더 이상 떠돌아다니고 싶지 않을 때 돌아오면 지금 이 자리, 수앙의 곁에 머물 수 있을 것 아닌가. 그 꿈만으로도 지금은 충분하다.

고변告變

평소 어지간한 상소나 장계狀啓나 소지所志들은 소전에게 들어가 처결되고 소전이 홀로 결정할 수 없는 일들만 대전으로 올라간다. 오월 이십이일 아침 수라를 젓수신 대전께서 어제 올라온 몇 개의 상소를 읽으셨다. 그중에 소전을 거치지 않고 대전으로 직접 들어간 상소가 하나 끼어 있었다. 그 상소를 읽으신 대전이 대노하여 나경 언이라는 놈을 잡아들이라고 소리쳤다. 덧붙여 경운궁慶運宮을 부르라고 호통했다. 경운궁은 소전의 이궁異宮이라 그의 별호로도 쓰였다. 고변告變이 터진 것이고 발고당한 사람은 다름 아닌 경운궁, 소전이었다.

고변이 터지기 전날, 이십일일 점심 참에 홍집은 사청에 있다가 반야원 호위로 있는 최선오로부터 만나자는 기별을 들었다. 선인문 밖으로 나갔더니 선오가 함춘원 숲속의 으슥한 곳으로 들어가 말했다. 새벽에 온이 소소원에 와서 소소 무녀한테 돌쇠와 화양에 관한 이야기를 했다는 것이었다. 돌쇠가 화양을 죽일 수 있는 일을 꾸미고 있다. 화양은 소전임을 알아도 돌쇠가 누군지는 소소께서도 모른다. 하여 소소께서 호위들에게 돌쇠가 누군지를 찾아 그가 꾸미는 일을 알아내라는 명을 내렸다. 호위들이 의논하다 보니 돌쇠를 찾을 수 있는 가장 빠른 방법은 윤홍집을 통하는 것이라는 결론이 났다.

실상이 그랬다. 홍집은 선오로부터 말을 듣는 순간 돌쇠가 누군지 알았다. 전날 나경언이 허원정으로 들어와 온을 독대하고 나갔다는 걸 개암으로부터 들은 터였다. 홍집은 선오에게 나경언의 신상을 알려 주고 경언이 상주하는 가회동의 이판 집과 경언의 처자가 사는 명철방의 집을 일러주며 그를 찾으라 했다. 선오를 비롯한 반야원 호위들은 그날 늦은 밤까지 나경언을 발견하지 못했다. 그날 중으로 경언을 찾았다고 해도 이미 늦었을지도 몰랐다. 나경언은 제가 맡은 일을 다 끝내고 온을 찾아갔고, 온은 일을 돌이킬 수 없게 된 때를 가늠해 소소 무녀 중석을 찾아가 사실을 흘렸기 때문이다.

김제교가 쓴 상소문을 베껴 넘긴 나경언이 온에게서 삼백 냥을 받아 챙긴 뒤 어디론가 피신했을 것이라 여긴 홍집의 예상은 맞지 않았다. 그날은 집에 없었다던 나경언이 대전에서 찾을 때는 제 집에 있다가 금위군들에게 붙들려 왔다. 경언은 제가 얼마나 큰일을 저질렀는지 인식하지 못한 듯했다. 대전에게 친국을 당하면서도 제가 죽을 수도 있으리라는 생각은 안 한 것 같았다. 김제교가 시켜 한 일이고 그의 장인이 금위대장이라 믿는 구석이 있었던가. 친국장에서 대전의 질문에 꼬박꼬박 응대할 때 사뭇 당당하더라고 했다.

세자가 다수의 궁인을 살해하고, 여승과 무녀들을 궁중에 불러들여 풍기를 문란하고, 대전의 허락도 없이 관서지역에 몰래 다녀왔으며, 처소에다 빈청을 차려 놓고 곡소리를 내며, 그 방안에 무기들을 쌓아 놓고 측근이며 환관들과 함께 모반을 꾀한다는 소문이 도성 안에 퍼졌는 바, 백성된 자로써 성상전하께 상신하기로 하였노라.

상소문에 쓴 것을 달달 외어 뇌인 나경언은 대전의 친국장에서 고신을 당하지 않았다. 그렇기는커녕 대전으로부터 충직한 자로구나, 하는 치하까지 들었다. 친국은 가벼이 끝났으며 나경언은 형조로 인계돼 전옥서에 갇히기는 했으나 고변 상소에 나타난 내용들을 확인하는 대로 풀려날 듯했다.

경희궁으로 불려갔던 소전은 대전께 억울함을 호소하며 나경언과의 대질을 요구하다 묵살 당했다. 더하여 네놈의 행실이 글러 이 따위 소란이 일어난 것이니 네놈의 궁에서 한 발짝도 나서지 말라는 호통을 듣고 내쫓겼다. 경희궁까지 걸어서 갔던 소전은 걸어서 창덕궁으로 돌아오며 학질에 걸린 듯이 떨었다고 했다.

나경언이 옥청에서 풀려날 때를 기다리며 한가로이 지내는 동안 조정에서는 나경언을 처형해야 한다는 파와 그의 충정을 보아 방면하고 상급을 내리자는 파로 갈려 분란이 났다. 나경언을 사주한 자를 찾아야 한다는 측은 몇 안 되는 빈궁전 파였다. 나경언이 고변서에서 언급한 소전의 측근들을 잡아야 한다는 측은 곤전 파였다. 쌍방의 의견이 팽팽히 맞서다가 더 캐고들어 봐야 서로 좋을 것 없다는 결론이 났다.

이십오일에, 소전을 모시고 관서에 갔던 당시 익위들의 관작이 모조리 삭탈되었다.

이십육일에, 소전을 모시던 내관 셋이 처형되었다.

이십칠일인 오늘 새벽에 소전이 나경언의 아우인 나상언을 잡아들이라 익위사에 명했다. 날이 다 새기도 전에 액정서 별감인 나상언이 잡혀왔다. 소전이, 상언에게 네 형 경언이 나를 참소한 배후를 대라 하였으나 그가 알 턱이 없는바 대답도 못했다. 상언은 시민당 뜰에서 고신을 받다 그 자리에서 숨이 끊겼다. 상언의 주검이 시구문 밖으로 나가고 몇 시간 뒤, 세자를 모함한 대역죄인 나경언을 참수하라는 대전의 처분이 내렸다. 고변 당하고 발광한 세자를 죽일 수 없으므로 나경언을 죽이기로 결정된 것이었다. 날이 저물었다.

홍집은 늦은 퇴청 길에 전옥서에 있는 아우 강술선을 찾아와 나경언을 만나게 해달라 청했다. 술선이 오늘 밤 번을 서는 옥청지기들에게 청을 넣어 짬을 만들어 주면서 덧붙인다.

"나경언은 자신이 내일 새벽에 참수되리라는 사실을 아직 모르고 있어요."

몇 시진 후에 제 목이 떨리리라는 걸 몰라서인지 나경언은 옥청 출입문이 가까운 곳에서 모로 누워 잠들어 있다. 닷새 동안 옥청 한 칸을 홀로 쓴 것도 호사인지 멍석에 누워 있을망정 입성이 험하지는 않다. 고신을 당하지 않은 덕일 터이다. 몇 해 전 홍집이 사령의 명으로 나경언의 부친 나정순을 죽였다. 어쩌면 그로 인하여 나경언의 삶이 꼬이고 꼬이다 현재에 이르게 됐는지도 모른다.

나경언을 구할 수 없으므로 할 말이 있을 것 같지도 않은데 굳이 보러 온 까닭이 뭘까. 그 아버지를 죽인 죄책감인가. 사부 정효맹이 떠오른 탓인가. 정효맹이 참수되기 전날 사령이 옥청에 들렀다고 했다. 술선에 따르면 바로 이 칸이었다. 사령과 정효맹 사이에 무슨 말이 오갔는지 술선이 몰랐으므로 홍집도 몰랐다. 이곳에 있다가 파루

칠 때 시구문 밖으로 끌려나가 참수되었다는 것을 알 뿐이다. 나경언도 똑같은 과정을 겪으며 이승을 떠날 것이다. 그게 착잡하여 집으로 바로 못 가고 이곳으로 왔다.

잠든 나경언을 지켜보던 홍집은 가림틀을 툭툭 두드린다. 툭툭. 네 번 만에 경언이 소스라쳐 일어나며 두리번거린다. 등불이 가까워 어둡지는 않다. 홍집이 여기요, 하자 돌아본 경언이 제 얼굴 넓이만한 가림틀 사이로 내다보며 눈을 게슴츠레 뜬다.

"야, 양연무 나리?"

"예, 윤홍집입니다."

"나리가 여길 이 시각에 어찌?"

"예 계시다기에 들러 봤습니다. 고생이 많습니다."

"한 짓이 있는데 이만한 고생은 감수해야지요. 헌데 여긴 어찌 오셨소? 혹시 아씨께서 무슨 말씀을 하셨습니까?"

사태가 여기까지 이르는 동안 온은 홍집에게 한 마디도 하지 않았다. 경언을 만난 일이 없다는 듯, 무슨 일이 일어나고 있는지 전혀 모르는 양 예사롭게 굴었다.

"누구로부터 무슨 말 같은 건 듣지 못했습니다만 제가, 같은 세상을 살면서 한 시절 동료로 지냈던 나 비장한테 궁금한 것이 있어 왔습니다."

"나리와 제가 같은 세상에 속했던 것인지, 과연 동료였던지 의심스럽습니다만 궁금한 걸 물어보십시오."

"무슨 생각으로 이런 일을 도맡았냐는 것입니다. 대체 왜, 뭘 하려고요?"

"성상 전에 고한 대로요."

"그게 진정 나 비장의 뜻이오?"

"누구 뜻이었든지 여기 갇혔으니 제가 한 일인 건 분명하지요. 이리 오신 김에 바깥 얘기 좀 해주세요. 어찌되어 가고 있는 겁니까? 경운궁께서는 어찌되셨고 저는 여기서 언제 나갈 것 같습니까?"

"경운궁께서 어찌되실 거라 여겼는데요?"

"큰 탈 없이 넘어가실 거라 들었습니다."

"그 말을 믿고 한 일이란 말이오?"

"믿지 않고요. 오직 한 분뿐인 아드님이신데 이만한 일에 무슨 일이 생기겠어요? 헌데 경운궁에 무슨 일 생겼습니까?"

"그분께 무슨 일이 더 생길지는 내가 알 수 없지만 나 비장의 고변으로 하여 그분을 수행했던 익위들의 관작이 삭탈되었고, 내관 셋이 죽었소. 나 비장이, 그분께서 내관들과 역변을 꾸미고 있다고 했기 때문에요."

"어찌 그런 일이?"

"나 비장이 한 일이 얼마나 큰일인지, 그로 하여 몇 사람이 죽어 나갈지 생각해 보지 않았다면 놀랍고, 생각하고도 일을 냈다면 무섭군요."

"더, 더한 일이 있는 게요?"

네 아우가 죽었고, 네가 죽을 것이다. 장차 네 형은 해주감영에서 쫓겨나 생계가 막막해질 것이니 죽은 것과 진배없이 되었다. 너로 인해 네 집안이 풍비박산 난 것이다. 그런 말을 홍집은 하고 싶지 않다. 나경언 일가에 망조가 든 시초에 윤홍집과 만단사령 이록이 있지 않은가.

"더한 일이 생기든 생기지 않든 소생은 나중에 알 수 있겠지요. 소생이 나 비장을 뵈러 온 까닭은 말씀드렸다시피 궁금해서입니다. 대체 왜 이런 일을 감당하려 했는지. 하실 말씀이 없으시다니 되었습니다. 잠을 깨워 미안합니다. 소생은 물러갈 테니 주무십시오."

"호, 혹시 제가 죽습니까?"

이제야 그 생각이 드나보다.

"나는 그런 말 듣지 못했습니다."

"그렇구려? 내가 죽는구려!"

"나는 예전에 같은 상전을 모셨던 인연으로 와 봤을 뿐이오."

"살려 주세요, 윤 종사. 아씨께 저 좀 살려 달라 해주십시오."

경언이 온을 찾아가 제 한 짓을 알리는 대가로 삼백 냥을 요구 하는 대신 살려 달라 했더라면, 살 수 있었을지도 모른다. 온은 자신의 수하들이 솔직하게 모든 걸 다 털어 놓고 제 앞에 엎드려 살려 달라 간원하면, 살려 줄 사람이다. 상소가 대전의 손에서 펼쳐지기 전이었다면 무슨 수를 쓰든지 그걸 빼낼 방법을 찾았을 것이다. 하지만 늦었다. 나경언은 이온을 제 상전으로 치지 않았다. 사령이 키운 김 제교며 예전 사령보위대에 있던 자들도 마찬가지. 그들은 사령의 힘이 완전히 사라졌다고 여기고 부사령인 이온을 도외시하며 무시하기까지 했다. 그들도 나경언 못지 않게 어리석다.

"성상께서 나 비장한테 충직하다, 치하하셨다고 들었어요. 그러니 곧 나오게 되지 않겠어요? 쉬세요."

"마, 말할 게 있어요. 저 아랫녘 상림에 가 계시는 그분에 대한 것입니다."

무슨 말이든, 그 말이 설령 장인에 대한 것이라 해도 몇 시진 뒤에 목이 떨릴 사람으로부터 듣고 싶지는 않다. 살려 달라는 전제가 붙을 게 뻔한데 작금에 나경언을 살려 줄 수 있는 사람은 오직 한 분, 대전뿐이지 않은가. 그렇지만 대전께서는 지금쯤 송엽다松葉茶 몇 잔을 드신 뒤 침수에 드셨을 터이다. 그 성중에 죽일 수 없는 아드님에 대한 분노는 있을지언정 죽이라 처분해 버린 나경언이 남아 있지는 않을 것이다.

"출옥해 만나게 되면 그때 말씀해 주십시오."

"그때는 너무 늦을 게요."

"소생이 지금 나 비장한테 해드릴 게 없습니다."

"내가 죽게 된 게 틀림없구려! 언제요? 내일이요?"

몇 시간 뒤든 며칠 뒤든, 혹은 몇 년 뒤든 자신이 죽을 때를 미리 아는 기분은 어떨까. 홍집은 여러 사람을 예고 없는 죽음에 이르게 했지만 자신의 죽음을 미리 알게 되는 심정을 상상하기는 어렵다. 그렇더라도 지금 나경언이 스스로 감득한 자신의 죽음을 더 이상 부정할 수는 없다. 홍집이 대꾸를 않자 경언이 말한다.

"아씨께서는 나를 괘씸하게 여기신 게고, 내게 일을 시킨 이들은 원래부터 날 구할 생각 같은 건 없었던 게요. 그렇지요? 이제금 내가 그들이 시킨 일이라고 외친다고 해도 아무 소용이 없게 된 거지요?"

"나는 들은 바가 없다고 하지 않습니까."

나경언이 두 손으로 제 얼굴을 위로 훑고 아래로 훑기를 몇 번이나 한다. 그러다 그치고 자신의 손바닥에 얼굴을 묻는다. 그의 흐트러진 상투가 홍집을 향해 있다. 한참이나 고개를 숙이고 있던 나경언이 손을 떼어 내며 입을 연다.

"알겠습니다. 이미 처분이 내렸다면 윤 종사가 무슨 수로 날 구하겠습니까. 부탁 하나만 드리겠습니다. 제가 아씨께 받은 금붙이 세

개를 제 집 뒤란의 굴뚝 밑에다 묻어 놓았습니다. 내자한테 그 말을 하지 않았고요. 제게 일이 생기기 전에 제 내자한테 그걸 찾아, 당장 도성을 떠나라고 전해 주십시오. 부탁합니다."

작년 정월에 죄인의 부모형제 처자를 잡아 가두는 악법이 폐지되었다. 형조에서 발의하고 소전이 재가하여 이루어진 일이었다. 관가에서 그렇게 죄인의 식구들을 죄인 취급하는 법을 폐지하고 반포하여 시행할지라도 백성들 거개는 그런 사실을 모른다. 모르므로 수백 년, 혹은 수천 년 해온 대로 할 것이다.

"그리하겠습니다."

형조에서 삼 년 넘게 문건을 처리하는 동안 홍집도 알게 됐다. 형이 집행되어 목이 달아난 자의 식구들은 삼족이 멸족 당하지 않아도 동네에서 살 수 없게 된다. 대역 죄인까지 아니어도 처형된 자의 집은 울타리도 문도 없는 내놓은 집처럼 되어 동네 사람들이 밥 그릇 만난 아귀들처럼 달려들어 노략한다. 사람 족속의 심성은 금수와 같다. 저보다 힘이 약한 상대를 보게 되면 달려들어 내장과 살을 발라 먹는 게 금수일 제 사람 족속은 자신보다 약한 자의 뼈까지 씹어 먹으려 든다.

"그 집이, 윤 종사도 아시겠으나 태감께서 저한테 주신 집입니다. 그 집을 주신 덕에 장가를 들고 자식을 둘이나 낳고 처자식을 건사할 수 있었지요. 하여 드리는 말씀입니다. 태감을 오래 사시게 하고 싶다면 지킬 방법을 찾으십시오."

"무슨 말씀입니까?"

"제가 어렴풋이 눈치채기로 태감을 제하여 아씨를 끌어내릴 계획이 진행되고 있습니다. 팥배골에서요. 저도 몰래 들은 거라 확실하지 않지만 상림 안에 홍남수와 연결된 내통이 있는 것 같습니다. 제가 알기로 홍남수가 수유를 낸 게 여러 차례입니다. 그때마다 상림에 다녀왔는지는 알 수 없지만 무관치 않은 것은 분명하고요. 알아보고 대처하십시오."

홍남수는 효맹 이후 사령보위대장으로 허원정과 상림을 번갈아 드나들었다. 태감이 상림으로 이거한 뒤에도 인사 차 몇 차례 다녀갔다고 했다. 그 말을 들을 때 홍집은 홍남수가 제 부친의 명에 의해 사령의 동태를 살피러 다니는 것이라고, 그 정도는 할 만하다고 단순히 생각했다.

"그리하겠습니다."

상림에 사는 하속들 중 나가 사는 자들은 있을망정 외부에서 들어간 자는 없다. 그들은 자신들이 기억치 못하는 조상 때부터 그곳에서 태어나 자식을 낳고 낳아 현재에 이르렀다. 사노일지라도 그들은 온갖 세를 내며 굶주리기 일쑤인 평민들에 비하면 오히려 안전하게 살아간다. 그들에게는 상림이 나라이자 집이므로 벗어날 생각을 하지 못한다. 허원정의 하속들도 마찬가지다. 한 번도 다른 세상을 본 적이 없는지라 다른 세상에 대한 꿈같은 것도 없다. 홍집이 그들을 보며 느낀 게 그러했다. 이제금 그들 안에 홍남수와 내통하여 주인을 해칠 모의를 하는 자가 생겼다면 그는 누구이며 무엇 때문에 그러할까.

"제가 이리 한 까닭을 알고 싶다고 했습니까?"

"까닭이 따로 있습니까?"

"복수하고 싶었습니다."

"누구한테요. 경운궁한테요?"

"그래요."

"나 비장이 경운궁을 뵌 적이나 있습니까?"

"허원정 드나들 때 나는 유원 아씨를 연모했습니다."

아아, 그랬구나. 그렇게 된 것이구나. 홍집은 비로소 납득하고는 고개를 끄덕인다. 유원이자 병희였던 수칙 박씨가 죽었다는 말을 들었을 때 홍집이 느낀 충격도 상당했다. 소전이 박 수칙을 얼마나 아끼는지는 궐 안에 잘 알려져 있었다. 소전의 여인들 중 글공부가 제일 높았던 박수칙과 소전은 말이 잘 통했던가 보았다. 바느질 솜씨도 좋았던 그이는 소전의 의대를 전담하다시피 한 모양이었다. 그랬건만 일을 당하고 말았다. 그날 부왕에게 꾸지람을 듣고 돌아왔던 소전의 분풀이 대상이 하필이면 수칙 박씨였던 것이다.

"아리땁고 얌전하고 총명하였지요, 유원 아씨가."

"내 눈에는 몹시 슬퍼 보입니다. 내가 어찌해 줄 수 있는 처지가 아니라 어쩌다 멀리서 훔쳐보기만 했을망정 연모했어요. 그이가 입궐한 뒤 내 앞에서는 멀어졌어도 경운궁의 후궁으로 총애를 받는다 하기에, 딸 낳고 아들 낳고 사랑받는다기에 좋습니다. 그이가 잘 지낸다 하므로 내 삶도 무던했어요. 덕분에 장가들고 자식들도 낳았습니다. 헌데 그이가 죽어 버렸습니다. 병에 걸려 죽은 것도 아니고 지 아비 되는 이한테 맞아 죽었다고 했습니다. 그 소리를 듣는 순간에 무던하게 흘러가는 것 같던 내 삶이 거울 깨지듯 산산이 깨지는 것 같습니다. 그 아씨가 그리 죽고 일 년이 지나는 동안 한시도 잊지를 못했어요. 가슴이 찢어진다더니 그게 실제입니다. 그러는 차에 김제교가 그 말을 한 겁니다. 상소문을 쓰라고. 내용을 알고 보니 유원아씨를 죽인 경운궁에 대한 것입니다. 부친이 돌아가셨다는 소식에도,

모친이 돌아가셨다는 말에도 나지 않던 눈물이 납디다. 그 모든 눈물을 다 합친 것 같은 눈물이 납디다."

나경언은 한때 슬픈 꿈을 꾸었다. 외사랑이었을망정, 더불어 사는 꿈같은 건 애초에 꿔 보지도 못했을지라도 그이가 같은 하늘 아래서 어여쁘게 살아가기만 바랐던 소망이 깨지자 절망했다. 소망이 깨지면 절망이 되고 절망한 자들은 죽거나 복수를 계획하기 마련이다. 그리된 거였다. 홍집은 할 말이 생각나지 않는다. 나경언이 말한다.

"이 밤에 찾아 주셔서 고맙습니다, 나리. 강령히 오래 사시기 바랍니다."

가림틀에 매달리다시피 이런저런 말을 하던 나경언이 인사를 마치고는 돌아서서 옥청 구석으로 가 앉는다. 불빛이 잘 닿지 않는 곳이라 그 앉은 곳이 컴컴하다. 그가 제 무릎을 끌어안고 머리를 숙이는 게 어렴풋이 보인다. 홍집은 이쪽을 외면한 그에게 어떻게 인삿말을 해야 할지 몰라 허리만 숙이고는 돌아선다. 뒤에서 들리는 울음소리를 듣지 못한 듯 옥사를 나오고 만다. 술선이 다가와 홍집의 얼굴을 살핀다.

"명철방으로 가야겠다."

오는 새벽어둠이 걷히기 전에 나경언의 목이 달아날 것이므로 그 식구도 이 밤으로 피신을 시켜야 하지 않는가. 연후에는 상림 쪽을 살펴야 한다. 전사들이 어떠했고 장차 어떻게 흘러가든지 태감은 장인이고 미연제의 조부다. 태감을 죽이려는 자가 상림 안에 있다 하므로 찾아내야 한다. 누굴까. 억지로 좁혀 보자면 허원정과 함화루를 오가는 사람일 것이다. 홍남수가 함화루에 들르면 예전 인연으로 자연스레 인사를 나눌 수 있는 자. 그리하여 이런저런 이야기를 할 수 있는 자. 욱진의 형 개진이 양쪽의 인편으로서 한 달 간격으로 오르내린다. 개진과 동행하여 움직이는 자는 덕봉이다. 곤이 늠이를 데리고 이따금 다녀온다. 곤과 늠이 홍남수와 내통할 리는 없으니 개진과 덕봉 중의 하나인가. 아니 그럴 리가 없다. 태감이 허수아비처럼이라도 살아 있어야 그들의 삶도 있다. 그렇다면 누구인가. 설마 영고당? 홍집은 도리질을 하고는 성큼성큼 걷는다.

너를 붙들 생각 없나니, 바람아

삼 년여 전, 연경에 갔던 태감은 병을 얻어 돌아왔다. 영고당이 딸 아이 영을 놓친 지 한 달쯤 됐을 때였다. 씨 도둑질로 낳은 자식일망 정 그 아이가 있어 허원정의 안주인 노릇이 당당했다. 아이를 잃었으므로 태감을 어찌 대하나 걱정하고 있을 때 그가 병이 들어왔으므로 오히려 안심했다. 그 와중에 밖에 나갔던 온이 사지가 부서져 돌아왔다. 집안이 무너지는 줄 알았다. 나는 어떻게 해야 하나. 영고당이 이모저모 따지고 있는데 홍집이 태감과 온의 일을 모두 아울러내면서 안팎을 흔들림 없이 지켜냈다. 금오당이 그 뒤를 받쳤다. 어쩌면 홍집과 금오당이 아니었어도 까딱없었을지도 몰랐다. 어떻게 된 집구석이 빈틈이라고는 없이 착착 맞물려 돌아갔다. 태감이 천치가 되든 말든 온이 병신이 되든 말든 모두 저 할 일을 척척 해냈다.

천치가 된 태감 곁에서 일 년여를 지내다 영고당은 상림으로 이거를 결심했다. 금오당을 떼어 내고 온과 홍집이 없는 곳에서 허수아비 같은 태감을 앞세워 놓고 맘대로 살 수 있을 듯해서였다. 상림으로 돌아오니 과연 편하고 호젓하고, 쓸쓸했다. 함양 관아거리에 보원약방 분원인 함양약방에 의원 셋이 있어 그들이 아침저녁으로 드나들며 태감의 몸을 살폈다. 도성 집에서는 태감의 몸에 좋은 것이라면 모조리 구해 상림으로 보내왔다. 산삼만 해도 수십 뿌리였다. 태감은 하루 두 번 사당에 들어가 향을 피우고, 몇 시간씩 활을 쏘고, 하속들이며 영지의 마름들이 들어와 하는 이야기를 들으며 지냈다.

영고당은 집안을 단속하고 한 달에 한두 번 법화사를 다녔다. 집안이 참을 수 없이 갑갑할 때는 한 달에 네댓 번도 갔다. 법화산 아랫자락에 들어 있는 법화사는 사뭇 큰절이라 기도하러 찾아드는 여인들이 드물지 않고 여인들만 묵는 요사가 따로 있었다. 시주를 만만찮게 한 덕에 영고당이 들 때마다 절에서는 요사의 방 한 칸을 따로 내주었다. 삼십여 리 길이 가깝지는 않아도 종복들에게 말고삐 쥐게 하여 실려 다니므로 멀지도 않았다. 절 입구에 도착하면 말과 종복들을 집으로 돌려보내고 혼자 절에 들었다. 요사의 자그만 방에 들어앉으면 한숨이 났다. 평생 쫓기듯 조마조마하게 살다가 다 놓아버린 듯 허룩했다. 잠이 왔다. 잠이 슬프면서도 달았다. 꿈에서 자주 홍남수를 만났다.

홍남수의 얼굴은 오래전 온양 구경당에서부터 익혔다. 구경당에서는 그를 그저 상전 심부름 다니는 하속으로 보았다. 늘 무엇인가에 쫓기며 지낼 때라서 어지간한 사내만 보면 몸이 달곤 했으나 그와 어우러질 기회는 없었다. 상림에 들어가서 그가 태감의 보위인 걸 알았다. 허원정에서도 마찬가지였다. 태감과 함께 연경에 다녀온 홍남수는 더 이상 허원정에 오지 않았다. 듣자 하니 훈련원의 관헌이 되었다고 했다. 그런 그를 영고당은 보현정사로 올라가던 장원서 앞에서 우연히 만났다. 그가 반가워하며 훈련원에 습진習陣하러 오는 무관들의 훈련장소를 찾아 인수원지를 보러 가는 길이라 했다. 그리곤 다가들어 속삭였다.

"인수원지에 나리꽃이 많이 피었더이다."

사월 초였고 봄이었다. 그가 있어 봄이었다. 그가 있으므로 난분분 피어난 꽃들이 보였다. 인수원지 위쪽 숲 속 나무 밑에서 그와 몸을 섞었다. 사람의 몸에 어떤 쾌락이 들어 있는지, 쾌락이 어떤 잔혹함을 동반하는지 즈믄을 통해서 익히 경험했다. 잔혹한 쾌락이 얼마나 통렬할 수 있는지. 즈믄과 교접할 때와 달리 홍남수와의 쾌락에는 따스함이 있었다.

남수는 영고당이 겪은 여러 남정 중에 유일하게 다정했다. 그를 통해 알게 됐다. 남녀지간의 통정은 육신의 교접만이 아니었다. 모든 것에 대한 배려였다. 남수는 늘 영고당을 배려했다. 만날 때는 영고당의 형편을 먼저 살폈다. 만나서는 포옥 감싸 주었다. 무엇보다 영고당의 외로움을 알아주었다. 그로 하여 영고당은 자신이 아름답다고 난생 처음 느꼈다. 도성을 떠나올 때 그와도 끝이라 여겼다. 어쩌면 그와 계속하다가는 들키고 말리라는 불안 때문에 떠났는지도 모른다. 그때 태감을 따라 함화루로 가겠다는 금오당 대신 나선 까닭이었다. 떠나오며 가슴이 몹시 아팠을지라도 잊기로 하니 잊히는 것 같았다. 그가 생각날 때마다 그를 생각할 수 있는 걸 다행으로 여겼다.

작년 이맘 때 홍남수가 사령을 찾아뵙는다는 명분으로 상림을 찾아왔다. 일 년여 만이었다. 그 밤에 남수가 영고당이 홀로 자는 안방으로 스며들어왔다. 그는 상림에서 사흘을 묵었다. 낮에는 태감 곁에서 세상 돌아가는 이야기를 해주고 태감을 모시고 영지를 돌아보았다. 함화루 풀 마당에 나가 태감과 함께 활을 쏘았다. 총 들고 같이 사냥도 나갔다. 더불어 술도 마셨다. 태감이 잠든 뒤에는 안방으로 들어왔다. 나흘째 되는 아침 그가 떠났다. 영고당에게는 석 달 뒤에 다시 오겠노라는 약조를 남긴 뒤였다.

석 달 뒤 한가위 무렵에 그가 왔다. 상림이 아니라 법화사 가는 길 월평의 주막에서 만나기로 했던 참이었다. 다시 석 달 뒤 동짓달에도 월평 주막에서 하룻밤을 같이 보냈다. 지난 이월 하순에 월평에 온 그는 앞서와 달랐다. 자고 일어나 헤어지려는 참에 그가 다시는 오지 않겠노라고 했다.

"어찌 그런 말을 하는 게요?"

영고당의 질문에 남수가 답했다.

"당신 그리워 이 먼 길을 오기는 합니다만 단 하루라도 같이 편히 지낼 수 있기를 합니까, 한 번 더 만날 수 있기를 합니까. 태감께서 멀쩡히 살아 계시는데 이리 계속하다가는 필시 들키고 말 것입니다. 그리되면 당신과 저는 죽은 목숨이지요. 그런 사태가 생기기 전에 멈춰야겠다고 작심했습니다. 이번에는 그 말씀을 드리기 위해 온 겁니다. 부디 저를 잊으시고 태감을 모시십시오."

영고당이 서둘러 물었다.

"태감이 아니 계시면 오실 테요?"

"태감이 어찌 아니 계십니까. 당신이나 저보다 오래 사실 텐데요."

"사람 일을 어찌 아오?"

"사람 일을 아무도 모르지요. 하지만 태감 곁에는 태감을 지켜줄 의원들이며 무사들, 하속들이 잔뜩 있지 않습니까. 앞으로도 백년은 너끈히 사실 겁니다."

실상이 그랬다. 특히 지난 이월에 태감이 어디선가 데려와 사랑 곁채에 들인 보위 열 명은 지난날의 홍집이나 즈믄과 같은 무사들이었다. 스무 살 안팎의 그들은 이름이 십장생으로 돼 있었다. 상일, 상산, 상수, 상석, 상솔, 상월, 상운, 상불, 상구, 상학. 그들은 뜨내기들이 아니었다. 오직 태감을 위해서만 키워진 것 같은 그들은 태감이 집안에서 키운 무사들과 함께 태감을 철통처럼 지키며 명을 수행했다.

"그래서 당신과 제가 그쳐야 하는 것입니다. 먼 훗날, 혹시라도 마님께서 홀로되시고 저 또한 아직 살아 있다면 그때 다시 뵙지요."

영고당은 올해 마흔한 살이고 남수는 서른세 살이었다. 먼 훗날은 둘이 다 노인이 된 뒤를 뜻했다. 기가 막혔다. 자식을 낳고 싶어 목숨 걸고 남수를 품다 정이 깊었다. 자식은 낳지 못했을지언정 그에 대한 정은 고스란히 남았다. 너무 젊었던 즈믄을 품을 때와는 다른, 곰삭은 정이었다. 영고당은 남수를 만난 이래, 그를 만나지 않고 지낼 때도, 다른 남정을 눈에 들이지 않았다. 남정이고 아낙이고를 막론하고 정을 나눌 사람이 천지간에 그뿐이었다. 그를 놓으면 세상에 아무도 없는 것과 같았다.

"무슨 말인지 내 충분히 아오만 이녁을 못 보고는 내가 못 사오. 그건 이녁도 잘 알지 않소? 지난 일 년간 그러했듯이 석 달 뒤에 와주시오. 그사이에 내가 무슨 방법이라도 찾아볼 터이니. 응?"

그가 알겠다고는 했으나 다시 오지 않으리라, 결심한 얼굴이었다. 석 달이 지났다. 남수가 온다면 초이틀이나 초사흘에 올 터였다. 그는 관헌들의 수유일을 끼고 수유를 앞뒤로 덧붙여 내려오기 때문이다. 오지 않겠다고 했으나 올 것 같았다. 영고당은 그에게 해줄 말이 생겼다. 한 달 전쯤 태기를 느꼈다. 거의 포기했던 회임인지라 어리 떨떨하면서도 눈앞이 캄캄했다. 내외지간의 일이라 다른 사람은 모를지언정 태감의 정신이 부실해진 이후 둘 사이에는 교접이 없었다. 같은 방에서 잔 적조차 없었다.

이 일을 어찌할까. 며칠 동안이나 골머리를 앓았다. 그동안 태감은 정신이 부실했지만 자신이 지난 몇 해간 영고당을 품지 않은 걸 모를 정도로 천치는 아니었다. 총 쏘아 산돼지를 잡고 화살 쏘아 이백 보 저쪽에 서 있는 과녁을 맞출 수 있고 어디선가 키운 무사들을 데려오고, 집안의 젊은 하속들을 무사로 만들 수 있는 사람이 어찌 천치일 수 있으랴.

처음에 태감의 머릿속은 말라 버린 우물 같았다. 시간이 지나면서 어디선가 가느다란 물줄기가 찾아드는 성싶었다. 아직 두레박으로 떠낼 만큼 물이 고이지는 못했을지라도 태감은 분명히 살아나고 있었다. 자신이 살아나는 걸 느끼면서 물이 차오르기를 기다리고 있는 것 같았다. 스스로 물줄기를 찾아내 물길을 당기는 듯도 했다. 그럴제 예닐곱 달 뒤에 태어날 아이가 제 자식이 아니라는 걸 모르랴.

백방으로 궁리해도 도리가 없었다. 태감이 사라진 뒤 남수의 자식을 태감의 유복자로 낳아야 했다. 그리되면 남수와의 만남도 한결 쉬워질 터였다. 제 자식이 이곳에 있으면 남수는 석 달에 한 번이라도 꼬박꼬박 올 것이고 그때 태감이 없으면 하루라도 훨씬 한갓지게 시간을 보낼 수 있을 게 아닌가. 방법이 문제였다. 두어 달 뒤부터는 배가 불러 임신을 숨길 수 없으므로 시간이 많지도 않았다.

윤오월 초이틀인 오늘 아침, 영고당은 절에 간다고 집을 나왔다.

내일 초사흘 법회를 듣고 밤 기도를 하고 모레 돌아오겠노라 이르고 법화사로 왔다. 늘 해오던 대로 모레 오전에 데리러 오라며 수행해온 손돌과 세진을 집으로 돌려보냈다. 절에 오면 벽장에 들어 있는 긴 저고리와 바지로 갈아입는다. 절에 사는 사람들은 갈옷을 입고 영고당처럼 기도하러 오는 사람은 회색옷을 입는데 여름이건 겨울이건 똑같은 무명옷이다. 손돌과 세진이 산을 다 내려갔겠다 싶을 즈음 영고당은 자신이 방에서 쉬는 양 꾸며 두고 공양간 보살 행색으로 절을 나선다.

훈련원 습독관 서른 명 중에 곡산 비휴의 셋째인 양설악과 다섯째인 정오대가 들어 있다. 만단사령이 살수로 키운 그들은 사신계 청룡부령의 힘으로 훈련원으로 들어갔다. 삼 년 전이었다. 홍집은 양설악과 정오대를 통해 홍남수의 최근 두 해간의 행적을 꼼꼼히 캐게 했다. 그들이 문서를 통해 살핀 바에 따르면 홍남수는 작년에 수유를 네 차례나 냈다. 올해 들어서도 이월에 엿새간의 수유를 썼는데, 이번 윤오월 초하루부터 또 엿새간의 수유를 냈다. 정기 수유일 이틀을 끼워 여드레의 수유를 가진 홍남수가 그사이에 뭘 하려는지. 홍집은 그걸 알아내야 했다. 나경언이 참수된 이튿날 홍집도 위종사 수사인 김강하한테 여드레간의 수유를 청했다. 홍남수보다 하루 앞서부터 하루 뒤까지, 정기 수유일 이틀을 끼워 열흘간이었다.
그전 사월 중하순에 걸쳐서 김강하도 열흘간의 수유를 내서 어딘가에 다녀왔다. 김강하가 돌아온 열흘 뒤쯤에 연백군수 김종태가 실종됐다는 황해관찰사의 장계가 조정으로 올라왔다. 황해관찰사가 조사한 바에 따르면 연백군수 김종태는 관아에서 관기들을 끼고 술자리를 벌이다 사라졌다. 당시 관노들이 검은 그림자들을 목격했다. 관아에 있던 자들은 그림자를 본 순간 모두 정신을 잃었다. 그들은 아침에 깨어나서 아무도 다치지 않고 그저 군수 김종태만 사라진 걸 알게 됐다. 김종태의 행장 몇 가지도 없어진 상태였다. 그리고 그날 밤 모항포에서 출항했다는 정석달의 배가 아직 돌아오지 않았다. 황해관찰사는 갖가지 조사결과 김종태가 정석달의 배를 타고 나간 것으로 추정하나 자진 승선인지 납치인지는 알기 어렵노라 장계에 썼다. 김종태 실종은 미궁에 빠졌고 새 연백군수가 부임했다.

김종태의 실종에 김강하가 관련됐으리라는 건 순전히 홍집의 추측이었다. 그 무렵 약방거리에서 일하는 염사선과 민미선이 함께 어딘가에 다녀왔다는 사실은 나중에 들었다. 김강한테 묻지 못했듯 사선과 미선에게도 연백에 다녀온 거냐고 묻지 못했다.

이번에 홍집이 수유를 청하니 김강하도 사유를 묻지 않았다. 그렇지만 홍집은 그에게 대강의 사유와 행선지를 말했다. 김제교와 홍남수와 나경언이 모두 만단사자이며 그들이 연결되어 벌인 일은 결국 만단사가 한 일이었다. 홍집이 할 일도 만단사를 위한 것이었다. 그런 일들을 설명한 끝에 홍집은 상림으로 가 봐야겠다고, 무슨 일이 있을지는 모르겠노라 덧붙였다. 김강하가 허락하며 몸조심하라 당부했다. 홍집은 곤과 늠이를 대동하고 상림으로 향했다.

미시 초경의 땡볕 속에 상림에 도착한다. 태감께 인사드리고 사당에 들어가 어진에 절하고 나오니 대문에 들어설 때만 해도 절간 같던 집안에 활기가 돈다. 곤과 늠이 덕이다. 온 식구들이 홍집은 어려워하지만 곤과 늠이는 좋아했다. 상림에서의 홍집의 처소는 큰사랑의 건넌방이다. 곤과 늠이가 씻고 옷을 갈아입기 위해 작은사랑으로 들어간 뒤 홍집도 처소로 들어섰다. 집사인 개진아비가 따라 들어와 찬물에 적셔 짠 수건을 내밀고 벽장에서 옷을 꺼내 놓는다. 옷을 갈아입기 전에 홍집은 보이지 않는 영고당에 대해 묻는다.

"마님께서는 아침에 법화사에 가셨습니다. 손돌이하고 세진이가 모셔다 드리고 좀 전에 돌아왔습니다."

"언제 오신다며 나가셨나?"

"내일 법회 들으시고 철야기도회 지내신 뒤, 모레 아침에 나오시겠다고 데리러 오라 하시었습니다. 늘 그런 식입니다."

"마님이 절에 가실 때마다 보통 이틀을 묵으시는가?"

"가끔 사흘이나 닷새 지내실 때도 있지요. 오늘은 서방님과 도련님이 오셨으니 해가 누꿈해지면 모셔올까 합니다."

"아니, 그럴 것 없네. 나를 불편해 하시는데, 내일이나 모시러 가든지, 모레 뵈어도 되잖겠소. 그보다 내가 갈 데가 있으니 서둘러 점심 주고, 나갈 때 세진이를 붙여 주시게. 참, 낯선 얼굴이 두엇 보이던데?"

"아, 은적사에서 온 젊은이들입니다. 태감께서 오래전부터 돌봐왔던 젊은이들인데 지난 이월에 집으로 들어왔습니다. 서방님 다녀가시고 며칠 뒤, 이월 초예요."

또 다른 비휴가 있었다! 놀랍다. 지난 십 년 동안 그 누구보다 태감 가까이에 있었음에도 까맣게 몰랐다. 윤홍집이 만단사 전체는 아닐지라도 사령 본원은 다스릴 수 있게 됐다고 여긴 게 착각이었던 것이다.

"좀 전에 사당 밖에 있던 두 사람, 이름이 어떻게 되오?"

"왼쪽에 있던 키 큰 사람이 상학이고 오른쪽에 있던 육손이가 상구입니다. 상학이, 상구는 막내들로 위의 여덟 명은 외무집사를 따라 나가 있습니다. 저녁에 돌아올 겁니다."

"아버님의 보위가 열 명이라는 뜻이오?"

"예, 열입니다. 이름 앞에 상서롭다는 상祥자가 붙어 해부터 학까지고 첫째가 상일입니다. 상일이 스물세 살이라고 하고 상학이가 열일곱 살이라 합니다."

화도사 비휴의 맏이를 선일로 지은 것과 같은 방식이다. 선일로 자란 아이가 십 년이 지난 지금은 홍집이 되었으니 상일은 십 년 뒤쯤 무엇이 돼 있을까. 그 생각을 하노라니 통천 비휴들과 불영사 무극들이 떠오른다. 아마도 사신계 안에서 살아가고 있을 그들은 어떤 이름으로 어떻게 살고 있을지.

"그렇구려. 알겠소. 점심부터 먹읍시다."

"세진이를 달고 어딜 가시려고 이리 서두르십니까?"

"나중에 알려드리겠소."

홍집은 옷을 갈아입고 서둘러 점심을 먹은 뒤 세진과 함께 말을 타고 집을 나섰다. 세진에게 평소 마님이 법화사를 오가시는 길을 그대로 따라가라 했다. 이십여 리를 움직여 구룡 천변에 이르렀을 때 저만치에 있는 어떤 사립문으로 들어가는 승복차림의 영고당을 발견한다.

"마님께서 들어가신 집이 무슨 집인지 아느냐?"

"약방이에요. 구룡약방. 의원이 돌팔이라고 소문이 났는데, 침놓다가 환자가 죽어 버렸기 때문이래요. 원래 다 죽게 된 환자였는데 못 살렸다고 돌팔이가 돼 버렸으니 무지하게 억울할 것 같아요. 마님께서 약 사러 나오셨나 보네요? 갑자기 편찮으신 걸까요?"

"글쎄다."

절에는 보통 설사나 복통 등에 쓰는 어지간한 약들이 마련돼 있다. 법화사에 상비약이 없었다 해도 영고당이 직접 약을 사러 나올 리 없고 방금 본 몸짓은 전혀 아픈 사람 같지 않았다. 더구나 영고당은 보원약방 집의 안방마님이다. 상림에는 다양한 응급 약제들이 일회분씩 법제되어 약장 서랍 칸칸이 들어 있다. 상림에 집이 지어진 팔십 년 전쯤부터 중사랑의 대청에 있다는 그 약장에는 하속들도 쉽게 찾을 수 있도록 약명이 정음으로 일일이 적혀 있다. 그러므로 지금 영고당이 시골의 허름한 약방으로 들어간 건 예사롭지 않다.

함양부 읍내에는 함양약방과 운림약방 등이 있다. 집에서 법화산을 오가는 길목인 구룡천변에 약방이 하나 더 있는데 근동에서 구룡약방이라 불렸다. 한여름 대낮이라 구룡약방에는 중늙은이 한 사람만 앉아 부채질을 하고 있다가 영고당을 맞이한다.

"어디가 편찮아서 오셨소?"

"의원이세요?"

"딴은 그렇지요."

"허면 죄송해서 어쩐대요? 사람 먹을 약을 지으러 온 게 아니라 쥐 잡을 약을 구하러 나왔는데요."

의원이 부채를 놓고 일어서더니 약장 밑 서랍에서 누런 종이에 싸인 매실만 한 덩이를 꺼내 건넨다. 몇 겹의 종이 속에 든 것은 돌처럼 딱딱하다.

"석 돈이요."

영고당이 석 돈을 건네고 나서 묻는다.

"이걸 어찌하면 된답니까?"

"그걸 조그만 돌절구에 담고 알갱이가 튀어나오지 않도록 종이 같은 걸로 덮어서 깨세요. 가루가 만들어지면 안 쓰는 숟가락 뒤축이나 젓가락으로 좁쌀만큼 묻혀 미끼 속에다 넣으면 됩니다. 미지근한 물에 풀어서 요량껏 써도 되고요. 한 삼백 마리는 잡을 겝니다. 사람 손이 닿지 않게 아주 조심해야겠지요."

"혹시라도 이 약 넣은 미끼를 사람이 먹게 되면 어찌돼요?"

영고당의 물음에 의원이 여상하게 대답한다.

"그걸 좁쌀만큼 먹은 사람이 아이라면 위험하고 어른이라면 복통이 심한 정도일 게요."

"이걸 팥알만큼 먹게 되면 어찌되는데요?"

"피를 토하다가 내장들이 녹아서 결국 죽지요. 하루쯤 걸릴라나?"

"매실만 한 이걸 한꺼번에 다 먹게 되면요?"

"그게 한꺼번에 다 들어가면 숨소리도 못 내다 반각쯤이면 절명할 걸요. 어찌 묻는 게요? 직접 자시기라도 하려오?"

"아이고 무슨 그런 흉한 소리를 하실까. 나는 죽을 때 죽더라도 사람이 먹는 약을 먹고 죽고 싶지, 쥐 먹는 약을 먹고 죽고 싶지는 않아요. 어쨌든 두 개 더 주세요."

"사람 잡는 약이나 쥐 잡는 약이나 같아요. 그거 임금께서 누구 죽으라고 내리시는 사약하고 비슷한 겁니다. 비슷하되 사약은 물 넣고 달인 것이라 약하고 그건 엿기름을 넣어 응고시킨 거라 훨씬 독하다는 차이가 있을 뿐이오. 그런데 쥐가 그렇게 많습니까?"

"이왕 나온 김에 사다 두려고 그러지요."

"그걸로 몇 차례 잡고 필요하면 나중에 다시 잡으세요. 위험한 걸 주변에 두는 거 아닙니다."

"의원께서 자상하시기도 하네요."

"어디서 오셨소?"

"법화사 공양간 일꾼이에요. 공양간에 쥐가 어찌나 끓는지. 살생을 아니하시는 스님들께 쥐를 잡아 달라고 할 수도 없고 해서 공양간 아낙들끼리 몰래 쥐약을 놓기로 했어요. 이런저런 얘기 잘 들었어요."

"더운데 조심히 가십시오, 보살님. 조심해서 약 쓰시고요."

아닌 게 아니라 덥다. 영고당은 햇빛을 가리는 여염 아낙처럼 머리 수건을 쓰고는 법화사를 향해 걷는다. 걸으며 매무새를 가다듬는다. 숨을 고르고 나니 차분해진다. 나뭇가지 사이로 비치는 햇살이 덥지 않고 눈부시다. 매미소리가 쉼 없이 울린다. 산보 나온 듯이 느릿하게 절로 향한다. 남수는 틀림없이 올 것이다. 오늘 도착하면 매양 가는 월평 주막에다 방을 얻어 놓고 법화사로 올라와 기웃거릴 터이다. 내일 와도 마찬가지. 오늘내일 사이에 그가 오지 않으면 그저 절에 가만히 있다가 집으로 가면 된다. 그가 이번에 오든지 못 오든지 태감의 입에 쥐약이 들어가게 하는 건 영고당이 홀로 해내야할 일이다. 남수도 몰라야 한다.

고샅 안쪽으로 말을 들이고 있던 홍집은 영고당이 구룡약방에서 나와 멀어지는 걸 보고는 세진에게 묻는다.

"지금 마님께서 향하시는 방향이 법화사 쪽이냐?"

"예, 서방님."

홍집은 세진을 그 자리에 두고 약방으로 들어섰다. 식구가 심한 복통과 함께 설사를 해댄다며 약을 청하고는 이런 저런 말을 나눴다. 법화사 얘기가 나오고 법화사 보살로 가장한 영고당이 공양간에 출몰하는 쥐를 잡는다며 독약을 사간 사실을 들었다. 영고당이 사간 약은 비상과 부자와 천남성과 비소와 생금과 투구꽃 등의 흔한 독을 혼합해 제조한 극독이었다.

홍집과 세진은 말들을 천변가의 주막에 맡기고 걸어서 영고당의 뒤를 따른다. 영고당의 걸음은 제법 빨랐다. 몇 마장이나 가서야 앞서가는 그를 발견했다. 월평 삼거리를 지날 때 영고당이 주막 앞에서 멈칫하는가 싶더니 사립 안을 슬쩍 건너다보고는 계속 걷는다. 절 길로 접어들어 한참을 걷다가 도랑에서 세수를 한다. 세수를 하고는 완연히 느려진 걸음으로 절 안으로 들어갔다.

영고당이 절 안으로 사라진 뒤 주변의 형세를 대충 살핀 홍집이 돌아선다. 가만가만 따르며 눈치를 보던 세진이 부른다.

"서방님!"

"음."

"마님은 한양에서 살다 돌아오시면서 어여뻐지셨어요."

"그러시냐? 그런데?"

"소인의 누이 달진이가요, 늠이 형을 사모하거든요."

"그러냐?"

"늠이 형은 한양 살면서 가끔 도련님이나 서방님과 함께 오잖아요. 그래서 달진이는 늠이 형을 사모하는데 늠이 형은 달진이를 본

척도 않으니까요. 달진이는 한양 집에 가서 살게 되면 마님처럼 예뻐지고요. 예뻐지면 늠이 형이 자기를 좋아해 주지 않을까, 생각하는 거예요."

홍집은 영고당의 생김새에 대해 생각해 본 적 없으므로 그의 변화에 대해서도 모른다. 달진이가 그렇게 생각한다면 그런 것일 텐데, 별로 눈에 띄지 않던 여인의 얼굴이 예뻐질 수도 있는가 싶다. 그것도 마흔이 넘어서.

"달진이가 몇 살이냐?"

"달진이는 열여덟 살이에요."

"네놈은 누나를 꼬박꼬박 달진이, 달진이 하는구나. 어쨌든 내가 네 누이 얼굴을 자세히 본 적 없다만, 네가 네 누이한테 말해라. 함양 살거나 한양 살거나 사람이 타고난 형상은 변하는 게 아니라고. 그렇지만 어여쁜 생각을 하고 어여쁜 일을 하면 꽃이 피는 것처럼 몸에서 어여쁜 빛이 피어나 예뻐지는바 다른 사람한테도 예뻐 보이는 거라고."

"예, 서방님."

"내려가자."

"그냥 가요? 절집 앞에서 절 거죽만 보고요?"

"그래."

산을 나온 홍집은 월평까지 와서 주막으로 들어섰다. 해 그림자가 길어진 걸 보니 유시쯤 되었겠다. 저녁을 먹기에는 이른 시각이지만 밥을 주문하고 그늘에 놓인 평상으로 올라앉는다. 기역자 모양의 본채에 방이 두 칸이고 마당 건너 아래채에 방이 두 칸이다. 본채 부엌 두 방에 주인 식구가 살고 아래채 두 방이 객방일 테지만 손님이 더

들면 대문에 면한 안채 건넌방도 손님에게 내줄 터이다. 여상한 주막이다 싶어 둘러보니 장독대 뒤꼍으로 별채가 보인다. 객방 두 칸이 더 있는 것이다.

"집에 가면 저녁때인데 서방님, 여기서 저녁 잡숫게요?"

"점심을 헐하게 먹었더니 시장하구나. 너도 배고플 텐데?"

"물론 그렇기는 하지요. 근데 서방님, 어찌 이리 이상한 일을 하시는데요?"

"너 몇 살이냐?"

"열여섯 살인데요."

"누구하고 제일 친하냐?"

"손돌이 형이죠. 손돌이 형은 우리 달진이를 좋아한대요."

손돌은 세진아비 전에 함화루 집사였던 임석수의 둘째 아들이다. 임석수는 홍집이 온의 호위로 지낼 때 태감으로부터 벌을 받았다. 목숨만 붙여 두어 해를 살다가 돌아갔다. 손돌아비의 자리를 세진아비가 대신하게 되었음에도 양쪽 자식들이 친하게 지내는 모양이다.

"네가 오늘 네 누이를 혼인시키기로 작정을 한 모양이구나. 집안에 젊은이들이 많은데 너는 네 누이가 누구하고 혼인했으면 좋겠냐?"

"손돌이 형이죠."

"달진이는 늠이를 좋아한다면서?"

"그래도 저는 손돌이 형하고 친하니까요. 손돌이 형은 활도 얼마나 잘 쏘는데요. 상불이 형만큼 쏠걸요? 태감께서 백발백중이라 하셨거든요."

"상불이가 누군데?"

"태감마님 보위대의 여덟째죠. 보위대는 다 특기가 다른데요, 상불이, 그러니까 불로초 형이 보위대 중에 활로는 솜씨가 제일 좋대요. 그런 상불이하고 맞잡이할 만큼 손돌이 형의 활 솜씨가 좋으니까 저는 우리 달진이가 손돌 형하고 혼인하면 좋겠다 싶은 거죠."

"활을 잘 쏜다고 매형을 만들고 싶어? 에라 이놈아!"

홍집은 세진의 머리를 쥐어박고는 말한다.

"오늘 네가 나와 함께 본 일을 손돌이한테도 말하지 않겠다고 나와 약조할 수 있느냐?"

"마님이 홀로 절에서 나오셔서 약방에 들르셨다가 다시 절로 들어가신 거요?"

"그래 그거."

"겨우 그게 비밀이에요?"

"비밀이다."

"그럼 아무한테도 말 안 할게요. 그런데 어찌 비밀입니까?"

"어찌 비밀인지는 지금으로서는 나도 잘 모르겠다. 그래서 알아보려 한다. 밥 먹고 나서 내가 방을 얻어줄 테니 너는 지금부터 배가 아픈 척하며 오늘 여기 머물러라. 저녁이나 밤에 이 주막에 드는 손님들을 살펴 봐."

"비밀히요?"

"비밀히."

"그런 다음에는요?"

"혹시 네가 조금이라도 아는 사람이 이 주막에 들면 냅다 집으로 뛰어와 내게 알려라. 오늘 밤에 네가 집에 오지 않으면 내일 아침에 너를 데리러 손돌이를 보내마."

"지금부터 손돌 형이랑 같이 있으면 재미날 텐데요."

"심심하더라도 오늘은 혼자 지내 봐."

밥을 먹은 뒤 홍집은 주막 주인을 부른다.

"내 시자가 몸이 좋지 않아 잠시 놔두고 가야겠습니다. 시자를 들여 놓을 방 한 칸 내주세요."

주인이 아무 방이나 고르라 한다. 홍집은 뒤꼍 별채가 반나마 보이는 아래채 오른편 방을 얻는다. 헛간이 붙은 방이다. 세진을 방으로 밀어넣고 구룡약방에서 샀던 복통 약의 봉지를 내보이며 끓여 식힌 물과 요강을 청해 넣어준다. 여름이라 모기장 발린 문에 주렴이 드리웠고 안쪽 벽에 들창이 나 있다. 세진이 꼼짝없이 복통 환자 시늉을 하는 것을 본 홍집은 주막을 나선다. 두 필의 말을 찾아 상림으로 돌아오니 해거름녘이 되었다.

태감이 사랑에서 곤과 더불어 저녁상을 받고 있다가 묻는다.

"오자마자 나가서 어디 갔다 온 게냐? 어디서 벌써 저녁을 먹고?"

"금천에 있는 교운재에 소자의 동기가 살고 있다는 게 생각나서 만나고 왔습니다."

"교운재? 허 진사 댁?"

"예, 아버님."

"허 진사한테 네 동기 되는 아들이 있었어?"

"예, 기성이라 하는데 허 진사님의 넷째 아들이라 들었습니다."

"허 진사가 경오년 돌림병 때 아들 둘을 잃었다고 들은 적이 있으니, 지금은 그놈이 둘째겠구나. 여하튼, 허기성이 네 입격 동기라면, 어째 집에 있는 게야?"

"입격한 뒤 품계를 못 받고 애를 쓰다가 향리로 돌아와서 여기 관아의 별정 군관이 되었습니다."

허기성이 실제 그러했다. 오후 내내 땡볕 속에서 영고당의 뒤를 따라다녔다고 아뢸 수 없으므로 오면서 생각해 낸 핑계가 함양관아에 있는 동기였다.

"젊은 놈들이 간만에 만났으면 술도 마시고 계집질도 할 것이지 해도 지기 전에 헤어져 들어오느냐?"

"아버님께서 기다리실까 저어하여 일찍 파해 왔지요."

"늦는다고 기별을 하면 되지 않아?"

제 밥그릇을 얼추 비운 곤이 에에이 아버님, 하며 끼어든다.

"아버님이 그리 말씀하시면 누님이 섭섭하시죠. 사위한테 계집질 아니한다고 나무라는 빙장이 어딨습니까?"

"예 있다 이놈아. 어찌할 테냐."

각기 상을 앞에 두고 마주앉은 부자가 화목하기 그지없다. 태감이 백치처럼 지냈던 건 처음 일 년쯤이고 상림으로 옮겨 온 이후로 홍집이 올 때마다 변하더니 조각 맞추기가 끝난 수레처럼 완성이 된 것 같았다. 그동안 태감 스스로도 자신이 변해 간다는 걸, 원래의 이록으로 돌아오고 있다는 걸 인식하는 것 같았다. 변해가는 자신을 감출 수도 있는 것처럼 보였다. 아들인 곤 앞에서는 풀어졌고 사위인 홍집 앞에서도 굳이 감추는 것 같지는 않았다. 홍집이 은적사 비휴들을 몰랐던 건 태감의 예전 습관의 연장이었을 뿐이다. 오늘 그들의 존재를 홍집에게 자연스레 알게 한 것은 당신 자식이라 여기기 때문이다.

그런 태감을 느낄 때면 홍집의 기분이 묘했다. 아직 정상이 아니라서 저러나 싶다가도 저릿했다. 장인인 태감을 아버지라 부르기 시작하며 생긴 변화일지도 몰랐다. 온과 혼인하고도 장인을 태감이라 칭했다. 태감이 함화루로 이거하기로 결정된 이태 전 이월 초에 홍집에게 말했다.

"넌 내 자식이 됐는데도 날 아비라 하기는커녕 장인이라고도 아니 부르고 태감이라 하는구나. 왜, 내가 아비인 게 싫은 게냐?"

태감이 온과의 혼인을 허락했던 게 당신의 부실함에서 기인한 것이라 여겼다. 이온이 불구가 되었다고 해도 겨우 윤홍집 따위한테 내줄 딸이 아니지 않은가. 맨정신이라면 윤홍집을 사위로 맞이할 턱이 없는 태감인지라 아버지라 부르기는커녕 장인이라 호칭하기도 어려웠다. 그렇게 듣고 나니 아버님이라는 호칭이 가능했다. 아버님이라 처음 부를 때, 아버지라는 낱말을 난생 처음 입에 걸어본 탓에 낯설고도 기이했다. 지금은 자연스러워졌다.

"저녁 잡숫고 아버님, 함화루 마당에다 불 밝히고 활쏘기 시합을 하시는 게 어떻겠습니까?"

홍집의 제안에 태감이 수저를 내려놓으며 응수한다.

"너랑 나랑 말이냐?"

"곤이랑 셋이요. 무술하는 하속들을 세 편으로 갈라서 아버님 편, 곤이 편, 제 편으로 만든 다음 점수를 많이 내는 편이 우승하는 걸로 하는 겁니다. 우리뿐만 아니라 하속들도 재미나 하겠지요. 이긴 패에는 상을 내리고요."

은적사에서 자라 나왔다는 보위들의 기량을 알아보려 함이다. 그들이 정말 비휴들로 자랐는지 그저 절간에 모여서 자란 젊은이들일 뿐인지.

"우승 편에 있는 하속들한테 상은 당연히 주는 게고, 시합이면 우리끼리도 내기를 걸어야지!"

"그렇기는 하지요. 하온데 뭘 겁니까? 처남, 뭘 걸지?"

홍집의 질문에 곤이 고개를 갸웃하다 씩 웃고는 입을 연다.

"우승한 사람의 소원을 다른 두 사람이 들어주기 하는 게 어떨까요?"

"준우승한테는?"

"겨우 셋이 하는데 무슨 준우승이요?"

"그건 그렇네. 아버님, 어떠신지요?"

"좋다. 너희들이 잘 모르는 모양인데 내 이태 동안 예서 날마다 활쏘기를 해왔다. 너희들은 오늘 내 밥이다."

태감은 이제 농담도 할 줄 안다. 홍집은 진작부터 느낀 태감의 변화를 딸인 온에게 말하지 않고 사신계에도 알리지 않았다. 이록은 시골집에 묻혀 노인이 되어가는 미연제의 할아버지일 뿐이라 여겼고 그렇기를 바랐기 때문이다. 너무 느긋하게 지냈던 것 같다.

"아버님 소원이 무엇이신데요?"

"내가 우승할 게 틀림없으니 나는 나중에 말하겠다. 너희들 소원이나 말해 봐라. 곤이 너부터."

"저도 제가 우승하면 말씀드릴래요."

"그렇다면 아버님, 저도 나중에 말씀드리겠습니다."

세 사람이 각자의 소원을 감춘 채 일어난다. 지금부터 세 편으로 나뉘어 활쏘기 시합을 할 것이라고 알리니 집안이 갑자기 부산스러워진다. 수십 개의 횃불이 준비되고 과녁이 마련되어 상림 숲 속의 마당으로 나간다. 남정 하속들이 시합을 준비하는 사이 아낙들은 부리나케 설거지를 한다. 초저녁부터 곯아떨어진 어린아이들과 상노인들을 제외한 식구들이 죄 마당으로 나선다. 태감을 모시고 풀 마당으로 나가면서 홍집은 오늘 밤 부디 세진이 뛰어오는 일이 없기를, 내일도 모레도 아무 일이 일어나지 않기를 바란다. 영고당이 구입한 극약이 법화사 공양간의 쥐약으로만 쓰이고, 그게 절 밖으로 나오는 일이 없기를.

사령보위대가 해체되던 즈음 남수는 훈련원으로 나다니게 되었다. 품계 없는 습독관 직책이나마 훈련원으로 들어간 건 부친이나 숙부인 홍 교리의 힘이 아니라 만단사령의 힘이었다. 그래도 홍남수는 봉황부령의 아들이었다. 봉황부령은 사령의 동태나 그 측근들을 파악할 필요가 있었다. 부친이 방법을 찾으라 하므로 남수는 직접 나서기로 했다. 가장 쉬운 사람이 영고당이라는 걸 어렵잖게 생각해 냈다. 그 무렵 영고당이 자식을 잃은 데다 사령이 부실해졌으므로 자식을 낳기 위해 애를 쓸 것 같았던 것이다. 그 오래전 문암골 구경당에서 마주쳤던 영고당의 눈빛을 기억했기 때문이기도 했다. 미혼과부로 나이 들어가는 여인이 내외할 줄 몰랐고 눈빛은 허기진 듯 흔들려 보였다. 그 허기는 음탕하고 노골적이었다.

짐작했던 대로 영고당은 쉽게 넘어왔다. 보현정사에 자주 가는 그의 일상을 살피다가 장원서 앞에서 우연히 마주친 척했을 때 그가 화들짝 반가워했다. 그의 시녀가 모르는 새에 슬쩍 속삭였다.

"인수원지에 나리꽃이 난분분 피었던데, 꽃구경 가시렵니까?"

영고당이 시녀를 떼어 내고 인수원지로 올라왔다. 흐린 날이었으나 봄이었다. 사방에 꽃이 만발한 숲에서 영고당을 보듬었다. 남수는 혼인한 지 십 년이 넘어 딸 셋을 두었고 기회가 생길 때면 들병이들도 품어온 터였다. 어떤 여인이든 대수로울 것이 없었다. 그리 여기며 영고당을 품었을 때 희한한 일이 발생했다. 여인을 처음 안는 것 같았다. 영고당의 몸속에 신천지가 있었다. 먼지 한 톨만 한 틈이 없는 맞춤이자 진동이었다. 폭죽이 터지는 것처럼 아찔하게 밝았다. 그와 같은 일이 거듭되면서 깨달았다. 영고당과 홍남수는 몸이 맞는 것으로 치면 천생연분이었다. 몸이 맞으니 그 몸이 귀했다. 귀하므로 어여뻤고 마음이 저절로 깊어졌다.

영고당이 함화루로 내려가고 일 년이나 지났을 때 그곳까지 찾아간 까닭은 사령을 제거하고 만단사 조직을 개편하겠다는 부친의 계획에 따른 것이었다. 그럼에도 영고당을 다시 만날 때 몸이 뜨겁고 마음은 더 뜨거웠다. 영고당도 그렇다는 걸 알았다. 둘이 계속 보며 살기 위해서라면 무슨 일이든 할 수 있을 것처럼 영고당은 홍남수를 좋아했다. 남수는 영고당이 안쓰럽고 죄스러웠다. 그렇게 일 년이 지났다. 지난봄 영고당을 찾아와 그로 하여금 사령을 죽일 마음이 생기게 하면서 가슴이 아팠다. 돌아가 사령의 부고가 오기를 기다리면서도 미안했다. 아무 소식이 없으므로 다시 오지 않기로 작정한 길을 또 나서기로 했다. 김제교가 넌지시 물어온 탓이었다. 나경언이 죽던 날 오후였다.

"요즘 저 아래 아름다운 숲에 거하시는 어른께선 어찌 지내시는지 김 습독관, 아오?"

그 표정에, 네가 못하면 내가 할 테니 물러나라는 뜻이 역력했다. 그와 그의 패거리가 소전을 모함키 위해 나경언을 사주하고 결국 죽게 만들었다. 금위대에 있는 정치석과 위종사의 김형태, 성균관 유생인 김문주와 고인호, 용부령의 조카인 김양중 등이 일당이다. 반족의 적자들인 그들 아래로 금위군으로 있는 홍남선과 한부루와 박두석과 연진용 등도 한 패다. 그들 뒤에는 금위대장과 좌위군장 고억기, 중위검관 국치근 등이 있다. 예전 사령보위대에 있던 자들의 태반을, 만단사자인 고억기와 국치근과 김제교 등이 금위군으로 끌어들여 놓은 것이었다.

홍남수처럼 김제교도 봉황부 일봉사자다. 봉황부령이 유고되거나 부령이 사령으로 올라앉거나 했을 때, 다음 부령 자리에 앉을 수 있는 가능성은 똑같이 낮다. 차기 봉황부령 자리는 윤홍집이 가장 유력했다. 한양 이북 일봉들에게 막대한 영향력을 갖고 있는 맹산의 김번 일봉이 윤홍집을 대놓고 지지하기 때문이다. 김번은 일봉들 중에서 연치가 가장 높다. 한양 이남의 나이 많은 일봉들 중에서도 김번과 친한 사람이 많았다. 부령이 되겠다는 야심을 가진 김제교로서는 윤홍집에 앞서 사령부터 치워야 할 과제가 급했다.

남수는 봉황부령이 되겠다는 야심 같은 건 없었다. 만단사가 그리 허술한 조직이 아니거니와 사령 이록은 더욱 허술한 사람이 아니었다. 태감을 오래 모셔본 데다 상림에 몇 차례 다니며 사령 곁에서 시간을 보내 봐서 알았다. 상림은 물론이고 상림의 반경 시오리 정도는 태감의 성채였다. 그 안에서는 누구도 태감을 죽일 수 없었다. 임금이 수천 명의 토벌군이나 보낸다면 모를까. 그런 사실을 김제교도 모르지 않으므로 남수를 약올리며 상황을 주시하는 것이었다.

남수는 오월 그믐날 일을 마치고 퇴청해 집으로 가서 원행을 준비했다. 내자한테, 상부에서 어딜 다녀오라는 명을 받았으므로 이레 뒤에 돌아올 것이라 알렸다. 내자의 표정이 실그러지더니 말했다.

"제가 달포 전쯤, 그러니까 사월 보름날, 절에 간다고 나가서 인경 즈음에 들어왔잖아요? 그때 목멱산 덕적골에 있는 반야원이라는 데 갔어요. 성주굿을 구경하고 내림굿까지 보고 왔답니다."

"그런데?"

"어쩌다 보니 제가, 작두 타고 내려온 강신 무녀한테 공수를 받았어요. 당신이 아는지 모르겠지만 작두 탄 무녀를 선등 무녀라 해요. 선등 무녀는 하늘에 닿을 만치 신기가 높은 무녀라는 뜻이에요."

"어쨌든 선등 무녀한테 공수, 공짜 점을 봤다는 건가?"

"그렇죠. 그때 선등하고 내려온 강신 무녀가 수십 명한테 공수 한마디씩 했는데 어쩌다 제 차례가 되었을 때 저한테 이렇게 말했어요. '아주머니, 과부되기 싫으시면 오월에 서방님을 멀리 못 가게 하세요.' 딱 그렇게 말했다니까요."

"그 소리를 지금 하는 까닭이 뭔데?"

"가시지 말라고요. 상부 아니라 아버님 명이셔도 지금 말고 나중에 가세요. 오월 지나서요."

"지금 오월 지났는데?"

"윤오월도 오월이에요."

"쓸데없는 소리 말고 어머니나 잘 모시고 있어. 요새 통 기운이 없으시잖아."

"당신, 상부 명령 핑계로 계집 만나러 가시는 거잖아요!"

"계집이라니? 내가 무슨 계집을 만나?"

"누군지는 모르지만 당신이 계집을 만나러 다니시는 건 알아요. 몇 해 전부터 알았어요. 그렇지만 아낙이 바깥 하는 일에 나서지 않아야 해서 아는 척하지 않았고요. 앞으로도 가만히 있을게요. 이번

원행만 말아 주세요. 한 달만 미뤄 달라고요."

지아비가 그저 계집질이나 하러 다닌다고 여기는 내자한테 몹시 화가 났다. 자칫 뺨을 칠 뻔했다. 내자가 계집질 운운하지 않고 점괘가 어쩌느니 하는 데서 그쳤더라면 남수도 기연가미연가, 갈등이라도 했을지 모른다. 영고당을 한갓 계집질 상대로 말하는 내자 때문에 제 과부 운수 어쩌고 하는 말이 같잖게 되고 말았다. 영고당을 한 번만 더 보고 돌아가서 잊자. 그리 작정하고 말을 달려오면서 맘이 급했다. 초하룻날 새벽에 길을 나서서 초사흘 신시 말에야 법화사에 도착했다.

영고당은 요사 공양간 마루에서 아낙들 사이에 섞여 있다가 남수를 발견하고는 눈을 크게 뜬다. 남수는 짐짓 무연하게 영고당을 외면하고는 절에서 벗어나 월평으로 내려온다. 영고당이 뒤따라 내려올 터인데, 아직 방을 얻지 못했다. 영고당이 절에 있는지 확인하는 게 급선무였던지라 그냥 올라갔던 것이다. 월평 주막 앞 말뚝에 말을 매어 놓고 들어선다. 주막 안채 마루에는 동네 사람인 듯싶은 자들 셋이 탁주 한 사발씩 놓고 걸터앉아 밤에 비가 오네 마네 떠드는 참이다.

"어서 오셔요."

손님을 맞이하던 주모가 남수를 알아보겠는지 주름진 얼굴로 소리 없이 웃는다. 일 년 사이 같은 주막을 네 번째 찾아들었으니 너무 잦았는지도 모른다. 매번 영고당이 법화사에 있는 것으로 해야 하므로 다른 곳을 물색할 여유가 없었던 셈이다. 그렇더라도 주모가 알아볼 정도는 아니게 해야 했는지도 모른다. 어쨌든 오늘은 어쩔 수 없었다.

"하룻밤 묵어가려 하는데 방이 있습니까?"

"내일 월평 장날이라 밤에는 장꾼들이 들어올 겝니다만 지금은 방이 있습니다. 우선 방으로 들어가시어 땀부터 걷으세요."

주모가 뒤꼍으로 앞장서 간다. 남수는 영고당과 들 때는 뒤채의 두 방을 다 빌렸다. 두 방 가운데에 문이 나 있어 한 방과 다름없는 탓에 다른 손님이 들면 불편하기 때문이다. 오늘도 남수는 방 두 칸 값에다 두 사람의 두 끼니 밥값을 치루고 덤으로 두 돈을 더 건넨다.

"혹시라도 장꾼들이 많이 들어왔다고 우리를 홀대할까 싶어 드리는 게요. 우리 방 앞에 손님 놓지 말라고."

여름날 장꾼들은 방을 얻지 않고 객방 앞 툇마루나 그 아래 토방이나 헛간 등에서 아무렇지 않게 자기 일쑤였다.

"물론 그런 일 없게 해야지요. 마님은, 곧 오십니까?"

"두어 식경 뒤에 올 겝니다. 이런 저런 채비를 해주세요."

남수는 주모한테 이르고도 직접 영고당 맞을 채비를 한다. 총집을 풀러 벽장 속에 넣고 별채 뒤쪽으로 물을 가져다 종일 흘린 땀을 씻고, 영고당이 씻을 물도 준비해 놓는다. 주렴을 드리우고 뒷문을 열어 놓기 위해 모깃불도 미리 피운다. 여인을 위해 이런 일들을 해보기는 영고당이 유일했다. 그로 하여 이런 일들이 설렘이고 기쁨인 걸 알게 됐다.

해 질 녘에야 영고당이 주막 마당으로 들어서는 기척이 난다. 사립의 문설주에 등이 내걸리고 마당이며 뒤꼍에는 모깃불이 피고 평상에서는 오늘 밤을 주막에서 묵고 새벽장에 나갈 장꾼들이 한 상에 둘러앉아 저녁을 먹는 중이다. 영고당을 대번에 알아봤을 주모가 하는 소리가 들린다.

"뒤꼍 방으로 드사이다. 저녁 차려 올릴 테니 좀만 기다려 주시고요."

남수는 마당의 장꾼들에게 얼굴 보이기 싫어 툇마루에서 영고당을 맞는다.

"방을 얻어 놓지 않고 올라간 탓에 맘이 급해 먼저 내려왔습니다. 무서우셨지요?"

"자주 다니는 길이라 괜찮았어요. 천리 멀리서 온 사람도 있는데."

남수는 방으로 들어선 영고당을 옆방으로 끌어들이곤 잡아채듯 끌어안는다. 석 달 만이다. 만나서 헤어질 때까지 늘 대화를 나누지만 그전에 회포부터 풀어야 정신이 맑아져서 해도 될 말과 하지 않아야 할 말을 가릴 수 있는 분별이 생긴다. 그것도 안기 전의 생각이다. 안으면 우선 옷을 벗기고, 벗고 그 안으로 들어가 합치되고 싶은 간절함뿐이다. 풍등처럼 둥둥 떠올라 폭죽처럼 터지는 환희. 그곳에 올라갔다 내려와야 안정할 수 있는 것이다.

자정쯤 되었을까. 기갈 들린 듯 화급한 욕구를 실컷 풀고 나서 이런저런 이야기를 나누던 남수는 영고당이 조는 걸 보곤 웃다가 자자고 했다. 등잔불이 저절로 꺼졌는지 어둡다. 그래도 앞쪽 툇마루 쪽에 걸린 등불이 아직 살아 있어 옅은 빛이 들어온다. 알몸의 영고당이 요 밖으로 반쯤 밀려나가 모로 누운 채 자고 있다. 허원정에 살면서부터 차츰차츰 야윈 영고당의 몸은 군살이 거의 없고 젖가슴은 탱탱하다. 나이 들면서 오히려 젊어지는 것 같은 영고당한테 태기가 생겼다고 했다. 석 달짜리 태아. 영고당은 아들이라 자신했다.

"이녁 아들을 낳아 태감의 아들로 키워낼 테요. 왕족의 후예로 금쪽같이 귀하게. 당산나무처럼 튼튼하게 키워 상림과 허원정을 물려줄 것이요."

상림과 허원정과 보원약방의 주인은 이온이었다. 이온은 출가하여 외인이 되는 예사 여인들과 달랐다. 이록에게는 딸이 아들이었다. 이록은 처음부터 이온을 후사로 키웠다. 영고당은 그런 인식이 약했다. 남수는 영고당을 요 위로 눕히고 베개를 반듯이 받쳐준 뒤 홑겹 모시 이불을 가슴께까지 덮어 주고 옆에 눕는다.

이온은 영고당이 넘볼 수 있을 만치 허술하지 않다. 더구나 부군이 윤홍집 아닌가. 그렇지만 태감이 사라진다면, 영고당이 태감의 유복자라도 낳는다면 상황이 약간은 달라진다. 영고당이 회임할 수도 있으리라 가정해 본 적 없는데 아들을 낳을 것이라 하니 그 말이 허황하게 느껴지지 않았다. 상림과 허원정을 물려받는 것까지는 감히 바라지 못하나 이왕이면 아들을 낳아 태감의 자식으로 키울 수 있다면, 얼자의 아들로 자라는 것보다는 백배 천배 나을 터였다. 문제는 태감을 제거해야 한다는 것인데 영고당의 기색을 보자면 묘수를 찾은 듯했다. 영고당한테 그런 일을 시키는 게 미안하지만 남수로서는 다행을 넘어 일거다득이다.

파루가 가까웠는지도 모른다. 다시 일어난다. 분명히 무슨 기척을 느끼고 깼다. 주막 안채며 아래채에 열댓 명 정도의 장꾼들이 든 듯했다. 그들 중 누군가 잠꼬대라도 했는가. 그렇게만 여기기엔 주변에 서린 기운이 어쩐지 불온하다. 하지 않아야 할 짓을 하는 처지라 괜한 느낌일지 몰라도 이처럼 선뜩할 땐 확인을 해야 한다. 주막 앞에 장꾼들의 나귀들과 함께 매 논 말도 살펴봄직하다.

소피보면서 한 바퀴 둘러보자 싶어 남수는 윗목에 밀쳐두었던 옷을 끌어당긴다. 바지를 들고 앞뒤를 가늠하는 찰라 앞문 쪽에서 기척이 난다. 등골에 싸늘한 한기가 서리는 것과 동시에 남수는 이부자리 밑으로 움직여 총집 속의 총을 뺀다. 탄알은 총신에 든 세 발을 제외하고 아홉 개가 있다. 세 발을 쏜 뒤에는 다시 장전해야 하지만 신식 권총의 화력은 한 발로 한 사람 잡기에 너끈하다.

"누구냐."

낮게 읊조려 본다. 멀리서 개 짖는 소리가 난다. 어떤 놈이 복달임을 하려고 남의 개를 훔치는지도 모른다. 비워둔 옆방의 앞문 열리는 소리가 난다. 남수는 두 방의 가운데 문 옆으로 서서 옆방의 기척에 귀를 기울인다. 분명히 누군가 옆방으로 들어왔는데 찍소리가 없다. 남수는 방문의 고리를 걸어 놓고 뒷문 쪽으로 몸을 옮긴다. 뒷문 앞의 툇마루는 옆방 뒷문 앞까지 이어진다. 평지에 앉은 주막이라 별채의 뒤란에는 나지막한 돌담이 둘러졌고 돌담은 담쟁이 넝쿨에 덮여 있다. 그 뒤쪽은 주막집의 수수밭이다. 이제 막 자라 오르기 시작한 수수는 남수의 허리께나 닿을 듯했다.

남수는 뒷문을 가만히 밀어 본다. 아귀가 꽉 물려 조용히 열리지 않는 문이다. 뒷문의 문고리를 걸어 버린 남수는 앞문이 헐겁게 열린다는 사실을 떠올리고 그쪽으로 옮긴다. 앞문 앞에서 바지를 대충 꿰고 괴춤을 여미고는 문 옆의 벽에 붙어 서서 총구로 문을 민다. 문이 스스스 밀려나가다가 멈춘다. 앞문 쪽에는 아무도 없는 성싶다. 토방에서 자던 장꾼 중의 어느 놈인 모양이다. 뒤꼍 별채의 방 하나가 비어 있는 걸 눈치채고 슬그머니 기어들었다가 들킨 걸 깨닫고는 죽은 척하고 있는 것이다.

휴. 남수는 한숨을 내뱉는다. 누군지 모를 놈을 옆방에서 쫓아내기 위해 앞문을 다시 닫아 고리를 채우고는 옆방 문 앞으로 옮겨 고리를 푼다. 동시에 문을 벌컥 연다. 문 옆에 몸을 놓고 총을 겨눈 채 낮게 말한다.

"내게는 총이 있다. 누군지 모르겠으나 살고 싶으면 당장 들어온 문으로 나가거라."

옆방의 앞문이 덜컥 열린다. 그와 동시에 남수는 옆방으로 들어선다. 순간 정면에서 뭔가가 날아든다. 미처 방아쇠를 당기기 전에 그게 가슴팍, 심장에 턱 박힌다. 단검이다. 남수는 총을 놓치며 넘어지면서 단검 날린 자를 알아본다. 윤홍집이다. 그가 어떻게 이곳에 와 있는지 알 수 없는 채 남수는 비명을 지르기 위해 숨을 몰아쉰다. 고통의 극심하여 숨을 쉴 수 없다. 비명도 나오지 않는다. 그가 성큼성큼 다가들더니 속삭인다.

"당신이 벌여왔고, 벌이려 하는 일들이 워낙 심각하여 나로서도 어쩔 수가 없구려."

"저, 저 사람을 사, 살려 주시오."

잠깐 주춤한 윤홍집이 남수의 심장에 박힌 단검을 잡는다.

"알겠소. 그리고 미안하오. 고통은 짧게 하리다."

심장에 박힌 단검을 뽑아 내려는가 싶은 순간 검이 더 깊이, 온몸을 양단하듯 거세게 박힌다. 워낙 큰 고통이라 머릿속이 하얘진다. 심장이 이미 팔딱거릴 수 없게 된지라 고통도 느낄 수 없는 것 같다. 금세 멈추게 될 것이나 생각은 아직 남았다. 영고당. 그 사람이 깨어난 것 같지 않은가. 홍남수의 자식을 몸에 담고 있는 여인. 수태

한 여인이 죄를 지으면 자식을 낳을 때까지 형을 미루기 마련이다. 영고당은 그렇지 못할 것이다. 윤홍집이 살려 주겠다고 했으나 이미 그의 소관이 아니다. 영고당은 이 밤에, 날이 새기 전에 홍남수의 뒤를 따라 저승으로 넘어갈 것이다. 그렇다면 내가 조금 천천히 가야 함께할 텐데, 그건 어려울 것 같다. 아득해지지 않는가.

"마님, 옷을 입으십시오."

집사인 개진아비다. 몇 해 전부터는 세진아비라 부르는 그가 어느 결에 영고당이 있는 방으로 들어왔다. 영고당은 무슨 기척인가에 몸을 일으킨 순간 문이 열려 있는 건너 방에서 남수가 쓰러지는 걸 목격했다. 윤홍집도 보았다. 그게 무슨 의미인지 몇 숨참 지나 깨달았다. 남수가 저 사람을 살려 달라고 하는 말도 들었다. 그가 말한 저 사람이 영고당 자신이라는 것도 알아들었다. 세진아비는 그때 들어왔다. 그를 보고 끝에 도달했음을 느꼈다.

워낙 놀란 터라 몸이 떨리지도 않는다. 더 이상 갈 곳이 없고, 가고 싶은 곳이 없으며, 가고 싶지도 않으니 심신이 다 차분하다. 영고당은 옷을 순서대로 차근차근 챙겨 입고 버선을 신고 머리를 만져 쪽을 찌고 백옥 매화비녀를 꽂는다. 남수가 가져와 시전거리에서 샀다며 건네준 비녀다. 당신한테는 백옥이 잘 어울리는 것 같더라고요. 그리 말할 때 그 얼굴에 수줍음이 어려 있었다.

"현재 이 주막에 사람이 많은 걸 아실 겝니다, 마님. 너울을 쓰시고 가만히 나가시어 대문 앞에 있는 가마에 오르십시오."

"그리하겠네. 그전에 남수 그 사람을 한번 보게 해주려는가."

"그를 실어갈 수레를 끌고 왔습니다. 집으로 갈 것입니다. 집에 가시어 보십시오."

"버, 벌써 숨이 끊겼다는 말이냐?"

세진아비가 옆방을 돌아다본다. 남수를 들여다보고 있던 홍집이 몸을 일으키며 고개를 끄덕인다. 그의 손에 흉한 물건이 들렸다. 총이다. 태감이 노상 몸에 지니고 있는 것인데 홍집의 손에 들린 총은 남수의 것인 모양이다. 잠깐 새에 남수는 벌써 저세상 사람이 되고 만 것이다. 결국 그리되고 말았다. 하기야 나도 곧 죽을 터인데 그의 주검을 보는 게 무슨 의미랴. 살아 있는 그, 환히 웃고 따뜻이 품어주던 그의 모습을 간직하는 게 낫겠지. 영고당은 일어나 앞문으로 나선다. 뒤꼍을 나와 마당을 건너는데 어둠속에서 깨어난 몇 사람이 속삭이며 수런거린다.

대문 앞에 가마와 수레가 한 줄로 서 있다. 그 곁에 남수의 말도 섰다. 가마꾼들이 있고 손돌이며 세진 등 상림의 젊은 하속들이 있다. 태감이 집안에서 단련시켜 온 무사들이다. 그들 손에 횃불이 들려 대문 앞이 환하다. 세진아비가 말한다.

"가마에 오르시지요."

"아니, 그 사람이 나오는 걸 보아야겠다."

소란을 일으키지 않으려는지 세진아비가 몇 걸음 물러나 대문 안이 아니라 고샅을 돌아본다. 얼마 지나지 않아 어두운 골목에서 홍집이 나오고 그 뒤로 하속 둘한테 양쪽으로 부축된 남수가 나온다. 주막 안 사람들 눈을 피해 뒷담을 넘어 밖으로 내온 모양이다. 오늘밤 월평 주막에서 두 사람이 사라지는데 그 둘이 누군지 주막 사람들은 모르고 두 사람을 사라지게 만든 자들이 누군지 세상은 모르게 되는 것이다. 옷을 다 입고 방립까지 쓴 남수는 몹시 아파 두 사람에게 의지하여 움직이는 것 같다. 남수의 주검이 수레에 뉜다. 머리에 얹혔던 방립이 얼굴에 덮이고 그 위에 거적이 씌워진다.

영고당은 명색이 사위인 홍집을 쳐다본다. 처음 봤던 그는 허원정 큰사랑 마당에 깔린 멍석에서 무릎을 꿇고 있었다. 죽어 마땅한 죄를 지은 자들이 살려 달라고 애원할 때 청하는 석고대죄였다. 당시 그가 지은 죄가 무엇인지 지금도 모르지만 그때 알아본 건 있었다. 무슨 짓이든 할 수 있을 만치 무서운 놈이라는 것이었다. 하여 태감이 그를 용서하리라는 걸 알았다. 역시나 태감에게 용서 받은 그가 벼슬아치로, 태감의 사위로 변하는 걸 지켜봤다. 금오당을 어머니라 부르는 그는 영고당에게는 아무런 호칭도 붙이지 않았다. 영고당도 그에게 정을 느낀 적이 없다.

영고당은 가마 안으로 들어앉는다. 가마 문이 닫힌다. 어둠 속에서 너울을 벗고 잠시 기다리노라니 가마가 들린다. 이십 리를 가면 상림이다. 그곳에 닿기 전에 어느 나무에 목이 매달리게 될 터이다. 어떤 모양새로 죽든 죽는 건 기정사실이다.

어제 법화사 법회에서 큰스님이 '파멸'에 대해 설법했다. 큰스님의 설법은, 번영하는 사람을 알아보기 쉽듯이 파멸하는 사람도 알아보기 쉽다는 말씀으로 시작됐다. 진리를 사랑하는 사람은 번영하고 진리를 싫어하는 사람은 망한다는 내용이었다. 파멸에 이르는 열두 가지 문이 있으니 첫 번째 파멸의 문은, 나쁜 사람을 가까이하고 나쁜 사람이 하는 일을 좋아하는 것이었다. 열두 가지 파멸 중에, 자기 사람에 만족하지 못하고 남의 사람과 어울리는 것도 있었다. 한창 때를 지난 사람이 젊은 사람을 유혹하고 그로 인해 밤잠을 이루지 못하는 것도 파멸에 이르는 것이라 했다. 다른 파멸의 이유들은 그럴 법하다고 승복했으나 그 두 가지에는 반발했다.

'남의 사람과 어울리는 것은 내 사람이 나를 밀어내기 때문이고, 젊은 사람을 그리는 까닭은 그가 젊어서가 아니라 나를 사랑해 주기 때문이 아니겠는가. 큰스님 당신께서는 사랑을 해보지 않아서 수천 년 전의 부처님 말씀이나 되뇌고 있는 거 아닌가?'

하필이면 어제 그런 말씀을 듣게 된 건 오늘에 대한 예시 같은 것이었을 터이다. 하지만 여전히 승복할 수 없다. 애써 승복할 필요도 없다. 파멸이면 어떤가. 영고당은 속바지 주머니에서 종이에 싸인 쥐약을 꺼내 손아귀에 꼭 쥐어 본다. 삼백 마리의 쥐를 잡을 수 있으리라 하던 약. 일평생 삼백 마리의 쥐 떼에게 몸을 갉히는 것처럼 살았다. 기꺼이 파멸의 문을 열고 들어설 수 있을 만치 진저리나는 세월이었다. 그래도 남수를 만날 수 있어서 한 생이 살 만했던 것 같다. 그가 저 사람을 살려 달라 하지 않았는가.

종이를 벗겨 매실만 한 알맹이를 입에 넣는다. 어금니 사이에 끼우고 돌멩이를 부수듯 깨문다. 한 번에 깨지지 않는다. 네댓 번이나 기를 쓰고 나니 깨진다. 오도독오도독 씹는다. 쓰다. 아주 몹시 쓰다. 눈물은 나지 않는다. 납폐를 받고 가례를 기다리던 중에 서방 될 위인이 죽어 버린 그날부터, 정말이지 기를 쓰고 살았다. 할 짓 못할 짓, 별의별 짓을 다했다. 그만하면 원도 한도 없어야 마땅하다. 원도 한도 없다. 그런 계집의 몸에 실린 아이는 어미와 함께, 흘리지 않는 눈물을 머금고 돌아가는 것이다. 이 세상에서 저세상으로. 다시는 돌아오고 싶지 않은 이 세상.

모녀

역시나 어머니는 보현정사 법당에 없다. 바올네를 떼어 내고 또 은월당으로 가신 게다. 바올네는 어머니가 벌이는 일을 알면서도 어쩔 수 없이 감싸왔던 것이다. 바올네가 감싸오지 않았더라면 진작 큰일이 벌어지고 말았을 테니 그이한테 감사해야 하는가. 예상하고 왔으면서도 법당에 엎드린 영로는 눈앞이 어지러워 일어나기가 어렵다. '어머니를 어찌하면 좋을까요, 부처님. 저는 어찌해야 할까요, 부처님.' 여쭈며 절을 하노라니 눈물이 난다.

지난 오월 초여드레 날 영로는 겉봉에 꽃 한 송이가 그려진 편지를 받았다. 꽃잎이 일곱 장인 꽃은 숙주나물의 꼬리 같은 꽃대만 달고 있었다. '한 절집에서 본 나를 기억하실지 모르겠소.' 그렇게 시작된 편지는 '내일 사시 초경에 우륵재로 찾아가겠소.'로 끝나 있었다. 편지를 읽고 나서 영로는 떨리는 손으로 제 어깨를 끌어안았다. 어깨도 떨고 있었다.

도솔사에서 나비를 그리던 심경와心經窩의 그이였다. 근래 영로의 글 속에서 나비를 그리는 화공으로 사는 사람. 그이가 나를 어찌 알고, 무엇 때문에 찾아온다는 것일까. 보고 싶던 그이지만 반가운 게 아니라 극히 불안했다.

심경와의 그이는 보연당이 이튿날 출타한다는 사실을 알고 있었던 듯했다. 이튿날 보연당이 채운회 모임에 간다며 나가고 사시가 되었다. 영로가 대문 앞에서 서성거리고 있자니 두 사람이 왔다. 심경와에서 살던 그이와 그의 호위였다. 소색의 긴 저고리에 연록빛 바지를 입고 짧은 머리에 너울이 드리워진 소색 육합모를 얹고 양손에 잠자리 날개처럼 얇은 막시膜翅 수갑을 낀 그이는 도솔사에서 본 그가 아닌 것처럼 곱고 환했다. 동무인 양 영로의 처소로 들어온 그이가 곁을 물리게 하더니 자신의 호위를 문밖에 세우고 나서 말했다.

"나는 근자에 칠지선녀라 불리게 된 무녀이고 원래 이름이 심경이에요. 스무 살이고 육품이니까 내가 그대의 선진이죠."

영로가 답했다.

"예, 선생님. 하온데 제가 여기 사는 걸 어찌 아시고 오시었어요?"

"내가 덕적골의 반야원에서 사는데 얼마 전에 영로 아기씨의 어마님을 뵈었어요."

"지난달 반야원에서 내림굿을 하며 선등춤을 췄다는 그 무녀님이세요?"

"맞아요. 내가 점사손님으로 찾아오신 보연당 마님을 뵙고, 그 따님을 이리 따로 뵙는 건 무녀의 도리에 심히 어긋나는 일이에요. 그렇지만 사세가 무녀의 도리를 따질 게제가 아니라서, 우리가 절집에서 맺은 인연을 빙자하여 찾아왔어요. 또한 나는 그대처럼 겸곡재의 제자이자 사온재 대감과도 잘 알고 지내는 사이라 사사로운 인연을 따라오기도 했어요. 혜량하세요."

"그러셨군요. 제 어머니에 관한 말씀을 하러 오시었다고요?"

물으면서도 영로는 칠지선녀인 그이가 찾아온 까닭을 알 것 같아 눈앞이 캄캄했다. 그이가 어머니의 비밀을 알게 되었다는 뜻이 아닌가.

"태일의『새 심청 이야기』에 관한 얘기나 나누면서 놀 수 있으면 좋을 터인데, 영로 아기씨한테 못할 짓을 하러 온 것 같아 몹시 미안해요. 어마님께서 정인을 두신 걸 아기씨도 알지요?"

그이가 찾아온 까닭을 짐작했으면서도 영로는 간신히 대답했다.

"예, 선생님."

"언제부터 알았어요?"

"이태쯤 되었습니다."

"어마님께서는 혼인하시기 전부터 충정재의 그이하고 은밀한 연분을 맺으셨다고 해요."

"그, 그렇게나 오래요?"

"혼인하시고 오래 아니 보시다가, 다시 만나시기 시작한 지는 사년쯤 되신 성싶고요. 어쨌든 지금까지는 아무도 모르게 잘 지내오셨어요. 그런데 무녀인 내 입장에서 아기씨 어마님의 사주를 따져 보고 말씀을 나눠 보니, 지금 그치시지 않으면 미구에 큰일을 겪으실 것 같아요. 그럼에도 아기씨의 아바님께 말씀드릴 사안이 아닌 건 분명하고요."

"그, 그건 절대 아니 됩니다."

"아니 되죠. 이미 알게 된 나와 아기씨 외에는 누구도 몰라야 하

죠. 그 때문에 아기씨하고 의논하기로 하고 실례를 무릅쓰고 내가
나선 거예요. 내가 끼어들 사안이 아니어서, 힘이 돼 주지 못해 미안
해요, 아기씨."

심경이 사과를 해오자 영로는 가슴이 미어지는 듯 눈물이 났다.
어머니의 사통이 얼마나 엄청나고 무시무시한 일인지 영로도 모르
지 않았다. 해서 오히려 모른 체해 왔다. 딸로서 어머니를 위해 할
수 있는 일이 없기도 하려니와 어머니가 가엽기도 했다. 어머니의
속내를 다 몰라도 스스로는 그리할 수밖에 없는 까닭이 있기 때문
아니겠는가. 어머니가 아버지보다 외가의 사노인 재근을 더 사랑하
고 그를 놓지 못하는 까닭. 그건 영로가 아직 안다 할 수 없는 어른
들의 세상과 사랑일 터였다.

"제가 어찌해야 할런지요."

"내, 무녀로서 아기씨의 어마님께 이제 그만하셔야 한다고 간곡히
말씀드렸지만 당신 홀로는 그치시기 힘들 성싶어요. 그대 혼자 어마
님을 말릴 엄두를 내기도 어려울 것 같고. 해서 일단 그대가 나와 함
께 은월당에 가서 어마님을 살피는 게 어떨까 하고 온 거예요. 아기
씨가 직접 확인한 후에 어마님과 말씀을 나눠 보던가, 하시라고. 아
기씨나 어마님이나 현실에 직면해야만 용기가 나지 않을까 해서요."

"제가 말씀드려도 그치시지 않으시면 어쩌죠?"

"다른 방법을 찾아야지요."

"다른 방법이 있을까요? 또는 제가 말씀드리지 않고도 그치시게
할 방법도 있을까요?"

"다른 방법이란 충정재의 그이를 움직일 수 없게끔 주저앉히는 것
이겠죠. 그럼에도 아기씨의 어마님이 그치지 못하시면, 사온재와 우

릌재를 보호해야 하는 우리로서는 어쩔 수 없이, 아기씨의 어마님을 주저앉혀야 하고요."

주저앉힌다는 게 무슨 뜻이냐고 영로는 묻지 못했다. 즉각 일어나 집을 나섰다. 심경과 동무인 양, 동무들끼리 저자구경 나서는 듯이 걸어 예관골의 은월당으로 갔다. 은월당은 예관골 언덕바지에 당집처럼 홀로 있었다. 들키면 들키리라 하며 대문 틈새로 안을 엿봤다. 우륵재의 별당처럼 두 방 가운데 마루가 놓인 자그만 집이었다. 은월당 마루에서 재근과 함께 있는 어머니 보연당은 명윤공주의 손녀도, 사대부가의 부인도, 두 자식의 어미도 아니었다. 그저 보연당 자체였다. 순한 지아비와 마주앉은 고운 아낙네. 그 정경 속의 아낙네는 잘 웃었다. 웃는 얼굴이 화안하고 젊었다. 그동안 영로가 봐 온 어머니 중에서 가장 어여뻤다.

그날 영로는 은월당을 살피기만 하고 들어가지는 못했다. 용기가 나지 않아 심경에게 나중에 홀로 오겠노라 말하고 물러났다. 우륵재 앞까지 바래다주고 돌아가려는 심경에게 영로가 물었다.

"어머니가 지금처럼 지내면 아니 되는 걸까요? 여태 들키지 않았으니 앞으로도 그렇게 지낼 수 있지 않을까요?"

심경이 답했다.

"그저 한 여인의 소견만 말하자면 영로아기처럼 나도, 정인과 함께 있을 때 그처럼 고운 어마님을 그대로 두고 싶어요. 여인이라고, 사대부가의 부인이라고 정인을 그리는 맘을 어쩌겠나 싶으니까요. 그럼에도 내가 이렇게 하는 까닭은 우리가 같은 세상에 속해 있기 때문이고, 우륵재, 그리고 영로아기와 궁로 도련님한테 화가 미칠 것을 저어한 때문이죠. 무엇보다 마님 자신께 가장 위험하기 때문이고요. 마님께서 큰일을 당하실 만한 운세에 들었거든요. 그러니 아기씨가 방법을 찾아보세요. 도움이 필요하면 반야원으로 와서 나를 찾고요."

결국 책임이 영로한테 떨어졌다. 어머니를 설득하여 주저앉히든지, 외가의 재근을 만류하여 정분을 그치게 하든지. 또는 억지로 못하게 하든지. 하지만 지난 한 달 동안 영로는 어머니를 설득하지 못했다. 재근을 어찌할 수도 없었다. 갖은 생각을 다 해봤으나 도저히 입이 떨어지지 않았고 방법을 찾지도 못했다. 용기를 못 냈던 것이다. 그러는 사이에 어머니는 다시 재근을 만나러 갔다.

어찌해야 할까. 어찌할까.

영로는 백팔배를 하는 동안 백 번도 넘게 어찌할 것인지를 궁리하다 일어난다. 합장 삼배로 절을 마치고 눈물로 얼룩진 얼굴을 매만지고 돌아선다. 언제 들어왔을까. 이곤이 뒤에 서 있다가 영로를 향해 합장인사를 한다.

"제 방에서 책 읽고 있던 중에 아가씨가 오셨다는 말씀을 듣고 내려왔습니다. 인기척을 내기가 조심스러워 그냥 있었는데 놀래 드렸다면 죄송합니다."

"놀라지 않았습니다. 헌데, 부러 저를 보러 오셨어요?"

"의논드릴 게 있습니다. 차 한 잔 하시겠습니까?"

"지금 제가 가야 할 곳이 있는데, 예서 말씀하시겠어요?"

"여기가 법당이라 언제 신도들이 들어올지 모르잖아요. 우리가 마주앉은 모습이 누군가의 눈에 띄는 게 저는 괜찮습니다만 아가씨한테는 득이 될 것 같지 않은데요. 일성헌으로 가시죠?"

남녀가 유별한 세상에서 남녀가 같이 벌이는 일은 거의 여인 쪽으로 화가 미친다. 여인이 행한 좋은 일은 집안에 묻히지만 여인이 당한 화는 집밖으로 나가 집안에 해를 끼친다. 여인이 당한 일도 그러할 제 어머니처럼 외간 사내와 통정하다 발각됐을 때는 온 집안이 쑥대밭이 되고 만다. 그게 세상의 법도다.

영로는 이곤을 앞서 나가게 하고 법당을 나와 일성헌으로 걷는다. 이곤이 시자 늠이와 시원시원 걸어가고 영로는 시자 바올과 시녀 천아를 거느리고 일성헌에 닿는다. 일성헌은 방과 방 사이의 통판문들을 모조리 양쪽으로 밀어붙이고 집 바깥으로 난 문들도 죄 열어 놓아 훤하다 못해 휑하다. 마당이 훤히 내다보이는 문 가까이에 다담상이 차려져 있고 양쪽에 방석 두 장이 놓였다. 이곤이 손짓으로 앉으라고 영로한테 권한다. 문 밖에 있던 늠이와 바올, 천아가 기단 아래로 내려가 인송정의 툇마루로 건너간다. 신덕스님이 그들을 안으로 들어오라 하는지 앞서거니 뒤서거니 들어간다. 서로 안면들을 익힌 덕에 임의롭게 어울린다. 이곤이 먼저 입을 연다.

"지난달에 제 누님이 아가씨 댁으로, 우리 보현정사 학동들의 선생님이 되어 주시지 않겠느냐고 청을 넣었는데 댁에서 거절하셨지요. 혹시 들으셨습니까?"

"들었습니다. 어머니가 제게 의향을 물으시기에 제가 선생 노릇할 재목이 못된다고 말씀드렸습니다."

보연당은 처음부터 아니 되는 일이라 결정해 놓고 영로한테 지나가는 말인 듯이 전해주었다. 영로도 보현정사 학동들의 선생 노릇을 하고 싶지는 않았다. 해야 할 공부와 써야 할 글이 많은 탓에 시간도 없었다. 심경와의 그이가 무녀가 돼 있는 걸, 본명이 심경이라는 걸 한 달 전에 알게 됐다. 그이 본명을 모르는 채 주인공 이름을 우선

'심경'으로 짓고 진행하던 『접인蝶人』 이야기가 막바지에 이르렀다가 새로운 국면에 봉착해서 주춤거리는 참이었다. 한 달 전까지의 심경은 신비하고 아름다운 여인 화공이었으나 그이를 만나고 나서는 복잡해졌다. 그이 속에 여러 사람이 든 것 같다고 느꼈기 때문이었다. 한 사람 안에 여러 사람이 들어 있다는 걸 느끼지 못했다면 모를까 그대로는 진행할 수 없었다.

"이 설서께서 아가씨의 공부가 사뭇 높다고 하셨으니 재목이 못 된다는 말씀은 겸양이실 테고, 우리 학당의 선생 노릇 하시기가 싫었던 거죠?"

"제가 학동들보다 기껏해야 서너 살 많을 뿐이고 책 몇 권 더 읽었을 뿐인데 무슨 겸양이겠어요? 어쨌든 그건 이미 지나간 일인데요, 저를 보자 하신 연유가 뭔가요?"

"제 누님이 누구신지는 아실 테지만 제 누님이 한 번 작정한 일을 좀체 포기하지 않는 여인이라는 사실은 모르실 겁니다. 걱정이 되어서 알려드리려고요."

"이 대방께서 저한테 기어이 이 학당의 선생을 시키실 거란 말씀이세요? 왜요?"

"제 생각입니다만, 아가씨로 하여금 우리 학당 선생을 시키려는 제 누님의 의중에, 아가씨를 제 배필로 삼으려는 생각이 먼저 생기지 않았나 싶습니다."

"예?"

"아가씨, 혹시 저와 혼인하실 생각, 있으십니까?"

"느닷없이 혼인이라니요? 도련님은 저와 혼인하고 싶으셔요?"

"어른들이 명하시는 혼인을 기어이 해야 할 제, 상대가 아가씨라면 다행이죠. 하지만 저, 지금은 혼인하고 싶지 않습니다."

"저도 지금 혼인하고 싶지 않아요. 어쩔 수 없다면 열여덟 살 넘어 아버님이 정해 주신 사람과 하고 싶어요."

"저는 스무 살 넘어서 하고 싶습니다."

"그렇다면 됐잖아요."

"아가씨나 제 생각은 이러한데 말씀드렸다시피 제 누님은 아가씨를 제 배필로 만들려 할 거라는 게 걱정이죠. 그것도 몇 해 뒤가 아니라 올해나 내년쯤에는, 아가씨의 어마님을 통해서 혼사를 성사시키려고 할 것 같아서요. 공부가 높은 아가씨를 제 안해로 들여 놓고 저로 하여금 공부를 하게 하려는 의도일 테지만, 그보다 아가씨 가문의 명망을 욕심내는 게 아닐까 싶은 거죠. 아가씨 댁에서는 저희 집과의 혼사를 마다하실 거라 여기시는 것 같고요."

"저희 집에서는, 아버님이 제 혼인을 저 열여덟 살 이후에 논의하겠노라 말씀하셨어요. 할아버님께서도 그리하라 허락하셨고요. 제 어머니는 할아버님과 아버님의 뜻을 거스를 수 없으세요. 그러니까 도련님 댁 일은 도련님께서 해결하시는 게 좋겠네요."

"그러고 싶은데 저는 힘이 없고, 누님은 강하시니 문제죠. 혹시 아가씨 댁에서 예관골에 별저를 따로 두고 계신가요?"

영로의 가슴이 철렁 내려앉는다. 예관골이라니. 이 대방이 은월당을 알고 있다는 게 아닌가. 눈앞에 검은 비가 내린 듯하다. 검은 비를 헤치듯 영로는 눈을 깜박여 이곤을 바라본다.

"우리 집은 온양에 향리가 있는 건 물론이고 도성 안팎에 세 군데의 별저가 있습니다. 예관골의 아담한 집도 그중 하나고요. 그런데 저희 별저 얘긴 어찌하시는 거예요?"

영로 네는 별저 같은 것이 없다. 향리에 있는 사온재와 진장방의 우륵재가 전부다. 우륵재는 가솔들이 사는 외채들까지 합쳐도 사온재의 오분지 일 규모나 될까. 향리가 본집인 까닭에 조부께서 사직하고 본집으로 돌아가 사시듯 아버지도 벼슬을 그만두면 사온재로 내려가실 터, 우륵재의 규모가 커질 필요도 없었다. 작년에 아버지의 보위가 넷이나 들어왔는데 따로 지낼 곳이 없어 사랑 행랑에서 묵는다. 학인이시고 성균관 사성일 뿐인 아버지한테 보위들이 생기고 사랑을 드나드는 사람이 예전에 비해 훨씬 늘어난 것으로 볼 때 아버지가 계에서 중책을 맡으신 것 같았다. 짐작할 뿐 아버지가 맡은 중책이 무엇인지 영로는 모른다. 어쨌든 중책을 맡으신 게 분명한 아버지는 집을 늘릴 생각 같은 건 하지 않는다.

"제 누님이 보위인 난수한테 예관골과 보연당 마님을 연결시켜서 하시는 이야기를 얼핏 들었기 때문이에요. 예관골 집에 보연당이 언제 나타나시는지 살펴라, 하는 말을요. 제가 나중에 난수한테 넌지시 물었더니 난수가, 도련님 장가 잘 들이시려고 그러신다고 했어요. 더는 말해 주지 않았고요."

"이 대방께서 우리 별저를 살피는 것과 도련님의 혼인이 무슨 상관인데요?"

"저도 그걸 모릅니다. 아가씨와 저를 혼인시키고자 한다면 정식으로 청혼서를 넣거나 매파를 띄워서 의사를 타진하면 되는데 왜, 영로 아가씨의 어머님께서 별저에 납시는 때를 살피려 하는지. 그걸 모르기 때문에 걱정이 된다는 겁니다."

"이 대방께서 난수한테 그리 말씀하신 걸 도련님은 언제 들으셨는데요?"

"사흘 전 저녁나절입니다. 저녁 식사 전에 누님을 뵈러 안에 들었다가요."

이 대방은 어머니의 사통을 알고 있는 게 틀림없다. 그걸 빌미로 이곤과 이영로의 혼인을 성사시키겠다고 작정한 모양이다. 청혼을 했을 때 혹시라도 거절당하지 않게 하기 위해 어머니의 약점을 잡으려는 것이다.

"해서 난수가 우리 집을 밤낮없이 살피고 있는 건가요?"

"그것까지는 제가 모릅니다."

"그것까지는 모르시는 도련님이 제게 이런 말씀을 하시는 까닭은, 혹시라도 혼인해야 할 사태를 막고 싶으신 때문이고요?"

"그런 셈이죠."

"도련님이 혼인하시기 싫은 까닭을 여쭤도 될까요?"

"저는 맘으로 그리는 처자가 있습니다."

"도련님이 그리시는 규수한테 청혼하시면 되겠네요."

"어릴 때 잠깐 봤을 뿐이라 어디 사는 누구인지도 모르는걸요."

기가 막힌 와중에도 영로는 흐흥, 웃는다. 처음 봤을 때 국빈이 소개한 것에 따르면 이곤은 이제 열일곱 살이다. 열일곱 살 사내는 더 이상 소년이 아니다. 흔히 장가들거니와 반족의 아들이라면 과거 급제를 위해 공부에 매진하는 나이다. 그런데 이곤은 어느 사이에 어떤 처자를 마음에 담고 그 처자를 그리며 혼인하지 않을 방법을 찾느라 혼인할 수도 있을 처자를 떼어 내고 있다. 몸피는 사뭇 컸을망정 무구하여 귀엽다. 자세히 보니 용모도 흔치 않을 정도로 준수하다. 잘생긴 그 때문에 설레지는 않는다. 영로는 이곤보다 더 준수한 사람을 알고 있다. 아버지의 제자로서 현재 세손위종사에 있는 그이.

영로가 혼인 상대를 상상할 때 떠오르는 이름은 김강하다. 아버지는 그를 두물이라 부른다. 어이 두물! 두물이란 별칭은 그의 이름 강하江河에서 비롯된 듯했지만 세상의 모든 것을 뜻하는 두두물물頭頭物物의 줄임말 같기도 했다. 그의 나이가 서른 살에 가까운 듯하고 장가도 당연히 벌써 들었다. 몇 해 전 그의 혼인식에 아버지와 삼촌이 다녀왔다. 그와의 혼인을 꿈꾸지는 못할지라도 영로에게는 그 사람이, 남정으로서는 그 사람만이 아름답다. 그가 세상 모든 것은 아닐지라도 주변의 여러 일들을 그의 눈으로 보면 어떨까 하는 생각을 자주 한다. 그는 눈이 몹시 슬프다. 슬픈 눈이 시리게 아름다워 영로도 슬픔을 알게 됐다. 그렇게 알게 된 슬픔으로 영로의 열다섯 살이 시작되었다.

"그 규수가 어디 사는 누구인 줄 알게 되면 청혼하시려고요?"

"만나게 될 것 같고, 만나면 청혼할 겁니다. 아가씨는 그런 사람 없습니까?"

"있어요."

"누군데요?"

"그이는 벌써 혼인했기 때문에 저는 청혼 같은 건 꿈도 못 꾼답니다. 연모하기도 전에 꿈처럼 지나가 버린 사람이에요."

아아! 이곤이 고개를 크게 끄덕인다. 꿈처럼 아름다운 그 사람 때문에 맘이 아플 수 있다는 걸 그도 아는 것 같다.

"어쨌든 도련님. 맺어지기는 어려울지라도 우리, 각자 그리는 사람들이 있잖아요?"

"그렇지요."

"그리운 건 아프면서도 그리워 아플 수 있는 자신이 대견하고 아름다운 것도 아실 테고요."

"그래요."

"그러니까 우선은 최선을 다해 각자의 혼인을 늦춰 보기로 하고요. 지금 나누는 대화의 후속 편은 나중에 다시하기로 해요. 아까도 말씀드렸지만 제가 지금 가 볼 곳이 있거든요."

"그럼 내달 오늘 이 시각 즈음에 다시 오시겠습니까?"

"그럴게요. 대신 도련님, 청이 있습니다."

"말씀하십시오."

"이 대방께서 우리 집이나 우리 별저들을 살피지 않게 해주세요. 우리 식구들은, 특히 아버님은 저작을 하실 때면 즐겨 조용한 별저를 찾으세요. 어머니는 아버지가 가시려는 별저를 미리 단속해 놓으시느라 앞서 찾아다니시고요. 그런 사사로운 일들을 누군가가 몰래 살피시는 걸 제 부모님께서 아시게 되면 심히 기분 나쁘시지 않겠어요? 도련님과 제가 벗이 될 수도 있을 텐데 어른들의 관계가 나빠지면 우리가 벗이 되기 어렵잖아요."

"그건 그렇죠. 제게 힘은 없습니다만 애를 써 보긴 하겠습니다."

"자꾸 힘없다 하시지 말고 도련님도 힘을 기르셔요."

"저는 오래전 돌아가신 아버님의 얼자로 태어나 형님의 양자로 입적되었습니다. 제게 무슨 힘이 있겠습니까."

자신의 태생이 얼자라 밝히는 품이 천치 같다. 순진한 게다. 영로한테는 그가 자신의 누님과 달리 순진한 게 아주 다행이다.

"전사가 어떠했건 지금은 엄연히 허원정의 아드님이시잖아요? 우리 조선에서 부귀한 사대부가의 아들은 모자란 게 없는 존재로 보이기 십상이지요. 가질 걸 다 가진, 미래에도 다 가질 수 있는 사람으로요. 그럴 제 다른 핑계를 대는 건 그야말로 핑계지요."

"제가 가꿀 수 있는 힘이라는 건 결국 과거 급제일까요?"

"그건 제가 알 수 없지만 당장 생각하기에는 그거 같네요. 공부 부지런히 해서 급제하고 나이가 든다면 힘이 생기지 않겠어요? 힘이 있어야 그리시는 처자를 찾을 수 있고, 찾아야 혼인도 하실 수 있겠고요."

"과거 급제해도 그 처자를 찾지 못하면요? 그 처자가 벌써 혼인을 했다면요?"

"그건 그때 가서 생각하시면 되죠. 어쨌든 도련님. 오늘은 이만큼에서 그치고 나중에, 한 달 뒤에 다시 뵙기로 해요."

이곤의 누이가 어떤 사람인지 영로는 잘 모른다. 그렇지만 그이가 불편한 몸으로도 예관골을 운운할 수 있는 사람이라는 걸 알게 됐으니 그쪽이 예관골에서 어머니의 밀회 장면을 발견하기 전에, 돌이킬 수 없는 일이 벌어지기 전에 막아야 한다. 칠지 무녀 심경이 직접 찾아와서 알려 준 까닭이 그 때문이었는데 내게 무슨 힘이 있어 어머니를 말리겠느냐고 망설이고만 있었다.

"그러지요, 아가씨."

영로는 손도 대지 않은 다담상을 놔두고 이곤에게 앉은절을 하고는 얼른 일어난다. 이곤이 벌떡 일어나 문을 내다보고는 늠아, 하고 외친다. 늠이와 바올과 천아가 인송정에서 황급히 나온다. 이제 사시 중경이나 된 것 같다. 어머니는 한 시진 전쯤에 보현정사 앞에서 바올네를 떼어 냈다고 했다. 그쯤부터 예관골로 향했다면 지금쯤 도착했을 것이다. 영로는 집에 먼저 들러 옷을 갈아입고 은월당으로 향하기 위해 길을 나선다.

　충정재 영지의 머리마름이기도 한 재근은 매월 두 차례씩 양주에 있는 영지를 오간다. 한 번 가면 하루나 이틀씩 묵고 오는데 그 날짜를 보통 보연당과 만나는 날에다 맞춘다. 아침에 양주 쪽에서 출발하면 정오 즈음에 은월당에 도착한다. 영지로 가기 전에 재근이 미리 다녀갔는지 한여름 은월당 마당에는 허튼 풀이 다 뽑혔고 동편 언덕의 나무 밑도 말끔하다. 마루며 방에는 먼지 한 톨 없다. 집 안을 둘러보고 잠시 쉬며 땀을 식힌 보연당은 옷을 갈아입는다. 집을 마련한 지 삼 년쯤 된 터라 어지간한 살림살이 구색은 갖췄다. 이곳에서만 입는 옷들도 따로 있다. 집을 구입할 돈은 보연당이 주었으되 이후 필요한 것들은 재근이 시나브로 마련해 놓았다. 물길을 잡아내 옹달샘을 만든 것도 그다.

　옷을 갈아입고 난 보연은 쌀부터 씻는다. 한 달에 한 번 간신히 누리는 호사라 한두 끼니 먹을 밥은 쌀로만 짓는 게 버릇이 되었다. 보리쌀과 잡곡을 불리고 대낄 시간이 없기 때문이다. 쌀뜨물을 곱게 받아 놓고 노구솥에 밥을 안쳐 놓은 뒤 숯불을 피운다. 숯불 위에 삼발이를 놓고 노구솥을 얹고 다른 삼발이에 쟁개비를 얹어 물을 붓는다. 숯불이 밥을 하고 물을 끓이는 동안 화단으로 나와 배추며 부추, 시금치를 솎고 엉겅퀴 잎을 딴다. 배추와 부추는 겉절이하고 시금치는 나물로 무치고 엉겅퀴 잎은 된장국을 끓일 참이다. 뜨물에 된장 풀고 마른 멸치 넣어 끓이면 맛난 국이 된다. 재근이 오면서 고기나 자반을 사올지도 모른다. 그는 빈손으로 오는 법이 없다. 옹달샘가에서 채소를 씻는데 삐거덕, 대문이 열린다.

　"오늘은 좀 이르네?"

반가워 소리치던 보연은 대문을 들어서는 뜻밖의 사람에 놀라 발딱 일어선다. 벼락이 떨어진 것 같다. 홀로 들어와 대문을 닫는 사람. 영로 아닌가. 우진의 옷을 입어 사내아이처럼 보이는 영로가 놀라 움츠러든 보연에게 다가든다.

　"오늘은 좀 덜 더운 것 같지요, 어머니?"

　"네, 네가 여긴 어쩐 일이니? 여길 어찌 알고?"

　"채소 씻으시네요? 밥 냄새도 나는 것 같고요."

　"여길 어찌 알고 왔느냐 묻잖니? 바올네가 알려 주더냐?"

　"아니에요. 뒤 해 전 가을에 어머니를 뒤따라 와 본 적이 있었어요. 동무 집이신가 보다 하고 대문 앞에서 돌아갔지요. 가끔 어머니 출타하실 때 여기 가셨겠거니 했고요. 오늘은 집에 있기 갑갑하여 혼자 책방 구경이나 하려고 우진이 옷까지 챙겨 입고 나섰다가, 어머니가 이쪽에 계실 것 같아 한번 와 봤어요. 채소는 제가 씻을 게요. 밥 냄새가 나는데, 어머니는 밥이 타는지 한번 가 보셔요."

　"네가 뭘 할 줄 알아서? 샘가에서 땀이나 걷어라."

　"어머니도 참! 제가 아무리 뭘 못해도 채소 몇 줌 못 씻을까요?"

　소매를 걷어붙이는 영로한테 채소를 맡긴 보연당은 부엌으로 들어선다. 부집게를 들고 아궁이 앞에 놓은 자그만 노구솥 밑의 숯불을 뒤적이는 손이 덜덜 떨린다. 영로가 진작부터 알고 있었던 게 아닌가. 영로는 네댓 살에 정음을 줄줄 읽었고 그 무렵에 한자를 익히기 시작했을 만치 총명한 아이였다. 그 사실을 보연당이 잊었다. 어미의 행각을 뜯어말리러 온 영로가 어찌 이리 하실 수 있느냐, 집안 망치시려 하느냐, 울부짖으며 질타하는 대신 아무것도 모르는 척, 천연덕스럽게 굴고 있는 까닭이 무엇이랴. 총명한 아이가 생각해 낸 최선의 방법이 모른 척하기인 것이다. 그리고 여길 찾아오기까지 얼마나 많은 마음을 먹었을 것인가. 안쓰럽다. 그럼에도 오늘로 재근과의 관계를 끝내야 하리라는 사실 때문에 눈앞이 암담하다.

"어머니, 채소 다 씻었어요. 이것들로 뭘 만드실 거예요? 저도 좀 가르쳐 주세요."

배추와 시금치와 엉겅퀴와 부추가 종류별로 추려진 소쿠리가 건너온다. 제 손으로 뒷물이나 해봤을까 버선 한 짝도 빨아 본 적 없는 아이가 말갛게 헹군 채소의 물기까지 탈탈 털어 살뜰히도 가져왔다.

보연당은 영로가 보는 앞에서 조리를 시작한다. 쟁개비에서 끓는 물에다 겉절이 할 퍼런 배추를 거짓말처럼 살짝 데쳐 낸다. 데친 배추를 찬물에 식혀 짜서 접시에 놓는다. 배추 데쳐 내고 다시 끓는 물에다 시금치를 상긋 데친다. 부드러워지되 입에 넣었을 때 아삭거리는 맛이 나게 하는 게 관건이다. 데쳐 낸 시금치를 찬물에 헹궈 짜 놓고 엉겅퀴를 살짝 데친다. 봄의 엉겅퀴 잎은 그냥 무쳐도 될 만치 부드럽지만 여름 엉겅퀴는 국을 끓이기 전에 데쳐서 숙지게 만들어야 한다.

"저기 걸린 마늘 한 꼭지만 따서 까 보렴. 살강에 손칼 있으니 가져다가 마늘 밑 꼭지를 살짝 도리면서 까면 껍질이 잘 벗겨진다."

"네, 어머니."

영로는 마늘도 어렵지 않게 깐다. 하기야 그림 그리고 글씨 쓰는 손으로 마늘쯤 못 까겠는가. 몸피는 가늘어도 키는 딱 제 어미만큼 자란 영로가 깐 마늘 여섯 조각을 물에 헹궈 접시에 담아 건넨다.

"이왕 왔으니 잘 보렴."

보연당은 아이한테 살림 가르치기 위해 이 집에 온 아낙인 듯이 쟁개비의 더운 물을 양푼에다 옮겨 놓는다.

"채소 데친 물로 설거지를 하면 그릇이 깨끗이 닦인다."

"그래요?"

"기름기는 풀잎이나 흙으로 닦아 겉뜨물로 헹구고, 녹이 난 그릇은 기왓가루로 닦으면 광이 난다."

"겉뜨물은 뜨물하고 달라요?"

"겉뜨물은 곡식을 애벌 씻을 때 나오는 물이라 설거지물로 쓰는 거고, 곡식을 애벌 씻고 난 뒤에 생기는 진한 뜨물은 보통 국물로 쓰지."

"그렇구나. 알았어요, 어머니."

아이가 겉뜨물과 진한 뜨물의 차이를 처음 알았을 리 없다. 어미를 위해 맞장구치는 것이다. 호오, 한숨 쉰 보연당은 아직 뜨거운 쟁개비에다 한줌의 데친 엉겅퀴를 놓고 된장 한 숟가락을 떠 담고 마늘을 꿍꿍 찧어 섞어서 조물조물 무친다. 무친 엉겅퀴에다 쌀뜨물을 붓고 멸치 한줌을 넣고 뚜껑을 닫은 뒤 숯불 위에 올려놓는다. 자그만 복자에다 시금치나물을 먼저 무쳐 내고 배추 겉절이를 한다. 살짝 데친 배추에다 송송 썬 부추를 놓고, 소금 몇 알, 황새기 젓갈 조금, 마늘과 고춧가루를 넣은 뒤 살망살망 무친다. 발갛게 무친 겉절이에다 참기름과 깨소금을 약간씩 넣어 다시 무치곤 한 가닥을 들어 영로에게 내민다.

"간이 맞나 보렴."

영로가 습, 입맛을 다시곤 아 하고 아이처럼 입을 벌린다. 혀가 발갛고 이가 말갛다. 그 입에다 넣어 주니 오물오물 맛나게 씹어 먹으며 활짝 웃는데 쌍꺼풀 없이 큰 아이의 눈에 눈물이 맺힌다. 어미 때문에 몹시도 마음 졸이며 지내왔던가. 어미의 사통을 그치게 하려고 와서 흐르는 눈물을 매운 맛 탓인 양 가장하고 있다.

"맛있어요, 어머니. 어머니가 음식을 이렇게 잘 하시는지 몰랐어요."

여염집의 귀여운 딸처럼 명랑하다. 총명할 뿐만 아니라 마음씨도 순한 아이다. 보연당은 아이가 이만큼 클 때까지 성정조차 잘 몰랐다. 노상 책이나 파고 사는 책벌레이거니 했을 뿐이다. 저리 해서 어찌 시집을 보낼까, 지청구했다. 그럴 때만 어미 시늉을 해왔다.

"소반 내려다가 닦아서 수저 놓고 상을 차려 보려무나. 앉는 사람을 중심으로 숟가락은 안쪽, 젓가락은 바깥쪽에 놓는 걸 알지?"

"네에."

목소리에 신이 났고 몸놀림이 가뿐가뿐하다. 시집을 보내기는 해야 할 제 살림을 가르쳐 놓아야 할 거라 생각은 했다. 그러면서도 나라고 살림 배워서 시집온 게 아닌 터 저도 스스로 잘만 하겠거니 방치했다. 맘 쓸 여유가 없었다. 아이 가르치는 재미 같은 걸 몰랐다. 무엇도 재미없다고 여기며 방종하고 방탕만 해왔다. 어느 집을 막론하고 어미의 사통이 드러나 소문이 나면 자식들의 혼사 길이 막힌다. 화냥년의 딸을 며느리로 들이거나, 화냥년의 아들에게 딸을 시집보낼 집안은 없기 때문이다. 어미 시늉을 하면서도 정작 그 생각은 못했다. 못했다기보다 별개의 것으로 여겼다. 어느 집이든 며느리를 들일 때 그 친정어미를 먼저 살피고, 딸을 시집보낼 때는 시어미 자리를 먼저 본다. 그걸 알면서도 내 하는 짓과 자식들의 앞날을 별개로 여겼다. 이제 정말 그칠 때가, 재근을 놓을 때가 되었다.

보연당은 딱 두 그릇 분량으로 지은 밥을 주걱으로 뒤집어 고실

하게 턴 뒤 세 그릇으로 나누어 담는다. 두 그릇은 아이와 먹고 남은 한 그릇으로 상을 차려 놓은 뒤 아이 손을 잡고 집으로 돌아갈 셈이다. 어쩌면 재근이 대문 밖에 왔을지도 모른다. 왔다가 안의 기척이 다른 걸 느끼고 엿보고 있거나 놀라 돌아섰을지도. 지난겨울, 이제 그만 만나자고 돌아섰다가 다시 온 그였다. 그는 우직하면서도 뜨겁다. 다정하고 깊다. 어떻든 그는 보연당을 곤혹하게 만들 사람이 아니다. 영로가 와 있는 걸 알아챘다면 이제 정말 그만둬야 한다는 것도 알 사람이다. 무슨 짓이건 할 만치 했지 않은가. 칠지선녀도 말했다. 그쳐야 한다고. 그치지 않으면 큰일이 날 거라고.

딸아이가 쳐들어와 제 눈물을 감추며 어미를 말리매 이미 큰일이 나긴 했다. 이보다 더 큰일은 백배 천배로, 돌이킬 수 없게 터지고 말 것이다. 사통한 계집이라는 죄를 쓰고 회술레를 당하고 목이 떼이는 것으로 끝나지 않을 일. 자식들의 앞날을 망치고 친정과 시집을 망하게 하는 것. 그런 사실을 모르지 않았는데도 이제야 실감난다. 나중에 다시 미쳐 나돌지언정 우선은 돌아갈 때가 된 것이다. 마침내.

모년某年 모월某月 모일某日

　작금 조정은 오흥부원군을 가운데 둔 곤전파와 좌의정 김상로 등과 한뜻인 후궁 문 숙의파와 빈궁전의 부친을 위시한 소전파와 아무 파에도 속해 있지 않는 중도파 등으로 나누어졌다. 중도파는 자신의 직분에만 최선을 다하면 된다는 이들이므로 파라고 하기도 어렵다. 소전파는 빈궁전의 부친인 홍봉한뿐이다. 그의 아우 홍인한조차도 형이 아니라 김상로와 가깝다. 그러므로 실제 눈에 띄게 움직이는 이들은 곤전파와 문 숙의파다. 그들은 거의 모든 관청의 수장들로서 대전을 철옹성처럼 둘러싸고 전횡을 부린다. 대전도 그들을 당해내기 어렵다.

　고변사태가 터진 뒤 빈궁전의 부친인 영의정 홍봉한이 파직되었다. 세자를 감싸고돈다는 이유였다. 그날로 화협 옹주의 시아버지인 신만이 영의정이 되었다. 열흘 뒤 파직되었던 홍봉한이 좌의정에 올랐다. 우의정이었던 김상로는 판돈녕부사로 이임되었다. 정승들의 자리가 며칠 사이로 휙휙 날아다니므로 그 주변의 움직임도 빨랐다.

지난봄 김제교가 승차하여 내금위로 옮겨오며 종칠품 직인 중위사관이 되었다. 좌위사관, 중위사관, 우위사관 등 위사관 세 명이 실질적으로 내금위의 삼군을 지휘하는바 금위군 사백팔십 명 중 백육십 명이 김제교 휘하에 들었다. 곤전을 배후에 두고 금위대장을 등에 업은 중위사관 김제교한테 내금위 중위군 백육십 명은 그만큼의 날개가 돋은 것과 다름없었다. 와중에 같은 편이 되어야 할 것 같은 소전의 친족들은 대전으로만 붙었다. 수앙 말대로 소전에게는 팔방이 다 적이었다. 자궁전과 화완과 화협 옹주의 시아비인 영의정 신만과 그 아들 신광수 등. 최근의 그들은 창덕궁에는 발을 끊다시피하고 경희궁 쪽으로만 뻔질나게 드나드는 모양이었다.

고변으로도 소전이 흔들리지 않고 조용히 자신의 일만 하므로 정적들이 방법을 달리한 게 분명했다. 근자의 소전은 궁을 벗어나는 일이 아예 없건만 하룻밤 자고 일어나면 도성에 새로운 소문이 퍼지고 벽서가 나붙곤 했다. 한 떼의 무사를 거느린 소전이 북악에서 칼춤을 추었으며, 무격을 불러들여 대전의 승하를 기원하는 제를 지내고, 수구水口를 통해 윗대궐로 향했다느니. 평양이며 의주 등에다 반란군을 키우고 있다느니. 영변과 맹산에서 초여름 눈이 내린 까닭이 소전이 관서지방에 갔을 때 그곳에서 대전 죽기를 기원하는 제를 지낸 때문이며, 삼남의 농작물에 기승을 부리는 병충해가 소전의 불효를 벌하는 하늘의 징벌이라는 등.

강하는 혹시라도 소전으로부터 통명전으로 들어오라는 기별이 오지 않을까 날마다 기다렸다. 이런 시기에 소전과의 독대는 치명적일 수 있겠지만 세상에 믿을 사람이라곤 김강하뿐이라는 주군이므로 부르면 가서 뵐 참인데 부르지 않았다. 때가 때인지라 소전은 몇 명

안되는 자신의 사람들을 아끼는 것이었다.

"나리, 백동수입니다."

문밖에서 기척한 백동수가 들어왔다. 세손이 강서원에 계실 시각이라 오늘 낮번인 백동수도 그곳에 있어야 맞았다.

"각하께서 오전 시강을 벌써 마치셨나?"

"아직 공부중이신데 한상궁이 강서원으로 와서 제게, 빈궁전께오서 나리를 잠시 경춘전으로 들어오시라, 한다고 귀띔하더이다."

한상궁은 빈궁전의 머리상궁으로 빈궁의 모든 것을 살피며 돌본다.

"지금?"

"예. 그리고 대전께오서 이쪽으로 나계신다는 거둥령이 내렸답니다."

"시방 행차가 오고 계시다고? 느닷없이 어찌 거둥하시는데?"

"어찌 거둥하시는지는 모르겠고, 거둥령은 진시초경에 내린 듯한데, 행차가 아직 경희궁을 나서지는 않은 것 같습니다. 오위와 삼영에 출동령을 내리셨다고 하고요."

누구든 오라 하면 갈 것이고 잡아들이라 하면 잡아갈 것인데 대전께서 몸소 거둥하신다는 게 상기도 불길하다. 더구나 오위와 삼영에 출동령을 내렸다니. 오위는 대전의 친위군으로 궁성과 도성을 지킨다. 삼영은 도성 외곽을 방비한다. 오위군과 삼영군이 동시에 움직인다는 건 외적이 침입했을 때나 일어날 법한 일이다.

강하는 서둘러 경춘전으로 향한다. 경희궁으로 이거하신 대전께서 창덕궁으로 오시는 경우는 부왕이시자 선선왕인 숙종의 어진을 모신 선원전에 참배할 때뿐이다. 그때 들어오시는 문이 만안문이거나 경화문인데, 만안문을 통해 거둥하시면 무탈하게 지나간다. 경화문으로 들어오실 때는 언제나 소전한테 탈이 나곤 했다.

경춘전 큰방의 아랫방과 웃방 사이에 주렴이 드리웠고 주렴 안쪽 아랫방에 빈궁이 앉아 있고 웃방 좌우에 한상궁과 박상궁이 시립했다. 강하는 박상궁과 한상궁 사이에 엎드려 읊조린다.

"소신, 위종사의 좌장사 김강하 들었나이다, 합하. 찾아계시옵니까."

주렴 안쪽에서 쉰 듯한 목소리가 나온다. 우신 모양이다.

"김 수사, 웃궐께서 이쪽으로 거둥하신다는 소식을 들으셨습니까?"

"방금 막 들었나이다."

"김 수사 생각에 웃궐께옵서 어찌 거둥하시는 것 같습니까?"

"황공하여이다, 합하. 소신, 아직 짐작치 못하나이다."

"허면 이걸 좀 보시구려."

한상궁이 주렴 안으로 들어갔다 나오더니 강하한테 봉투를 건넨다. 겉봉에 왕실 문장인 배꽃잎이 찍혔을 뿐 글자는 쓰이지 않은 봉함 서신이다. 강하는 속지를 꺼내 펼치고는 한글로 쓰인 편지를 읽는다.

빈궁 보시오. 경운궁이 어려서부터 부왕의 자애를 받지 못하여 지금과 같은 병증에 이르렀으니, 그 어미인 나로서 대전께 서운함이 없지 않으나 어찌 말로 할 수 있으리오. 내 평생 아무 말도 못하고 경운궁을 쳐다보고 살았는바 내 가슴에 이기지 못할 깊은 멍울이 자리했느니. 경운궁의 병세가 이미 부모형제를 알지 못할 정도로 심한 지경을 당하여 내 몇 날 며칠을 잠을 이루지 못하고 생각하고 또 생각하노라니 천만 번 생각해도 나라를 보전하고 혈육을 보전할 길이 한 가지뿐인 듯하였소. 그러던 참에 어젯밤 소문은 더욱 무서우니, 일이 이왕 이리된 바에는 내가 죽어 아무것도 모르면 모를까, 살면 종사를 붙들어야 옳고, 세손을 구하는 일이 옳으니, 내 살아 빈궁을 다시 볼 수 있을지 모르겠구려.

소전의 하는 짓으로 자궁전인 당신께서 금방이라도 숨이 넘어갈 것 같다는 뜻일 수 있겠다. 세손을 살리기 위해 소전을 포기한다는 뜻 같기도 하다. 다시 읽으니 세손을 살리겠다 함은 당신과 당신의 다른 자식들을 살리기 위해 소전을 죽게 두겠다는 의미 같다. 하지만 자궁전 당신께서 살기 위해 아들을 죽이겠다는 말씀일 수는 없는바 무슨 뜻인지도 알기 어렵기도 하다. 강하는 편지를 한상궁한테 건네고 읊조린다.

"아드님을 심려하시는 자궁전마마의 글월 같사옵니다만."

"그리 단순히 읽힙니까?"

"어젯밤 소문은 경운궁께서 수구를 통해 경희궁을 침범하려 했다는 것이옵고, 그런 흉문들은 한 달 넘게 계속되고 있지 않나이까. 하오나 근자의 경운궁께옵선 궐을 벗어나시지 않으셨고, 간밤에도 경춘전에서 합하와 함께 계셨나이다. 헌데 자궁전께옵서 어젯밤 소문을 말씀하신지라 소신은 도시 무슨 뜻인지 헤아리기 어렵나이다. 언제 내려보내신 말씀이시옵니까?"

나경언이 참수된 이틀 뒤에 윤홍집이 강하에게 수유를 청했다. 강하는 번차례를 다시 짜는 게 수선스러워 홍집의 자리를 자신이 대신 메우기로 했다. 집이라고 가 봐야 수앙이 있을까, 성아가 있길 한가. 수앙이 반야원에서 살게 되고 반야원에 학당이 열리면서 성아도 그쪽으로 옮겨갔다. 강하한테 요즘 비연재는 수앙이 도솔사에서 지낼 때보다 훨씬 쓸쓸했다. 애써 퇴청할 이유가 없었다. 우쇠 할아범이 아침마다 갈아입을 속옷이며 관복을 가져와 궁문지기에게 맡겼다. 그러다 보니 윤오월 들면서 세손궁에서 상주하는 꼴이 됐다. 오늘로 열이틀째다. 경희궁의 움직임까지야 소상히 몰라도 이 창덕궁에서 일어나는 일은 꽤 세심히 살폈다.

"아침에 왔소. 어마님께서 아드님을 버리시겠다는 말씀이시고, 이미 버리신 듯하오. 이 편지를 가져온 상궁에 따르면 이른 아침에 자궁전께서 웃궐께 읍소하시었다고 하오."

"자궁전마마께옵서 읍소하시었다 함은 무슨 뜻이온지요?"

"자궁전께서 웃궐께 이리 말씀하시었답니다. 경운궁의 병이 너무 깊어 바랄 것이 없게 되었으니, 소인이 차마 이 말씀을 드리는 것이 정리에 못할 일이오나, 성체를 보호하고 세손을 건져 종사宗社를 평안케 하심이 옳사오니 대처분을 하소서, 라고요."

"대처분이라 하심은 무슨 뜻일는지요?"

강하가 믿기지 않아서 다시 여쭈자 주렴 안쪽에서 흐느끼는 소리가 난다. 강하는 방바닥에 이마를 댄 채 빈궁의 울음이 그치기를 기다린다. 자궁전께서 당신 아들을 죽여 달라고 대전께 울며 청한 것이다. 그리 읍소하기 전에 며느리한테 편지를 보내 자신이 사는 동안은 며느리 볼 면목이 없다고 한 것인데, 아들을 죽이겠다는 명분은 당신의 지아비인 임금을 구하고 종사를 보존하기 위한 길이라 했다.

세상사람 전부가 아들로부터 돌아서도 단 한 사람, 어머니만은 아들을 살리려 애쓰리라는 게 상식이다. 몇 년째 대전과 함께 지내는 자궁전인지라 강하는 그동안 내심, 간절히, 자궁전이 대전을 죽여 줬으면 했다. 아들을 위해 작정만 한다면 쥐도 새도 모르게 손쓸 방법이 없으랴, 바랐다. 그렇기는커녕 자신이 먼저 나서서 아들을 죽여 달라 했다. 그러자 대전께서는 기다렸다는 듯이 거둥령을 내시고 아들을 죽이러 오고 계시는 것이다.

"합하, 자궁전께옵서 어찌 간밤의 소문을 거론하시는지 미욱한 소신이 모르겠나이다. 소전께서 벌써 여러 달째 은인자중으로 지내시는데, 자궁전께옵서 궐 밖의 흉한 소리를 사실로 믿으시고 이리 하신다는 걸, 소신이 어찌 납득해야 할는지요."

"화완 옹주 때문일 것이오."

어제 오후에 화완이 통명전에 들었다가 금세 나갔다고 들었다. 세자익위사의 좌위솔 조유진이 위종사로 와서 해준 말이었다. 조유진은 어릴 때 돌아간 소전의 이복형 효장세자의 처조카다. 효장세자가 아홉 살에 장가들고 그해에 죽었으매 효장세자빈은 아홉 살에 과부가 되어 평생 궐 한 켠에서 없는 사람인 듯 살고 있었다.

"옹주께서 무슨 일을 하시었기에요?"

"어제 옹주가 통명전에 들었는 바 소전께옵서 옹주를 만나지 않으셨다고 했소."

"소신도 그리 들었나이다."

"옹주가 분기탱천해 경희궁으로 갔던 모양이오. 그리고 자궁전께 차마 입에 담지 못할 소리를 했던가 보오."

차마 입에 담지 못할 말이라 하므로 그게 무슨 소리냐, 여쭐 수는 없으나 강하는 알 것 같다. 소전과 화완이 취중에 벌였던 몇 차례의 난행은 자못 심각한 정도였다. 오누이가 술에 취해 한방에서 밤을 지낸 건 자칫 상피를 범한 것으로 비칠 수 있었다. 입단속이 워낙 심하므로 가라앉은 듯이 보일지라도 그런 일은 원래 아무데나 걸리고 제멋대로 뻗어나가기 마련이다. 어쨌든 온 궁인들이 합심하여 쉬쉬해왔는데 화완 스스로 제가 한 짓을 자궁께 고해바쳤다. 그러면서 단순히 술에 취해 잠들었다고 한 게 아니라 상피를 범했노라, 말을 보탠 게 분명했다. 화완이 제정신 아닌 것이야 익히 아는 터이지만 단순히 분풀이를 위해 그리했을 리는 없다. 모종의 작용이 있었다고 봐야 한다. 자궁전이 아들을 구제할 길 없는 병자로 몰아 죽일 수밖에 없게 만든 누군가의 사주나 협박! 거기까지는 짐작하겠는데 입에 담지 못할 사안 앞에서 강하는 할 말이 없어 고개만 숙인다.

"이미 일은 터졌는바 저하를 살리기 위한 방법을 찾기 위해 내가 김 수사를 불렀어요. 김 수사가 세손을 보위하는 사람이니 소전이 살아야 세손도 산다는 것을 아실 겁니다."

소전이 죄를 입어 죽으면 세손이 산다 해도 죄인의 아들이라 다음 옥좌에 오를 수 없다. 그럼에도 대전에서 소전을 죽이려 한다면, 대안이 있기 때문이다. 효장세자! 소전을 죽이고 세손을 효장세자의 양자로 만들어 대위를 잇게 하려는 것이다.

"말씀하시옵소서."

"웃전께서 납시어 정말로 대처분을 내리시게 되면 그 화가 미칠 곳이 많은 걸 김 수사도 아실 텝니다."

"예, 합하."

소전이 죽으려면 먼저 폐세자가 돼야 한다. 동시에 빈궁과 세손과 군주들도 폐위되어 서인이 된다. 세자를 폐하매 명분이 있어야 하지만 역모로 몰 수는 없다. 그리되면 세손도 죽어야 하기 때문이다. 세자는 죽이되 세손을 살리기 위해 달리 명분을 만든다 할 때 결국 세자의 방탕과 난행이 거론될 것이다. 그리되면 세자의 방탕과 난행에 가담했던 자들이 함께 죽을 수밖에 없다. 세자의 명을 거스르지 못해 억지로 한 자들일지라도 그들에게는 변명의 기회도 주어지지 않는다. 지난달 나경언의 고변 때는 익위들의 관작이 삭탈되고 환관 셋이 죽는 것으로 끝났으나 세자를 죽이기로 한다면 같이 죽어야 할 사람이 몇 명이 될지 알 수 없다.

"해서 하는 말입니다. 웃궐께서 거둥하시어 정작 대처분을 내리시면 나라도 엎드려 용서를 구해야 하겠지요. 그때 그저 살려 달라고 해봐야 소용이 없을 터, 소전마마를 그리 이끈 자들을 거론해야겠어요. 그로 인해 소전께서 난행을 저질러 온 것이라고요."

강하의 뒷골에 고드름이 박히는 것 같다. 무슨 소리를 듣게 될지 알 것 같아서다. 어지간한 동리보다 넓은 반야원을 집으로 가진 별님께서 소소원에 살던 비구니들을 도솔사로 보내고 밤낮으로 양쪽을 오가다 최근엔 아예 소소원에 주저앉은 이유. 한사코 반야원과 수앙으로부터 당신을 분리해 내신 까닭. 별님께서는 이런 사태를 예감하고 당신의 죽음을 준비하고 계셨던 것이다.

"옳은 일이 아닌 건 압니다만, 사세가 이리 되었으므로 하는 수 없습니다. 김 수사, 가마골의 웃실로 가서 무녀 소소를 잡아오세요."

강하의 억장이 막히면서 몸이 떨린다. 사람 같지 않은 짓을 하는 사람들을 드물지 않게 봐 왔음에도 사람 같지 않은 짓을 해대는 사람들을 만날 때마다 기가 막힌다. 별님이 어린 소전의 목숨을 구했다. 그 자리에 빈궁도 있었다. 그로 하여 그 자전이며 자궁이 별님을 귀애했다. 대전에서도 그걸 알아 무녀 소소의 궐 출입을 불문에 부쳐왔다. 이제 빈궁은 별님을 제물로 삼고자 한다. 이게 빈궁만의 생각이라면 모를까 누구라도 대전 앞에서 무녀 소소의 이름을 거명한 순간 별님은 죽은 목숨이다. 그걸 피해 소소 무녀가 사라지면 그 화가 결국엔 칠지선녀 심경에게 미칠 것이다. 심경도 달아나야 한다. 한번 도망치면 평생 도망쳐야 하는바 별님은 도망 대신 수앙의 방패이자 이 흉측한 시절의 과녁이 되기로 했다. 그 뜻을 모를 것은 없으나 강하는, 또 사신계는 별님께서 그리하게 둘 수 없다. 그럴 제 사신계는 임금을 죽이고 나라를 뒤집어엎으며 수천 명을 죽여야 한다. 일이 그렇게 번지지 않게 하려면 내가 지금 정신을 차려야 하리라. 강하는 이를 악물며 분노를 다스린다.

"김 수사, 어찌 복명하지 않습니까!"

"소신 김강하, 합하께 아뢰나이다. 합하께오서 그와 같이 하심은 소전마마께 오히려 해로울 듯하옵니다."

"어째서요?"

"소신도 그 무녀에 관해서 들은 적이 있사온데, 그이는 도성 안에서 가장 유명한 무녀라 하더이다. 오래전부터 정성왕후께옵서 귀애하시어 궐을 드나든 무녀였고, 도성 안의 어지간한 벼슬아치들이 그이를 안다고도 하였습니다. 당연히 부중의 백성들도 그이를 알 터입니다. 그이가 재물 많은 손님들로부터 높은 복채를 받기로 호가 났을지언정 허튼소리로 백성들을 사취한 일이 없다고도 하였습니다. 그러할 제 소전마마를 변명하기 위해 그이를 잡아들이면 항간에 어떤 소문이 나겠습니까. 그이가 지난 몇 년 동안 소전마마를 뵌 적조차 없다는 사실을 일월처럼 밝으신 대전께옵서 모르시겠나이까. 또

한 한갓 무녀일 뿐인 그이를 빙자한들 대전께서 내리실 처분이 달라지시겠습니까. 더구나 대전께옵서 거둥하시더라도 설마, 한 분뿐이신 아드님을 아무리 하시겠나이까. 지금까지 그러하셨듯이 심히 나무라시고 근신하라 명하시는 걸로 지나가겠지요."

자궁전이 뭐라 했건 대전이 오늘 소전을 잡을 명분이 없다. 잡으려면 진작 잡았어야 한다. 지난달 고변이 났을 때나 관서지역에 다녀온 게 밝혀졌을 때나. 그러므로 강하는 지금의 빈궁을 이해하기가 어렵다. 소전이 이미 죽기로 결정된 것처럼 처신하고 있지 않은가.

"지금 소전께서는, 통명전이며 춘방 관헌들한테는 당신께서 학질에 걸렸다 하라 일러 놓고 경춘전 뒤뜰로 오시어, 검은 휘장 친 가마 속에서 벌벌 떨고 계시오. 당신께서 틀림없이 죽게 되리라고 여기시어 숨어 계시는 게요. 총기 높으신 그분이 그리 예감하실 제, 웃궐마마의 호된 나무람으로 지나갈 일이겠소? 나무라기만 하실 양이면 웃궐께서 친히 거둥하실 리도 없지요. 이런 판세에 내가 아무 것도 아니하고 두 손 놓고 있으란 게요? 김 수사가 말씀하신대로 소소가 그런 무녀라서, 수십 명을 감당할 만하겠기에 데려오라는 것입니다. 그 한 사람으로 끝날 수도 있겠기에요. 그리고 혹시 또 압니까. 웃궐께서 소소의 면모를 직접 보시게 되면 소전을 달리 보시게 될지도. 그러니, 가마골이 멀지도 않고, 소소는 눈이 어두워 쉬이 움직이지 못하니 집에 있을 터, 김 수사가 가마골에 가서 소소 무녀를 데려오라는 겁니다."

소전이 대전이 되고 빈궁이 곤전으로 올라갈 제 그 곤전이 현재 대조전에 있는 곤전 김씨보다 나으리란 보장이 없다. 인두겁을 쓴 족속들은 다 같다. 빈궁한테 새삼 분노할 일도 아니다.

"황공하여이다, 합하. 소신, 합하께 복명하기 전에 먼저 저하를 알현코자 하나이다. 저하께옵서 합하의 뜻을 수긍하오시면 그때는 소신, 가마골로 가겠나이다."

"내 명은 거역하겠다는 게요?"

"소신, 신하된 자의 도리 중에는 간언諫言도 있다고 배웠나이다. 간언이란 보통, 어려운 지경에서 웃전께 드리는 것일 제 작금에 소신이 합하의 명을 그대로 수행함은, 합하께나 소전께나 세손께, 득이 될 것 같지 않사온데 무조건 따름은 불충이라 사료되나이다. 통촉하소서."

"아주 청산유수로구려."

"합하, 소신 물러나 저하를 뵙고자 하나이다. 가납하소서."

별님께서 어떤 마음으로 소소원에 주저앉으셨든 작금에 완전히 미친 임금의 제물이 되게 할 수 없고, 당장 수천 명을 죽이자고 나설 수도 없다. 소전에 대한 처결이 어떤 식으로 나든지 우선 별님부터 피신시켜 놔야 한다.

"정히 그렇다면 물러가시어 저하를 뵈세요."

빈궁 앞을 물러나온 강하는 밖에서 대기하고 있던 백동수에게 속삭인다.

"지금 소소원으로 가서 능연께, 궁에서 소소원이 거론되었다고, 일단 도성을 나가 도솔사로 향하시라 전하게. 혹시라도 별님께서 아니 움직이시려 들면 억지로라도 모셔내야 할 것이라고. 또 혹시라도 별님께서 궐 쪽으로 가시겠다고 하실 시 그 명을 절대 따르면 안 된다고도 말씀드리게."

"그, 그러실 리가 있습니까?"

"만약을 말하는 거야. 자네는 먼저 소소원으로 갔다가 돌아오는 길에 혜정원에 들러서 사세가 급박하게 되었다고, 무슨 일이 일어날지 모르니 대비하고 반야원 쪽도 일단 가벼이 해두는 게 좋겠다고 말씀드리게. 혹시 모르니 뒤를 조심하고, 당장 다녀와."

백동수가 읍해 보이고는 연경당 방향으로 나간다. 세자궁을 거쳐 선인문을 나가려는 것이다. 하아! 강하는 한숨을 내뱉어 심사를 다스리고는 경춘전 뒤로 걷는다. 경춘전 뒤편은 세손의 거처인 환경전의 행각과 잇대어서 두 전각을 나눈다. 경춘전 뒤란에 놓인 검은 휘장 두른 가마 안에서 벌벌 떨고 있다던 소전은 없다. 가마 한 대가 댕그라니 놓여 있을 뿐이다.

소전은 환경전 앞 전각인 공묵합의 툇마루에 걸터앉은 채 마당의 햇발을 내다보고 있다. 한여름 땡볕이 마당에 고여 연못물처럼 일렁인다. 위사들과 별감들이 마당을 빙 둘러섰고 익위사 수장인 좌익위 박인구만 소전 옆에 시립했다. 막막하고 갑갑했던가. 강하가 나타나자 박인구가 반가운 듯 미소한다. 박인구는 사복시에서 판관을 지내다가 한 품계 승차하여 익위사로 옮겨왔다. 그가 소전의 적대 세력들과 특별한 친분을 가진 것 같지는 않았다. 익위사에 있다가 전설사 별좌로 옮겨간 설희평과는 무과 입격동기라고 했다. 강하는 그를 향해 읍례하고 소전이 앉은 대청 쪽으로 다가든다. 소전은 강하를 멀거니 바라보다 올라오라 손짓한다. 강하가 기단 위로 오르자 박인구가 읍하고는 마당으로 내려간다. 그의 등에 대고 소전이 말했다.

"박 수사! 거 할 일도 없는데, 다들 그늘로 들게 하여 쉬게 하시구려."

말소리가 들리지 않는 범주 밖으로 물러나라는 말씀이다. 박인구가 위사들과 별감들을 마당 왼쪽의 문 밖에다 도열시킨다. 박 수사 자신은 수문장처럼 문간에 정자세를 잡고 선다. 어지간한 소리는 들리지 않을 거리다. 그 광경을 바라보고 있던 소전이 옆자리를 두드리며 앉으라고 신호한다.

"그리하면 소신이 불경죄를 범하게 되나이다, 저하."

"죄 좀 짓도록 해."

히죽 웃은 강하는 소전의 옆에 한 뼘쯤 떨어져 앉는다. 소전이 흐흐 웃고는 입을 연다.

"칠규七竅, 일곱 구멍 이야기 알지?"

칠규 이야기는 『장자莊子』,「응제왕편」에 나온다. 남해南海의 신神인 숙儵과 북해北海의 신神인 홀忽이 중앙의 신인 혼돈渾沌이 사는 땅에서 자주 만나곤 했다. 그때마다 혼돈이 숙과 홀을 지극히 대접했다. 은혜를 입은 숙과 홀은 혼돈의 은덕에 보답하기 위해 방법을 의논했다. 사람에게는 모두 일곱 개의 구멍이 있어서 그것으로써 보고 듣고 먹고 숨쉬는데 혼돈에게는 그 구멍들이 없으므로 뚫어 주기로 했던 것이다. 숙과 홀은 혼돈의 몸에 눈과 코와 입과 귀의 구멍 일곱 개를 하루 하나씩 뚫어 나갔다. 칠 일이 걸려 일곱 개의 구멍이 다 뚫렸다. 숙과 홀이 흡족해하며 돌아보니 혼돈은 죽어 있었다.

"아나이다."

"이렇게 햇빛을 쳐다보고 있노라니 내 혼돈이 그쳤다는 생각이 들어."

일곱 개의 구멍이 뚫려 혼돈이 그쳤다 함은 알아야 할 것을 다 알고 느껴야 할 것을 다 느낄 수 있는 인식의 문이 열렸다는 것이고 소전 자신도 그러하다는 말이다. 소전은 스스로 혼돈이었던바 일곱 개의 구멍이 다 뚫리고 나니 죽게 되었다는 말을 하면서 웃고 있는데, 웃음이 찬연하다. 빈궁처럼 소전도 그 어떤 사태를 기정사실로 받아들이고 있음에 강하의 가슴은 쩍쩍 갈라지는 것 같다.

"칠규 이야기는 해석하기 나름 아니옵니까."

"그러니까! 빈궁을 뵙고 나오는 길이야?"

"예, 저하."

"빈궁께서 뭐라고 하셨어?"

"저하와 각하를 걱정하시었나이다. 하옵고, 소신에게 무녀 소소를 잡아오라 하셨습니다. 소신은 저하께 여쭙고 복명하겠노라는 불충한 말씀을 드리고 나왔습니다."

"소소? 그 사람을 잡아다 어쩌게?"

"저하께옵서 혹시라도 심한 꾸지람을 듣게 되실 제 무녀 소소가 저하를 그리 이끌었노라, 방책으로 삼으시려는 듯하여이다."

"내가 소소를 만난 게 작히 십 년은 됐을 텐데 그 무슨 하리망당한 소리야. 게다가 그 사람은 이십 년 전에 죽었을 나를 지금까지 살아 있게 한 사람인데. 그 사실을 아바님께서도 모르시지 않고."

"상황이 급박하다 여기시니 궁여지책을 떠올리신 것 아니겠습니까."

"맞아. 빈궁께서 시방 제정신이 아니라 그런 해괴한 소리를 하는 게지. 그쪽도 구멍이 다 뚫리게 생겨서 말이야. 빈궁 말씀은 괘념할 것 없어."

"예, 저하."

소전이 이런 사람이므로 그를 주군으로 받들어 왔다. 하지만 빈궁과 대전과 그 주변에게 느낀 분기와 불안은 그대로다. 오늘 소전이 꾸지람만 듣고 지나갈 수도 있지만 대전이 몸소 거둥하신 이상 소전의 잘못을 뒤집어씌울 제물은 필요하다. 빈궁의 입에서 별님이 거론될 정도면 금위대 쪽에서도 빼놓을 리 없다. 도성 안팎에 사는 무격이 수백이라 해도 궐을 드나든 무격은 몇 되지 않거니와 몇 안 되는 무격 중에 도성 사람들이 어지간히 알 만한 무녀는 소소뿐이다. 빈궁 말대로 제물로 삼기에 소소보다 나은 무격이 없다. 소전을 만났든지 만나지 아니했든지 상관하지 않고 유명세를 따져 제물을 삼고자 한다면 칠지 무녀 심경도 비켜갈 수 없다.

"이봐, 김강하!"

"예, 저하."

"예전에 그대가 그림자도둑 회영을 잡았잖아?"

"저하께옵서 잡으셨지요. 소신 등은 저하의 명을 수행한 것뿐이고요."

"공을 논하자는 게 아니야. 이제부터 잘 들어 둬."

목소리를 낮춘 소전이 강하를 향해 몸을 튼다. 강하도 몸을 틀며 작게 말한다.

"말씀하소서."

"그때 회영의 집에서 나온 재물이 있었잖아?"

"그랬지요. 용동궁 내탕고로 들어가지 않았나이까."

"당시 내가 용동궁 내탕고에 명하여 금붙이들은 그대로 두고 금붙이 아닌 것들은 금붙이로 바꾸게 했어."

"그러셨나이까?"

"몇 해 전에 그대와 내가, 그대와 같은 무사들을 기르는 문제에 대해서 얘기 나눈 적이 있었지."

"용서하소서, 저하. 소신이 미욱하고 불충하여 아무 일도 못하고 말았나이다."

"내가 자존심을 운운하며 못하게 했었잖아. 그대한테는 못하게 했을지라도 내 속내로는 언젠가 다시 그대한테 정식으로 명할 셈이었어. 그리할 심산으로 금붙이를 모았으니까. 그렇지만 내가 대전 몰래 할 수 있는 일이 없던 탓에 그걸 못 썼어. 이제 영영 못 쓸 것 같고."

"저하, 그런 말씀 마십시오."

"오늘 이후 내가 어찌될지는 대전마마나 아실 일이지만, 일단 정리를 해놓으려는 거야. 이후 상황이 어떻든 그대는 요금문 곁에 있는 궁빙고를 기억해 둬. 궁빙고가 비어 있을 때 들어서서 보면 양쪽 벽은, 가운데 부분이 벽감처럼 안으로 들어가 있고 안쪽 벽은 평평한 걸 볼 수 있어. 벽돌 쌓은 모양도 다른 세 벽처럼 엇갈리게 맞물린 게 아니라 가로세로가 나란하게 쌓인 걸 알 수 있고. 그 안쪽 벽의 벽돌이 열두 층이고 한 층에 오십네 개씩의 벽돌이 쌓였는데, 제일 아래층 왼쪽에서부터 스물한 번째 벽돌을 안으로 밀면 밀리게 돼 있어. 그 안으로 손을 넣어 보면 쇠뿔 같은 게 잡혀. 그걸 안쪽으로 밀면 도르래가 작동하면서 벽에 문이 나타날 거야. 그 문 안에 작은 방이 있어."

"일층 스물한 번째라 하심은 일월 스무하루, 저하의 탄신일입니까?"

"맞아. 양쪽 벽처럼 안쪽으로 들어간 부분 앞에다 얇은 벽돌을 쌓아서 비밀공간을 만든 거야."

"저하께서 만드셨습니까?"

"아니. 승하하신 자전께서 소생을 두지 못하셨잖아. 효장세자를 귀애하시다 잃으시고 내가 태어났을 때 몹시 기뻐하셨던가 봐. 당시 자전께서 궁빙고 지기한테 은밀하게 명하시어 그 작은 방을 만들게 하셨대. 그 안에다 당신께서 지니신 재물의 태반을 금으로 바꿔 넣어 두셨고. 승하하시기 전 겨울에 그 말씀을 해주시더라고. 왕대비셨던 인원왕후께서도 소생이 없으셨고, 그 선비先妣셨던 인현왕후께서도 생산을 못하셨잖아. 자전께서, 경종비이셨던 선의왕후와 아바님의 모궁이셨던 숙빈마마의 유지까지 아울러, 선대 비빈 네 분의 유품을 다 물려받으셨는데 그것들도 모두 금붙이로 바꿔서 그 안에 보태 놓았노라, 하셨어. 그 말씀을 듣고 내가 가 보았어. 궁빙고 지기가 자전마마의 친가에서 들어온 사람이라 충직하더라고. 해서 나도 회영에게서 뺏은 걸 그 안에 보태둔 거야. 궁빙고 지기는 이태 전 초겨울에 세상을 떴어. 그가 죽었다는 소리를 들은 뒤 내가 다시 궁빙고에 들어가서 확인했어. 빙고에 얼음이 차 있지 않을 때라 확인이 가능했지. 혹여 내가 잘못되면 세손이 자란 뒤에 그 사실을 세손한테 알려 주도록 해. 대단한 자금은 아니지만 꼭 필요할 때 꺼내 쓰라고."

"저하, 부디 그런 말씀 마소서. 그리 귀하게 모인 재물일 제 저하께서 귀히 쓰셔야지요."

"혹시 몰라 하는 말이야. 내가 잘못되어도 세손은 살겠지. 살 거야! 그렇지만 순망치한脣亡齒寒이라고 했어. 나를 밀쳐낸 세력들이 세손을 고이 두려 하겠어? 그대가 세손을 지키면서 힘이 되어 주라는 말이야."

소전이 잘못된 뒤 대전이 몇 해 안에 승하하면 대비가 될 현재의 곤전이 모든 권력을 갖게 된다. 곤전의 연치가 이제 열여덟. 열한 살의 세손과 크게 차이 나지 않으니 그 둘은 평생 권력 다툼을 벌이게 될 것이다. 세손이 즉위할 수 있을지도 의문이다. 세손이 사라지면 곤전은 종친가의 어린 아들을 양자로 들여 허수아비 왕으로 세워놓고 왕보다 높은 섭정권력을 누릴 수 있다. 이 모든 일이 그와 같은 계획에 따라 벌어지고 있는 것이다.

"만의 하나 저하께옵서 잘못되실 제 저하와 이리 무릎을 맞대고 앉은 소신인들 무사하겠나이까."

"그렇게 내 그동안 그대를 애써 멀리한 보람 없게, 그냥 달아날 것이지 어쩌자고 하필이면 이런 때 나를 찾아오고 그래? 내 그렇잖아도 그대한테 편지나 한 장 써서 위종사로 보낼까 하던 참인데."

"저하 심심하실까 봐 동무해 드리려고 왔지요."

소전이 흐흐, 소리 내어 웃는다. 모처럼 듣는 웃음소리다. 강하가 훈련원으로 나다니는 동안은 소전을 못 봤다. 강하는 무기력 상태였고 소전은 강하를 애써 멀리했다. 강하가 위종사로 들어온 뒤로는 먼빛으로나마 하루 한 차례씩은 뵀다. 웃음소리를 들을 만한 거리는 못 됐다.

"내 그대는 물론 그 누구도 끌고 들어가지 않을 것이야. 그러니 그대는 무슨 수를 쓰든지 오래오래 살면서 세손을 보필하도록 해."

소전이 아무도 끌고 들어가지 않겠다 함은 진정이지만 정작 일이 잘못되면 그의 뜻과는 무관한 상황이 벌어질 수밖에 없다. 소전은 홀로 죽을 수 없는 존재이기 때문이다. 소전의 무덤에 순장될 사람이 몇이든 김강하가 빠질 리 없었다. 더구나 지금 이렇게 마주앉아 있지 않은가. 수앙이 소전으로부터 달아나라 한 이유가 이 때문이었던 것이다.

"저하! 차라리 소신에게 명을 내리소서."

"무슨 명! 그, 명?"

"망극하여이다."

소전이 후우, 큰숨을 내뱉는다.

"내 평생 수백 번 그리하고 싶었는데, 그대가 대신 말해 주니 통렬하다. 허나, 가당할 일이 아닌 걸 그대도 잘 알잖아? 내가 그리할 수 있었으면 진작, 몇 해 전 그때 그대한테 명했겠지. 나는 그리할 수가 없어서, 그리할 수 없는 내 자신의 분노를 다스리지 못하고 오늘과 같은 결과를 자초하며 세월을 허비해 왔어. 잘못 살았어. 내 알지. 어찌 몰라. 너무 늦게 깨달은 게 문제지."

"늦었더라도 아무 일도 아니하는 것보다 무언가라도 하는 게 낫지 않으리까. 명을 내리시면 소신이 방법을 찾아보겠나이다."

"아니 안 돼. 늦었어."

"늦은 대로 방법이 있을 것입니다."

"그리하자면 그대 같은 사람이 당장, 최소한 백 명은 있어야 할 거야. 지금 내 눈 앞에 말이지. 그런데 그대뿐이잖아."

"소신 홀로라도 방법을 찾아보겠나이다."

"아니, 김강하. 아무 것도 하지 마. 정말이야. 아무 일도 벌이지 마. 이제 나는 아무 일도 하고 싶지 않아. 진심이야. 그대니까 하는 말인데, 나는 일곱 살 때도 아바님을 죽이고 싶었어. 그때부터 아바님의 아들 노릇을 그만두고 싶었고. 두 가지 다 못한 채 세월을 지내 온 지금 나는, 내 아바님의 아들 노릇, 조선의 세자 노릇에 정말이지 넌더리가 나. 완전히 지쳤어. 한 삼백 년은 산 것 같아."

"하오시면, 만에 하나라도 가혹한 처분을 받으실 제 어찌하옵니까?"

"처분대로 따르는 게지."

"그저 따르시옵니까?"

"그저 따를 수밖에. 헌데, 솔직히 말하자면 요행을 바라기도 해. 대전께옵서 어떠한 처분을 내리시든 직수굿이 따르면 용서하시지 않을까. 설마 진짜 죽이기야 하실까. 자궁마마께서 대전께 그리 말씀 올리신 까닭도 아들을 정작 죽이고자 하신 게 아니라, 당신께서 먼저 아들의 죄를 청하시면 부왕께서 용서하시리라 믿으신 게 아닐까. 자꾸 그리 믿고 싶어. 내 아무리 되지 못한 짓을 많이 해왔을지언정 자궁마마께야 자식인데 종사를 위해 자식을 죽여 달라 하셨을 리 없다고 믿고 싶은 게지. 내 어마님한테 종사가 아들 목숨보다 중할 리 없잖아? 아바님께도 그렇지. 자식을 죽여서 유지하는 종사가 무슨 종사야? 그런 종사는 유지해서 뭘 하게?"

권좌의 앉은 이들은 권력을 유지하고 강화하기 위해 온갖 짓을 벌이면서, 그때마다 종묘사직과 나라의 안위와 백성들의 안녕을 핑계로 삼는다. 작금의 대전은 훨씬 심하다. 외적이 침입한 것도 아니고, 세손이 없는 것도 아니고 소전이 마냥 방탕하여 정무를 등한시한 것도 아닌데 대전은 소전을 책할 때마다 종사의 안녕을 운운했다. 그 결과가 지금 드러나고 있다.

"소신도 그리 여기옵니다. 대전께옵서 거둥하시어도 큰 탈은 아니 날 듯하여이다. 그러하오나 저하, 대전께옵서 거둥하시기 전에 일단 움직이심이 어떠하신지요."

"달아나자고?"

"전하께서 거둥령을 내셨을 뿐 저하께 꼼짝 말고 있으라고 명하신 건 아니잖습니까."

"갈 데 있어?"

"폭우나 우박이 내릴 때는 일단 피하지 않나이까. 우선 궐을 벗어나 보지요. 궐 밖 세상은 넓습니다. 무한하지요. 소신은 저하를 모시고 갈 곳이 많고요."

소전이 흐흥 웃는다. 몇 번이나 웃다가 고개를 몇 번이나 끄덕인다.

"그대가 그리 말하니 정말 좋다. 세상이 무한하다는 말은 더 좋고. 허나, 폭우나 우박은 일시적인 것이라 일단 피하는 것이지만 지금은 아니잖아. 설령 나간들, 어디로 가? 무한한 곳 어디? 그대의 집? 서역이나 남만으로 갈까? 어디로 가든, 돌아올 수는 있고? 내가 돌아오지 않을 제 세손은 어찌되겠어? 나와 함께 갈 그대는? 그대의 집안은?"

지금 소전이 달아나면 역적이 된다. 김강하가 소전과 함께 달아나면 역당이 된다. 역당 김강하를 생산한 유릉원은 역적의 소굴로 지목돼 박살난다. 유릉원이 깨지면 상권을 뺏기고 상단이 흩어질 것이므로 평양의주 유상을 삶의 기반으로 한 수천 사람의 생계도 암담해진다. 그런데 작금 유릉원은 사신경의 본원이다. 사신계 자체다. 사신계는 조선에 속해 있을지라도 임금에게 속해 있지 않다. 결국 임금과의 전쟁이다. 소전이 그렇듯 김강하도 외통수에 걸렸다.

"그렇더라도 저하, 일단 궐을 나간 연후에 궁리해 보지요."

궁리하노라면 방법이 생길 것이다. 문제는 지금 상황에서 김강하 홀로는 아무 힘이 없다는 것이다. 사신계가 움직여 줘야 한다. 그렇지만 이 왕실을 위해, 소전을 위해 사신계가 일어설 까닭이 없다. 이 왕실이 무녀 소소를 건드리지 않고 유릉원이 침범 당할 위험이 없다는 전제하에, 사신경과 칠요의 아들이자 현무부령의 매제이며 현무무진의 한 명인 김강하가 애써 설득하여 움직이고자 해도, 최소한 열흘은 필요하다. 소전 말대로 너무 늦었다. 고변 사태가 그럭저럭 지나가는 것 같았으므로 이 사태에 대해서는 전혀 예상치 못했던 것이다.

"이미 거둥령을 내리셨어. 그건 내게 여기 꼼짝 말고 있으라는 어명이시고. 어명을 어기고 내가 한 발짝 움직인 순간 나는 곧바로 역적이 돼. 현재 저들이 간절히 바라는 게 그거잖아. 내가 역모를 꾸몄다고 몰아붙일 수 있을 상황! 나를 죽이고 세손까지 죽여야 후환을 두려워하지 않아도 될 테니까. 해서 저들이 나의 역모설을 끊임없이 흘려온 거잖아."

맞는 말씀이다. 외부의 적이라면 무슨 수든 찾아볼 수 있을 것이나 소전의 적이 부모이고 형제들인바 도리가 없다.

"그렇다고 이리 앉아 기다리기만 하오리까?"

"대전께서 아침에 거둥령을 내시고도 여직 출행을 아니하신 까닭도 그래. 내가 어찌 나오는지, 내 주변의 어떤 자들이 움직이는지 보시겠다는 뜻 아니겠어? 어영청, 금위영, 총융청에 각 이백 명씩, 오위군 천이백 명에게 출동을 명하셨다잖아. 지금쯤 이 궐 밖에 최소한 일천팔백 군사가 에워싸고 있을걸. 내가 궐에서 나선 순간 일천팔백의 군사가 때 만났다 하며 역적 이선李愃을 치러 나설 거라고. 그러니 도리 없다고 할밖에."

오직 한 가지 목적, 아들을 죽이기 위해 일천팔백의 군사를 동원하는 임금이라니. 출동한 군사가 그처럼 많은 줄 몰랐던 강하는 기가 막혀 말이 나오지 않는다.

"어쨌든 내 앞날은 대전께서 납시어 결정하실 테고, 그대한테 물어볼 게 있어."

"하문하소서."

"왜, 몇 해 전 이월에 그대 부인한테 무슨 일이 있었지 않아? 그대의 부인이 홍화문 안에서 사라졌다고 하여 내가 궐 문지기들을 죄 모아 행방을 찾았고. 이후 그대 부인이 실종된 것으로 보고 받았는데, 내가 그대한테 어쩐지 면이 서질 않아 다음 상황을 묻지 못했어. 그대가 죽은 사람처럼 돼서 갈지자로 걸어다니는 게 안쓰럽기도 했고. 부인은 어찌됐어?"

그 당시 강하는 소전과 빈궁을 원망했다. 빈궁이 이온의 사주를 느끼지 못하고 수앙을 불러들인 것이며 소전이 이온에게 매수된 별감들을 찾아내지 못한 것이며. 결국 소전과 빈궁으로 인해 일어난 일인데 내외분이 수앙을 찾는 일에 성의가 없었다고 느꼈다. 혹시라도 불미스런 말을 듣게 될까 봐 내외분이 똑같이 몸을 사리고 움직이지 않았다고. 은밀히 소전의 무사들을 기르겠다고 작정했던 것도 그래서 모르쇠했다. 그 일에 관한한 소전 내외에게 책임이 없다는 것을 인정하기까지 일 년은 걸렸을 터이다.

"그로부터 얼마 뒤에 찾았나이다."

"찾았어?"

"찾기는 했사온데, 사람 구실을 못하게 되어 있더이다."

"어찌 찾았어? 대체 누가, 뭣 때문에, 그런 짓을 한 거야?"

"소신의 아비가 장사치인지라 상권 다툼 중에 일어난 일이었다 하여이다. 소신의 아비가 그 며느리를 원체 귀애한다는 소문이 나서 표적이 된 것이지요. 이후 소신의 아비가, 그자들은 물론 그자들과 내통하여 소신의 내자 납치에 공조한 내명부 호위 별감 넷을 사사로이 징치하였나이다."

"그랬어? 어떻게?"

"뇌물 받고 납치를 행한 별감 넷의 몸을 망가뜨렸다고 들었습니다. 그들의 양 손목을 절단하고 혀를 잘랐다고요."

"그래? 현재 그놈들은 어디 있어?"

"소신의 아비로부터 징치를 당한 뒤에 불구가 되어 궐에서 물러난 것으로 아옵니다. 현재 그들이 어디서 사는지는 소신이 모르옵고요."

"어찌 내게 말을 아니했어? 내가 그놈들을 징치해 주었을 텐데?"

"어찌 저하께 그와 같은 부담을 드리겠나이까."

"그건 서운하다만 그대의 부친께서 어련히 알아서 하셨을 테고. 부인은 현재 어때?"

"소신의 처가 예사 사람 노릇을 못하게 된지라 친가의 별저에서 없는 사람인 듯 지내고 있나이다."

"당시 빈궁께서, 그대 부인이 아주 어여쁘고 귀엽더라 하였는데, 해서 빈궁이 그대 부인을 따로 보고 싶어 불렀다가 그리되고 만 셈인데. 그대한테 미안하고, 안됐구나."

"황송하여이다. 하오나 그리 생각지 마소서. 저하의 소관 밖에서 생긴 일이었나이다."

"부인이 그대를 알아보기는 해?"

저만치서 오고 있을 부왕이 저승사자일지도 모르는데 소전은 새삼스레 꺼낸 신하의 내당 이야기를 길게 하고 싶어 한다. 아버지를 칠 수 없고, 달아날 수도 없으므로 현실을 외면코자 하는 것이다.

"지아비를 알아보기는 하는데 멀쩡한 아낙 노릇은 못하게 되었나이다."

"부인을 두고도 홀아비가 되고 만 셈이구나. 어쨌든 엄연히 부인이 계시니 재취는 못하는 게고, 부실이라도 들였어?"

부실이라는 흔한 낱말이 몹시도 생경하다. 상상하자면 재미날 것 같기도 하다. 지아비라는 자가 외간 여인을 봤을 때 수앙이 어찌 나올지. 문고리를 걸어 놓고 나는 됐어, 그 여인한테나 가 봐, 할는지. 방산께 고자질을 해서 지아비 종아리에서 피가 나게 할는지. 별님 앞에 엎드려 이의하겠노라 울부짖을지. 아마 그 머리로 상상할 수 있는 모든 수단을 동원하여 서방한테 복수하려 들 것이다. 그러고도 모자라서 서방을 보려 하지 않을 것이다. 그게 가장 큰 복수인 걸 잘 알므로.

"소신은 현재로서는, 그 한 사람으로 충분히 벅찬지라 다른 여인을 들이고픈 염사가 없나이다."

"너는 장가들던 날에도 그리 미련을 떨더니 여전하구나. 그렇지만 장하다. 보기 좋아."

"망극하여이다."

"이봐, 김강하!"

소전은 앞 전각인 함인정의 지붕을 쳐다보고 있다. 검은 지붕에 작렬하는 햇발이 찬란하다. 찬란하여 검다.

"예, 저하."

"한때 내 꿈이 뭐였는지 알지?"

어찌 모르랴. 왜국과 청국에 대한 복수였다. 왜란과 호란을 일으켜 조선을 아비규환으로 만들었던 그들을 정벌하는 것. 왜국을 평정하여 속국으로 삼고 청국을 쳐서 요동을 조선 땅으로 만드는 것. 더 크게는 옛 조선의 영토를 수복하는 것. 조선의 영토와 백성을 늘려서 살 만한 나라로 영위하는 것이 소전이 한때, 어쩌면 유일하게 꾼 꿈이었을 것이다.

"예, 저하. 하여 소신은 광활한 저하의 조선에서 한 변방 고을의 원이 되어 그 고을을 기름지게 만들 수 있기를 소망했나이다. 소신이 멀리에서 저하께 '제가 가꾼 고을이 이리 윤택해 졌나이다.' 하며 장계를 올리면 저하께옵서 '잘했다, 너 그리할 줄 알았다.' 치하해 주시리라 꿈꿨지요."

"그래. 그게 작은 꿈은 아닐지언정 시도도 못해 볼 일이라곤 생각지 못했어. 그때 그대한테 연경을 다녀오게 했을 때만 해도 훗날 언젠가는 가능하리라 여겼지."

"가능해지실 것이옵니다."

"이젠 불가능하다는 걸 그대도 알잖아. 그래도 그런 생각을 할 때는 좋았어. 그대를 대장군 삼아 출정할 때 나도 같이 나서서 우리 조선 땅을 단군의 영토만큼 넓히는 상상! 단군의 땅을 수복한 뒤 그대를 영의정 자리에 앉혀 놓고 국사를 논하는 상상. 그런 상상을 할 때마다 검을 하나씩 만들었는데, 그 검들이 이제 나를 치고 들어오는 형국이 됐지."

"자꾸 그리 생각지 마소서."

"지금 나는 현실을 직시하는 거야. 내생이라는 게 참말로 존재한다면 말이지, 나는 정복왕을 꿈꾸는 약한 나라의 세자가 아니라 그대의 부모님과 같은 어버이 밑에서 태어났으면 좋겠어. 다 큰 아들을 작은 주먹으로 퍽퍽 패시며 훈육하시는 어마님과 며느리를 해친 놈들을 직접 잡아 징치해 주시는 아바님 사이에서. 그리하여 그대처럼 내자 한 사람으로 충분한, 순정한 맘을 지닌 사내로 자라 사람답게 살 수 있으면 좋겠어."

내생이 정말 존재한다면 나는 어찌하고 싶은가. 강하는 처음으로 생각해 본다. 다시 태어나고 싶지 않지만 기어이 태어나야 한다면 미타원의 어머니, 함채정 같은 여인의 아들로 태어나면 좋을 터이다. 무릉곡 같은 곳에서. 임금이니 권력이니 하는 말이 없는 곳. 하루 두 끼니를 먹으매 한 끼는 생식을 하고 한 끼는 죽을 끓여 먹는 곳. 다 같이 일하고, 다 같이 놀고, 일하고 노는 것이 곧 수련이라 심신이 늘 가볍고 맑은 곳. 떠나고 싶으면 떠날 수 있는 곳. 돌아가고 싶으면 돌아갈 수 있는 곳. 그리하여 떠나는 자도 드물고 돌아오는 자도 드문 그곳. 그와 같은 곳이 아니라면, 함채정의 아들이 아니라면 다시 태어나고 싶지 않다.

강하는 소전에게 다시 한 번, 정말 이대로 가만히 있자는 것이냐고 물으려다 삼켜 버리고 마당에 고인 햇발을 쳐다본다. 소전에게 그러했듯 자신에게도 이십팔 년이 삼백 년쯤 되었던 것처럼 길었다. 앞날도 길고 길 것 같다.

칠성밀어 七星密語

그예 일이 터지고 말았다. 백동수가 궐 상황을 줄줄이 설명하고 강하가 한 말도 고스란히 읊어 놓고 혜정원으로 간다며 바람처럼 사라졌다. 그에게 묻어온 강하의 기색에 불안과 분노가 뒤섞였는데 터지려는 게 아니라 몹시 음울했다. 그 음울함 속에 스스로를 태울 만한 뜨거운 불길이 웅크리고 있었다. 그 음울함과 뜨거움이 반야의 마음 안에서 여울져 움직이기가 어렵다.

미타원이 불에 타 없어진 뒤 아이들을 도성으로 데리고 왔을 때 자식으로 삼는 게 아니었다. 그 즉시 나누어 각기 자라게 했어야 했다. 서로 덜 긴밀하고, 서로 덜 아프게끔. 각기 태어난 자리가 다르므로 각자 자랐어도 잘 살았을 아이들을 순전히 내 욕심 때문에 떼어놓지 못하고 얽어 버렸다.

"마님, 옷을 갈아입으시지요."

남복으로 갈아입고 도솔사로 옮겨 가자는 능연의 어투가 몹시 조심스럽다. 한 보름 평화롭게 지낸 듯이 보인 반야한테 떠나자고 하는 게 안쓰러운 것이다. 반야도 자신이 태어난 방에서 세상을 떠나려니 작정하고 주저앉은 건 아니었다. 마지막까지 버티기는 할지라도 이 방에서 스러질 수 없으리라는 건 알고 있었다.

"그대한테 나를 여기 홀로 두고 가라고 해도 듣지 않을 터이지?"

"당치 않으십니다. 마님께 절대 복종함이 당연합니다만, 저는 칠요 호위무진으로서의 총령을 받아 이 자리에 있습니다. 부디 그런 명은 내리시지 마소서."

"궐에 가서 성상을 뵙자고 하면 들어줄 텐가?"

"그 또한 제 소임에 위배되는 것이라 불복할 수밖에 없사오니 하명치 마소서. 김 무진이 백 무절을 통해 기별해 오기를, 혹시라도 그런 말씀을 하시면 절대 복종치 말라고, 억지로라도 도솔사로 모시라 하였나이다. 저는 김 무진의 말을 따를 것이고요. 하온데 마님."

"응?"

"마님께서 성상을 배알하시어 말씀드리면 거둥령을 거두실 것 같나이까?"

흐흥. 반야는 실없이 웃고는 도리질을 한다. 소전에 대한 안쓰러움에 여러 생각을 해봤을 뿐 애초에 가당치 않은 일이다. 홀로 성상 앞에 도달할 수 있는 몸이기나 한다면 모를까. 홀로 죽을 수도 없는 처지에 말을 꺼낸 것 자체가 망발이다.

"강하가 워낙 센 소리를 했다기에 농담을 해본 게요. 강하의 기세를 좀 누그러뜨릴까 하고."

"성상께서 창덕궁으로 거둥하시는 게 소전마마께 그리 치명적인 일이 되오리까? 또 우리가 피신을 해야 할 정도로 일이 커지리까?"

일이 벌어졌으나 소전이 어떻게 나오느냐에 따라 판세의 크기가 달라질 것이다. 일은 벌어졌고 반야가 어찌 대응하느냐에 따라 소전 사태가 사신계에 미칠 파장의 범위도 달라진다. 소전이 부왕한테 반기를 들고 일어서면 작히 몇백 명이 죽을 테고, 반야 자신이 소전을 돕기로 작정하고 나서면 사신계와 임금과의 전쟁이 되므로 또 몇백, 몇천 명이 죽을지 모른다. 소전과 반야 사이에 강하와 무수한 목숨들이 있었다. 소전은 자신이 살기 위해 무수한 목숨들을 죽일 수 있는 사람이 못됐다. 그런 사람이 아니라서 지금 사태에 이르고 말았다.

반야도 마찬가지다. 말문이 트이고 말귀를 알아듣게 된 서너 살 때부터 귀가 닳도록 들어온 말이 목숨의 귀함이었다. 하늘 아래 모든 사람의 목숨의 값은 같다는 것. 무녀는 특히 그래야 한다는 것.

"그러므로 반야야, 세상을 넓고 깊게 봐야 한다."

할머니 동매가 무릎에 앉힌 손녀를 향해 노상 속삭이던 말씀들이다.

"네 이름 반야에 담긴 뜻은 지혜요, 밝음이요, 생명이다. 어둔 세상을 밝히는 깨달음이란다. 네가 남보다 밝은 심안을 지니고 세상에 나온 이유를 늘 생각하며 살아야 해."

남보다 밝은 심안을 지니고 세상에 나온 까닭은 밝은 눈으로 타인의 생명을 돌보라는 의미였다. 그렇게 키워졌고 그렇게 살려고 평생 애썼다.

"두고 보면 알겠지. 우리는, 떠날 준비를 마쳤소?"

"우리가 이곳으로 들여온 물건이 거의 없지 않습니까. 원래부터 있던 물건들과 여래부처님을 그대로 계시게 하고 아기부처님만 모시고 나가면 되니 크게 준비할 게 없습니다. 소인이 아기부처님을 상자 속으로 모시리까?"

"몇 시쯤 됐소?"

"사시 중경쯤인 듯합니다."

"사시 불공을 올리고 움직여도 될 것 같구려."

"그리하시겠나이까?"

"그리하고 싶소. 불공을 마친 뒤에 내가 아기부처님을 모시리다. 그리고 능연!"

"예, 마님."

"언젠가 내가 그대를 떠난 뒤에 말이오."

"저를 떠나시다니요?"

"우리가 백 년을 붙어살 수는 없지 않겠소? 언젠가는 헤어지겠지. 그때 경이가 제 신당을 어떻게 가꿀지 모르지만 그대가 그 아이 신당에 아기부처님을 모셔 놓으세요. 경이 손이 닿을 수 있는 낮은 곳에."

"마님께서 직접 말씀하시면 되지요."

"나도 말을 하겠으나 혹시 모르니까 기억해 두라는 게요."

"예, 마님. 명심하겠나이다."

"그래요. 불공은 나 혼자 드릴 터이니 그대들은 스님들께서 나를 위해 놓고 가신 물건들을 챙기세요. 혜원 쪽에 남아 있는 책들을 도솔사로 옮기고, 강원에 사시는 분들도 오늘 해 안으로 아랫말로 살림을 모두 옮기게 하세요. 그분들 옮기실 때 여래부처님도 모셔 내다 놓게 해서 나중에 도솔사로 모시기로 해요."

"강원의 노인분들까지 이거시켜야 하리까. 부처님까지요?"

"그래야 할 것 같소. 일이 커지면 강하가 내 흔적을 없애려 들 터, 그리하기 위해서는 이 집을 태워 내가 예서 죽은 걸로 만들려 하겠지. 그런데 강하의 기세가 워낙 드세니 이 일대를 다 태우고도 남을 성싶소."

"저는 마님 모셔다 놓고 이곳으로 돌아올 것입니다. 제가 그를 말리겠나이다."

"말릴 수 있으면 다행이나 그 사람이 그리해야 하는 상황이라 판단하게 되면 능연도 어쩔 수 없지 않겠소. 오히려 도와야지. 일단 강원 분들부터 대피시키고 현재 아랫말에 사는 계원들은 차차 반야원 아래 마을들로 이거하시는 게 좋겠어요. 이제 우리가 이곳을 영 떠나는 셈이니 계원들 살기도 여기보다는 반야원에 가까운 곳이 나을 것이오."

가마골에 있는 계원 집은 옹기장이 두 집과 제지장이 두 집이다. 옹기장이 두 집이 옹기가마를 공유하고 제지장이 두 집이 제지공장을 공유한다. 강원의 노인 내외와 더불어 다섯 식구가 이사를 하자면 만만치 않겠다.

"명 받잡겠나이다."

능연이 나가고 난 뒤 반야는 불단을 향해 돌아앉는다. 일어나 절하며 예불할 기운은 없으므로 앉아 합장하는 것으로 절을 대신한다.

합장 일배하고 정구업진언을 왼다. '수리수리 마하수리 수수리 사바하.'

정삼업진언을 외고 오방 내외의 모든 신들을 위로하는 진언을 외고 개경계와 개법장진언을 읊는다. 천의 손, 천의 눈으로 중생을 구제하시는 관자재보살의 광대하고 원만하고 걸림없는 대비심의 다라니 법문이 열리기를 청한다.

다라니 법문을 읊고 신묘장구대다니를 외고 사방찬게를 하고 도량찬과 참회게를 하고 열 가지 죄를 참회하고 참회진언을 왼다.

정삼업진언을 다시 외고 개단진언을 읊고, 건단진언과 정법게진언을 하고 마하반야바라밀다심경을 읊는다. '아제 아제 바라아제 바라승아제 모지 사바하.'

세 일각쯤 걸리는 불공을 지난 삼십여 년 동안, 정신 잃을 만큼 아픈 날을 제외하고는 하루 세 번씩 꼬박꼬박 올렸다. 외어 올린 기도들은 한량없는 진리의 말씀들이다. 적게 잡아도 삼만 번은 될 테다.

얼마나 어리석었는지.

삼만 번의 기도를 하고도 도를 깨치기는커녕 떨쳐 낸 게 손톱만큼도 없다. 생주이멸生住異滅, 생로병사生老病死, 온갖 차별심, 온갖 고통과 슬픔이 고스란히 남았지 않는가. 끝끝내 이름값을 못했을 뿐만 아니라 평생 쌓은 업장을 심경에게 얹어 놓고 말았다. 돌이킬 수 없게 된 지경에 이르러 고작 대는 핑계가 그건 제 몫의 업이라는 것이다. 그러니 하는 수 없는 게 아니냐고.

"이만큼이 내 최선이었으니 하는 수 없는 거지."

중얼거린 반야는 몸을 일으켜 더듬더듬 불단으로 다가든다. 손을 뻗어 불단 아래 왼쪽에 켜진 촛불을 찾아내 두 손바닥 사이에 두고 눈을 맞춰 본다. 손바닥이 따뜻할 뿐 눈으로 빛을 느낄 수는 없다. 고개를 살짝 숙이고 후, 손으로 바람을 불어 촛불을 끈다. 오른쪽 촛대도 똑같이 해보고 불을 끈다. 불 꺼진 두 촛대를 양쪽으로 가만히 밀어내고 불단으로 손을 뻗어 아기부처님을 안아 내린다. 아기만큼 작아서 아기부처라 부를 뿐 지권인智拳印을 하고 연화대에 앉으신 아미타불상이다. 오래전 할머니 동매께서 어린 무녀 반야에게 내린 신이 부처라는 걸 아시고 마련해 주셨던 불상. 청동으로 주조되었지만 속이 비어 무겁지 않은 덕에 평생 모시고 다니며 예를 올렸다.

아기부처를 내려놓은 반야는 불단 아래를 더듬어 상자를 꺼내고 뚜껑을 연다. 상자 속에 보자기가 들어 있다. 보자기를 펼쳐 놓고 놓을 자리를 어림해 가며 상자를 놓는다. 불상을 안아 상자 속에 넣기 전에 연화대 아래쪽을 만져 본다. 연화대 아래쪽은 동그란 나무마개로 막혀 있다.

스무 살 가을에 전대 칠요인 흔훤 만신으로부터 칠요 수업을 받았다. 흔훤 만신과 달포를 함께 지낸 뒤에는 북수백산 칠성곡에 들어가서 선인들과 보름을 지내며 명상을 익혔다. 북수백산을 나온 뒤 백두산 선인곡으로 가서 보름을 지냈다. 그 두 보름간에 기를 움직일 수 있는 경지를 보았다. 그리고 미타원으로 돌아가 석 달여에 걸친 수업과정을 복기해 가며 글을 적었다. 기록을 기피하는 사신계의 관행을 어기며 만든 작은 책자의 제목을『칠성밀어七星密語』라 붙였다. 아기부처상 안에 동그랗게 만『칠성밀어』를 넣고 봉인했다. 이후 한 번도 열어 보지 않았다. 다음 칠요의 재목이 정해지면 꺼내 읽어 보려니 했다. 기록해 놓은 것과 몸으로 기억하며 살았던 내용이 얼마나 같으며 얼마나 다른지 비교해 가며 다음 칠요를 가르쳐 놓은 뒤『칠성밀어』를 불사르려니.

"나는 나대로 살았소. 그대는 그대대로 살면 되지."

그렇게 마지막 말씀을 남기셨던 흔훤 칠요처럼 반야도 후예에게 어지간히 물려주고 이승을 떠날 수 있으리라 여겼다. 오산이었다. 심경에게 뭇기가 내릴 것이라고 예상치 못했던 어리석음과 심경에게 내린 뭇기를 너무 오래 인정하지 못했던 아집으로 인해 몇 해를 헛되이 흘려보내고 말았다. 이제 심경에게 해줄 수 있는 것은 흔훤 칠요가 남기셨던 말씀을 되풀이하는 것뿐일 터였다.

나는 나대로 살았으니 너는 너대로 살려무나.

도를 깨쳐서 모든 인연을 풀고 연기처럼, 바람처럼 가벼이 세상을 떠나려니 했던 소망을 이루지 못했으니 이생에 미련 많은 중생으로써 심경에게 마지막 말을 남기기 전까지는 할 바를 해야 한다. 반야는 불상을 상자 속에 넣고 뚜껑을 닫아 보자기로 싼다. 평생을 여미듯이 꾹꾹 눌러가며 보자기의 매듭을 짓는다. 이제 이쪽 삶을 접고 마지막 자리가 될 도솔사로 옮겨갈 준비가 얼추 되었다. 어떤 것도 완벽하기는 어려우니 얼추 한 준비를 아쉬워할 것도 없다. 나름 최선이었지 않은가.

아무리 한 일

"어명이오, 어명이오, 어명이오."

금위군들이 대전 행차에 앞서 몰려와 소리쳤다. 세자익위사의 위사들과 위군들, 세손위종사의 위사들과 사군들의 무장을 해제하고 모두 퇴궐하여 전교를 기다리라는 어명이었다. 어명에 따라 익위사와 위종사의 무장이 일시에 해제되었고 두 관서의 무관들이 궐에서 쫓겨났다. 대전께서는 당신의 의지를 표명하시듯 경화문으로 납시어 휘령전으로 들어가셨다.

휘령전은 선왕후이신 정성왕후의 혼전魂殿이다. 훗날 웃궐께서 승하하시어 능으로 들어가시면 정성왕후께서도 그 곁으로 가실 터이나 정성왕후 생시에 웃궐께서는 곤전을 돌부처나 되는 듯 대했다. 등극하시기 전에 어떠했는지는 모르지만 선왕 사후 대위에 오르신 뒤로는 곤전에서 침수하신 적이 없는 것 같았다. 일평생 정을 주지 않고 살았으면서도 이제 아들을 죽이려 납시어서는 그 혼전 앞에다 좌대를 놓고 앉으셨다. 마치 선왕후의 뜻과 같이 하고 있는 듯이 아드님을 휘령전으로 불러들이신 것이다. 측근에는 금위대를, 지근에는 삼영군을, 인근에는 오위군으로 방패를 둘러놓으신 채.

대전께서 오고 계심에도 소전은 공묵합 마루에 앉아 친애하는 신하와 한가로이 햇빛 구경이나 하며 시간을 보냈다. 그러고도 모자라 군신 간에 환경전 마당을 거닐다가 대전의 부름을 받았는데 소전은 찍소리도 않고 응한 모양이었다. 그리 아끼는 김강하한테 군사라도 일으켜 들어오라 할 줄로 기대했던 빈궁은 기가 막히는 상황 속에서도 소전한테 분노했다. 일생을 어지러이 살더니 종국에는 이리 맥없이 주저앉는단 말인가. 아침에 통명전 처소에서 치워내 숨겼던 병장기만 해도 수백 개라 했는데 그것들을 한낱 무쇠덩어리로 만들려면 그깟 것들을 대체 무얼 하려 모았단 말인가.

"마마, 서 상설常設 들었나이다."

서 상설은 세손의 전각인 환경전의 수내관이다. 들리는 말마다 덜컥덜컥 가슴 내려앉는 소리뿐이라 빈궁은 혼자 버틸 재간이 없어 환경전으로 건너왔다. 휘령전 상황을 엿보고 오라 보낸 박상궁은 아직 돌아오지 않는다.

"들게 하라."

서 상설이 들어와 문 앞에 엎드린다.

"웃궐의 오 상촉尚燭이 기별을 해왔사온데, 대전께옵서 이쪽으로 거둥을 시작하실 때 금위대 좌우위군만 호위하였고, 중위군은 웃궐에 남았다 하옵니다."

"어찌 그랬다오?"

"중위군의 사관이 김제교이온데 그가 태령전 앞뜰에서 중위군들을 소분하기 시작했노라, 그들이 무슨 일을 하는지 지켜보다 다시 기별하겠노라, 오 상촉이 전해왔나이다."

태령전은 경희궁의 수어청守禦廳이고 오 상촉은 빈궁에게 대전의 소식을 전해주는 웃궐의 내관이다. 그가 전해 온 소식은 그러니까 웃궐에 남은 금위대 중위군들이 소전의 죄를 만들기 위해 소전궁에 든 적 있는 자들을 추포할 준비를 시작했다는 말이다. 빈궁 자신이 몇 시간 전에 무녀 소소를 잡아다 소전의 방패로 삼으려 생각했는데, 웃궐에서는 처음부터 아들의 죄를 만들어 낼 용도로서 그 생각을 해낸 것이다. 잡혀온 자들이 의금부 옥청에서 고신을 당할 제 소전을 위해서 한 마디 변명이라도 해줄 리 없고, 대전에서는 애초에 그들의 변명 따위를 들으려 하지도 않을 것이다.

"김제교가 오흥부원군의 사위라고 했던가?"

"그러하옵니다."

그놈이 오늘의 모든 일을 꾸며낸 실제 흉범일지도 모른다. 아니 실제 흉범이야 곤전과 오흥부원군과 그를 둘러싼 위인들이고 그 계획을 시행하는 놈들이 김제교 같은 놈인 것이다. 몇 해 전 익익재께서는 김한구가 이토록 사특한 자인 줄도 모르고 그 딸을 곤전으로 들여놓았다.

"그래서, 누구누굴 잡아들일 거라고 하는데?"

"오 상촉도 아직 그것까지는 모르는 것 같나이다."

밖에서 박상궁이 기척하더니 들어선다. 땡볕에 얼굴이 벌겋게 익었다.

"휘령전 앞이 어찌되고 있던가?"

"저하께옵서 곤룡포를 벗으시고 엎드려 계시더이다. 대전께옵선 휘령전 처마 아래에 좌정하시고 검을 지팡이처럼 짚고 계시옵고요."

설마했더니 그예 대처분이 내리고 말았다. 곤룡포를 벗겼다 함은 세자를 폐했다는 것이고 세자를 폐함은 죽이기 위함이지 않은가. 지난 사월, 소소원에 갔을 적에 소소한테 내가 언제 큰집으로 옮기겠냐고 물었다. 소소가 대답치 않아 윽박지르듯 재우쳐 물었다. 소소가 마지못해 답했다. 윤오월에 집을 옮길 것이라고. 빈궁은 그때 자신이 중궁전으로 옮겨간다는 말로 알아들었다. 속에서 솟구친 환호를 숨기느라 몸을 떨었다. 그게 얼마나 큰 오해이자 착각이었는지 오늘 아침 자궁전의 서찰을 받고서야 깨달았다. 소소의 말을 그리 오해하지 않고 이사가 무슨 뜻이냐 물었더라면, 그전에 소소가 한사코 입을 열려 하지 않으려던 까닭을 캐물었더라면 오늘과 같은 사태를 방지할 수 있었을지도 모른다. 아니 애초에 이 지경을 당하게 돼 있었다. 오전 내리 울었건만 또 기가 막히며 울음이 난다. 세손과 세손빈이 어마마마 하며 안겨와 같이 운다.

"하옵고 마마, 전하께옵서 밧소주방의 뒤주를 휘령전으로 내오라 하명하셨다 하나이다."

"뒤주는 무엇에 쓰시려고?"

박상궁이 말을 못하므로 빈궁이 알아듣는다. 세손도 알아들었는가, 발딱 일어나더니 뛰어나간다. 서 상설이 뒤쫓아 나가고 세손빈이 따라나가고 박상궁이 세손빈을 잡으러 나가고 한상궁이 내다보러 나간다. 아비를 살리기 위해 어린 아들이 뛰어나가니 빈궁은 하늘이 무너져 해가 사라진 듯 눈앞이 캄캄하다.

이 지경에 내가 더 살아 뭘 하리.

일순간도 더 살고 싶지 않다.

빈궁은 일어나 문갑 위에 걸쳐져 있는 세손의 검을 뺀다. 세손의 아홉 살 때 소전이 군기시에 특별히 명해 제작하고 명명한 뒤 선물한 선월도宣鉞刀는 아이용이라 작되 튼튼하고 날카롭다. 안국방 익익재에서 홍부영으로 태어나 이십팔 년째. 오래 살았다고 할 수 있을지는 알 수 없으나 몸서리나게 긴 세월이었다. 무슨 미련이 남았으랴. 빈궁이 자신의 심장을 겨냥하기 위해 선월도를 거꾸로 잡으려는 찰나 옆방에서 내달아 나온 내인 고은내가 칼을 채가며 소리친다.

"마마, 이리하시면 아니 되시옵니다."

고은내는 열네 살로 작년 정월에 궁녀 시험을 보고 들어온 뒤 박상궁이 빈궁전 나인으로 뽑아왔다. 총명하고 눈치가 빨랐다. 제 이름처럼 하는 짓도 고와 빈궁이 귀애해 왔다.

"이리 내라. 내 더는 살고 싶지 않다."

"마마, 합하! 부디 청하옵건대 어리신 세손 각하와 군주마마들을 생각하시옵소서. 무슨 일이 벌어지든 어마마마께옵서 아니 계시면 어리신 마마들께선 어찌 사시겠나이까. 통촉하소서."

울며 말하는 고은내의 손에서 피가 줄줄 흐른다. 칼날을 맨손으로 잡으면서 손을 베인 것이다. 도성 한가운데 마을 삼내미에 제 어미아비가 다 있다 했다. 평민인 제 어미아비가 사뭇 귀애하는 딸이라 어린 날부터 글자를 배우게 한 덕에 궁녀 시험에 너끈히 들었다. 고은내 스스로 시집가는 대신 녹봉 받으며 살고 싶어 궁녀가 되기로 했던가 보았다. 딸아이를 이기지 못해 궁녀로 들여보냈을망정 그 부모는 딸이 맨손으로 상전의 가슴팍으로 향하는 칼날을 잡아채다 피를 흘리게 될 줄은 몰랐으리라. 뒤늦게 옆방에서 내인들이 뛰어들어와 엎드리고 마당을 내다보러 나갔던 한상궁이 달려와 엎어지며 운다. 빈궁은 털썩 주저앉아 같이 운다.

휘령전 본전 기단 위에는 대전께서 앉으셨다. 기단 아래에는 도승지와 세자시강원의 관헌들과 사관들이 섰고 그 바깥으로는 내관들과 선전관들이 도립했다. 금위대 관헌들과 금위군은 휘령전 큰 마당을 빙 둘러섰다. 와중에 세자가 휘령전으로 들어와 엎드리자 대전께서 세자의 곤룡포 속에서 드러난 생무명 옷을 트집하셨다.

"네가 아무리 아비를 없애고자 한들 어이 벌써 상복까지 챙겨 입었으냐?"

극영은 강하로부터 세자의 의대증에 대해 들었다. 살갗에 무명이 아닌 다른 천이 닿으면 갑갑하여 발작증이 나는 병이었다. 무명옷도 견디지 못하여 처소에서는 흔히 맨몸으로 지낸다는 의대증. 대전께서는 아드님의 병증을 모르시는 것이다. 아니 아시고도 괜히 트집하는 것일지도 몰랐다.

"묻는데 대답치 않음은 네가 이미 나를 죽은 사람으로 치기 때문이렸다?"

의대증이 심하여 평소에 무명옷을 받쳐 입는다고 아뢰면 좋을 텐데 소전은 병든 곰처럼 말없이 곤룡포를 벗더니 땅바닥에 엎드렸다.

"네가 죽을죄를 지었으니 죽어야겠다. 죽되 내가 널 죽였다는 소리는 들을 수 없으니 네 홀로 죽어라."

소전은 한참이나 묵묵했다. 안타깝되 갑갑하여 극영은 한숨을 삼켰다. 아드님의 묵묵함을 견디기 어려운지 대전께서 고함을 치셨다.

"내가, 내가 죽으면 조선의 사백 년 종사가 다 망하겠지만 네가 죽으면 종사는 보존할 수 있을 것이니, 네가 죽는 게 옳지 않겠느냐? 네가 스스로 죽으면 조선국 세자의 이름을 잃지는 않을 것이고 네 자식들도 살 것이니 속히 거행하여라."

세자가 비로소 입을 열었다.

"전하, 아바바마! 소신, 소자의 죄가 많고도 많사오나, 소자가 지어온 죄들을 아바마마께옵서 다 아시고도 하해와 같은 은혜로 감싸 주지 않으셨나이까. 소자가 태어난 이래 저질러온 불효와 불충의 죄들을 지금껏 봐주신 아바마마 아니시옵니까. 이제껏 봐주셨던 소자의 죄들이 이제금 죽을죄가 된 까닭을 소자는 알지 못하겠나이다. 부디 혜량, 통촉하시옵소서."

불복이었다. 당연했다. 당장 스스로 죽으라는데 예, 하며 죽을 사람이 어디 있으랴. 부자지간의 대치 상황은 오뉴월 오후의 땡볕만큼이나 팽팽하다. 덥다. 정말 덥다. 극영은 용광로 속의 쇳물처럼 뜨겁고 화살촉처럼 날카로운 윤오월 땡볕 아래 선 채로 생각한다. 이 날카롭고 뜨거운 햇빛이 수만 발의 화살이 되어 대전을 넘어뜨려 주면 얼마나 좋을까. 그리되면 세상이 얼마나 평화로워질는지. 가실 때 되신 분은 가시고 아직 창창한 분은 살아 주시고. 여름이 지나면 가을이 오고 겨울이 닥치듯이 사람도 그렇게 순환한다면. 어찌된 노인께서 염천의 해보다 기승스럽단 말인가.

"당장 시행하라 하지 않느냐!"

"어찌 죽으라는 말씀이시옵니까? 차라리 소자의 목을 치라 명하소서."

"흉측한 놈 같으니. 네놈이 끝끝내 나를 물고 늘어지려는 게로구나. 날더러 자식 죽였다는 오명을 뒤집어쓰란 말이냐?"

죽으라는 말을 벌써 열 번도 넘게 해놓고서 아들 죽였다는 소리는 듣기 싫으신가. 대전은 아들이 죽는지 아니 죽는지 확인하고야 말겠다는 양 하염없이 노려보고 있다. 이윽고 소전이 다 포기한 듯 무명

적삼을 벗더니 적삼 등판 자락을 잡아 북 찢는다. 넓게 찢은 천을 잘게 찢어 잇더니 목에 감아 잡아채려 한다. 그 찰나 도승지가 소전에게 달려들어 막는다. 목에 천을 감는다손 매달리지 않는 한 죽기 어렵지만 소전이 그런 일을 하게 둘 수는 없으므로 막는 것이다.

도승지가 적삼 자락을 뺏어 돌아서자 소전이 일어나더니 휘령전 기단의 계단을 향해 몸을 던진다. 소전이 움직이기 전에 극영이 먼저 움직였다. 소전이 머리를 부딪치려는 계단에 극영이 앞서 엎어졌다. 뒤엉킨 두 장정의 몸이 계단 모서리에 부딪치며 구른다. 엄청난 충격에 극영은 부르르 몸을 떨며 일어나 소전을 일으켜 앉힌다. 계단 밑 마당에 구겨져 앉은 소전에게 극영이 속삭인다.

"저하, 소신 이극영 삼가 아뢰나이다. 부디 가만히 용서를 구하소서."

"죽고 싶다. 진정으로 당장 죽고 싶다. 이 설서, 내게 칼을 다오."

"소신은 칼을 지닐 수 없는 자인지라 칼이 없나이다. 하오니 저하, 그런 맘도 내려놓으시고 용서를 구하소서. 이대로 지나갈 수도 있나이다. 지나갈 것이옵니다."

"글렀다만, 그대는 물러나거라."

"소신 간원하나이다, 저하. 부디 가만히 계시며, 용서를 청하소서. 부디 이 순간이 무사히 지나가게 하소서."

"알았다. 어쨌든 내 더 이상, 죽는 시늉은 아니하련다."

극영이 물러나자 소전이 앉은걸음으로 몇 발 물러나 이마를 땅에 놓는다. 대전은, 거리에 구경나온 노인인 양 아들이 하는 짓을 내려다보고만 있다. 어차피 죽일 것이면 그냥 죽이실 일이지 수백 명의 구경꾼을 둘러 세워 놓고 무슨 악취미이실까. 죽으라면서 칼 한 자루도 주지 않고 햇발보다 뜨거운 수치로 발광하다 숨이 넘어가란 말인가. 극영의 맘이 땡볕에 달궈진 모래처럼 분노로 튀는데 세손이 휘령전 마당으로 뛰어들어온다. 제 부친 옆에 엎드린 세손이 울부짖는다.

"할바마마! 소손의 아비를 살려 주소서. 전하, 소신의 아비를 살려 주소서. 소손의 아비를 용서해 주소서, 할바마마. 전하!"

손자의 피맺힌 간청에 대전이 소리쳤다.

"당장 아이를 들어내지 않고 뭘 하느냐?"

소전이 계단에 부딪치려는 걸 막으려고 나서다 보니 소전부자한테서 가장 가까운 사람이 극영이다. 어차피 누구도 쉽게 나서지 못한다. 이 자리에 있는 사람들은 대전의 눈 밖에 나지 않아야 하고 세손의 기억에 각인되지 않아야 하므로 몸을 사릴 수밖에 없다. 극영이 세손에게 다가앉아 일어나시라 속삭이자 세손이 두 팔을 휘두르며 밀쳐낸다.

"놓으세요!"

"각하, 부디 일어나소서."

"싫어요. 물러나세요."

극영의 손을 거칠게 뿌리친 세손이 다시 소리친다.

"할바마마! 소손도 아비 곁에 있게 하소서. 간청드리나이다. 할바마마!"

대전이 지팡이처럼 딛고 있는 칼집으로 땅땅 판석을 내리친다.

"소신을 용서하소서, 각하."

속삭인 극영은 발버둥치는 세손을 단짝 안아들고 마당을 벗어나 휘령전 뒤로 나온다. 휘령전의 재실齋室 마루에 세손을 내려놓고 아린다.

"각하께서 이리하시면 전하의 진노가 더욱 커지실 것이옵니다."

"하지만 아바님께서 죽게 되셨잖아요. 어찌 보고만 있어요."

"정녕 그렇게까지야 하시겠나이까. 저리하시다가 진노가 가라앉으시면 근신처분이나 하시지 않겠나이까."

"할바마마께서 진노를 풀지 않으시면요? 아바마마를 기어이 죽으라 하시면요?"

"아니실 것이옵니다. 그리는 아니하실 것이옵니다."

세손의 내관인 서 상설이 재실로 들어오더니 극영에게 말했다.

"이 설서. 제가 세손마마 곁에 있을 것이니 이 설서는 앞마당으로 가시어 저하 곁을 지켜 주십시오."

"그리하겠습니다. 세손께서 멀리 가시지는 않으려 하실 테니, 서 상설께선 여기 계시면서 세손께서 앞마당으로 다시 나오시지 않게 하십시오."

"그리하겠습니다."

뛰쳐나가려는 세손을 서 상설이 붙들어 안는 사이 극영은 휘령전 앞마당으로 돌아온다. 그사이에 영의정 신만과 좌의정 홍봉한, 판부사 정휘량 등이 들어와 대전 앞에 부복한 채로 소전을 용서하시어 종사를 잇게 하십사고 간청하는 중이다. 대전의 진노에 기름을 붓는 격이 되고 말지 싶은데 역시나 대전이 칼집을 땅땅땅 두드리며 소리친다.

"금위들은 뭘 하느냐. 저들을 끌어내라."

금위군들이 정승들을 들다시피 하여 휘령전 마당 밖으로 내쳤다. 그들이 내쳐진 문 밖에서 뒤주가 들어온다. 아까 뒤주 어쩌고저쩌고

하더니 그예 밧소주방의 뒤주가 휘령전 마당으로 나왔다. 이 마당으로 나온 뒤주의 용도는 소전을 가두겠다는 것일진대 대체 뒤주에 사람을 가두겠다는 어이없는 발상이 어디서 나왔던가. 극영은 내내 이 자리에 있었음에도 그걸 기억해 낼 수가 없다. 결국 대전께서 내놓은 말이라고 봐야 한다. 하지만 대전은 어떻게 그런 발상을 할 수가 있는가. 당신께서 갇혀 보기라도 했단 말인가. 언제? 연잉군 시절에? 왜? 어떻게? 극영이 갖은 상상을 하고 있는데 소전 옆에 놓인 뒤주를 한참 노려보던 대전이 땅땅땅, 칼집을 두드린다. 몸피 큰 소전이 들어가기에는 너무 작은 뒤주라는 신호를 알아들은 군졸 넷이 뒤주를 도로 들고 나간다. 소전은 더 이상 반항하지 않기로 했는지 땡볕 아래서 송장처럼 앉아 땅만 내려다보고 있다. 그대로 땅속으로 물처럼 스며들었으면 싶나 보다.

　그림자가 길어지면서 해가 기울기 시작한다. 아들을 죽이려는 아버지의 고집과 아버지 당신께서 정녕 나를 죽이시는지 보고 말겠다는 것 같은 아들의 고집이 몇 시간째 대치되었다. 정말 죽이려면 사약을 내리거나 참수를 하면 될 터인데 그리도 아니하는 걸 보면 정말 죽일 생각은 아니신 듯도 하다. 아니 모르겠다.
　대전의 진의가 어디에 있는지를 헤아려 보려던 극영은 고개를 숙인 채 서서 금위군의 움직임을 살핀다. 몇 시간 전에 익위사와 위종사가 무장을 해제 당하고 궐에서 쫓겨나기 직전에 강하와 멀리서 마주쳤다. 그때 강하가 극영을 향해 손짓말을 했다. 금위군의 움직임을 잘 보라는 말이었다. 그리고 왼손 엄지를 세우고 오른손 검지로 절하는 시늉을 하고 자신이 그쪽으로 갈 것이라고 너도 그쪽으로 오라고 양손 엄지를 하늘로 세워 보였다. 양손 엄지를 하늘로 세우는 건 하느님이자 부처님이 계신 곳, 도솔사를 의미하는 신호였다. 자신이 도솔사에 계시는 별님께 갈 것이라고, 너도 금위군의 동향을 잘 살피다가 가능한 상황이 되면 도솔사로 오라는 말이었다. 그러니까 현재 상황이 별님과도 무관치 않아 별님께서 도솔사로 피신하실 거라는 뜻이었는데, 극영은 현재의 사태가 별님과 어떻게 연관될 수 있는지 알 도리가 없었다. 몇 시간이 지난 지금도 모른다.

현재 창덕궁 전체는 일천팔백의 병사들한테 포위되어 있다. 휘령전 마당에는 금위대 좌위군과 우위군이 있다. 중위군은 처음부터 들어오지 않았다. 밖에서 대전의 명을 수행하고 있는 것으로 봐야 한다. 중위군이 밖에서 뭘 하고 있는지는 극영이 알 수 없으나 좌우위군은 몇 명을 제외하고는 모두 이 마당에 포진해 있다. 이곳에 없는 몇 명은 큰 뒤주를 찾으러 나갔다. 현재까지는 금위군에게 특별한 움직임이 없는 셈이다.

하지만 큰언니가 그리 말할 때는 이유가 있을 것이다. 소전을 뒤주 속에 가두고 난 뒤 내일이라도 꺼낸다면 모를까, 끝끝내 그 안에서 죽게 한다면 소전을 그리 죽인 명분이 필요할 것이고 그 명분을 위해 몇 명이든지 함께 죽어야 할 것이다. 그러할 제 소전과 함께 죽을 자들을 찾아내어 잡아다 죽이는 일도 금위군의 몫이다. 소전이 죽지 않는다 해도 이 소란의 죄를 뒤집어씌울 자들이 필요하므로 제물이 될 사람들을 찾는 것도 금위군의 일이다. 그런데 큰언니가 아우한테 금위군의 동향을 살피라 말하면서 별님께 간다고 했다. 혹시 가능한 상황이 되면 극영에게도 도솔사로 오라고 했다. 왜? 우리 어머니가 어쨌다고? 자문하던 극영은 소스라친다. 맙소사. 이 사태 때문에 죽을 수 있는 사람 중에 별님이 들어 있다는 뜻이 아닌가.

　소전은 어영청에서 쓰는 큰 뒤주 속으로 들어갔다. 소전이 들어간 뒤주는 큰 널판들이 덮이고 대못질을 당하고 쇠줄로 꽁꽁 묶인 뒤 승문원 마당으로 옮겨졌다. 뒤주는 바람 한 줄기 들지 못하도록 풀을 덮어 무덤처럼 만들었고 마당 둘레에 금위군을 촘촘히 둘러 놓아 아무도 접근치 못하게 했다. 그 자리에서 대전은 세자를 폐한다는 명을 내리고 승지들에게 전교를 쓰게 했는데 후환이 두려운 승지들이 한사코 말리며 불복했다. 그러자 대전은 몸소 폐세자 전교를 썼다고 했다.

　세자가 폐위되었으므로 그 처자식들이 일제히 서인이 되었다. 세자익위사는 폐세자 전교가 내린 순간 해체되었다. 세손위종사는 해체되지는 않았을지라도 무장을 해제 당하고 궁에서 쫓겨났다. 대놓고 세손을 호위할 수 없게 됐다. 어쨌든 아직까지는 세손위종사의 수사인 김강하가 궐에서 물러나기 직전에 위사, 별감들을 모아 놓고 호위 조를 다시 편성했다. 김강하 조, 문현조 조, 윤홍집 조, 김형태 조 등인 것은 같되 열여섯 명의 별감들을 재구성했다. 제 일조인 김강하 조는 백동수와 김별감, 이별감, 문별감이고, 제 이조인 문현조 조는 은백두와 방별감, 진별감, 손별감으로 이루어졌다. 제 삼조인 윤홍집 조는 최선유와 구별감, 박별감, 송별감이고 제 사조인 김형태 조에는 박별감, 정별감, 서별감, 김별감이 속하게 됐다. 호위조 구성을 달리한 후 김강하가 말했다.

"이제부터 우리 위종사는 세손 각하를 새벽별, 효성曉星으로 별칭하고 필요에 따라 성星이나 샛별로 약칭합니다. 곧 효성께서 출궁하실 터, 출궁하시게 되면 외가인 익익재로 가시게 될 겁니다. 지금부터 다들 댁으로 돌아가 관복을 벗으세요. 회색 바지저고리에 검정 쾌자, 검정 초립을 쓰고 각자의 활과 검으로 무장한 뒤 신시말까지 홍화문 앞에 모이십시오. 효성께서 나오시게 되면 익익재까지 호위한 뒤에 이후 다시 호위지침을 전달하겠습니다."

김강하가 말한 대로 서인이 된 세손 식구가 출궁하게 되어 빈궁의 본집인 익익재에서는 가마를 준비해 그 식구를 모셔냈다. 세손빈궁은 그 사가인 금현당에서 가마를 꾸려와 모셔갔다. 세자의 후궁 양제 임씨와 그 아들들, 죽은 수칙 박씨의 자식들은 세자궁의 궁방인 용동궁으로 옮겨갔다. 세손이 익익재로 들어간 뒤 김강하가 대문 앞에서 위사별감들을 점고하면서 오늘 밤은 네 조가 같이 호위하되 조별로 번갈아 저녁을 먹으라 했다.

홍집은 자신의 조원들을 데리고 허원정으로 들어왔다. 최선유와 구별감과 박별감, 송별감을 사랑채로 들여 놓고 저녁을 먹게 한 뒤 스스로는 중사랑으로 들어왔다. 저녁상이 들어왔고 집에 있는 날이면 늘 그렇듯이 온과 마주앉아 저녁을 먹는다. 온은 팔이 굽어지지 않아 스스로 수저질을 못했다. 나름이가 온의 밥상을 수발했다. 수저질은 못할망정 이야기는 자유로이 나눈다.

익익재인 홍 대감 댁은 수락산 아래쪽에 별저가 있다고 했다. 그쪽은 규모가 상당한 저택인 듯하지만 안국방의 익익재는 오십여 칸으로 지체에 비해서는 소박한 편이었다. 빈궁전의 상궁과 내인들, 세손궁의 상하 내관, 내인이 모두 나온 터인데 그들 모두가 들기에는 익익재가 턱없이 좁았다. 익익재의 서쪽 담장에 면하여 전임 홍문관 교리 이경옥의 집이 있었다. 이 교리가 자기 집의 북쪽 담을 터서 세손궁 사람들한테 집을 내놓은 모양이었다. 창덕궁과 창경궁이 오위군한테 포위되고 세자가 휘령전 마당에 엎드렸다는 소식을 듣자마자 이 교리 집에서는 담장부터 텄던 것이다.

저녁을 먹는 동안 온은 여상한 투로 이웃에서 일어난 이런저런 이야기를 홍집한테 전한다. 뒤주에 갇힌 채 풀 무덤에 든 세자가 어찌 될 것인지에 대해서는 서로 말하지 않는다. 내외간에 삼가는 말들이 점점 많아지는 즈음이긴 했다.

홍집은 십여 일 전에 함양에 내려가 홍남수와 영고당을 죽이고 이틀 전에야 돌아왔다. 영고당은 가마 속에서 자결했지만 사실상 홍집이 조장했다. 혹은 방관했다. 영고당이 극약을 소지한 걸 알면서도 모르쇠하며 가마에 오르게 했던 것이다. 함화루에 도착해 가마를 내려 가마문을 열었을 때 이미 주검이 된 영고당이 있었다. 그걸 본 태감은 쯧, 혀를 차고는 사흘장으로 장례를 치러 주라 했다. 그 밤으로 염습하고 입관하여 하루를 지내고 사흘째 된 새벽에 상여 없이 관에 흰 천만 덮어 내다가 상림 뒷산자락에다 묻었다. 허원정으로 돌아와서 홍집은 온에게 홍남수를 죽여 암장했고, 영고당이 자결했다는 말만 했다. 자세한 말을 하지 않았는데도 온은 다 알아들었다는 듯이 고개를 끄덕였다.

"나는 익익재로 건너가 봐야 하니 쉬십시오."

"위종사들이 익익재를 지키자면 아무래도 집이 좁아 불편할 터인데, 우리 사랑채를 임시 사청으로 쓰시는 건 어때요?"

위종 수사 김강하와 홍집은 상하, 동료로서는 서로 깍듯하고 필요한 정보는 주고받는다. 사사로운 이야기는 일체 나누지 않는다. 아예 못한다는 게 맞다. 그런데 잠깐씩이라도 이온의 집으로 들어와 쉬라는 말을 어찌 하겠는가. 그런 말을 예사롭게 할 수 있는 온이 홍집에게는 이따금 철벽 같았다.

"필요할 것 같으면 말을 해보겠습니다."

헛된 말을 남긴 홍집은 저녁상 앞에서 일어난다. 세세히 말하지 않아도 다 알아듣던 시절이 짧지 않았는데 이제는 자세히 말해도 못 알아듣는 경우가 허다하다. 결국 알아듣기 싫기 때문일 터이다. 김강하가 위종사의 수사인 걸 뻔히 아는 온이 그와 그 휘하들한테 제 집으로 들어와 쉬라고 말하는 저의 같은 것. 또는 그런 뻔뻔함. 무신경에서든, 저의가 있어 한 말이든 그런 소리를 입에 담을 수 있는 온을 이해하기가 싫은 것이다. 예전처럼 뜨겁거나 안쓰럽지는 않을지라도 이온 자체가 싫은 건 아니다. 가끔 이해가 안 되고 씁쓸할 따름이다. 조원들은 저녁을 벌써 마치고 홍집을 기다리고 있는 참이다.

"윤 종사, 잠깐 이야기 좀 나누지요."

익익재 대문 건너 골목의 어둠 속에 몸을 들이고 있던 김강하가 나와 홍집에게 말했다. 진회색 무복에 검정 쾌자와 검정 초립을 한 그의 복장에서 홍집은 자신의 모습을 본다. 익익재 대문 주변에 서 있는 위사들과 별감들도 같은 차림이다.

김강하는 큰길을 나가 충훈부 관청 옆의 작은 주막으로 들어선다. 온 도성에 경계령이 내린 참이라 주막엔 주인 내외뿐이다. 김강하와 아는 사람들인 데다 미리 얘기가 되었는지 안주인이 밖으로 나가고 바깥주인이 사립문 앞에 놓인 평상에 앉는다. 경계 태세다. 김강하는 문이 열려 있는 안채의 작은 방으로 들어가 앉는다. 그가 먼저 말했다.

"옛집을 다녀 나와 함월당을 거쳐 왔습니다."

함월당은 궁 안 각처의 움직임을 궁인들보다 빠르게 전해 듣고 수합하여 상황을 분석해 낸다. 필요한 대처 방법도 함월당을 중심으로 만들어진다.

"옛집의 그분께 무슨 일이 생길 것 같습니까?"

"화양께서 며칠을 버티실지 모르지만, 외부에서 소전궁으로 들어간 적이 있는 사람들은 오늘 중으로 다 잡아들이려는 것 같습니다. 대전께서는 현재 대조전에 계시다는데, 이미 명을 내리신 듯해요. 소전의 병증을 부채질한 족속을 다 잡아들이라고요. 금위대에서 만든 살생부가 나왔는데, 스물세 명이랍니다."

"그렇게나 많답니까?"

"소전궁 내관 셋, 기생 여섯, 별감 다섯, 도검장 셋, 궁장 셋, 판수 둘, 무녀 한 명인데 그 무녀가 소소랍니다."

소소 무녀. 중석. 연화당! 그리고 갑인당. 홍집이 모르는 이름은 더 많을 그이는 소소원에서 떠나면서 또 다른 이름을 갖게 될지도 모른다.

"누가 살생부를 만들었을까요? 김제교 혼자 했을 리는 없고요."

"소전과 십 년을 만나지 않고 지낸 무녀 소소를 살생부에 넣을 생각은, 익위사에 오래 있다가 금위대 상부로 간 자들에게서 나왔겠지요."

"좌위군장 고억기, 중위검관 국치근, 좌위검관 민지완 등이요?"

"물론 그 위에 오흥부원군이 있고 그들 아래에 김제교가 있는 것이고요. 화완으로 하여금 제 비행을 모궁께 고하게 부추긴 것도 김제교인 것 같습니다."

"어떻게요?"

"김제교가 최근 몇 달 동안 원동궁에 몇 차례나 드나들었다 합니다. 그저께 밤에도 김제교가 원동궁에 들어갔다 나왔다 하고요. 그래서 어제 화완이 통명전에 들어가 그 말을 소전한테 할 참이었는데, 그걸 모른 소전이 화완을 보기 싫다고 쫓아낸 것이지요. 화완은 경희궁으로 쫓아가 김제교한테 사주 받은 대로 움직인 것이고요. 여러 사실들로 조합한 내용이 그렇습니다. 아무튼, 김제교 휘하의 중위군들이 이 밤 안으로 그 스물세 명을 다 잡아들일 거라 합니다. 이미 움직이기 시작했고요. 우리 그분께서는 이미 도성을 떠나셨고, 소소원에는 그분이 계시는 듯 가장 했습니다. 해서 저는 오늘 밤 소소원에 있을 겁니다. 공식적으로는 아무것도 못하게 됐을지라도 위종사를 해체하지 않는 까닭은 효성을 보위하라는 뜻이겠지요. 그러매 윤 종사께서는 제가 이 근방에 같이 있는 듯이 행동하면서 효성을 보살피십시오. 필시 저들이 효성을 해하려 들 텐데, 그때가 모두가 어지러운 이 밤이기 쉽지 않겠습니까."

"효성을 해하려 든다면 그렇겠지요. 효성을 해하고 그 책임은 위종사의 우리들에게 전가할 테고요. 하지만 저들이 그리 쉽게 움직이려 들겠습니까? 보는 눈이 얼마나 많은데요."

"삼경 시작점에 문현조 우장사가, 효성의 뜻을 수행한다며 나설 겁니다. 익익재가 넓지 않으니 효성께서 금현당으로 옮겨가시겠노라, 한다고요. 저는 그 시각에 궐 쪽에서 상황을 살피고 있는 것이고요. 효성께서 가마를 타고 금현당으로 옮겨가시는 거지만 기실은 익익재에 그대로 계십니다."

"이중계책이군요?"

우종사 김형태가 금위대장의 조카다. 그 아래 네 명의 별감도 금위대장의 명을 직접 받는 것 같았다. 김강하는 애초부터 김형태와 별감 넷을 의심했다. 이제껏 네 조에 분산시켜 놨던 그들을 한 조로 몰아놓은 이유다. 그들이 세손을 해할 작정을 하고 있다면 본색을 일찌감치 드러내게 만들려는 것이다.

"그렇습니다. 문 우장사가 지휘할 것입니다. 그와 긴밀하게 의논하십시오. 우종사 김형태와 그 조원들을 특히 눈여겨봐야 한다는 것은 윤종사께서 더 잘 아시리라 생각합니다. 만약 그들이 효성을 해하려 들면 죽이시되 주검은 요령껏 가마골로 옮겨 오십시오."

"정작 불미스런 일이 생겨 주검들이 발생한다면 그들을 옮겨야 할 제 무슨 방법이 있으리까?"

"그 시각쯤에는 가마골 웃실쪽에서 불길이 치솟아 오를 겁니다. 산불이 커질 것이라 어지러워질 것이고요. 그 틈에 오위군 복색들이 제가 보냈다며 다가들 겁니다. 그들과 함께 움직이십시오. 아무 일도 생기지 않는다면 다행이고요. 오늘 밤 드릴 수 있는 말씀은 여기까지입니다. 각자 할 일 하고 밝은 날 보지요."

"잠깐만요. 낮에 화양과 한 시진가량이나 독대하셨다면서요. 아무말씀 없으셨습니까?"

"독대라기보다 그저 시간을 보냈습니다. 와중에 제가 나름대로 방법을 찾아보겠다고도 했고, 달아나자고도 말씀드렸습니다만, 싫다, 불가하다, 도리 없다고 하시더이다."

"실상 늦기는 했지요. 그렇더라도 무리수를 둔다면 방법이 없는건 아니잖습니까?"

"저도 같은 생각을 다 하고 있습니다만, 현재로서는 방법이 없습니다. 일천팔백의, 오위와 삼영군을 전부 따돌릴 수 없거니와 어찌어찌해서 궐로 들어간다 해도 금위군을 다 죽여야 하겠지요. 이번 일을 시작한 자들도 다 죽여야 하는데 그 숫자가 일천을 넘게 될 것이고요. 그나마 이 밤 안에 일천을 다 죽일 수 있다면 모를까, 그리 못할 시엔 이쪽의 천 명쯤이 죽어야 할 테지요. 화양께서는 그렇게는 살고 싶지 않다 하셨습니다. 하여 저도 일단은 화양의 운명을 수긍했습니다."

"일단 수긍이라는 건 차후에 다른 가능성이 있다는 말씀이십니까?"

"우리 세상의 상부에, 궐을 엎자고 청했습니다. 궐을 엎어 소전이 즉위케 하자고요. 도성 안의 무절 백 명만 움직여 달라고요."

"백 명이면 충분하겠지요."

"상부에서 제 간원을 들어주실지가 문제입니다만 어쨌든 그건 내일 일이고 전 이제 가 봐야 합니다."

"제 휘하들이 여럿인데 필요하시면 그들을 붙여 드리겠습니다."

"아니요. 윤 종사의 휘하도 우리 세상 사람들인바 그리하라는 명이 없습니다. 파장이 적게 하려면 될수록 적은 수가 움직여야 하는 까닭이지요. 다른 기별이 있을 때까지 윤 종사께서는 문 장사와 함께 여기를 잘 맡아 주십시오."

"마지막으로, 우리가 모두 금현당으로 움직일 제 효성께서 정작은 익익재에 계시는데, 그 호위는 어쩝니까?"

"대문 앞에서 가마가 움직여 나가면 예전에 화양을 모셨던 우리 계원들이 익익재로 들어갈 겁니다. 그럼 새벽쯤에 보지요."

김강하가 건듯 일어나 스르륵 빠져나간다. 사신계에서는 만단사령 부녀가 저질러대는 살생을 막기 위해 오래도록 애를 썼다. 그 결과 만단사령 부녀는 직접 움직일 수 없게 되었다. 하지만 만단사령 보위부에 있던 자들 중 다수가 금위군으로 들어가 있었다. 봉황부의 박두석, 거북부의 한부루와 김원철, 기린부의 연진용과 박경출, 용부의 엄석호 등.

홍집이 사령의 특별보위대장이자 사위로서 사령보위부를 해체시킨 건 사령과 부사령의 힘을 약화시키기 위함이었다. 그들을 흐트러뜨려 놓았더니 엉뚱하게도 소전의 적군 진영에 가서 붙어 버렸다. 그리하여 그들이 만단사령 부녀의 적군이 되는 부조리가 발생했다. 어쨌든 작금의 상황이 사신계로서는 독사 떼를 굴 속으로 몰아넣고 나니 굶주린 호랑이 떼가 나타난 격이다.

홍집은 김강하가 사라진 뒤 방을 나선다. 주막 주인이 소리 없이 홍집을 배웅하고는 사립에 걸어 뒀던 등불을 끄는 게 뒤에서 느껴진다. 주막만 불이 꺼졌을 뿐 주변은 여상한 초저녁 풍경이다. 궐에서 무슨 일이 일어나고 있는지, 살생부에 오른 스물두 명의 사람들이 무슨 일을 당할지 아직 태반의 백성들은 모르는 것이다. 내일이나 모레쯤 되면 온 도성 사람들이 다 알게 될 터이다. 임금이 무슨 짓을 하고 있는지, 그 주변의 족속들이 무엇을 위해 세자를 죽이고 있는지. 그렇지만 백성들은 끝끝내 모를 것이다. 이 밤에 소전과 함께 죽어나갈 사람이 살생부에 오른 사람들만이 아니라는 사실을. 사라진 사람들이 누구이며 누가 그들을 이 세상에서 지웠는지.

내가 죽는 이유

소전을 죽이는 일은 고맙게도 대전께서 친히 해주시므로 제교는 소전을 죽일 명분을 세우면 되었다. 명분을 만들자면 소전과 함께 죽을 자들이 필요했다. 역모로 몰아 소전과 세손과 그 측근들까지 다 쓸어내면 앞날이 편할 것이나 대전의 노인네를 그렇게까지 부추길 수는 없었다. 자칫하다가는 노인네가 제정신이 들어 자신이 무슨 짓을 저지르고 있는지 깨달을 위험이 있었다. 옹주 화완에게 제교가 말했다.

"옹주께서 오라버님과 상간했다는 사실을 대전께 고할 것입니다. 그리되면 옹주께서는 아무도 모르게 죽게 될 것입니다. 대전께는 세상에 내놓지 못할 무서운 일이니까요. 그렇지만 옹주께서 오라버님과 함께, 오라버님보다 빨리 죽고 싶지 않으면 오라버님이 억지로, 막무가내로 한 일이라고, 옹주께서는 죽지 못해 그리되었다고, 대전께나 모궁께 고하십시오."

옴나위할 수 없도록 협박했다. 그리 협박하기 위해 일말의 다정도 느끼지 못하는 화완을 여러 밤에 걸쳐 공들여 품었다. 제교의 협박에 화완의 눈에서 파르란 독기가 뻗쳤다. 독기만큼의 공포가 서린 걸 느꼈다. 그 얼굴로 화완은 모궁이 있는 장락전으로 들어갔다. 철은 없으되 겁은 많은 화완이 대전에는 고하지 못하고 제 모궁한테 울며 말했다.

"그로 인해 오라버니가 소녀를 죽이겠다고 하더이다, 어마마마. 소녀를 살려 주시어요."

자식들이 상간한 사실을 모궁이 어찌 입 밖에 내랴. 소전과 화완이 숱한 날 어울린 전적이 있으므로 상간의 진위를 따지기도 어려웠다. 모궁은 오로지 소전의 병증이 심하여 종사를 그르치게 생겼는바 아들을 죽여 달라고 대전께 읍소할 수밖에 없었다.

그렇다고 그 한 번에 대전이 그처럼 쉽게, 대대적으로 움직일 줄은 제교도 예상치 못했다. 아무리 친모가 죽이자 할 정도로 병증이 심한 것으로 몰아붙인다고 해도 대전의 반응은 너무 빨랐다. 마치 학수고대하며 준비하고 있었던 것 같았다. 외적과 전쟁을 하는 것도 아닌데 거둥령을 내기 전에 오위와 삼영에 출동령부터 냈지 않은가. 근 두 달 끊임없이 만들어 낸 소문들의 효력일 수 있을 것이나 대전이 귀신에 씌었거나 원래 제정신이 아니었다고 보는 게 맞을 것 같았다.

풀 무덤 속으로 들어간 소전은 그 안에서 더위에 쪄죽거나 숨이 막혀 죽을 것이다. 사흘쯤 버틸까. 그의 숨이 끊기기 전에 혹시라도 김강하를 비롯한 그 측근들이 나서 준다면 좋을 것이다. 소전을 구하겠다고 움직인 순간 모조리 역당으로 몰아 죽일 수 있지 않은가. 그렇지만 일이 그렇게 수월하게 풀릴 것 같진 않다. 소전이 더 버티

지 않고 뒤주 속으로 들어간 것을 보면 상하간에 다 포기한 게 분명
했다. 김강하가 궐기한다면 윤홍집도 같이 움직일 것이고, 그들이
세손 위사들이므로 따로 손쓸 필요 없이 세손까지 함께 치울 수 있
는데 그럴 가망은 없는 듯했다. 세손을 치울 방법은 달리 찾아야 하
므로 다른 계책을 준비했다.

뒤주에서 소전의 주검을 꺼낼 때는 일이 다 끝나 있어야 했다. 내
일은 온 도성이 다 알게 될 것이다. 살생부에 오른 자들이 소문을 듣
고 도망쳐 산골에라도 박혀 버리면 수선스러워질 수 있다. 잡음 없
이 마무리짓기 위해서는 살생부에 오른 자들을 오늘 밤 안으로 다
잡아들여야 한다. 소전궁 내관 셋과 별감 넷은 이미 붙들어 의금부
옥청에 가두었다. 기생 여섯과 판수 둘은 지금쯤 찾아냈을 것이고,
도검장들과 궁장들은 찾고 있을 것이다.

가마골 웃실의 무녀 소소는 제교가 잡기로 했다. 소소 무녀는 이
번 일과 직접 관련이 없지만 무관하지도 않다. 오래전부터 소전 내
외와 친분이 두텁거니와 두어 달 전에는 빈궁이 세손까지 데리고 그
를 찾아갔지 않은가. 빈궁과 소소 사이에 무슨 말이 오갔는지는 알
필요 없었다. 빈궁이 세손과 함께 소소를 찾아갔다는 사실만으로 소
소가 소전과 함께 죽을 이유는 충분했다.

또 한 가지. 제교가 어릴 때 부친을 잃은 뒤 꾸었던 꿈이 있었다.
부친이 목이 꺾인 형상으로 눈을 기이하게 뜬 채 나타나 하던 말.

"만파식령을 찾아 만단사를 가져라."

그 무렵 조부께서 아드님이 죽은 원인을 알고자 온양에 다녀온 뒤
제교한테 해준 말도 있었다.

"네 아비는 만파식령이라는 물건을 찾기 위해 무녀들을 가까이 한

모양이더구나. 특히 도고 은샘골의 꽃각시 보살이라는 무녀를 자주 불러들인 모양이더라. 그리하다 그 무녀의 식구들을 죄 죽이고 네 아비도 죽게 된 모양이고.”

은샘골의 꽃각시 보살이라는 무녀! 제교는 그를 본 적 없으나 이름은 생생히 기억했다. 한가했던 군기시 시절, 명절 쇠러 충주에 갔을 때 일부러 온양 도고현의 은샘골까지 가 보았다. 은샘골 근방 사람들은 대개 오래전의 꽃각시 보살을 기억했다. 그들의 기억 속에, 몹시 아리따웠고 신출한 듯이 신기가 높았다던 꽃각시 보살과 그 집안은 제교의 부친인 김학주로 인해 몰살을 당한 것으로 각인되어 있었다. 할아버지가 알아본 내용과 다르지 않았다.

제교는 꽃각시 보살이 죽었다는 소리는 듣지 못했다. 그 탓에 꽃각시 보살이 살아 있을 듯했다. 꽃보다 어여뻤다는 꽃각시 보살은 장님이 아니었다. 소소 무녀는 장님이라 했다. 그 큰 차이에도 불구하고 제교한테는 그 둘이 같은 무녀일 듯했다. 한번 그리 생각하자니 영락없었다. 무녀 소소의 그 비밀스러움이 어디서 기인한 것이랴. 당시 도적패 명화당이 도고관아를 침범하고 사라지기까지 얼마나 기민했던지 또 얼마나 완벽했던지 그들을 기억하는 사람이 아무도 없었다. 그러면서도 이름은 생생히 남겼다. 꽃각시 보살처럼. 꽃각시 보살은 명화당과 한패였던 탓에 비밀이었고 무녀 소소도 그랬다. 꽃각시 보살과 소소가 같은 사람인바 제교한테는 부친을 죽인 원수와 다름없었다. 꽃각시 보살이 아니었더라면 부친이 그처럼 값없이 죽고 집안이 결딴나다시피 했으랴. 꽃각시 보살뿐만 아니라 무격이란 족속들 자체가 제교는 이가 갈렸다. 이번 일로 소소 무녀가 죽어 마땅한 이유였다.

금위대 중위군 백육십 명을 열 개 조로 나누어 각 처로 나누어 보내고, 제교는 일조 열여섯 명을 데리고 나섰다. 소소원의 하속이 여섯 명쯤이라 했다. 어명이라는데 하속들이 덤빌 리는 없었다. 소소의 유명세가 괜히 이루어지진 않았을 것이라 조심할 필요는 있었다. 소소를 잡을 때까지 조심하기 위해 행렬을 짓지도 않고 걸어왔다. 홍지문을 나와 가마골을 지나서 소소원으로 오르는 웃실 입구에 도착한다.

"들으라. 소소원 위와 아랫집은 비어 있다는 것으로 보아 소소원에 속한 집일 것이다. 일단 올라가면 일분조는 둘씩 짝지어 위아래 집을 살펴서 사람이 있으면 잡되 죽이지는 마라. 우리는 무녀 소소를 추포하여 성상 전하 앞에 대령하는 게 목적이지 그 하속들을 죽이기 위해 온 게 아니다. 그들도 전하의 백성인바 될수록 그들이 다치지 않게 하는 게 우리의 임무다. 자, 지금부터 더욱 조용하고 기민하게 소소원까지 간다. 출발."

"예, 중사관 나리."

낮은 복창이 끝남과 동시에 어두운 산길로 접어든다. 아주 어둡지는 않다. 열사흘이라 보름이 가까운 달이 숲길을 비춰 준다. 낮에는 그리 덥더니 산속의 공기는 오히려 사늘한 편이다. 함양으로 내려간 홍남수의 귀환이 예상보다 여러 날 늦어졌다. 홍남수가 함양으로 간 지 며칠 뒤에야 제교는 윤홍집이 수유 낸 걸 알았다. 혹시 함양에서 올라온 사령의 부고를 듣고 갔나 했더니 그렇지는 않은 듯했다. 윤홍집은 그저께부터 아무 일도 없었던 듯이 여상한 모습으로 위종사의 제 자리로 돌아왔다.

홍남수만 소식이 없을 뿐이다. 어쩌면 잘못됐는지도 모른다. 그가 못 돌아와도 제교는 상관없다. 홍남수가 몇 해 걸쳐 시도한 짓이 발각되었다 해도 책임은 그 아비인 홍낙춘이 질 것이다. 만의 하나 이번에 윤홍집이 홍남수를 죽이고 돌아온 거라면, 윤홍집은 사령을 죽이려는 부령들의 계획을 다 알아챈 것으로 봐야 한다. 그리되면 봉황부령 홍낙춘은 무사치 못할 터. 내가 하고자 하는 일을 윤홍집이 대신 해줄 것이라 제교로서는 그 또한 고마운 일이다.

조용조용 움직이건만 새들이 침입자들에 소스라쳐 난다. 셋째 아이가 며칠 안에 태어날 것이라 했다. 셋째 아이 산달에 들자 상경하신 어머니 인당헌이 거금을 준비해 반야원의 무녀를 찾아갔다. 이번에 태어날 아이가 아들인지 딸인지 물었더니 칠지선녀가 손자를 보게 될 거라 했던가 보았다.

"나와 봐야 아는 게지요."

제교가 시답잖게 말하자 어머니가 칠지선녀의 점괘가 얼마나 정확한지 구구절절 늘어놓았다. 시골에 사시면서 어느새 칠지선녀 얘기를 들으셨는가. 어머니는 이번에야말로 손자가 날 것이라고 자신만만했다. 그 때문인지 제교도 이번에는 아들이 태어날 것 같았다. 아들 이름도 지어 두었다. 복을 지으라는 뜻의 건복建福이라 지을 때 나라를 새로 세우는 양 벅찼다. 부친께서 명화당이라는 도적 떼에 의해 비명에 가신 이후 오늘에 이르기까지 절치부심하고 노심초사했다. 이번 기회에 세손까지 정리하고 곤전으로 하여금 왕권에 버금가는 권력을 갖게 해야 하는 것이다. 이후는 김제교의 세상이 될 터이다.

일분조장 박경출이 소소원 아랫집으로 들어가고 이분조는 소소원 앞에 이르렀다. 문이 닫혀 있다. 이분조장 김원철이 속삭이듯 물어 온다.

"문이 닫혔는데 어찌하리까, 나리? 불도 다 꺼진 것 같고요."

박경출과 김원철은 예전에 만단사령 보위대에 속해 있었다. 보위대가 해체된 이후 그들은 기린부령 연은평의 공작으로 그 아들 연진용과 함께 금위대로 들어왔다. 좌위군에 속해 있는 연진용은 현재 승정원 마당에서 풀 무덤을 지키고 있다. 역시나 보위대에 있었던 박두식, 한부루, 엄석호 등도 금위군으로서 그쪽에 있었다. 고맙게도 만단사령께서는 수하들 기량을 한껏 키워 제교한테 건네주신 셈이었다. 제교는 자신이 봉황부령이 될 때까지는 사령에 대한 충심을 지니고 살 터였다. 만단사령 자리에 오를 수 있는 가장 빠른 길이 그것이므로.

"담 넘어가 문을 열게."

원철이 대문 옆의 담을 넘어 들어가는 사이 위아래 집을 살핀 조원들이 내려오고 올라왔다. 역시나 윗집과 아랫집이 비어 있노라 손짓한다. 대문이 열린다. 금위군들이 마당으로 들어서서 집안 곳곳의 문을 열어 보고 다닌다. 마당 한가운데 선 제교는 일분조장 박경출에게 어명을 외치라 신호한다. 읍한 경출이 소리쳤다.

"어명이시다. 어명, 어명이시다. 무녀 소소는 나와 어명을 받으라."

밤에 바깥의 기척을 듣고 불을 켜려면 시간이 걸리므로 보통 문부터 열기 마련이다. 신당일 게 분명한 방의 미닫이가 양쪽으로 드륵 열린다. 놀란 사람이 황급히 나와야 마땅한데 문만 열렸을 뿐 조용하다. 경출이 다시 소리쳤다.

"성상전하의 명이시다. 무녀 소소는 나와 어명을 받으라."

그래도 반응이 없다. 제교는 부아가 나서 소리친다.

"들어가 끌어내라."

경출 조의 금위군 둘이 방으로 뛰어든다. 방안에서 무슨 기척인가 나는가 싶다가 조용해진다. 경출이 방을 향해 "뭐야, 왜 그래?" 하더니 제 조원과 함께 방으로 들어간다. 다시 투닥거리는 움직임이 나는가 싶더니 조용하다. 경출이 나오지 않는다. 그제서야 제교는 집안을 살피러 흩어진 조원들이 돌아오지 않는 걸 깨닫고는 아찔한 느낌에 소리친다.

"김원철, 어딨나?"

순간 왼쪽 관자놀이 언저리가 뜨끔하다. 무의식중에 만져 보니 관료혈에서 바늘 같은 게 잡힌다. 이게 어찌 여기 있지? 생각하며 뽑는데 이번에는 가슴 위쪽이 찌릿하다. 달빛 속에서 날아와 천돌혈에 박힌 것도 바늘이다. 바늘을 뽑으면서 지붕 위를 올려다본다. 지붕 위에 두 사람이 있다는 것을 알아본 동시에 숨이 막히면서 무릎이 꺾인다. 두 명의 복면이 지붕 위에서 사뿐히 뛰어내린다. 경출의 조가 들어간 방에서 복면 둘이 나온다. 원철의 조가 살피러 들어간 집 안쪽에서 복면 넷이 나온다. 모두 검정 무복을 입고 검은 복면을 썼다. 제교의 눈에는 그들 모두가 한 사람으로 보인다. 그 한 사람이 넘어져 있는 제교한테 바싹 다가들더니 일으켜 앉히곤 오른뺨을 사정없이 갈긴다. 제교는 왼쪽으로 픽 쓰러진다. 그 한 사람이 다시 제교를 일으켜 앉히더니 양 어깨를 잡은 채 입을 연다.

"내 너를 갈기갈기 찢어죽이고 싶으나, 그런 걸 배우지 못해서 이리 곱게 죽여 주는 것이다. 넌 네가 어찌 이리 죽는지도 모를 터. 이 순간에 너는 죽는 것보다 그게 더 두려울지도 모르지. 그래서 나는 네놈이 어찌 죽는지 알려 주지 않을 것이다. 그래도 한 가지는 알려

주마. 무녀 소소에 따르면 말이지, 자신이 죽게 된 이유를 모르고 죽은 귀신들은 팔만육천사백겁劫 동안 구천을 헤맬지라도 그 까닭을 모른다는 것이다. 너는 이 말의 뜻도 모를 테지만, 억울해 말고 잘 죽어라. 네가 죽음으로써 네 자식들이 살아갈 세상은 지금보다 약간은 더 나아질 것이다. 어리석은 놈!"

그가 제교의 어깨를 밀치고 일어선다. 허수아비처럼 나동그라진 제교는 그렇지만 놈의 목소리를 알아들었다. 김강하다. 열아홉 살 때 무과장에서 처음 본 이래 언제나 내 눈동자에 박힌 모래인 듯, 손가락에 박힌 가시인 듯 나를 괴롭혔던 그. 지금쯤 익익재에서 세손을 지키고 있어야 할 그가 어찌 이곳에서 무시무시한 증오를 내뿜으며 나를 죽이는가. 이유는 알고 죽어야 할 것 같아 마음이 급하다. 무녀 소소에 따르면 팔만육천사백겁을 헤매도 죽은 이유를 모르게 된다지 않는가.

일겁은 천지가 한 번 개벽하여 다시 개벽할 때까지의 무한 시간을 의미한다. 그런데 불가사의도 아니고 항하사도 아니고 미하유도 아닌 팔만육천사백겁이라니. 팔만육천사백은 대체 어디서 나온 숫자인가. 김강하가 무녀 소소와 무슨 관련이 있기에 그의 말을 대신 하는가. 그거라도 물어야 할 것 같아 제교는 죽을힘을 다해 돌아서는 김강하를 부른다.

"이보세요, 김 수사."

큰소리로 불렀는데 들리는 소리는 없다. 자신의 목소리는 들리지 않되 김강하의 목소리는 들린다.

"이 밤으로 이 소소원은 흔적 없이 사라져야 합니다. 속히 가마골로 옮기세요. 새벽에 비가 내릴 것 같다 하니 서두르시고요."

김강하의 말이 떨어지자 무수한 복면들이 나타난다. 복면들이 쓰러진 자들에게서 무기들을 수거하고 금위군 복색들을 벗기고 신발들까지 벗겨낸 뒤 축 늘어진 몸들을 들쳐업는다. 바지저고리에 버선발이 된 제교의 몸도 어느 등판에 업힌다. 업히기 싫어 몸부림을 치고 있으나 내 몸의 움직임을 느낄 수 없다. 의식은 소沼에 고인 물처럼 맑다. 김강하를 비롯한 정체 모를 족속들이 금위대원 열일곱 명을 업고 향하는 곳이 어딘가. 가마골이라는데 가마골에 가서 뭘 하겠다고? 속으로 가마골을 중얼거려보던 김제교는 기가 차서 웃는다. 가마에 넣어 태우겠다는 게 아닌가. 뼛골조차 추릴 수 없도록 샅샅이.

　　김강하가 왜?

　　지금으로선 몸이 타 사라지는 건 나중 일이다. 대체 김강하가 무엇 때문에 이리하는지. 금위대원 열일곱 명을 죽이는 걸로도 모자라 가마골로 업어내리는 수고를 하고 주검마저 태워 없애려 하는지. 그게 문제다. 왜, 대체 왜? 무녀 소소와 제가 무슨 상관이라고? 거듭하여 자문하는 동안 흐려지는 의식 가운데 짐작이 든다.

　　김강하는 지금 이 북악을 다 태워서라도 풀 무덤에 들어 있는 소전을 구하고 세손을 지키려 소란을 일으키고 있는 것이다. 북악 아니라 온 도성을 다 태운다 해도, 아니 팔도를 다 태워도 소전을 구하지 못하고 세손을 지키지도 못할 터인데 어리석기는! 네가 지금 이곳에서 이 소란을 피우는 동안 익익재에서는 김형태와 그 휘하들이 세손의 숨통을 막고 있을 것이다. 이 어리석은 자야.

　　제교는 김형태한테 틈을 봐서 세손을 지우라 했다. 언제 어떤 틈이 생길지는 그 곁에 있어야 알게 된다. 김형태는 그 곁에 호위로 있다. 호위보다 틈을 잘 잡아낼 자가 누구이랴. 오늘은 모두에게 어지러운 날이므로 오히려 경계가 허술할 것이다. 김형태와 별감 넷만도 아니다. 옥구헌에서 몇 해간 몰래 길러온 가병들이 익익재 주변에 잠복 중이다. 김형태의 신호가 떨어지기만 하면 그들이 세손을 칠 것이다. 세손이 제 아비보다 앞서 오늘 밤에 죽을 수 있는데 그 곁에 있어야 할 김강하가 여기서 딴짓이나 하고 있다. 멍청한 놈. 그래 어디 해봐라. 그러고 난 후에 너는 무사할 줄 아느냐. 천만에다!

한껏 냉소한 제교는 등판에 엎드린 채 눈을 깜박여 본다. 눈꺼풀이 바위처럼 무겁다. 졸립다. 졸리므로 죽을 것 같지 않다. 한잠 자고 일어나면 내일이 열려서 어제인 오늘을 되짚어 보고 있을 것 같다. 김강하가 어찌하여 소소원에서 어명을 수행하는 금위군을 죽이고 태워 없애려 한 것인지도 알게 될 것 같다. 제교는 눈을 떠 보려기를 쓰던 걸 포기한다. 낯모르는 놈의 등판에 업힌 이 순간이 잠에 드는 것이든 죽음에 드는 것이든 고통스럽지 않아 다행이긴 하다.

여느 날과 다르게 종일토록 난리를 쳤으니 이제 잠이나 자라는 듯 인경 소리가 크다. 그 소리에 맞추듯 우장사 문현조가 세손이 들어 있는 사랑채 큰방에서 나왔다. 세손한테 불려 들어갔던 문현조가 나와 사랑채 주변에 흩어져 있던 위사와 별감들을 중문간으로 불러 모았다.

"효성께서 자리가 불편하시다며 기어이 금현당으로 옮기시겠노라, 하신다. 가마로 모실 것이니 모두 금현당으로 이동할 차비를 하라. 선두는 나를 비롯한 이조, 후미는 김 수사 조가 맡는데 김 수사께서는 현재 궐 쪽에 나가 계시므로 일조장 백동수가 지휘한다. 윤 종사의 삼조는 가마 좌측에서, 김 종사의 사조는 가마의 오른쪽을 호위한다. 효성의 이동로는 최단거리로, 이 댁 대문 앞에서 소안동을 거치고 소안다리를 넘어서 가회동 고개를 지나 광화방의 금현당까지다. 한 식경 안에 금현당에 닿기로 하고 모두 대문 앞으로 나가 이동 위치에 선다. 내가 가마를 모시고 대문 앞으로 나서는 즉시 움직일 것이다. 모두 임무 위치로!"

빈궁과 세손과 군주들이 여러 방으로 나뉘어 들어간 뒤 익익재는 깊은 침묵에 잠겼다. 따라나온 궁인들은 그림자처럼 고요히 움직이며 상전들을 수발했고 익익재 식구들은 아예 입을 열지 않았다. 잠들 사람들은 잠들고 잠들지 못하는 사람들은 각 처소에서 한숨을 안으로만 들이쉬는지 밤 깊은 지금은 집안이 무덤 속처럼 괴괴하다. 아니 안국방 전체가 숨을 죽인 것 같다.

대문 앞에서 조마다 횃불 하나씩을 만들어 든 위사들이 가마 이동 대형으로 위치를 잡고 나자 김형태가 홍집에게 다가와 속삭여 묻는다.

"김 수사가 아니 계시는데 이처럼 움직여도 되는 겁니까?"

"효성께서 옮겨가자 하시는데 어쩔 수 있소? 김 수사야 이쪽을 거쳐서 금현당으로 오시겠지요."

"김 수사는 궐 앞에서 뭘 하고 있을까요? 설마 홀로 승문원으로 들어가려 모색하는 걸까요?"

"그리 어리석은 사람이 아니잖소? 그저 그 안에 계신 분 때문에 떠나지 못하고 맴이나 돌고 있겠지요."

"김 수사는 낮에 화양과 두 시간 동안이나 독대하여 무슨 얘길 나

넀을까요?"

"누가 알겠소? 우리는 어차피 알 수 없는 내용이니 궁금해하지 맙시다."

그만 말하고 싶은 뜻을 눈치챘는지 김형태가 제 조원들 쪽으로 건너간다. 낮에 김강하가 위종사 호위조를 순식간에 다시 짜는 것을 보며 홍집은 약간 놀랐다. 별감들의 신상이며 행적을 주르륵 꿰고 있다는 뜻이기 때문이었다. 만약의 일이 발생할 때 위종사 관현을 죽이기 위한 행사일 제 일말의 주저도 없는 그 과감함에 놀랐는지도 모른다. 지금쯤 그는 가마골 웃실에서 김제교 등을 죽였을 것이다. 이제 김형태 등이 일을 치려 들면 그들을 죽여야 할 임무는 홍집이 맡았다. 김강하가 홍집을 따로 불러 오늘 밤 계획을 설명한 까닭이었다.

일각이나 흐른 뒤에 익익재 대문 안에서 횟불과 함께 홍봉한 대감이며 청지기, 문현조가 나온다. 앞뒤 수행을 붙인 가마가 나와 호위대형 가운데로 들어섬과 동시에 선두에서 문현조의 목소리가 난다.

"출발."

행렬은 소리 없이 빠르게 움직인다. 소안동을 거치고 삼거리를 지나 소안다리 앞에서 행렬이 길어진다. 다리가 좁아 양쪽 호위들이 같이 건널 수 없기에 나누어진다. 가마가 다리를 건넌 뒤로는 다시 길이 넓어져 행렬이 원래 형태를 갖춘다. 그쯤부터 북쪽 하늘이 희번해지기 시작했다. 북악 뒤편에서 산불이 타오르기 시작한 것 같다. 가회동과 광화방을 가르는 고개로 올라서자 북악 쪽이 더 밝아진다. 그 덕에 고개의 풍경도 얼추 보인다. 도성 안에서의 채벌 단속이 워낙 심한 탓에 작은 숲들도 나무가 우거졌다. 야트막한 고개인데도 인가가 없어 어느 먼 산길을 통과하는 것 같다. 그런데 뭔가 느껴진다. 잠복이다. 문현조도 느꼈는가, 손을 들며 소리친다.

"정지! 호위대형을 갖춰라."

명령과 동시에 문현조가 김형태 조와 가마 사이로 뛰어든다. 홍집도 이미 움직였다. 양쪽 숲에서 놈들이 뛰쳐나왔다. 길 양쪽에서 나온 자가 작히 서른 명은 돼 보인다. 검은 무복 차림새라 겉모양으로는 정체를 알기 어려운 자들이 출현하므로 위종사들은 선두조부터 후미조까지 일제히 가마를 중심에 두고 호위대형이 되었다. 가마꾼들은 가마를 내리곤 가마를 등지고 섰다. 앞뒤를 수행한 여인 둘도 같은 자세로 가마에 붙어 선다. 모르는 게 없는 김강하도 이 사태는 예상치 못했던 모양이다. 잠복에 대한 말이 없었지 않은가.

"웬 놈들이냐?"

문현조가 소리치는데 김형태와 별감 넷이 횃불을 내던지고 방향을 바꾸어 선다. 김형태가 쳐라! 외치곤 곧장 홍집을 찌르고 들어온다. 그가 정말로 본색을 드러냈으므로 홍집은 거리낄 게 없게 됐다. 김형태의 검에 자신의 검을 맞부딪힌 홍집은 그 반동으로 몸을 솟쳐 올린다. 몸을 틀어 내려오면서 김형태의 심장에다 검을 박았다가 빼어 물러난다. 김형태가 제게 무슨 일이 생겼는지 몰라 어리둥절해하는 듯 기우뚱하더니 제 검을 놓치고 가슴을 붙들며 무너진다. 저들의 대장 격인 김형태가 무너졌으나 이미 판은 벌어졌다. 검날 부딪는 소리가 어지러이 난다. 위사, 별감들을 다 죽이고 세손까지 죽이겠다고 작정한 놈들이라 거침이 없다.

문현조는 자신을 찌르고 들어왔던 서별감을 제압하고 나서는 상황을 그저 지켜보고 있다. 김형태를 제압한 홍집도 더는 끼어들지 않는다. 이 자리에 김강하가 있었더라도 구경만 했을 것 같다. 별감들 모두가 무술이 출중한 건 아니어도 어지간한 기량은 갖췄다. 그들의 어지간한 기량을 출중하게 이끄는 세 사람이 은백두와 최선유와 백동수 등이다. 그 셋이 휙휙 날아다니며 검을 휘두르므로 문현조와 홍집이 더 나설 필요가 없다. 더구나 세손이 가마 안에 없으므로 수선 떨 일도 아니다.

그나저나 놈들은 어느 사이에 기별을 받고 이 길목에 잠복했던 것일까. 오늘 밤 세손이 익익재에서 금현당으로 이동한다는 계획이 알려진 건 고작해야 두 식경 전쯤이다. 문현조가 말하기 전에 김형태 등은 세손이 이동하리란 사실을 전혀 몰랐다. 그는 가마 안에 세손이 없다는 사실조차도 모른다. 그렇다면 놈들은 익익재 주변에서 잠복하였던 것으로 볼 수 있다. 익익재 주변에 숨어 동정을 살피고 있다가 호위행렬이 꾸며지는 것을 보고 행로를 가늠한 것이다. 김형태 등이 어느 결에 모종의 신호를 보냈을 수도 있다. 세손이 움직인다고 하므로 절호의 기회가 왔다고 여겼을까.

이미 죽었을 김제교나 이 자리에서 죽음을 자초한 김형태가 죽었다가 깨어나도 모를 게 백동수 같은 사신계 무절과 최선유, 은백두 같은 만단사 비휴들이다. 무절과 비휴를 모르므로 서른 몇 명으로 위종사를 다 제압하고 세손을 죽일 수 있으리라 자신했던 것이다.

어쨌든 일단의 상황이 끝났다. 삼분의 일각이나 걸렸을까. 숲에 잠복했다가 나타난 서른 명과 김형태와 그 조원들까지 모조리 쓰러졌다. 김형태 등이 검의 방향을 바꾼 순간에 모두 죽어야 할 자들이 되었으므로 별감들의 검은 여지없이 놈들의 급소를 찔렀다. 아직 덜 죽은 자들도 곧 절명할 터이다.

"다친 사람이 있는가?"

아무도 다치지 않았다. 주변의 상황을 파악한 문현조가 가마 안을 들여다보는 시늉을 하고는 별감들에게 행차 대형을 갖추라고 명령한다. 그가 아무 일 없었던 듯이 금현당까지 가려는 까닭은 사신계에 들어 있지 않은 별감들 때문이다. 또한 이 밤에 세손과 위종사가 공격당했다는 소문이 나지 않아야 하기 때문이다. 그런 소문이 날 제 세손은 아무나 공격할 만한 대상으로 시피 보일 수 있거니와 위종사는 존재할 필요 없는 관서로 낙인찍힌다.

"윤 종사는 여기 남아 은백두, 최선유, 백동수 등과 함께 상황을 정리하시게."

"예, 우장사!"

"나머지 사람들은, 잠들어 계시는 효성께서 깨시지 않도록 조심스레, 그렇지만 서둘러 금현당을 향해 간다. 출발!"

가마에는 세손 몸피만 한 곡식자루만 들어 있었다. 세손이 들어 있지 않으므로 빈, 가마 행렬을 이끌고 문현조가 금현당을 향해 떠났다. 가회동 고갯마루에 남은 사람은 홍집과 은백두와 최선유와 백동수뿐이다. 그리고 서른다섯 구의 주검들. 네 사람이 널브러진 시신들을 고갯마루 한중간에다 줄줄이 모아 놓는다.

"이 많은 주검들을 다 어쩝니까?"

은백두의 질문에 홍집은 북쪽 하늘을 올려다본다. 도성을 수호하는 배산이 북악이고 안산이 목멱이다. 배산과 안산은 한양이 도성으로 정해지면서 채벌이 금지됐다. 왜란이나 호란 때 임금이 달아나므로 분노한 백성들이 궁궐에는 불을 질렀을망정 숲은 태우지 않았다고 했다. 숲은 잘못이 없기 때문이다. 그리하여 수백 년 보존돼 온

숲이 타고 있었다. 불길이 얼마나 거센지 북악을 넘어온 빛이 이 가회동 작은 고개까지 비춘다. 김강하의 분노의 크기라고 해야 할 것이다.

어쨌든 옅은 빛 속에 줄줄이 놓인 서른다섯 구의 주검은 어마어마하고 난감하다. 도성 한가운데 작은 숲에다 묻을 수도 없지 않은가. 초저녁에 예상했던 시신이 기껏 김형태를 아우른 다섯 구였다. 그 다섯 만으로도 끔찍했는데 서른다섯 명으로 불어날 줄 상상이나 했으랴.

"저 불길 속으로나 집어넣어야겠지."

"북악 뒤쪽까지 무슨 수로 옮겨가고요?"

"김 수사가 사람들을 보낼 거라 했으니 기다려 보지."

오래 기다리지 않아도 됐다. 가회동 쪽 길에서 소의 방울소리와 수레바퀴 구르는 소리들이 나기 시작하더니 소에 매인 수레 다섯 대와 오위군 복색들이 나타났다. 오위의 보급대 형상으로 나타난 그들이 말했다.

"김 수사가 보내 왔습니다."

홍집이 고개를 끄덕이자 그들이 고갯마루를 정리하기 시작했다. 어찌하라고 지시하는 사람도 없고 어찌하냐고 묻는 사람도 없다. 그들은 저승에서 몰려온 일꾼들처럼 수레에다 차곡차곡 싣고 온 궤짝들을 내리더니 뚜껑을 열고 주검들을 집어넣는다. 서른다섯 구의 주검을 집어넣은 궤짝을 다섯 대의 수레에다 일곱 구씩 올려 쌓고 무기들을 모아 한 궤짝에 담고, 빈 궤짝 몇 개씩을 덧쌓은 뒤 동아줄로 감아 꽉꽉 묶는다. 수레를 꾸려 놓고 둘씩 짝지어 횃불과 삽을 들더니 바닥을 살핀다. 핏자국을 발견할 때마다 파엎어 흙을 밟아댄다.

일각쯤 만에 고갯마루를 정리한 그들이 왔던 길로 내려갔다. 홍집 등은 오위 복색의 그들을 따라 걸었다. 소안다리를 건넌 행렬이 경복궁 옆길과 원동을 거쳐 경복궁 뒤쪽 길을 지나더니 문이 닫혀 있는 창의문으로 다가든다. 홍집이 조마조마해 하는데 오위 복색의 수레 행렬을 위해 문이 어처구니없을 만치 쉽사리 열린다. 검문도 없고 눈감아주는 기색도 아니다. 오위 복색의 그들은 정말 오위군을 수발하는 보급군인 것이다.

창의문을 나온 수레 행렬은 가마골로 접어들어 한참을 오르다가 어느 사립짝 안에 들어서서 멈춘다. 오래전 홍집이 정효맹의 정체를 김강하한테 알리는 편지를 꽂았던 초가의 사립 안쪽. 그 초가보다 큰 신식 옹기가마 앞이다. 행렬을 기다리고 있던 이십여 명의 사람이 수레에서 궤짝들을 들어 내리더니 뚜껑을 열어 시신들을 꺼낸다. 시신을 내놓고 빈 궤짝들을 수레에 실은 오위 복색들이 가벼이 떠나간다.

옹기장이 집에 있던 사람들이 궤짝에서 나온 시신들의 몸에서 겉옷이며 호패며 신발들을 다 걷어낸다. 바지저고리 차림이 된 시신들을 떠메고 가마 속으로 들어간다. 일사분란하며 재빠르다. 김제교를 아우른 시신 열일곱이 벌써 가마 안에 들어 있었다. 맙소사, 맙소사! 홍집이 속으로 한탄과 경탄을 반복하는 사이에 시신들이 모두 가마 속으로 들어갔다. 가마가 불구멍들을 남기고는 흙 반대기로 봉인됐다. 불구멍마다 불이 지펴졌다. 사립 건너 산 중턱에서 불길이 마구 치솟고 있는데 이 가마에도 불길이 시작됐다. 새빨갛게 변하는 불구멍 속을 건너다보면서 홍집은 몇 번이고 몸서리를 친다.

비우고, 뜨다

 바깥세상에서 무슨 일이 벌어지고 있든지 폭우가 또 한 차례 지나
간 도솔사는 천상인 듯 은은하고 그림인 양 고요하다. 반야와 심경
모녀가 함께 지내는 오두막 반야오는 특히 조용하다. 하지만 소리만
나지 않을 뿐 모녀는 수시로 대화를 나누었다. 반야의 시력이 없어
수화를 못하므로 모녀는 서로의 영으로 대화했다.
 반야오에 든 첫날 반야는 심경과 무음대화를 나눌 수 있도록 독심
술을 가르쳤다. 심경이 어느 정도의 독심이 가능한 상태였으므로 가
르치기보다 영령影靈대화의 통로를 열었다. 한 시진여 만에 모녀의
영령대화가 자유로워졌다. 영령대화가 이루어진 이튿날 반야는 심
경에게 기를 움직일 수 있는 운기법을 가르쳤다. 한꺼번에 되는 게
아니므로 기를 움직여 오두막 둘레에다 결계치는 것을 보여주었다.
결계를 해제하는 과정을 보여주고 다시 결계를 쳤다. 사흘째에는 사
람의 의식에 결계를 치고 푸는 법을 가르치면서 능연과 단아와 동아
를 상대로 시연해 보였다. 나흘째에는 심경을 명상에 들게 했다. 반

야 스스로 높고 깊고 넓은 세상이 한 점에 모인 극점으로 들어가며 심경을 이끌었다. 심경이 극점까지 따라오지 못하고 반야는 기운이 달렸으므로 쉬었다가 다음날 반복했다. 심경은 하루가 더 걸린 어제야 극점까지 따라왔다. 그렇지만 심경의 마음이 산만해지면서 극점에서 오래 머물지 못했다. 제 전생과 전전생을 보았으되 후생을 보기 전에 그쳤다.

'김강하가 화양마마 때문에 자꾸 자꾸 울어요, 어머니. 저는 큰언니 우는 게 싫어요. 화양마마를 구해 주세요. 그래야 큰언니가 울지 않을 거잖아요. 응? 엄마? 무슨 수를 쓰든지 김강하가 울지 않게만 해주세요. 제발요, 엄마.'

심경은 제 서방의 눈물 때문에 극점에 머물지 못하고 시야가 닫히면서 현실로 돌아왔다. 그 때문에 제 어미가 이생의 종점에 이르렀으며 더는 아무 힘도 쓸 수 없게 된 사실을 몰랐다. 어미가 한치 앞의 미래를 못 보매 어미 대신 제가 봐야 한다는 것도 깨닫지 못했다. 제가 깨닫지 못하는 건 제 몫이 아니므로 반야는 다그칠 수 없었다.

'강하가 어련히 알아서 하지 않겠니?'

'김강하 혼자서 뭘 해요? 홀로 무슨 힘이 있어서요? 그러니까 총경께 청해 주세요. 소전마마를 구해 달라고요. 응, 엄마?'

'너와 내게 김강하뿐이듯 그가 마주하고 있는 이천여 군사들 각자는 그 식구들한테 김강하와 같은 존재이겠지? 소전을 구하려면 그들 모두를 죽여야 하는데 그들에게 무슨 죄가 있어? 강하도 그걸 알기에 어찌할 수 없어서 홀로 우는 게 아니겠니?'

'저는 다른 사람들은 몰라요. 화양마마도 모르고, 세손마마도 몰라요. 알고 싶지도 않아요. 저는 김강하만 울지 않으면 돼요. 그러니까 이천 명을 죽이는 것보다 쉽게 딱 한 사람, 임금님만 죽여 주세요. 그러면 정리되잖아요. 응, 엄마?'

'이천 명을 죽이지 않고 무슨 수로 임금을 죽이겠니? 강하도 그래서 못하는 거란다. 그리해서는 아니 되기 때문에.'

'큰언니는 못하지만 어머니는 하실 수 있잖아요. 사온재 아버님이나 유릉원의 아버님, 우륵재의 영감이나, 방산, 혜원 스승님들은 하실 수 있잖아요. 그분들에게 청해 주세요. 무슨 수를 쓰시든 화양마마를 구해 주세요, 큰언니를 구해 주세요, 어머니! 네?'

이미 늦었어도 하는 수 없었다. 아이를 위해 뭐라도 해야 했다. 시늉이라도 하지 않으면 안 되었다. 반야는 어제 심경한테 강하를 불러들이라 허락하고 오두막에 둘러쳤던 결계를 해제했다. 오늘 아침에는 늦게야 간신히 일어났다. 새벽 예불에 참례하지 못했으므로 홀로 앉은 채 예참했다. 날이 밝자 심경이 제 어미의 아침으로 미음상을 들고 와 명랑하게 재재거린다.

'또 비가 쏟아질 것 같죠, 어머니? 큰언니 올 때 비를 맞지 않으려나 모르겠어요.'

'강하가 그리 좋으냐?'

'좋기도 하지만 덩치만 큰 어린애 같아서 걱정돼 그렇죠.'

'강하는 널 그리 보고 있을걸?'

'그렇겠죠 뭐. 어서 잡수세요. 죽도 아니고 미음인데 식으면 맛이 없잖아요.'

반야는 심경이 잡아준 수저로 미음을 몇 번 떠먹는 시늉을 한다. 시늉뿐이라 목으로 넘어가는 게 없다.

'푹푹 좀 드시어요, 어머니. 제가 먹여 드려요?'

'지금은 입맛이 없구나. 나중에 먹으련다.'

'한 수저도 안 드셨어요. 세 수저만 드셔요.'

숟가락을 빼간 심경이 미음을 떠 입술에 대준다. 반야는 하는 수 없이 미음 세 숟가락을 간신히 삼킨다. 또 다가드는 수저를 밀어내며 묻는다.

'우리 딸님, 오늘은 뭘 하며 지내시려나?'

'오전엔 그림을 좀 그리려고요. 낮에는 큰언니가 올 테니까요.'

'뭘 그릴 건데?'

'이 며칠 어머니와 함께 들여다본 저쪽 세상의 단상들이 자꾸 어른거려서요, 그 단상들을 그려 보려고요. 그리다 보면 어머니가 제게 보여주고 싶으셨던 게 뭔지 자세히 알게 될 것 같거든요. 그 전에 어머니와 수업하고요. 오늘은 어머니, 제게 뭘 보여주실 거예요?'

'오늘은, 음, 엄마 홀로 명상에 들고 싶구나. 그 전에 양치 좀 도와주겠니?'

네에, 대답한 아이가 미음상을 들고 나가더니 양치도구를 들고 들어와 잇솔에 소금을 묻혀 손에 쥐어준다. 반야는 천천히 오물거리듯 잇솔로 이를 닦는다. 입천장을 문지르고 혀와 혀 밑을 닦으며 평생 입으로 지은 업장이 얼마나 될지 가늠해 본다. 소금 맛이 몹시 짤 뿐 평생 쌓은 업장의 높이를 가늠할 수는 없다. 죄는 지은 대로 쌓여 업이 되고 덕은 쌓는 대로 풀려 어딘가로 흩어진다던가. 그러므로 삼십구 년의 삶을 저울질할 때 남는 건 업장뿐이다. 사람 족속의 삶이 원래 그런 것일지도 모른다. 그래서 모든 기도에 선행하는 게 업을 맑히는 것인지도.

양칫물로 입안을 헹궈내자 심경이 양치도구를 내놓고 돌아와 반야의 이마를 짚는다.

'어머니, 이마가 사늘해요.'

'어쩐지 힘이 없구나. 명상에 들기 전에 좀 쉬어야겠다.'

'또 홀로 계시고 싶은 거지요?'

반야는 흐흥 웃고는 자신의 이마에 있는 아이 손을 잡아 내린다.

'우리 경이, 내 아기! 이제 정말 다 컸구나.'

간지러운 말이 좋은지 아이가 몸을 꼰다.

'엄마, 그런 말씀 누가 들으면 흉봐요.'

'그래서 아무도 못 듣게 우리끼리만 얘기하잖니. 엄마는 경이가 내 딸인 게 얼마나 좋은지 모른다.'

'알아요, 안다니까요. 이제 그만하시고 쉬세요.'

'그러자꾸나. 엄마 쉬게 너는 나가서 그림 그리려무나.'

'이부자리 펴 드려요?'

'여윈잠에 이불은 무슨. 잠시만 누우련다. 문을 닫아 주고 나가렴.'

'그럼 좀 쉬신 뒤에 부르셔요.'

'오냐.'

아이가 나가고 문이 닫힌다. 여태 무심히 들었던 매미 소리가 문이 닫히니 비로소 느껴진다. 곧 천둥이 치고 비가 쏟아지겠다. 반야는 앉은자리에서 우두커니 천둥과 비를 기다린다. 가슴이 먹먹하다. 손을 합장하여 이마에 대고 「준제진언」을 왼다. '나무 사다남 삼먁삼 못다 구치남 다냐타 옴 자례주례 준제 사바하 부림.'

「준제진언」을 세 번 외고 나자 소전의 미약한 숨결이 다가든다. 더위도 숨막힘도 더는 느끼지 못하는 그는 의식도 없다. 반야는 손을 뻗어 그의 야윈 어깨를 다독인다. 가만가만 다독이며 속삭인다.

'아드님, 이제 그만 다, 놔두고, 떠나십시다!'

속삭이노라니 눈물이 난다. 소전의 전생은 한 점 혈육도 남기지 못하고 생을 마친 선왕, 균이었다. 갖은 악행을 저지르고 처참하게 죽는 어미를 지켜봐야 했던 그는 반야 전생의 아들이었다. 금상의 늦둥이 외아들로 환생한 그는 일생을 부왕과 불화할 수밖에 없었다. 스스로 모르는 전생에서 이복아우였던 세제 금에게 죽은 탓이었다. 금상에게도 균의 환생인 아들이 고울 리 없었다. 사사건건 트집을 잡아대다가 끝내 목숨을 잡아 버린 까닭은 아들에게서 느껴지는 거리낌 때문이었을 것이다. 금상으로서도 불가항력이었다고 할 수밖에 없었다.

쾅쾅 천둥이 운다. 산천을 찢을 듯이 우레가 내리친다. 승정원 마당에도 천둥이 울고 우레가 친다. 그 소리에 움찔, 반응 없던 선의 혼령이 몸을 벗어난다. 어리둥절한 그의 혼령이 사위를 둘러보다 반야를 본다. 눈길이 마주친다. 영원처럼 길고 찰나처럼 짧은 사이 마주보던 그가 소리를 낸다.

'어머니! 어머니셨습니다!'

'그래요, 아드님.'

'이런, 이런, 이런! 제가 마침내 벗어났군요, 어머니?'

'고생 많았소.'

'아주 여러 날 고생했습니다.'

'그 안에서 살려 꺼내 주지 않는 이 어미를 원망하오?'

그가 고개를 갸웃하더니 미소 짓는다.

'이십 년 전에 어머니가 저를 새로 살게 해주셨습니다. 잘 살지는 못했으나 저로서는 그만큼이, 최선이었습니다. 그 안에서 그런 생각

을 했지요. 누구도 원망치 않았고요.'

'다시 태어나고 싶소?'

그가 하얗게 웃더니 도리질을 한다. 그리고 묻는다.

'어머니는요?'

'나도 실컷 살았소.'

'어머니는 지금 떠나시는 건 아닌 성싶은데요?'

'업장이 많은 나는 얼마간 더 이 몸 안에서 견뎌야 할 것 같구려.'

'저는 지금 가는 것 같은데요, 어머니. 자꾸 뜹니다. 지은 죄가 많
아 무저갱 같은, 아득히 깊고 캄캄한 데로 끌려 내려갈 줄 알았는데
이상합니다, 어머니. 무한히 환하고 무한히 가볍습니다.'

반야는 이선을 뒤주에 가둔 현실 세상을 어찌할 수 없기도 했거니
와 균이, 또 선이 비우기를 기다렸다. 스스로 벗어나기를. 그가 마침
내 스스로 윤회의 업장에서 벗어나고 공空으로 화化하고 있었다.

'다 비우신 덕이오. 장하고 대견하시오.'

'저 위 어딘가에서 다시 뵈옵니까?'

'글쎄. 땅에서 유전한 기억만 있어서, 땅에서 맺은 인연은 땅에서
풀어야 한다는 것을 알 뿐 저 위 어딘가에서 다시 만날 수 있을지는
나도 모르겠구려.'

'하오면 가서 알아보기로 하지요. 소자 먼저 가옵니다, 어머니.'

윤회의 업장을 벗은 균이, 또 선이, 생명 있는 것들의 땅을 벗어나
허공으로 떠오르는가 싶다가 사라진다. 마침내 공으로 화했다. 앉은
절로 전생의 아들을 배웅한 반야는 눈을 감고 단전에 기를 모은 뒤
후우, 깊은 한숨을 내뱉는다. 느리게『반야심경』을 왼다.

『반야심경』을 마치고 다시 단전에 의식을 모으다가 기운을 쓰지

못하고 앉은 채로 절하듯 고개를 수그린다. 수그린 이마가 방바닥에 닿는다. 기운이 다했고, 지상에서 할 수 있는 일은 다한 것 같은데 몸이, 의식이 뜨지 않는다. 역시 아직 떠날 때가 아닌 것이다. 아직 떠나지 못한다면 바로 누워야 할 터인데, 모로 눕기라도 해야 심경이 덜 놀랄 텐데 머리를 일으킬 기력은 없다.

이 사나운 땅

소전이 풀 무덤에 든 밤에 무녀 소소를 잡으러 나섰던 금위대 중위사관 김제교를 비롯한 휘하들이 종적 없이 사라졌다. 그날 밤 북악 뒤편 소소원 일대에 큰불이 났고 새벽에 비가 내려서야 꺼졌다. 중위군들은 산불에 갇혀 죽은 것으로 짐작되었다. 그 산불로 무녀 소소와 그 하속들도 죽었다. 같은 밤에 세손위종사의 우종사 김형태와 별감 넷도 종적이 사라졌다. 이틀 뒤 금위대 살생부에 오른 자들이 변명 한번 못하고 시구문 밖으로 끌려나가 참수되었다.

대전에게는 몇 명의 백성이 죽든지 중요치 않은 것 같았다. 북악에 산불이 어찌 났는지 아랑곳없었다. 그 산불이 아들을 죽이는 임금에게 하늘이 벌을 내린 것이라는 둥, 소경 무녀가 죽으며 한을 품어 불이 난 것이라는 둥의 소문에도 귀 기울이지 않았다. 어쩌면 아무 말도 전해 듣지 못했을 임금이 이천여 군사를 둘러 놓은 채 신경 써서 들은 건 오직 풀 무덤에 묻어 놓은 아들의 기척뿐이었다.

마침내 풀 무덤 안에서 일체의 움직임이 사라진 걸 확인하고서야 대전은 경희궁으로의 환궁을 명했다. 대전의 속내가 어떠했는지는 알 수 없되 행차는 적국을 평정하고 돌아서는 정복왕 같았다. 행렬이 창덕궁에서 경희궁까지 늘어졌고 두 궁 사이 대로변에는 백성들이 엎드렸으며 취타대는 개선가를 연주했다.

풀 무덤을 하루 더 방치한 대전이 어젯밤에야 시신 거둘 것을 허락했다. 시신을 거두어 장례를 치러야 하므로 죽은 세자를 복위시키고 빈소를 세자시강원에다 정하라 했다. 빈궁과 세손과 세손빈궁이 아흐레 만에 궁으로 돌아가 상복을 입었다. 무영이 성균관에서 전해 들은 말들이 그러했다.

지난 열흘 동안 성균관에서는 강학을 하지 않았다. 유생들에게 각자 고요히 공부하라 했다. 이달 말까지 강학을 쉬자는 결정은 대사성 영감이 내렸다. 대전의 눈에 거슬릴 수도 있을 용단임에도 교관들과 유생들은 동의했다. 강학은 아니할지라도 이무영은 거의 성균관에 머물렀다. 사신계를 움직이는 한 사람이 되었으나 소전을 위해 할 수 있는 일은 없었다. 손가락을 움직이건 발가락을 움직이건 소전이 이미 풀 무덤에 들어 버렸는데, 그 주변에 이천여 군사가 진을 치고 있는데 어쩌겠는가. 무영은 오히려 소전이 무덤에 든 저녁에 평양으로 사람을 보냈다. 사신경계 관직에 있는 계원들에게 움직이지 말라는 명을 내리자고 청했다. 평양으로부터 명이 내렸다.

─모든 사신계원은 작금의 시국과 관련된 어떠한 행동도 삼가며 은인자중하라.

계원들을 보호한다는 핑계로 은인자중하게는 되었지만 무영은 시

간을 보낼 수 있는 일이 필요했다.『금강경金剛經』을 정음으로 풀어
쓰는 작업을 시작했다. 팔만대장경을 책으로 묶으면 무려 육백 권에
달한다. 그중에『금강경』은 오백칠십칠 권째에 해당하는 책이다.『금
강경』의 본래 이름은『금강반야바라밀경』이다. 금강반야는 금강석처
럼 견고하며 날카롭고 빛나는 깨달음의 지혜이고, 바라밀다는 저 언
덕에 이른다는 뜻이다. 이 언덕은 미혹한 중생들이 삼독三毒으로 인
하여 생기는 온갖 번뇌로서 업을 짓고 고통 받으면서 살아가는 어두
운 삶인 반면에, 저 언덕은 반야의 지혜로서 모든 번뇌와 미혹이 사
라진 곳이다.『금강반야바라밀경』은 금강석과 같은 깨달음의 지혜
로서 모든 번뇌와 고통이 사라진 저 언덕에 이르는 가르침의 경전이
된다.

　무영이 그런 사실을 알게 된 건 오래전 반야를 처음 만난 즈음이
었다. 불도를 천시하는 조선의 유생이므로 반야가 아니었으면 죽는
날까지 불경 읽을 일이 없었을지도 몰랐다.

　소전이 풀 무덤에 갇혀 죽어가는 동안 무영은『금강경』을 풀어쓰
면서 새삼 공부했다. 금강경의 내용은 지극히 단순했다. 내가, 또 우
리가 지금 여기 있다! 우리가 여기 있음이 진실이므로 인생의 진실
을 밝히는 것이다. 그 진실을 왜 밝히는가. 인생이 지니고 있는 가
치와 보람을 누리기 위함이다. 우리 자신의 존재가치를 알아야만 그
가치를 제대로 발휘할 수 있기 때문이다.『금강경』의 내용은 무한히
넓고 높고 깊었다. 극악한 사태에 당면하여 손가락 하나 움직일 수
없는 무영에겐『금강경』이 몹시 아팠다. 자신의 가치를 제대로 깨달
지 못한 채 살다가 풀 무덤 속에 갇힌 소전과 자신의 가치를 실현하
느라 일생이 고단했던 반야. 그들을 위해 어떻게도 할 수 없는 스스

로 때문이었다.

열흘 만인 오늘 정오 즈음에 『정음금강경주해正音金剛經註解』가 끝났다. 백여 장에 이르는 원고를 정리한 뒤 점심을 먹고 있는데 극영이 찬방으로 찾아왔다.

작년 여름까지 성균관 유생이었던 극영은 익숙하게 찬방 관속에게 밥을 내달라 하더니 무영과 마주앉아 밥을 먹는다. 아무 소리도 없이 밥을 억지로 우겨넣는다. 밥을 먹는 게 아니라 벌을 받는 모양새다. 극영의 눈두덩이 퉁퉁 부었고 왼볼도 벌겋게 부었다. 정이품 가문의 아들이자 현직 종삼품 관헌의 아우이며, 그 스스로 정칠품 관헌이자 사신계 오품 무절인 이극영의 뺨을 쳐서 울릴 수 있는 자가 누구이랴. 무영은 묻지 않고 밥을 먹는다.

식사를 마친 뒤 극영이 무영의 재실在室로 따라와 앉지도 않고 말한다.

"어머님이 아주 많이 편찮으시데요."

극영은 밖에서 들을 테면 들으라는 듯이 말하지만 기실은 용문골 어머니가 아니라 반야에 대해 말하고 있다. 때 아닌 때 찾아온 극영이 반야의 소식을 가져왔다는 걸 무영은 찬방에서부터 알아챘다. 북악 뒤편에서 난 큰 산불은 반야를 숨기기 위해 강하가 벌인 일일 터. 그건 능히 짐작하지만 반야가 어디로 갔는지, 그 맘이 얼마나 아플지 몰라 내내 애를 태웠던 무영은 손짓으로 지금 반야가 어디 계시냐 묻는다. 풀죽은 표정의 극영이 엄지를 세운 두 손을 위를 향해 들어 올렸다가 내린다. 신계를 뜻하는 높은 곳에 인간계의 높은 이가 들어가 있다는 뜻이다. 도솔사를 가리키는 것이다.

두 달 전 반야원 학당에서 경령 회합이 있었다. 반야와 다섯 해 만의 해후였다. 그 자리에서의 반야는 칠성부령이자 칠요였다. 이무영의 여인이 아니었다. 회합이 끝난 뒤에도 반야는 무영을 따로 청하지 않았다. 두 달이 지난 지금에야 소식이 왔다. 어느새 눈이 벌게진 극영이 바싹 다가들더니 쉰 목소리로 낮게 말한다.

"어젯밤에 기별 듣고 초부옥에 갔더니 큰언니와 작은언니가 있었어요. 새벽에 셋이 절로 올라갔는데요, 우리가 뵈러 갔는데도 어머니는 주무시기만 하셨어요. 열흘 전부터 와 있다는 경이언니는 울기만 하고 함월당께서는 우리한테 그만들 나가서 등청하라 했고요. 나오는 길에 작은언니가 일주문쯤에서 큰언니한테, 어머니가 어째 저러시냐면서 막 울었어요. 돌아가시려는 거냐고, 그래서 우리가 임종한 거냐고 묻다가 큰언니한테 맞았어요."

"맞았다고?"

"큰언니가 포악하게 작은언니 뺨을 쳤어요. 맞은 작은언니가 화가 나서, 그런 것도 못 묻냐고 큰언니한테 대들다가 또 얻어터지곤 등청도 안 할 거라고, 백두산까지 가 버릴 거라고 버럭버럭 소리지르면서 말 타고 앞서 가 버렸어요. 작은언니가 가 버린 뒤에 큰언니가 저한테 말했어요. 우륵께 도솔사로 들어가 보시라, 전하라고요. 그래서 제가 큰언니한테 물었어요. 왜 형님을 어머니께 보내시냐고요. 그것도 도솔사에 계시는 어머니한테요. 큰언니가 말하길, 두 분이 오래전부터 정인으로 지내오셨다고 하더군요. 그 말에 제가 불현듯 생각나서, 형님이 저와 경이의 부친이시냐고, 하여 내가 온양으로 들어가 자라게 된 거냐, 물었어요. 솔직히 저, 제 평생 그게 궁금했거든요. 어머니는 있는데 아버지는 왜 없는가. 형님이 어머니의 오랜 정인이시라고 들으니 형님이 저와 경의 아버지일 수도 있겠다 싶어서 물은 거죠. 기면 기다, 아니면 아니다, 모르면 모른다, 대답만 해주면 되잖아요? 근데 큰언니가 대답 대신 제 뺨을 사정없이 쳤어요. 지금 그런 거나 물을 때냐고, 정신 차리라면서요. 그러면서 나중에 다 말해 줄 테니 지금은 가서 등청하고, 낮에 짬내 영감을 찾아가서 도솔사로 가시게 해, 하더라고요."

"그런 일이 있었구나."

"형님!"

"음."

"저는 지금 지난 열흘 사이에 한꺼번에 터진 온갖 일로 정신이 하나도 없어요. 어머니는 왜 주무시기만 하는 건데요? 경이는 어찌 울기만 하고, 큰언니는 왜 미친 것처럼 아우들을 패대는 건데요? 형님은 왜 어머니한테 가시는 거고요? 그래요, 나중에 듣죠. 지금은 한가지만, 어머니한테 가시기 전에 한 말씀만 해주세요. 형님이 저와 경의 생부이신 거예요?"

제 생부를 궁금해하는 극영은 부친이 사신경이셨다가 물러나셨다는 걸 모르고 무영이 현무부령이라는 사실도 모른다. 후우. 한숨 쉰 무영은 아들 같은 아우를 앉혀 놓고 방 밖을 내다본다. 관내 모든 사람의 마음을 표현하듯 날이 잔뜩 흐리다. 왼쪽 방의 대사성은 점심 전에 나간 것 같았다. 오른쪽 방의 김 사성은 사흘 전부터 등청하지 않았다. 현재 주변은 텅 비었다.

"지금 내가 전사를 다 말할 수 없고, 다 알지도 못한다. 그래도 아는 사실을 간략해 주마. 나는 네 생부가 아니고, 너나 경은 별님께서 낳지 않으셨다. 별님께서는 몸으로는 아무도 낳지 못하셨어. 경은 별님의 친생 아우다. 반야의 아우 심경인 것이지. 네 생모에 대해서는 내가 모른다만 네 생부는, 별님과 친형제처럼 자라 별님을 호위했던 동마로라는 분이었다고 들었다. 현무부 칠품 무절이었던 동마로는 별님과 경을 낳으신 어머님과 함께 을축년에 도고관아에서 돌아가셨다고. 그때 별님은 눈과 자식을 낳을 수 있는 몸을 잃으셨고, 아우였던 너희들을 웃실로 데려와 전부 자식으로 키우신 게다. 그리고 내가 나중에 알게 된 건 경이 우리 아버님의 소생이라는 사실이다. 우리 아버님과 별님의 어머님께서 정인이셨던 게다. 너만 한 나이 때의 나는 그런 사실을 모른 채 별님을 사모하게 되었는데, 다정이 깊어 헤어지지 못했고, 몇 년에 한 번씩 얼굴 보며 현재에 이른게다. 대략 이해가 되느냐?"

"아니요, 형님. 저는 다섯 살쯤까지 어머니 젖가슴을 빨고 만지며 놀던 기억이 있는데요. 그러다 경이한테 막 물어뜯기던 기억도 있고요. 지금 형님 말씀을 이해할 수 없어요. 엄마가, 어머니가 저를 낳지 않으셨다니요. 그걸 어떻게 이해해요?"

다 커서 장가들고 벼슬까지 하는 놈이 징징 운다.

"누가 들으면 내가 다 큰 아우를 팬 줄 알겠구나. 나중에 상세한 이야기를 나누자. 지금은 뚝 그치고."

극영은 별님이 제 생모가 아니라는 사실이 서러워 우는 게 아니다. 놈은 별님이 제 곁을 영영 떠날지도 모른다는 두려움 때문에 억지를 쓰고 있다.

"별님이 너를 낳았든 낳지 않았든, 너는 그 어머니 젖가슴을 만지며 어린 시절을 지냈다. 너희들 덕에 별님도 너희들의 어머니가 된것이고. 이제 너도 다 컸으니 전사들을 미루어 헤아려야지. 그리고네가 진정해야만 내가 네 어머니한테 가 볼 게 아니냐."

"알았어요. 이제부터 되새겨 보겠습니다. 형님은 지금 그리로 가십시오. 가셔서 어머니를 살펴 주세요. 전 밤에 다시 가 뵐 거예요."

눈물을 닦다가 또 흐느낀다. 놈은 아직 다 크지 않았다. 어느 자식인들 어머니 앞에서 다 컸다고 할 수 있으랴.

"이극영, 별님은 괜찮아지실 테고, 곧 일어나실 게다. 그러니 눈물 닦고 먼저 나가거라. 나가서, 네가 지금 있어야 할 자리를 잘 지켜. 정신 바짝 차리고!"

극영이 "예." 하면서 눈물을 훔치며 나간다. 놈 앞에서 애써 의연한 척했던 무영은 다리가 떨려 주저앉는다. 강하가 아우들의 뺨을 쳤을 정도면, 잠만 잔다는 사람의 측근에서 이무영을 찾았다면, 그게 무슨 뜻이련가.

한참만에야 일어난 무영은 학정의 방을 찾는다. 어릴 적 스승의 병세가 심각하다는 소식을 들었다며 문안 다녀오겠노라 학정한테 이르고, 성균관 대문을 나선다. 극영이 나가는 걸 지켜보다 출타를 짐작했던가, 호위들이 다가든다. 무영은 호위대장 명진에게 묻는다.

"김강하는?"

"아침에 위종사청으로 들어가시어 현재 게 계십니다."

"내 지금 절에 갈 것인데, 다 같이 움직일 필요는 없겠어. 그러니 최협만 나를 따르고 명진 자네는 검희, 윤호와 함께 김강하를 보살 피도록 해."

명진이 물어온다.

"새삼 좌장사 나리를 보살피라 하심은 무슨 뜻이신지요?"

"그 사람이 오늘 특히 정신이 없을 것이라 그를 보호하라는 거야."

소전의 죽음은 강하에게 다시없을 충격일 것이다. 상하, 군신 관계만이 아니었기 때문이다. 소전에게 강하는 속내를 말할 수 있는 유일한 사람이었을 터다. 일생의 끝에 다다른 시점에서 두 시간이나 마주앉아 이야기를 나눌 수 있는 상대. 그들은 서로에게 지극한 벗이었다. 사정이 어떠했든 강하는 제 주군이며 벗인 소전을 지키지 못했다. 무슨 정신이 있으랴. 그런 판에 별님까지 사경에 들었다.

"저희들이 뒤따른다는 사실을 좌종사 나리께 말씀드려도 되나이까?"

"물론."

"명 받잡겠습니다, 영감."

소전 사태와 관련해서 죽을 사람은 근 열흘 동안 다 죽었다. 외형상 그리 보일 뿐 소전을 죽인 세력들 입장에서는 김제교를 비롯한 금위군 열일곱 명이 산불에 타 죽었다는 것이며 세손을 죽이려던 위종사의 김형태 등이 사라진 사실을 납득치 못하고 있을 터이다.

그날 밤 세손을 해하려던 놈들은 윤홍집 등이 죽였다. 놈들의 주검을 가마골로 옮겨가 옹기가마 안에다 넣어 버렸다. 그 시각 산불은 온 도성을 밝힐 정도로 커졌다. 새벽에 비가 내려 산불이 잡혔을 때 가마옹기의 불은 벌겋게 타고 있었다. 가루가 되었을 그들은 아직 옹기가마 안에 있을 것이다. 가마가 식어야 열 수 있으므로. 그들이 사라진 이유를 알지 못하는 저들은 아직 그걸 캐고 들지 않았다. 의혹조차 없지는 않을 터인데 그 의혹을 캐겠다고 나서지는 않았다. 아직은 그랬다. 어쩌면 앞으로도 사라진 사람들에 대해서는 파고들지 않을지도 몰랐다. 하지만 소전의 최측근인 김강하를 고이 둘 그들도 아니었다. 아닐 듯했다. 무영이 호위들로 하여금 김강하를 살피게 하는 까닭이었다.

도솔사 입구에 도착하는데 천둥이 요란하게 친다. 사흘 전 오전에도 이랬다. 폭우가 쏟아지면서 천둥과 우레가 사정없이 몰아쳤다. 그때 소전이 살아 있었는지, 이미 숨을 거둔 뒤였는지 알 수 없다. 그 시간 무영은 성균관 재실에서 시커먼 하늘에서 몰아치는 비와 천둥과 우레를 지켜봤다. 최소한 풀 무덤 속의 더위는 덜하리라 생각하며 자신의 가슴을 퍽퍽 쳤다. 가슴을 칠수록 세손의 미래, 조선의 앞날이 암담했다.

도솔사 입구에 마중나와 있는 사람은 없다. 무영은 일주문 쪽에서 말을 내려 호위 최협에게 시간이 걸릴 터이니 초부옥에 가 있으라 하고는 홀로 도솔사의 사천왕문에 이른다. 사천왕문 입구에 사천왕처럼 앉아 있던 젊은 비구니 넷이 무영을 가로막고 나선다.

"어찌 오셨습니까?"

"저는 이무영입니다. 시영이라는 이름의 아우를 찾아왔습니다."

"우리 절에 그런 이름을 가진 분은 아니 계십니다."

화개 쌍계사에서 반야를 향한 길에다 관문을 설치했던 연순 객주가 벌써 여러 해 전에 돌아가셨다고 들었는데 또 관문이 나타났다. 반야가 사경에 든 마당에도 이런 절차를 거쳐야 한다는 게 기막힐 노릇이지만 별나라 사람들의 세상으로 들어서자면 감수해야 하는 통과의례다. 현무부령이라 해도 소용없을 터. 관문을 열 수 있는 열쇠가 무엇인지 생각해 내야 한다.

"여기 오르는 길목에 초부옥이 있는바, 저는 초부옥 주인의 선생입니다. 그가 저를 찾아와, 여기 와서 반야오般若廒에 계신 분을 찾으라 하더이다.”

“초부옥은 소승들도 잘 아옵니다. 누에골 사람들도 다 알지요. 인근 마을 사람들도 모두 알고요. 하온데 저희 절 안에 있는 집들에는 이름이 붙어 있지 않습니다. 나리께서 무슨 말씀을 하시는지 소승들은 모릅니다. 황송하오나 돌아가 주십시오. 오늘 저희 절에 예사 신도님들을 들이지 못할 사정이 있기 때문입니다. 죄송합니다.”

우레가 꽝꽝 치고 마른번개가 마구 내리치는데 비구니들은 꿈쩍도 하지 않는다. 바른 답을 대기까지는 절대 들여보내지 않겠다는 듯 짐짓 오연하게 서서 무영을 쳐다본다.

“좀 전에 말씀드렸지만 저는 이무영입니다. 한때 시영이라는 이름을 쓴 적이 있는, 초부옥 주인의 어머니이며 이 절에 드셨을 때는 반야오라는 단칸 초가에서 머무시는, 반야를 뵈러 왔습니다. 반야께서 심히 편찮으시다고 들었습니다. 부디 들여보내 주십시오.”

관문의 통과 열쇠가 반야였던가. 네 명의 비구니가 동시에 허리를 수그리며 합창하듯 읊조린다.

“어서 오십시오, 서방님. 안에서 기다리고 계십니다.”

무영이 어이가 없어서 맘 바쁜 와중에도 물어본다.

“제가 그 함자를 말하지 않았다면 정말, 끝끝내 저를 들이지 않으셨을 겁니까?”

안쪽 왼편에서 수그리고 있던 비구니가 고개를 세우더니 웃지도 않고 답한다.

“물론입니다, 서방님. 반야를 찾아온 이가 세 번 이상 헛이름을 대면 그의 허리를 꺾어 누에골 밖으로 내던져라, 주지스님께서 명하셨나이다. 반야오로 가십시오.”

자신의 허리를 꺾어 놓고도 남을 것 같은 네 비구니한테 합장한 무영은 반야오로 향한다. 한여름 날 오후 절간에는 매미소리조차 들리지 않는다. 천둥과 번개에 놀란 매미들이 폭우를 대비하고 있는 것이다. 저녁인 듯 어두워지는 절간에 드문드문 그림자처럼 오가는 사람들이 보여도 너무 고요해 한기가 든다.

오솔길을 통해 반야오 근방에 이르자 완연히 많은 여인들이 눈에 들어온다. 나무 밑 평상에 앉은 여인들과 비구니들, 툇마루에 앉은 여인들과 비구니들이 열댓은 됨직하다. 무영이 아는 얼굴이라곤 자인과 방산뿐이다. 방산이 무영의 손을 잡아 평상 쪽으로 이끌더니 주변을 소개했다.

"주지스님이신 정암스님이시고, 곁 분이 의원이신 문성 무진이시고 그 곁 분이 양평에서 오신 의원 모올 무진이시고 그 곁이 모올의 따님인 의원 연덕이고, 그 곁이 문성님의 제자이신 금선 의원이십니다."

의원들이 줄줄이 들어와 있는 것을 보자니 또 다리에 힘이 빠진다. 예상했던 대로 반야가 돌이킬 수 없는 상황에 빠진 것이 아닌가. 내 이생의 마지막 순간에 반야가 함께 하기를 꿈꿨을지언정 그의 마지막 순간을 지켜보고 싶지 않았는데 지금 그 지경에 이르고 말았다. 절박해진 무영이 달아날 생각을 하는데 모올 무진이 다가든다. 그가 내외법 같은 건 들어본 적도 없는 듯이 무영의 손을 덥석 잡고는 말한다.

"서방님, 들어가십시다."

모올 무진의 손에 이끌려 방으로 들어선다. 반야는 방 가운데 두툼하게 깔린 요 위에 누워 솜이불을 덮고 있다. 반야의 솜이불 속에 젊은 여인이 같이 누워 반야를 안듯이 잠들어 있고, 그들의 발치에서 젊은 여인이 이불 속으로 제 손을 넣어 반야의 발을 만지고 있다. 모올 무진이 반야의 발을 매만지는 여인을 소개한다.

"단아야, 이분은 우륵재이시다. 서방님, 단아는 작년 봄 내의원 취재에 입격한 의녀로서 여러 해째 별님을 모시고 있습니다."

반야의 버선을 신겨 놓은 단아가 일어나 무영에게 읍하고는 방을 나간다. 울었는지 눈자위가 벌겋다. 무영이 모올 무진을 향해 묻는다.

"별님께서 심히 편찮으신 것 같다는 말씀은 듣고 왔습니다. 증세가 어떠시기에 이 염천에 솜이불을 덮고 계시는 겁니까?"

"사흘 전 오전에, 수앙에게 무녀 수업을 시키시던 마님께서 잠시 쉬자 하셨더랍니다. 단아한테도 잠시 홀로 있고 싶으니 쉬고 오라 하셨고요. 수앙이 심경와로 내려가 그림을 그리고 단아가 마님께 올릴 약을 살폈던가 봅니다. 한 시간쯤 뒤에 수앙이 불현듯이 뛰어올라 왔더라지요. 마님께서는 앉은절하는 듯이 엎드려 계셨고요. 그리고 지금까지 깨어나시지 못하고 계시는데, 체온이 너무 낮습니다. 서방님께서도 아실 텝니다만, 신열이 높은 것보다 낮은 게 훨씬 좋지 않습니다."

"좀 파리해 보이긴 해도 제가 보기에는 그저 주무시는 것 같은데요?"

"아니요, 맥박이 보통의 삼분지일 정도로 느리십니다. 혼수에 드셔 계신 겁니다. 더운 물에 넣어도 보고 열이 나는 약물을 억지로 드시게도 해보고, 온몸을 비벼도 보면서 별 수를 다 써 봤습니다만 소용이 없어서, 저희들이 의논 끝에 서방님을 청한 것입니다."

"혼수에 드신 분 옆에서 저는 무얼 하면 됩니까?"

"별님 이불 속에 든 사람이 누군지 아십니까?"

눈자위가 퉁퉁 부어서 잠이 든 여인을 자세히 보니 반야 같다. 젊은 날의 반야. 그러니까 심경인가 보다. 이름이 너무 많아져서 어느 것으로 불러야 할지 몰라 원이름을 부를 수밖에 없는 아이. 무영은 제 어린 날 이후의 심경을 직접 본 적이 없다. 혼례 때 얼굴을 못 봤고 비연재에 가서도 못 봤다.

"심경이군요."

"그렇습니다. 아이가 모친의 체온을 올리겠다고 저리 안고 있습니다. 일어나서 모친을 마구 문지르며 울다가 기진하면 저리 잠들었다가 다시 소스라쳐 깨어나 같은 짓을 반복하고 있습니다만, 소용이 없습니다. 이러다 아이를 잡겠다 싶어서 서방님을 찾았습니다."

"제가 어찌하면 됩니까?"

"어쩌면 이대로 가시지 않을까 싶어, 얼굴이나 뵈시라고 서방님을 오시라 한 겁니다만, 평생 의원 노릇을 해온 제 소견에, 혹시 서방님께서 별님을 안으시면, 더 솔직하게, 방사에 버금가게 안으실 수 있다면, 체온이 올라 깨어나실 수도 있지 않을까 하여 서방님을 청한 겁니다. 솜이불보다 사람 몸이 따뜻할 제 별님을 따뜻하게 안아줄 수 있는 유일한 사람이 서방님이실 것 같아서요."

억장이 무너지는 소리지만 아예 떠나 버린 뒤에 소식 듣는 것보다는 낫다. 모올 무진에게 읍한 무영은 갓을 벗어 놓고 이불을 들춘다. 속바지에 속저고리 차림인 심경은 한 팔로 제 어머니의 가슴팍을 얽고 한 다리로 제 어머니의 다리를 얽은 채이다. 얼굴은 물론 몸피도 모녀가 비슷하다. 제 모친 어깨 쪽에 놓인 왼손의 손가락들은 짧다. 네 개의 손가락이 한 마디씩만 달렸다. 납치됐을 때 고신 당한 흔적이다.

"심경을 잠시 데려가 주시겠습니까. 저와 별님만 예 있게 해주시고요. 차도 들여 주시면 좋겠습니다."

자인이 불려 들어온다. 무영은 제 어머니한테 강아지처럼 엉겨붙은 심경을 조심스레 떼어 낸다. 제 어미만큼이나 가벼운 아이를 자인의 등에 얹어준다. 축 늘어진 심경이 업혀 나가고 단아가 찻상을 들여와 방에 차려 놓고 모올 무진과 함께 나간다. 마루며 마당가에 있던 여인들이 가만가만 반야오에서 비켜난다.

그들이 다 사라졌다 싶을 즈음 두두두 비가 쏟아진다. 천지를 부술 듯이 천둥이 치고 천지간을 찢듯이 번개가 퍼덕인다. 빗발이 수만 발의 화살처럼 좁은 마당과 마당 아래쪽에 펼쳐진 집들 위로 꽂힌다. 금년 농사를 아주 버리겠구나 싶다. 가뭄 때문에 모내기 때를 놓쳤고 늦은 파종을 하고 난 뒤로는 큰비가 너무 잦았다. 홍수에 잠긴 전답들에서 병해충이 기승을 부리고 있다고, 온양 집에서 온 인편이 설명했다. 노구의 사온재와 홍외헌께서 영지들을 돌아보며 작인들을 위로하고 벼들을 구할 방법을 찾느라 바쁘시다 했다. 온양 사온재의 영토에 얹혀사는 삼백여 가호의 식구가 적게 잡아도 이천여 수인데, 이천여 명이 오는 겨울과 내년 봄까지 버텨내기 위한 대비가 두 계절을 앞서 날마다 진행되고 있다고도 했다. 하여 내년엔 태반의 백성이 초근목피로 연명해야 할지도 모르는 위험한 시기에 임금은 뒤주에 묻은 아들이 죽기를 기다리며 열흘 동안 정무를 돌보지 않았다. 무영은 방문을 닫고 돌아선다.

차 한 잔을 따라 천천히 마신다. 다시 한 잔을 따라 반쯤 마시고 일어나 반야에게 다가든다. 긴 모시적삼과 고의 차림으로 송장처럼 누워 있는 반야의 옷을 벗긴다. 처음 살을 섞을 때 반야 허리께에 감긴 넝쿨 문양 연비를 발견하고 몹시 놀랐다. 반야가 웃으며 설명했다. 어린 날 괜한 허영에 사로잡혀서 해본 연비라고. 흉하지는 않지요? 그리 반문하며 또 웃었다. 흉하기는커녕 연한 빛깔의 꽃 너울을 걸친 듯 아련히 어여뻤다.

세월이 한참 지나 문양의 빛깔이 약간 바래기는 했으나 여전히 너울을 걸친 듯이 곱다. 무영은 자신의 옷을 벗고는 이불 속으로 들어가 반야의 몸을 폭 감싸안는다. 맨살들이 닿으니 염천의 솜이불 속이 선득하다. 정인의 몸은 사늘할지언정 무영은 세상의 끝에 이른 듯이 편하다. 폭우와 천둥과 번개가 반야오와 다른 세상을 완전히 갈라주어 아무 근심이 없는 세상 속으로 들어온 것 같다. 이대로 잠들면 좋을 것 같다. 이대로 더불어 잠든 뒤 다시 깨어나지 않아도 괜찮을 것이다.

"들리세요? 빗소리, 천둥소리, 번개소리. 번개친 곳에서는 땅이 찢기는 것 같은 소리가 나죠. 그렇지만 길어야 일각이면 천둥이나 번개는 그쳐요. 곧 잠잠해 질 거예요. 비는 좀 내릴 성싶어요. 그쳤으면 좋겠는데. 여기 오기 전에 당신 아이, 본이를 만났어요. 다 큰 놈이 징징거리며 웁디다. 강수한테 뺨을 맞았다고 하면서요. 아마 강수한테 처음 맞은 것 같아요. 아우 뺨을 칠 때 강수도 울었겠지요. 지금도 울고 있을 거고요. 명일이도 징징대다가 강수한테 얻어터진 모양이에요. 경이는 눈이 퉁퉁 부어서 기절한 것처럼 잠들어 있데요. 당신 품에서 떼어 내 자인의 등에 업혀 주는데도 일어나지를 못하더라고요. 나는 당신을 이렇게 안고 있는 것만으로도 충분한데, 당신 자식들은 지금 당신을 잃을지도 모른다는 불안 때문에 정신들이 없어요. 아이들이 가엾긴 하지만 나는 당신한테, 다시 일어나서 얼마간이라도 더 살아 달라고 하기 싫어요. 당신이 얼마나 힘든지 아니까. 당신 아이들은 다 컸으니까 너끈히 이겨낼 거예요. 그러니까 당신은, 정 못 일어나겠으면, 그렇게 너무 오래 있지도 말고 편히 가요. 나는 괜찮아요."

괜찮다 하는데 눈물이 나고 만다. 무영은 반야의 정수리에 입술을 맞댄 채 소리 내어 운다. 부모님이 생존하시고 자식을 잃어본 적 없고, 계에 속해 살아온 터라 울 일이 없었다. 제자인 소전이 풀 무덤에 갇혀 숨을 못 쉬겠다 싶어서 가슴이 뻑뻑했을지언정 뻑뻑한 가슴을 마구 쳐댔을망정 울지는 않았다. 한 번도 내 것인 적 없으나 일시도 내 것 아니었던 적 없는 품속의 여인이 아니라면 일생 울 일이 없을지도 몰랐다.

잠시 울고 난 무영은 머리맡의 찻잔으로 손을 뻗어 차를 마신 뒤다시 차를 따른다. 더운 차를 입에 머금고 반야의 입술을 벌려 차를 흘려 넣는다. 겨우 한 모금의 차인데 반야는 삼키지 못하고 흘린다. 같은 짓을 몇 번이나 하면서 반야의 목이 축여졌다 싶을 즈음 그의 입 속으로 자신의 혀를 밀어 넣는다. 반응 없는 혀를 한참이나 핥고 넝쿨 문양을 어루만지고 그 몸의 중심으로 내려가 다리를 벌리고 옥문 사이에 더운 숨결을 불어넣는다. 한참을 그리해도, 더 한참을 애무해도 반야의 속살은 데워지지 않는다. 데워지지 않으매 그 사늘한 옥문 안에다 하초를 넣을 수 없는 무영은 일어난다. 옷을 입고 반야의 옷을 차근차근 입힌다. 버선까지 신기고 흐트러진 머리카락을 사려준 뒤 그 몸을 다시 안고 눕는다. 반야의 정수리에 턱을 놓으니 한숨이 난다.

"우리, 참 오래 산 것 같지요. 당신하고 나는 이만큼 살았으면 충분한 게 아닐까 싶어요. 당신은 다 알고 계셨던 거죠? 소전이 이즈음에 돌아가리란 사실을. 당신도 이즈음에 돌아가리란 것을. 나는 당신을 앞서 보내야 한다는 걸 지금, 어쩔 수 없이 수긍하고 있어요. 당신 없는 세상! 지금까지 상상해 본 적 없지만, 괜찮아요. 나는 나중에, 이생에서 살 만큼 살다가, 해야 할 일 다 하고, 때가 되면 갈게요. 나는 정말 괜찮아요."

거듭거듭 괜찮다고 하다 보니 정말 괜찮아지는 것 같다. 다행이다. 이렇게 안은 채 보낼 수 있어서. 이렇게 안은 채 남을 수 있어서. 어쨌든 지금 여기 함께 있으므로. 무영은 흐르는 눈물을 닦지도 않고 품에 안은 여인을 더 깊이 당겨 안고는 눈을 감는다. 졸립다. 한잠만 자자 싶다. 한잠을 자고 난 뒤에 맞닥뜨릴 상황은 그때 가서 생각해도 될 것이다.

이건 분명 꿈이다. 반야의 손을 잡은 채 무영은 자신이 지금 꿈속에 있다는 걸 깨닫는다. 어느 산의 꼭대기인 것 같다. 천지가 다 산이다. 산으로 이루어진 바다이다. 능선들이 파문처럼 너울져 있다. 반야의 손은 늘 그렇듯이 사늘하고 무지갯빛처럼 아련한 색깔 옷을 하늘거리며 보얀 얼굴로 무영을 향해 환히 웃는다. 그 모습이 너무 고와 무영의 가슴이 떨린다. 말을 하려는데 목이 잠겨 말이 나오지 않는다. 간신히 입이 열린다.

'당신, 어찌 이리 고와요?'

무영의 물음에 반야가 크게 웃고는 대답한다.

'당신한테 내가 고운 사람이라 그렇지요. 나한테 당신도 그처럼 고운 사람이었어요. 나한테는 몹시도 사나운 땅이었는데, 당신이 있어 내가 여인으로, 사람으로, 반야로 잘 살았어요.'

'금세 어디로 갈 것처럼, 그런 투로 말씀하지 마세요.'

'당신 이제 나를 놓으실 때가 됐어요. 그래야 해요.'

무영도 안다. 더 붙들겠다는 욕심은 반야한테 가혹하다.

'우리 다시 만나는 겁니까?'

'그럼요.'

'언제쯤? 어디서?'

'그건 당신이 이생에서 당신 몫의 할 일 다 하고 나면 아시게 될 거예요.'

'내 몫의 일이 뭔데요?'

'그건 당신이 생각하시고, 이제 나를 안아 줘요.'

안으면 이생에서는 다시 못 볼 작별일 것 같다.

'조, 조금만 더 있어요. 당신 아이들도 봐야죠.'

'아이들은 다 다녀간걸요. 아이들한테 말했어요. 내 나름 최선을 다해 살았다, 너희들도 그러렴, 하고요. 당신도 그러세요.'

'여기가 어딘데요?'

'여기는 당신이 나와 함께 닿고 싶은 곳일 거예요. 당신이 다시 태어나고 싶은 곳일 수도 있고요. 무한히 넓고 높고 밝고 깊은 곳, 단군과 군아가 살던 신시神市예요. 그래서 당신은 여기서 나를 만나는 거고, 언젠가 당신과 내가 다시 만나게 될 곳도 여기일 거예요.'

속삭임처럼 대담한 반야가 무영의 품으로 스미듯 들어와 안긴다. 무영이 힘껏 그러안는다. 따뜻하다. 눈이 감긴다. 이대로 영영 눈을 뜨지 않았으면 싶다. 반야! 한숨처럼 품에 안긴 사람을 불러본다. 품 속에서 웃음소리가 난다. 그 웃음소리에 입을 맞추고 싶어 허리를 수 그리는 순간 품이 허전하다. 가슴이 철렁한 무영은 번쩍 눈을 뜬다.

빗소리가 들리지 않는다. 사위가 고요하다. 방은 어스레하고 품안 에는 반야가 있다. 아직은 여기 내 품 안에 있다. 미약하나마 숨결도 낸다. 그렇지만 작별이 다가오고 있었다. 내생이 있어 다시 태어난 다고 해도 이생을 기억치 못할 테니 영영 작별일 터였다. 무영은 내 생을 기약하듯 반야의 입술에 입을 맞추고 이마에 입을 맞추고 정수 리에 입을 맞춘다. 가슴이 미어지며 또 눈물이 난다.

봄내 가물다 오월 들면서 큰비가 여러 차례 내려 호남지방이 큰 피해를 본 모양이었다. 윤오월 든 뒤 근 열흘 새에도 큰비가 여러 차 례 내렸다. 오늘 낮에 내린 비는 아예 작정한 듯이 천둥과 번개를 앞 세우더니 앞이 안 보이게 쏟아졌다. 소전의 상청이 세자시강원이고 세손의 거려청이 익위사청인바 강하는 세손의 거려청을 지키다가 어명을 받았다. 당장 경희궁으로 들어오라는 것이었다. 어명이 추포 령과 같은 것인지 중위검관 국치근이 열둘이나 되는 금위군을 이끌 고 와서 금세라도 오라를 묶을 듯이 엄한 얼굴로 어명을 전했다. 다 행히 비가 그친 참이다.

어명을 받았으므로 강하는 금위군의 호위를 받으며 경희궁을 향 해 걷는다. 고변이 터졌을 때 소전이 걸어갔던 길이다. 경희궁까지 걸어갔다가 걸어 창덕궁으로 돌아오던 그때 소전은 자신이 미구에 죽으리라는 걸 예감하지는 않았을 것이다. 고변서 한 장으로 일이 이렇게 커지리라는 걸, 대전이 직접 나서서 소전을 잡으리라고는 강하도 예상하지 못했다. 상상이라도 했다면 미리 무슨 수든 썼을 것이다. 상상조차 못한 상태에서 소전을 잃었다.

대전이 경화문으로 들어와 소전을 잡아오라 명했을 때 환경전 마당에서 소전한테 내일 다시 뵙겠노라 인사했다. 소전이 고개를 끄덕이며 웃을 때 강하의 가슴이 찢겼다. 펄펄 끓는 분노로 어가라도 치고 싶었다. 어가든 궐이든 칠 작정을 했다. 혼자라도 승정원 마당으로 들어가려니! 도저히 방법이 없었다. 나 홀로 죽어 소전을 구할 수 있다면 모를까 나 홀로 이천여 군사를 상대할 수 없으므로. 현무부령에게 제발 움직여 주십사 했으나 사신경께 여쭤야 한다고 했다. 사흘 만에 사신경으로부터 명이 내렸다. '작금의 사태에 이르러 계원들은 움직이지 말고 자중하라!'

소전이 갇힌 지 나흘째 되는 밤에 승문원 마당으로 들어가긴 했다. 금위대장한테 애걸한 결과였다. 풀 무덤으로 다가들어, "저하!" 부르는데 목이 멘다. "소신 김강하이옵니다." 몇 번이나 부른 끝에야 안에서 소리가 났다.

"이봐 김강하, 지금 밤이야, 낮이야?"

"밤입니다, 저하."

"그럼 잘 때잖아. 잠이나 잘 것이지 여긴 왜 왔어?"

"저하 심심하실까 봐 왔지요."

"심심하기에는 기운이 좀 없어."

"소신의 불충을 어찌해야 할지 알 길이 없나이다."

"그대한테 미안하지만 이건 내가, 죽을힘을 다해 선택한 거야. 자책하지 마. 내가 당부한 것 잊지 말고. 이제 가."

"소신이 어찌 이대로 가겠습니까?"

"그대가 살아야 할 이유를 내가 분명히 말했잖아. 당부도 했고. 그러니 어서 가! 가서 죽을힘을 다해 살아. 명령이다."

명령이라 따른 게 아니라 힘이 없어 풀 무덤에 절하고 나왔다. 금위군을 다 죽이고 싶을 만치 분노하고 분노로 몸을 떨었지만 역시나 할 수 있는 건 없었다. 지금은 그때의 분노가 간 곳이 없다. 분노가 사라지자 폭우 쏟아지는 해 질 녘처럼 마음이 푹 꺼졌다.

"나리, 전하께옵서 무슨 일로 저를 부르시는지, 아시면 말씀해 주시지요. 맘으로라도 대비를 좀 하게요."

묶인 게 아니니 죄인도 아닌데 묵묵히 걷는 게 무료해 국치근한테 괜한 소리를 해본다. 한 청사에서 몇 해를 함께 지냈는데 몇 마디쯤 나눌 수 있지 않은가 싶어서. 물론 그가 답을 할 것이라는 기대는 없다. 국치근은 만단사령 이록이 사람 구실을 할 수 없게 된 이후 기린부령 연은평의 휘하로 들어갔고 이후 금위대 중위검관으로 부임했다. 곤전의 아비가 금위대장이 되었을 때였다.

그때부터 국치근은 김제교와 더불어 금위대장의 손발 노릇을 하며 현재에 이르렀다. 김제교를 비롯한 중위군들과 김형태를 위시한 위종별감들, 옥구헌의 가병들로 파악된 서른 명이 뼈 한 조각 남기지 않고 사라졌으므로 그들은 모종의 위협을 느낄 것이고, 그 위협이 소전의 측근인 김강하로부터 비롯된다고 추측하고 단정했을 것이다. 사실이 그렇기는 했다.

"지엄하신 어명을 받들 뿐이지 겨우 육품관일 뿐인 내가 뭘 알겠나?"

국치근이 퉁명스레 내뱉곤 서둘러 걷자는 듯이 행렬의 앞으로 가

버린다. 종육품의 검관이 직접 어명을 전달하러 온 게 체면이 맞지 않는다고 여긴 건가. 그럴 법은 하다. 그 아랫사람들이 줄줄이 있는데 쉰 살 가까운 검관이 직접 왔지 않은가. 김제교가 사라진 자리에 금위대장의 큰아들인 김문주가 들어섰다고 했다. 직속 하관이 대장의 아들이므로 국치근의 맘이 불편한 것인지도 모른다. 더구나 금위대장은 사위인 김제교와 금위군들, 조카인 김형태와 별감들, 가병들이 사라진 원인에 대해 규명하기보다 덮느라 애썼다. 강하가 위종사 수사로써 우장사가 돌아오지 않아 세손 호위가 불편하다 소청하자 당분간 기다리라 했을 뿐이다. 그런 일련의 실종들에 대해 대전에 고했는지도 의심스러웠다.

경희궁 근방에 이르러 태령문으로 접어든다. 경희궁의 정전인 숭정전을 지나 자정전에 이른다. 금위군들은 마당 둘레에서 기창을 세운 채 김강하가 적군이기라도 한 듯이 노려보고 있다. 자정전 앞문 아래에는 김문주가 휘하들과 줄 맞춰 서 있다. 성균관에 재학하며 삼 년 연이어 문과 급제에 실패했음에도 부친과 누이가 워낙 높으신지라 사관 자리를 꿰찬 그였다.

내관들이 강하의 몸을 샅샅이 매만지며 쇠붙이가 있는지 수색하고 나서 길을 낸다. 편전으로 드니 임금께서는 멀찍이 앉으시어 입시한 놈을 건너다보고 계신다. 강하는 절하고 엎드려 복명한다.

"소신, 세손위종사의 좌장사 김강하, 성상전하의 부르심을 받잡나이다."

대전께서 대뜸 하문하신다.

"경운궁이 마지막으로 이야기를 나눈 놈이 너라고 하던데, 맞느냐?"

소전이 마지막으로 이야기를 나눈 사람이 김강하인 건 맞다. 풀 무덤 앞에 잠시 간 것을 이야기 나눈 것으로 칠 수 있다면. 그걸 제외하면 소전이 마지막으로 대화를 나눈 사람은 부왕이었을 터이다. 그날 어영청 뒤주가 휘령전 마당으로 들어가고도 한참이나 임금 부자지간의 신경전이 이어진 뒤 소전이 힘없이 물었다고 했다.

"소자가 기어이 저 안으로 들어가야 하나이까?"

대전이 큰소리로 말했다던가.

"네가 들어가야 끝나리라."

그게 임금 부자의 마지막 대화였다. 김강하와는 그 몇 시간 전 환경전 마당에서였다.

"망극하여이다, 전하."

"한 시진이나 독대를 했다면서?"

대전이 의미한 마지막 대화는 역시 공묵합 마당과 환경전 마당을 거치며 이루어진 독대다. 금위대장은 강하가 풀 무덤을 면회케 해 달라 애걸한 일을 대전께 고하지 않은 것이다.

"경운궁께옵서 전하의 거둥령을 들으시고 망극해하시는 중에 소신이 경운궁마마를 찾아뵙게 됐나이다."

"무슨 얘길 나눴느냐?"

"경운궁께옵서, 전하의 어지신 뜻을 다 따르지 못하여 진노를 사시게 되었다며 후회의 말씀을 여러 가지로 하시었나이다."

"진정으로 후회하더냐?"

"어느 안전이라 거짓을 아뢰겠나이까."

"또 뭐라 하더냐?"

막막한 하문이다. 겨우 열흘 전이건만 전생의 일인 듯 까마득해서 그때 나눈 이야기들을 각색해 올리기가 어렵지 않은가.

"경운궁께옵서 세손마마의 공부에 대해 하문하시기에 소신이, 세손마마께옵서 총명하신 데다 성정 또한 진득하신지라 글공부가 사뭇 높으신 것 같다고 말씀드렸사옵고, 경운궁께서는 나도 세손처럼 글공부를 부지런히 했으면 좋았으리라, 혼자 말씀처럼 하셨나이다."

"또 무슨 얘길 나누었느냐?"

"거개가 그런 말씀이시었고, 혹시 다시 태어나실 수 있다면 순하고 부지런한 사내로 태어나서 어버이를 정성스레 섬기고 처자식에 다정한 사나이로 살았으면 싶다, 하셨나이다. 그리 말씀하시면서 소신에게, 내생이 있다면 너는 어떻게 살고 싶냐 하시옵기에, 소신도 그러하다고 아뢰었나이다."

"제 죽을 줄 알고 있더란 말이냐?"

그 상황에서 소전이 제 죽을 걸 예감하더라, 대답하면 대전은 아들 죽인 아비가 되는바 이미 죽은 소전을 한 번 더 죽이는 게 된다. 대전이 지금 듣고 싶은 답은 단 한 가지, 당신께서 아들을 죽인 게 아니라 아들이 스스로 죽었다는 것뿐이다.

"망극하여이다, 전하. 경운궁께옵서 자책하시던 중에 나온 말씀이었나이다."

"자책을 어찌하더냐?"

"『장자』, 「응제왕편」에 나오는 칠규七竅에 대해 말씀하시면서 혼돈이 너무 늦게 걷혔노라, 하시었나이다."

"그, 그리 말하더냐? 정녕?"

칠규 이야기에서 일곱 개의 구멍이 뚫린 혼돈이 죽었다 함은 자연을 인위로 억압할 제 자연이 죽으므로 자연에 인위를 가하지 말라는 뜻이다. 대전께선 자연인 소전에게 일곱 개의 구멍이 아니라 단 하나의 구멍을 뚫었다. 아비인 나 대신 아들인 네가 죽어라! 단 하나의 구멍으로 자식을 죽이시고도 아전인수의 해석이 가능해 지셨는가, 대전의 어조가 확 누그러졌다.

"황공하여이다, 전하. 경운궁께옵서는 그리 말씀하시면서 긴 혼돈으로 인하여 전하께 불효와 불충을 저질렀노라 자탄하시었나이다."

또 무슨 하문을 하실지. 강하가 엎드린 채 조마조마하며 기다리는데 용상 쪽이 잠잠하시다. 아니 우시는 것 같다. 설마 후회하시는가. 어느 새? 그럴 리는 없다. 취타대로 하여금 개선가를 연주케 하며 경희궁으로 듭신 지 겨우 이틀이고 아들의 주검을 거두라 허락하신 게 어제다. 그럴 제 벌써 후회를 한다면 망령이 든 게 사실이라고 볼 수밖에 없다. 망령은 변덕스럽기가 광인의 지랄과 다름없다 하므로 또 무슨 일을 벌이실지 모른다. 그걸 부추기는 세력들에 푹 싸여 계시지 않는가.

"내 머지않아 너를 세손과 함께 부르리라. 오늘은 그만 물러가거라."

우신 게 맞는지 목이 쉬셨다. 강하는 앉은절을 하고는 무릎걸음으로 물러나 자정전을 나온다. 편전에 잠깐 머물다 나왔을 뿐인데 한나절쯤은 붙들려 있었던 것 같다. 낮의 비가 워낙 컸던지 아직까지 공기가 서늘하다.

몸이 서늘해진 별님은 미구에 세상을 뜰 것 같았다. 간밤에 초부옥에 가서 잔 강하가 새벽에 도솔사로 올라가 뵌 별님의 정경이 그러했다. 우륵재게 이쪽으로 오시라 하려무나. 방산이 그리 말할 때 눈앞이 캄캄했다. 별님의 품안에서만 살아왔던 셈인데 별님이 이제

품을 거두어 떠나려 하지 않는가. 지금쯤 저쪽 세상으로 건너가셨을지도 모른다. 다시 도솔사로 가서 그걸 확인하는 대신 먼 곳으로 달아나고 싶다.

"김 수사."

대전 내관 오 상촉이다. 그가 행각 그늘로 강하를 이끌더니 뜬금없이 우산을 펼친다. 우산 속에서 작게 묻는다.

"김 수사, 어디로 가실 겝니까?"

"퇴청 시각이 가까워 오니 집으로 가야지요."

"어디로 가시든지 입궁할 때의 문이나 오던 길을 피하면서 조심하십시오."

"무슨 말씀이십니까?"

"평생 주변의 눈치만 보고 사는지라 뭔가 조금만 이상해도 눈에 들어옵니다. 요즘 태령전의 움직임이 어쩐지 심상치 않은 것 같아서요. 게다가 김 수사가 대전에 든 뒤로 교대시간이 아닌데도 금위대 간부 여럿과 위군들 여럿이 빠져나갔어요."

태령전은 수어청이라 작금 금위대의 청사다. 그래서 아까 강하가 들어올 때도 태령전 앞의 태령문을 통했다.

"전하께서 저에 대한 무슨 명을 내리신 겁니까?"

"대전께서 김 수사를 죽일 생각이시면 밀명하실 필요가 없지요. 소전을 잘못 모신 죄를 들어 벌써 처분을 하셨을 테고요. 내가 아는 한 김 수사에 대한 유다른 명은 없으셨어요. 그렇기는커녕 소전마마의 장례를 지낸 뒤에 세손위종사와 세자익위사를 합쳐 세손익위사로 만드실 모양입니다. 김 수사를 세손익위사에 두실 요량이신 것 같고요. 오늘 대전께서 김 수사를 불러 보신 것이나 나중에 세손과 함께 부르리라 하신 까닭도, 세손 각하의 수위사로서의 면모를 살피신 것일 겝니다."

"그렇다면 금위대 상부에서 저를 겨냥하는 것이겠군요."

오늘 밤이나 혹은 앞으로, 김제교 같은 놈으로 변해 김강하를 죽이려 들 자는 누구이련가. 물론 금위대장과 그 휘하인 좌위군장 고억기, 좌위검관 민지완, 중위검관 국치근, 중위군관 김문주와 그 휘하에 속해 있는 다수의 아무개들이다. 세손을 견제할 자들 모두 다다. 죽이고, 죽지 않으려 조심하는 게 정말이지 넌더리가 난다.

"실제 무슨 모의가 있다면 그렇겠지요. 전하께서 김 수사를 신뢰하시려는 걸 막으려는 의도가 있을 테니까요. 그러니까 한동안은 사뭇 조심하십시오. 오늘은 특히 조심하시고요."

한동안의 조심으로 그칠 일이랴. 세손 곁에서 사라지지 않는 한 위험은 계속될 것이다. 김강하가 세손을 떠나지 못할 건 없다. 세손을 위협하는 세력을 전부 없앤다면 모를까, 곁에 있다고 지켜지는 것도 아니다. 세손의 적을 없애기로 작정한들 끝도 없이 뻗어 있는 그들을 무슨 수로 당하랴. 그들을 전부 없애는 게 마땅하기는 한가. 같은 하늘을 이고 같은 땅을 밟으며 그 땅에서 난 것들을 먹고 사는 건 그쪽이나 이쪽이나 같다. 그들도 그들 나름의 삶을 위해 소전을 죽이고 세손을 없애려 하는 것뿐이다. 입장 바꿔 본다면 김제교 같은 자들에게 김강하도 반드시 죽여야 할 종자다. 누구나 자신에게 합당하다 여겨 하는 짓이며 그걸 가로막고 나설 뿐만 아니라 목숨까지 앗아 버리는 자였다. 그들 입장에서 본다면 김강하는 얼마나 가혹하고 악독한 자인가.

"고맙습니다, 상촉 나리. 이제 들어가 보십시오."

구름이 걷힌 덕인지 해 질 녘임에도 사위가 오히려 밝아졌다. 그나저나 어느 문으로 나가야 할까. 외부로 난 경희궁 문은 모두 다섯 곳이다. 정문인 흥화문과 수어청 문인 태령문, 사직단 쪽으로 나가는 북성문, 돈의문 쪽으로 나가는 서장문, 아시골 쪽으로 나가는 남관문. 어느 문 근방에 매복이 있을지 모른다. 없을 수도 있다. 세손을 보호하고픈 오 상촉이 너무 예민하게 느낀 것일지도.

자정전 행각을 나온 강하는 숭정전을 지나 흥화문 쪽으로 향한다. 행각들마다 저녁을 맞이하려는 궁인들의 움직임이 바쁘다. 강하는 느릿느릿, 궐 구경하러 들어온 사람처럼 걷는다. 낮에 현무부령의 호위대장 명진이 위종사청까지 찾아와 제 상전의 명을 전했다.

"우륵재께서 나리를 보호하라 명하시더이다."

명진이 그리 말할 때 강하는 웃었다. 극영이 이무영한테, 큰언니가 이리저리 하더라며 울며 일러바치는 광경이 선했던 것이다. 이른 아침부터 명일을 패고 극영을 쳤다. 그때는 정말 제정신이 아니었다. 아무것도 하지 못한 채 소전을 잃은 데다 별님이 이미 저쪽 세상으로 향해 있어 심기가 흐트러져 생긴 일이었다. 그래도 아우들을 팰 것까진 아니었다. 임박한 어머니의 죽음 앞에서 정신들이 없어 물어온 것뿐인데 내 울분을 제어하지 못하고 아우들을 쳤다. 아우들의 눈에서 흐르던 눈물이 강하의 가슴에서 찰랑거리는 듯했다. 명진 등에게 말했다.

"제가 저를 보호하지 못할 상황이면 여러분이 제 곁에 있어도 저를 보호하지 못할 겁니다. 여러분마저 위태로울 수 있어요. 어쨌든 명을 받으셨으니 따라야 하실 터, 멀리서 지켜보십시오. 그리고 저녁 참에는 웃대 가서 어린 아우를 데리고 영감 계신 절로 가기로 하지요."

　반야원 학동으로 지내는 성아는 워낙 예민한 아이라 별님이 사경에 든 것을 느끼고 조마조마하고 있을 터였다. 모두 정신이 없어 아이를 챙기지 못했다. 별님이 별 수 없이 하세한다면 그 전에 아이한테도 어머니를 보게 해줘야 한다. 아이가 어머니를 잃어야 한다면 자신의 눈으로 보는 게 낫다는 걸 강하는 경험으로 안다. 별님의 죽음이 임박한 줄 몰랐던 나흘 전 밤에 반야원에 가서 성아한테 물었다.

　"지난 사월 열나흘 날, 네가 소소원에 갔을 때 강원에서 한 소년을 만났다면서?"

　"응. 홍집 아저씨하고 왔던데?"

　"그 소년이 누군지 아니?"

　"이가 산이지."

　"이산이 어디 사는지 알고?"

　"실뜨기 하느라 바빠서 그런 얘긴 안 했는데?"

　"궁금하지 않았어?"

　"나중에 만나게 될 텐데 뭘."

　"나중에 만나게 돼?"

　"어."

　"어찌 알아?"

　"이산과 나는 동무니까."

　"동무 좋구나. 그렇다면 네가 나와 함께 이산에 대한 비밀 한 가지를 공유했으면 하는데 그리할래?"

　"이산은 비밀이야?"

　"이산은 비밀이 아니고 비밀이 될 수 없고 비밀을 가질 수도 없어.

그래서 그의 비밀을 우리가 함께 가지고 있자는 거야. 나중에 이산한테 그걸 비밀하게 알려 주자는 거고. 약조할래?"

"이산의 비밀이 비밀인 거?"

"그렇지."

"약조할게. 그런데 큰언니, 이산의 비밀은 이산한테도 비밀이야?"

"아니, 나중에 이산한테 알려 줘야 해. 너와 이산이 어른이 됐을 때쯤."

"내가 알려 줘?"

"내가 알려 줄 수도 있고 네가 알려 줄 수도 있어. 분명한 건 너와 나 둘이서만 이산의 비밀을 간직했다가 이산한테 말할 수 있다는 거야. 약조할 수 있어?"

아이가 새끼손가락을 내밀었다. 그 자그만 손가락에 강하가 새끼손가락을 걸자 아이가 흔들고 나서 말했다.

"약조했어. 이산의 비밀이 뭔데?"

"이산의 집은 조선에서 가장 커."

"우리 반야원이나 혜정원보다 더 커?"

"반야원이나 혜정원보다 백 배도 더 커."

"으응."

"조선에서 가장 큰 이산의 집에는 대문이 아주 많아."

"응."

"그 많은 대문 중에 금빛처럼 반짝인다는 뜻을 가진 문이 있어."

"금빛처럼 반짝이는 문이면 요금문이겠네?"

"그래. 요금문에서 남쪽 방향에 내 걸음으로 이백 보쯤 되는 곳에 커다란 얼음창고가 있어. 지하에."

"혜정원에도 있고 반야원에도 있는 빙고 말이지? 겨울에 한강이 꽝꽝 얼면 거기서 얼음덩이를 벽돌처럼 잘라다 빙고에 넣잖아. 봄부터 가을까지 쓰려고."

"그래. 이산 집의 빙고는 혜정원 빙고보다 훨씬 커. 동빙고와 서빙고 크기만 해."

"집이 크니까 사람이 많고 얼음도 많이 필요할 테니까 빙고도 크겠지 뭐."

"이산 집의 빙고는 출입문에서 정면의 벽에 열두 층의 벽돌이 쌓여 있고 한 층에는 오십사 개의 벽돌이 놓여 있어. 겨울에 빙고에 얼음을 쌓는데 그 벽돌들 크기와 숫자만큼으로 한 겹을 만들어 열두 겹을 쌓는 모양이야. 그 열두 겹의 얼음을 다 쓰고 나면 벽돌 벽이 훤히 나타나는데 그 벽 안에 이산의 보물이 들어 있는 거야. 이산만 알아야 하는 이산의 보물이."

"이산이 그걸 찾으려면 빙고 벽을 허물어야 해?"

"그래도 되지만 벽을 허물려면 어려우니까 쉬운 방법을 만들어 뒀어."

"뭔데?"

"이산은 자기 부친의 생신 월일을 알 거잖아?"

"그렇겠지."

"이산 부친의 생월이 가로로 쌓인 벽돌 층이야. 생일이 세로로 놓인 벽돌 숫자고. 그에 해당하는 벽돌을 안으로 힘껏 밀면 손잡이가 나타나는데 손잡이를 안쪽으로 밀면 벽에 문이 나타나."

"요금문 지하 얼음방 정면 벽돌 안에 이산의 보물이 들어 있는데, 열쇠 숫자는 이산 아버지의 생월, 생일이라는 거지? 가로 세로로?"

"기억할 만하지?"

"당연하지. 나는 외는 데 선수니까. 근데 큰언니가 나중에 이산한테 가르쳐 주면 되잖아?"

"내가 늘 바빠서 잊어버릴 수도 있기 때문에 뭐든지 잘 외는 너한테 기억하고 있으라는 거야."

"비밀히?"

"비밀히."

"알았어. 근데 큰언니. 이산은 나중에 임금님이 되실 거야?"

"알아들었어?"

"그것도 못 알아듣게, 내가 아긴가? 조선에서 제일 큰 집은 대궐이고 대궐이 이산의 집이라니 이산이 커서 임금님이 되실 거라는 뜻이잖아. 지금은 할아버지 임금님이 계시니까."

"똑똑하구나, 우리 성아."

똑똑하다는 칭찬에 아이가 어깨를 들썩이며 웃었다. 제 일곱 살 때부터 강하와 수앙이 끼고 산 아이였다. 수앙 때문에 넋이 나가 사는 동안에도 강하는 아이가 곁에 있어 그나마 사람 구실을 했다. 이 어지러운 시간이 지나고 나면 별님께서 아우들을 자식 삼으셨던 것처럼, 나도 성아를 자식으로 키우리라, 그날 작정했다. 모처럼 미래에 대해 생각한 시간이었다.

흥화문에 닿는다. 수직군 네 조 열여섯 명이 흥화문 앞에 양편으로 갈라서서 서로를 쳐다보고 있다. 환한 등불 속에 드러난 후줄근한 행색들이 우습다. 아직 교대하지 못해 낮에 젖은 옷을 못 갈아입은 게다. 내 행색도 같겠거니 싶어 웃음이 난다. 문 안으로 들어가는 사람은 유념해도 나오는 사람은 신경쓰지 않는 수직군들에게 눈인사를 보내고는 비연재를 향해 걷는다. 몸에서 냄새가 심히 나고 입성이 험해졌으므로 반야원으로 가기 전에 좀 씻고 옷을 갈아입고 싶다. 명진 등의 부령 호위들이 주변에 있을 텐데 보이지 않는다. 태령문 근방에 있는지도 모른다. 어쨌든 금세 뒤따라 올 터이다.

비연재까지는 고작해야 서너 마장이다. 흥인지문까지 쭉 뻗은 대로를 걷다가 육조 거리 못 미쳐 자그만 송림이 있다. 송림 앞을 지나면 송교松橋가 있고 다리를 건너면 육조 앞 대로에서 남쪽 방향으로 갈라진 동령동과 삼내미 사이의 길이 나타난다. 송교에 올라서니 다리 밑을 흐르는 물이 난간 위까지 물보라로 솟구치는 게 보인다. 아까 가는 길에는 느끼지 못했던 물보라다. 그때 사뭇 긴장했던 것이다. 히죽 웃은 강하는 난간에서 돌아선다. 어슴푸레한 다리 건너편에 뜻밖에도 아는 사람들이 나타난다. 위종사의 백동수와 은백두다. 낮번이었던 백동수와 밤번인 은백두가 같이 나타난 걸 보면 우장사 문현조가 보낸 모양이다. 느닷없는 어명을 받고 간 사람을 걱정해 보낸 것이다.

강하는 그들에게 손을 들어 보이곤 거기 있으라 신호한 뒤 걸음을 옮긴다. 순간 어디선가 "안 돼!" 하는 날카로운 소리가 들린다. 수앙이다, 싶어 휙 돌아서는데 우레가 치듯 탕탕 소리가 난다. 총탄이다 싶은 찰나 왼쪽 어깨와 심장과 폐와 복부에 총탄들이 박힌다. 넘어지는 강하에게 연신 총탄이 날아와 박힌다. 숨이 막힌다. 어느 순간 고요하다. 눈을 뜰 수 없는 강하는 짧아서 괜찮네, 생각하며 미소 짓는다.

당분간 쉽니다

의원 취재에 입격했을 때 무슬은 홍익원에서 살고 싶었다. 수앙이 반야원에서 살게 될 것 같아서였다. 십 년에 한 번만 수앙을 봐도 된다고 여겼지만 죽을 둥 살 둥 의원 취재를 대비한 까닭은 십 년을 오 년이나 일 년으로 줄이기 위함이었다. 방에 붙은 입격자 명단에서 장무슬을 확인하고 나니 수앙 근방에서 살 때가 된 것 같았다. 유릉원 대문간에서 죽치며 스승인 문산 무진께 홍익원으로 보내 달라 간청했다. 이레째 되는 날에야 처분이 내렸다.

"현무무절 장무슬! 내의원으로 들어가거라. 사신총령이다."

어떠한 경우에도 사신총령을 따른다고 맹세했는데 그 명이 내렸으므로 더 이상 뻗댈 재간이 없었다. 무슬은 꼼짝없이 내의원 참봉이 되어 들어섰다. 내의원에 들어서야 공교로운 우연이 따랐다는 걸 알게 됐다.

당시 의과 취재에서 장원을 했던 서른 살의 정몽국은 방이 붙은 그날로 전의감의 참봉으로 배속됐다. 전의감에는 참봉이 다섯 명인데 그중 한 자리로 당겨 들어간 것이었다. 내의원이나 전의감이나 혜민서에 품계직 관헌은 몇 명 되지 않으므로 이등으로 입격한 무술에게 품계가 생길 자리는 없었다. 그런데 그 사흘 뒤에 내의원 참봉을 지내던 마흔아홉 살의 김 참봉이 밤번을 서며 늦은 시각까지 일하다가 쓰러졌다. 흔히 풍 맞았다 하는 뇌출혈이었다. 함께 번을 서던 침의鍼醫가 구호조치를 한 덕에 죽음을 면했지만 그의 신체 오른쪽이 마비되었다. 그의 몸은 차츰 나을 것이었으나 내의원 관헌으로는 부적격이 되고 말았다. 아침에 그를 집으로 돌려보낸 내의원에서는 이튿날로 젊은 장무술을 참봉 자리로 끌어들이기로 결정했다. 말단 참봉의 일이 원체 많은바 팔팔하고 만만한 스물한 살짜리로 그 자리를 메우기로 한 것이었다.

내의원약방은 촘촘하게 들어선 건물들로 깊은 숲 같았다. 건물들이 죄 이어져 있어 미로 같기도 했다. 사람은 종일 끓었다. 어의이자 수의인 정삼품의 정正을 위시해 종사품의 첨정, 종오품의 판관, 종육품의 주부 등이 상급의원이고, 종칠품의 직장과 종팔품의 봉사 두 명, 정구품의 부봉사 두 명, 종구품의 참봉이 하급의원이었다. 참봉 아래로 침의鍼醫와 내의녀가 각 이십오 명씩이었다. 서원書員이라 불리는 내의원 관속이 삼십 명이고 서원 아래로 서른세 명의 속종屬從이 있었다. 묘시 중경 약방 바깥마당에서 점호를 받는 인원이 속종들까지 아울러 일백이십 명쯤이었다. 그쯤에는 이미 양 궐의 처처에서 부름이 하달되어 있거나 진맥을 받으러 오는 궁인들과 궁내 관헌, 관속들 수십 명이 들어와 있기 마련이었다.

내의원 참봉이 하는 일은 상하간이 하는 일들과 원에서 일어나는 일들을 기록하며 위아래로 전달하는 일이었다. 수십 년 경력의 서원 세 명과 속종 다섯 명이 참봉의 손발이 되어 움직이기는 해도 참봉은 의원이 아니라 서기 같았다. 무슬이 일백여 명의 사람들을 숙지하는 데 보름이 걸렸다. 각 사람의 얼굴과 이름과 하는 일을 얼추 파악하고 나니 윤오월이 되었다. 윤오월에는 궐 안에서 상상하기 힘든 아무리 한 사태가 일어났다. 입에 담지 못할 일이라 날짜를 읊는 것이나 내역을 말하는 것도 금기가 되어 '모월 모일의 아무리 한 일'이라고만 불리게 된 사건. 소전께서 대처분을 받고 서거하신 일이었다. 소전 홀로가 아니라 수십 명이 순장 당하듯 소전의 죽음에 묻어 스러졌다. 무슬에게 소전이나 그와 함께 스러진 사람들은 타인들이었다. 그들을 몰랐으므로 그러려니, 어쩔 수 없는 일이거니 했다. 나라님께서 하신 일의 내막을 말단 관헌이 알 수도 없었다.

그 열흘 뒤 위종사의 수사 김강하가 대전을 배알하고 돌아서던 길에 정체불명의 사람들에게 총탄 우박을 받아 절명했다. 그 소식은 남의 일이 아니었으므로 몹시 놀랐다. 수앙이 받을 충격이 무서워 무슬의 몸이 떨렸다. 소전의 상중이었으므로 김강하 사건은 조용히 가라앉았다. 그의 장례는 그 식구들에 의해 사흘장으로 고요히 치러졌다. 이른 아침에 필동에 있는 완유헌에서 상여가 나가는 걸 무슬은 멀리서 지켜봤다. 상여는 진강포로 나가 배를 타고 떠났다. 평양으로 가는 듯했다. 그 상여 뒤를 따르는 수십 명 중에 수앙은 없었다.

임금이 아들을 죽이고 북악 뒤편의 몇백 년 묵은 숲에 번개가 치면서 불이 나 산의 절반이 시꺼멓게 타고 숱한 사람이 그 불에 타 죽었다는 흉흉한 소문으로 들끓었던, 기나긴 여름이 지나갔다. 가을 초입에 도성을 소란케 하는 도적 떼가 발생했다. 고갯마루에서 길손의 봇짐이나 터는 잔챙이 도적이 아니라 총으로 무장했다는 떼도 적이었다. 검은 옷에 검은 복면을 쓰고 머리에 두른 흰 띠에 명화明和라는 붉은 글자를 새기고 다닌다는 그들은 지금까지 세 번 나타났다. 팔월, 구월, 시월. 한 달에 한 번꼴이되 날짜는 각각 달랐다. 그들이 출현하는 장소도 약방거리, 시전거리, 숭례문 밖 권전장 등 대중이 없었다. 이달에도 그들이 나타날 것이므로 도성 안에 돈 좀 있다는 자들이 바짝 긴장하여 돈을 숨기기 바쁘다는 소문과 함께 세손 위종사의 김강하를 죽인 게 그자들일 것이라는 추측이 난무했다.

그들이 그러거나 말거나 가진 돈이 없는 무슬은 틈나는 대로 도둑놈처럼 수앙이 있을 만한 비연재나 완유헌이나 반야원 어름을 엿보며 다녔다. 어디에서도 수앙은 그림자도 비치지 않았다. 반야원 홍익루 밖 담장에 다섯 기의 깃발이 나부끼고 다섯 장의 팻말이 나란히 걸렸고 한 팻말에 수앙의 이름이 적혀 있기는 했다.

- 묘시진 칠지무녀 심경 복채 육 냥
- 진시진 무등무녀 구일 복채 이 냥
- 사시진 삼정무녀 영달 복채 일 냥
- 미시진 선화무녀 회수 복채 일 냥
- 신시진 묘향무녀 은술 복채 일 냥

다섯 장의 판각 팻말 밑에 또 하나의 팻말이 붙은 게 문제였다.

- 칠지무녀 심경은 당분간 점사를 쉽니다.

수앙의 당분간이 다섯 달을 넘었다. 수앙이 없는 것 같은데도 홍익루 앞 너른 마당 건너편의 홍익약방에는 사람들이 넘쳤다. 근방 비어 있던 집들에 사람들이 살기 시작해 마을이 되었다. 실제로 원실이라 불리기 시작한 마을은 몇 채의 집을 더 지으면서 급속히 커지고 있었다. 반야원이 떠도는 기민들에게 일거리를 주며 살 도리를 마련케 하느라 그러는 것 같았다.

동짓달 초사흘. 수유일인 데다 번이 걸리지 않아 무슬은 원실로 왔다. 비번 수유날이면 자주 그랬다. 팻말이 달라져 있는지 확인하고 싶어 조바심이 났다. 큰글로 쓰인 팻말은 오늘도 변한 게 없다. 판자에 음각한 글씨를 인두로 지져 선명한 글자들. '심경, 당분간, 쉽니다!' 심경이 없다는 글자들을 눈송이가 건드린다. 지난 수유일인 시월 이십삼일에 다녀갔으니 열흘 만인데 그때는 늦가을처럼 숲이 소쇄하더니 오늘은 눈이 펄펄 날린다.

김강하 사건 이후 홍익루 누각 아래 왼쪽에 수위실이 생겼다. 경계가 심해진 것이었다. 그럴 수밖에 없으리라고 여겼다. 그래도 외인 출입금지 팻말은 없으니 수위실에다 말이나 해볼까, 무슬이 궁리하는데 홍익루 안에서 왁자한 소리가 난다. 곧이어 누각 아래에서 아이들이 노루들처럼 퐁퐁 뛰쳐나온다. 아이들의 복색이 같다. 반야원 안에는 학당도 있는 모양이다. 열 살은 넘고 열세 살은 안됐을 성싶은 아이들이 똑같이 색동무늬가 놓인 회색 솜두루마기에 색동무늬의 회색 남바위를 썼다. 손에는 벙어리수갑을 꼈다. 아이들을 잘 입히고 잘 먹이는가 보다. 추위에 익은 발간 볼들에서 윤기가 난다. 무녀들이 부지런히 벌긴 해야겠다고 무슬이 생각하는데 그중 작아 보이는 아이가 도드라지며 소리친다.

"무슬언니!"

성아다. 수앙의 내림굿 전날 밤에 볼 때는 계집아이더니 오늘은 다시 사내아이 복색이다. 성아가 무슬에게 다가드니 학동들도 슬금 슬금 다가들며 중구난방으로 종알댄다.

"성아, 네 언니셔? 몸이 크다. 키가 긴 거야. 좀 무섭게 생겼지. 아냐, 못생겼어. 그렇게 말하면 스승님들께 혼나. 맞아, 사람 생김새 운운하면 안 돼. 그래, 큰일나."

아이들의 가차 없는 평가에 무슬이 기가 차서 웃는데 성아가 두 팔을 휘두르며 아이들을 쫓는다. 너희들 먼저 가라고 마구 소리친다. 성아한테 쫓긴 아이들이 너른 마당을 사슴들처럼 뛰어가 홍익원 안으로 들어간다. 성아까지 아울러 스물댓 명쯤 되는 것 같다.

"성아, 여기서 지내고 있었어?"

"난 반야원 학당에서 동무들하고 같이 살아. 우리 집이 없어져 버렸거든."

"비연재를 말하는 거구나?"

김강하 사건이 난 두 달 뒤에 무슬은 대문을 막아 버린 비연재에 들어가 보았다. 사랑채나 안채나 곁채 등 집안 곳곳이 소슬할 만치 깔끔했다. 담장 밑으로는 가시를 단 명자나무가 주르륵 심겼고 폐문된 대문 가까이 노각나무와 마가목 등이 심겨 있었다. 화단이 예전보다 훨씬 넓어졌고, 구절초며 감국, 마타리 등의 가을꽃이 마구 피어난 참이었다. 사람은 없었다. 식물들의 집으로 변해가는 비연재는 수앙이 돌아오지 않을 것임을 말하고 있는 듯했다.

"우리 큰언니가 저세상으로 가 버렸잖아. 그러니까 집이 없어졌지. 무슬언니 너도 알지?"

"들었어. 안됐구나, 우리 성아."

아이가 빤히 보는가 싶더니 눈을 질끈 감고 고개를 마구 젓는다. 그 눈에서 눈물이 주르륵 흐른다. 무슬이 당황하여 다가들어 안으니 가슴팍에도 못 미치는 자그만 몸이 바들바들 떨면서 울기 시작한다. 울며 소리친다.

"나는, 나는 큰언니도 못 보고, 나는 우리 엄마도 못 보고, 수앙언니도 못 봤어. 큰언니가 죽었는데. 엄마도 돌아가시고. 수앙언니는, 절에서 안 나오고, 난 아무도 못 보는데 울지도 못 하고. 나는 정말 불쌍해."

무슬의 가슴이 또 철렁 내려앉는다. 연화당께서도 돌아가셨다는 말이 아닌가. 아무리 한 사건이 있던 날 가마골의 소소 무녀라는 이와 그 하속들과 그들을 잡으러 나섰던 금위군들이 인왕산 뒤편에 난 큰불에 휘말렸다. 소문이었다. 내의원까지 퍼진 그 소문은 쉬쉬하면서도 갖가지 억측을 키웠다. 소소 무녀가 그리 쉽게 죽지는 않을 거라는 게 대개의 결론이었다. 소문의 진위가 어떠하든 소소 무녀가 연화당이라면 산불에 휘말렸을 리 만무하며 그 불은 연화당을 가리기 위한 것이었을 터였다. 그럼에도 연화당께서는 돌아가신 것이다. 김강하와 같은 날.

무슬은 연화당께서 돌아가실 수 있는 분이라고 여기지 않았기에 몰랐다. 성아는 알았다. 어머니의 임종을 못 보고 큰언니의 죽음도 못 봤지만 알고는 있었다. 어른들이 자신들의 충격을 이기느라 챙기지 못한 아이는 홀로 울지도 못한 채 몇 달을 지내온 것이다.

"우리 성아, 많이 울고 싶었을 텐데 울지도 못하고 힘들었겠다. 정말 힘들었겠다."

한참을 다독이노라니 작은 몸의 떨림이 조금씩 잦아든다. 무슬은 아이의 등을 어루만지며, 아이를 더 울리지 않기 위해 치밀어 오르는 자신의 눈물을 가라앉힌다. 수앙이 널브러져 있는데, 그 충격을 헤아릴 수도 없는 처지에 울고나 있을 것인가. 눈물이 가라앉으니 아이와 같이 실컷 울고 난 것 같다.

"장무슬?"

아이들을 뒤따라 내려온 듯한 최선오와 만삭으로 보이는 의녀 백단아다. 검정 바탕에 회색 테두리가 둘린 모자에, 회색 솜두루마기에 검정 동정을 두른 차림새가 똑같다. 두루마기에 달린 매듭단추 색깔만 파랑과 주황으로 다르다. 내외가 처음 만난 건 비휴들이 임림재를 치러 갔을 때였다. 거기서 사로잡혔다가 깨어난 새벽에 최선오한테 밥을 먹여준 처자가 백단아였다. 그들이 혼인한 사실을 무슬이 안 것은 수앙의 내림굿이 치러지던 밤 양연무에서였다. 보제원거리 화엄약방에서 일하는 미선 형이 말해 주었다. 자선 형이 연화당의 호위대장인 능연과 혼인한 사실도.

"선오 형님!"

"누굴 안고 있는 거야?"

"성아예요. 성아가 좀 울었어요."

"씩씩하게 잘 지내는 것 같더니 널 만나 울었구나."

다가온 그가 무슬의 품에 파묻혀 있는 성아의 등을 어루만진다.

"우리 성아, 잘했다. 울고 싶으면 우는 거야. 참지 않아도 돼."

아이가 무슬의 도포 자락에다 제 얼굴을 문지르더니 병아리가 암탉 날개 속에서 밖을 내다보는 양 고개를 든다. 제 스승들을 보고는 계면쩍은 듯 웃는다.

"지금은 다 울었어요, 스승님."

"왜, 이왕 시작했는데 조금 더 울지 않고서?"

"밤에 또 울래요."

"그러면 지금은 어쩔래? 네 친구들하고 같이 약재 공부를 할래, 오늘은 쉴래?"

"공부할래요."

"장하구나. 그럼 배불뚝이 선생님 모시고 약방으로 들어가거라."

성아가 백단아한테로 다가가 그의 손을 잡고 다른 한 손으로는 부른 배를 받치듯이 하며 이끈다. 방금 펑펑 울던 그 아이가 맞나 싶다. 백단아가 무슬에게 목례를 해 보이고는 아이와 함께 약방으로 들어간다. 안해와 제자를 약방으로 들여보낸 최선오가 홍익루 안으로 들어서며 말했다.

"추운데 올라가자."

수위실 창문 안에서 내다보는 같은 복색한테 선오가 손을 들어 보이고는 안으로 걷는다. 주랑 앞을 지나 오른편 길로 접어들며 무슬이 묻는다.

"외인도 함부로 들어갈 수 있어요?"

"외인은 절대 못 들어오지. 예전에는 손님의 수행을 우물마당까지 따르게 했지만 이제는 손님들이 수행을 여기다 떼어놓고 우리 식구와 함께 걸어 올라가야 하는걸."

"지체 높은 사람들이 그러려고 해요?"

"자신의 운명을 알고픈 사람들은 지체 고하를 막론하고 아쉬운 게 많은 모양이야. 수행 떼어놓고 못 들어간다는 사람은 거의 없어."

"저는 지금 외인이 아닌 거네요?"

"넌 내 아우이고 성아가 네 품에서 울 정도니, 여기 식구지."

"형수님이 만삭이신 것 같은데, 여기 두고 그냥 가도 돼요?"

"아이들 약재 공부시간이고 그 사람은 선생이라 내려온 거야. 한 시진 뒤에 내려와 데려가면 돼. 아이들도 몰고 올라가야 하고."

"그사이에 눈이 많이 쌓이면 어쩌죠?"

"그럴 것 같으면 중간에라도 수레를 끌고 와 모셔 가야지. 배불뚝이라 업기도 어렵거든."

중간에 있는 연못이 꽁꽁 얼어 눈에 덮여간다. 오르는 길에 드문드문 보았던 안내판이 연못 옆에도 붙어 있다.

– 길을 벗어나지 마십시오. 숲 곳곳에 덫이 있습니다.

덫이 있다는 연못 왼편 숲 저쪽으로 길이 있을 텐데 겨울이라 숲이 듬성한데도 이쪽에서는 보이지 않는다. 올라가는 사람은 내려오는 사람을 볼 수 없으므로 손님들끼리 부딪치지 않도록 두 갈래 길을 낸 모양이다. 원 식구들의 복색을 통일하여 외부인과 구별하고, 같은 복색을 함으로써 외부인들은 식구들을 식별하기 어렵도록 만들고. 반야원이 열린 지 일 년이 못되는데 틀이 다 잡힌 것 같다.

"형님."

"왜?"

"여기는 수앙이 살 집이죠?"

선오가 어이없는 듯 웃더니 팔을 옆으로 뻗어 무슬의 이마를 툭 친다. 손바닥 스친 이마에 불이 나는 듯하다.

"그 정도도 물어보면 안 되는 거예요?"

"네가 그걸 알아 뭐할 건데?"

"저하고 수앙은 동무니까, 형님이 그와 같이 살 것 같으니까 물어보는 거죠."

"처음이자 마지막으로 말하는데, 앞으로 그런 거 나한테 묻지 마. 그런 거 묻는 것 자체가 불경죄야."

"수앙에 관해 묻는 게 불경죄에 해당돼요? 왜요?"

"수앙이든 누구든, 자연히 알게 되는 것 이외의 것을 묻는 게 여기서는 불경죄야. 네 질문에 답하는 순간 나도 불경죄를 범하는 것이고. 여긴 신령들의 성소이자 수앙의 집이 맞아. 다른 무녀들의 집이며 우리들의 집이기도 해. 현재 식구가 백오십 명이 넘어. 날마다 식구가 늘고 있지."

"혹시 저도 여기 와서 살 수 있어요?"

"명 받으면 가능하지. 여기서 살고 싶은 모양인데, 명 받아와."

선오가 말하는 명은 최소한 소속된 부의 부령의 명은 되어야 할 것이다. 무슬은 현무부 칠품무절이지만 부령이 누군지도 모른다. 그러므로 선오는 쓸 데 없는 소리 말라고 한 것이다.

"수앙은 언제 돌아와요?"

"아무도 몰라. 나도 물론 모르고. 여기까지! 다신 수앙에 대해 나한테 묻지 마. 그러면 나는 널 여기 데려올 수 없는 건 물론이고 사사로이도 볼 수 없게 될 테니까. 알았지?"

반야원 앞에 닿는다. 우물마당이 어느새 소복해졌다. 대가 긴 싸리비를 들고 눈을 쓸고 있는 두루마기 복색 두 사람이, 들어서는 두 사람을 돌아보는데 뜻밖에도 한 사람은 좌포청에서 일하는 유자선이다. 그가 놀란 눈을 뜨는가 싶더니 손을 들어 보인다.

"둘째 형님도 이쪽으로 옮기셨어요?"

"내자가 사는 집이라 여기 오면 여기 사람 노릇을 한다. 내자 덕에 수시로 드나드는 게고, 여기 오면 여기 옷을 입지. 헌데 너는 여기 어쩐 일이냐?"

"저는 동무 집이라 여겨 와 봤지요. 저 아래서 동무의 아우도 잠깐 봤고요. 그 덕에 들어왔어요."

"이렇게도 보는 수가 있구나. 어쨌든 인사해라. 나처럼 내자가 사는 집이라 틈나는 대로 와서 비질을 하시는 이쪽은 세손익위사에서 일하는 백동수 씨. 동수 씨, 이쪽은 우리와 같은 절에서 자란 장무슬이오. 지난봄에 내의원에 입격해서 지금은 참봉으로 일하고 있소."

똑같은 옷에 똑같은 모자를 쓴 백동수가 씩 웃으며 빗자루를 치켜든다. 그리곤 소리친다.

"반갑습니다, 장 참봉. 그쪽 나무 밑에 빗자루 있으니 이렇게 만난 기념으로 다 같이, 거국적으로 눈이나 씁시다."

"한바탕 지나간 뒤에 쓰는 게 아니라 지금 씁니까?"

"얼마나 내릴지 몰라도 나중에 한꺼번에 치우려면 힘들지 않겠어요?"

"전체를 다 씁니까?"

"우선 이 마당부터 쓸어 보는 거죠. 나머지는 하늘님의 행사를 봐서 결정하는 거고요."

최선오가 흐흐 웃더니 빗자루 두 개를 들고 와 하나를 무슬에게 던져 준다. 무슬은 빗자루를 받아 다른 사람들과의 간격을 벌린 뒤 눈을 쓸며 길을 만든다. 수앙이 어느 절에서 울고 지내는지 알 수 없는데 그가 없는 그의 집 마당의 눈을 쓸게 되다니. 어이없지만 이거

말고 무슨 할 일이 있는가 싶기도 하다. 오늘 알아야 할 건 다 알았지 않은가. 알아야 할 걸 다 알아도 내가 할 수 있는 일이 없다는 사실까지도.

그리운 사람 그리워하기

    지난 칠월 이십일일, 세자가 하세한 지 두 달 만에 장례가 치러졌다. 대전은 세자의 묘소까지 거둥하여 친히 신주神呪를 쓰며 곡했다. 그리고 세자의 묘에다 수은묘垂恩墓라는 묘호를 내렸다. 세자의 장례 직후 세손 주변에서 인사이동이 벌어졌다. 아들을 죽이고 나니 후회가 되셨던가. 대전에서 세손 주변에 놓은 교관들 중에 소전의 측근이었던 사람들이 다수 들었다. 강서원이 세손시강원으로 편제되면서 강서원 유선이었던 박명원이 시강원의 보덕輔德이 되었다. 시강원의 좌,우빈객이나 좌,우부빈객 등 정승 반열의 교관들은 겸직한 상징적 존재들이고 시강원의 실제 업무며 세손의 공부과정을 주도하는 자리는 종삼품의 보덕이었다. 박명원 보덕은 화평 옹주의 부군으로 세손에게는 고모부였다. 세자시강원 설서였던 이극영이 정오품 문학文學으로 승차했다.

    세손위종사가 세손익위사로 바뀌면서 예전에 소전을 호위했던 설희평이 익위사 수장인 좌익위로, 위종사에 있던 문현조가 좌위솔로,

홍집은 우위솔로 들어갔다. 성균관 사성을 지내던 이무영은 대사성이 되었다. 세손이 성균관 학생이고 대사성은 시강원의 교관을 겸하므로 이무영도 세손의 스승으로 들어간 셈이었다.

온이 사산死産을 겪은 건 그 전이었다. 지난 윤오월 하순, 회임을 알게 된 지 한 달쯤 만이었고 김강하가 비명횡사한 이튿날이었다. 온의 사산과 김강하의 비명횡사가 관련이 있는지는 모르지만 전날 일어난 횡보를 이튿날 아침에 듣고 저녁에 핏덩이를 쏟아 버렸으므로 무관하다 보기도 어려웠다.

그 한 달여 뒤 난수도 유산했다. 배를 찌르는 듯한 극심한 통증에 넘어지며 피를 줄줄 흘렸다는 그때가 하필이면 만단사 일성사자들의 칠석 회합을 준비하던 칠월 육일이었다. 보현정사 일성헌에서, 앞서 당도한 여러 일성들이 함께 있었던가 보았다. 응급처치를 받고 백자동 제 집으로 옮겨간 난수는 일성 회합에 들지 못한 채 닷새 만에 일어났다고 했다. 온이 난수의 유산에 대해 어찌 생각하는지 내색을 않으므로 홍집은 알 수 없었다. 난수를 내치지 않고 여상하게 일을 시키는 그 속내를 짐작하기 어려웠다.

그렇다고 온의 얼굴이 얼마나 어두운지 모를 수는 없었다. 김강하의 죽음 때문이든 자신의 사산 때문이든 그날 이후 온은 차츰 야위어 근래에는 아주 바싹 말랐다. 몇 달 새에 몇 년을 산 듯 주름살이 생겼고 머리에는 새치가 돋아났다. 혼인 이래 집에 있는 날은 늘 함께 잤는데 사산 이후 온은 홍집과 한방에서 자는 걸 거부했다. 당신 처소에서 주무셔요. 그렇게 말한 뒤로 홍집이 이따금 자러 들어가면 같은 소리를 반복했다. 나름이가 함께 자며 수발을 들었다. 그제 밤에도 그랬다.

"부러 들어오실 거 없습니다. 당신 처소에서 편히 주무셔요."

어제 등청해서 며칠간 수유를 내겠노라 청했더니 허가가 났다. 퇴청한 뒤 홍집은 온에게 미연제한테 다녀오겠노라 했다. 온이 시큰둥한 투로 알아서 하시라 했다.

"언제라고 제 뜻 묻고 다니셨어요?"

비아냥거린 듯했지만 실상은 자포자기였다. 자신에 이어 난수까지 태아를 잃어버린 탓에 미연제에 대해서도 두려움을 느끼는 것 같았다. 홍집도 그 염려가 없을 수는 없었다. 어미아비가 저질러 온 죄과가 아이한테 작용할지도 모른다는 것을. 한편으로 아이가 집에 들어오면 온이 달라져서 주변이 따뜻하고 환해지지 않을까 싶기도 했다.

"가 봐서 어지간하면 아이를 데려오던가, 그 채비라도 시켜 놓고 오겠습니다. 오는 봄에라도 데려올 수 있도록요."

홍집의 말에 온의 얼굴이 비로소 밝아졌다. 고개를 돌리는 눈에 얼핏 물기가 비치는 것 같았다. 잠은 사랑에 나와서 잤지만 새벽에 홍집이 집을 나설 때 온이 대청까지 나와 배웅했다. 잘 다녀오세요, 그랬다.

어제 해 질 녘에 천안에 닿았다. 은새미로 넘어가면 밤이 늦을 것 같아 천안에서 묵었다. 느지막이 일어나 아침을 먹은 뒤 은새미로 온 참이다. 어젯밤 천안에 눈이 제법 내렸는데 은새미도 하얗다. 샘골 주막을 지나면서부터 시작되는 은새미 길 주변에 띄엄띄엄 몇 채의 집이 있고 은새미에는 다섯 채의 집이 옹기종기하다. 가운데 집이 삼덕 무녀의 궁리원이고 그 오른편 집이 미연제가 사는 강담네다. 강담네 오른편 집에서 강담의 조부모가 살고 궁리원 왼편에서 깨금네라 불리는 옹기장이 노인 내외가 산다. 옹기장이 노인네 뒤편 집에 어떤 사람들이 사는지는 홍집이 몰랐다.

강담 아비가 마당의 눈을 가래로 밀고 있다가 홍집을 발견하고는 놀라 사립 밖으로 나온다.

"서방님 오셨습니까?"

"예, 강담 아버님. 그간 잘 지내셨습니까?"

아랫방의 문이 열리더니 강담과 점아가 내다본다. 아이들의 글공부 시간인지 아이들 뒤편에 서안이 보인다. 강담 아비가 아이들한테 나와서 손님께 인사하라 하자 아이들이 신나 하며 나와 인사를 한다. 지난 정초 상림 다녀오던 길에 들러 봤던 아이들이 제법 큰 것 같다.

"강담과 점아! 잘들 있었니?"

홍집을 알아본 아이들이 "예, 아저씨." 합창하듯 대답한다. 홍집은 천안 큰 장거리를 지나오며 사온 약과와 유과 뭉치 등을 말에서 내려 안채 마루에 놓아준다. 그쯤에 오른편 집에서 기척을 들은 강담 어미가 건너오는데 배가 몹시 부르다. 이집에서는 또 아이가 태어나게 생긴 것이다. 아이를 데려가야 할 입장에서는 다행인 것 같은데 허원정에서 태어나지 못하는 아기들을 생각하자니 쓸쓸하다.

한 달 안에 아이를 낳게 될 듯한 강담 어미가 홍집에게 인사를 하는데 얼굴이 흐려진다. 홍집이 이번에 찾아온 이유를 알겠는 모양이다. 강담 어미가 홍집에게 아랫방으로 들어가시라 권하고는 아이들에게 과자 뭉치 등을 들려 시부모 집으로 향한다. 강모가 그쪽에 있나 보다. 강담 아비가 먼저 사랑방 격인 아랫방으로 들어가 방을 대충 치우고는 홍집을 들게 한다. 방바닥이 뜨끈뜨끈하다.

"이번에는 점아를 데리러 오신 겁니까?"

"꼭 그렇지는 않습니다만, 두 분이 아이를 떼어 주실 만하고, 아이가 심히 힘들어하지 않는다면 이번 참에 데려가고 싶습니다. 정 어려울 것 같으면 삼동을 지낸 뒤에 데려갈 생각이기도 하고요. 이런저런 말씀들을 나누어 보고 그 채비를 하자 싶어 왔습니다."

"점아한테 사실대로 말을 할지, 우선 다른 핑계를 대서 데려간 뒤 좀 더 큰 뒤에 말을 해줄지, 그 점부터 결정을 해야 하지 않을까 싶습니다."

"어미아비가 따로 있다는 사실을 알면 아이가 견딜 만하겠습니까?"

"영영 제 자식으로 키울 수 없는바 아이로서도 한 번은 치러야 할 일이지만, 아이가 어떨지는 솔직히 저도 모르겠습니다."

"제가 오는 길에 갖가지로 생각하다, 이 댁 식구가 도성으로 이사를 하시면 어떨까 하는 궁리를 했습니다. 아이가 식구들을 그리워할 때면 쉽게 만날 수 있을 만한 곳으로요. 강담 아버님이 장사를 하실 수 있도록 점포 달린 집이면 어떨까 싶고요. 안채가 따로 있는 주막도 생각해 보았습니다. 도성 어디쯤이 좋겠는지는 두 분께서 정하시는 걸로 하고요."

"제 식구들의 이거는 제 뜻대로 결정할 수 있는 사안이 아닙니다."

"이사가 쉬운 일은 아니긴 하나 다른 이유도 있습니까?"

"아이들 때문에 내놓지 못하고 있습니다만 사실 애들 어미가 무녀입니다."

"그렇습니까?"

"예. 아시겠지만 무녀는 관에 신고하고 오색 깃발을 내걸지 않으면 무녀 노릇을 할 수 없는데, 본인 이름으로 깃발을 내걸면 그 자식들도 곧장 천민으로 등재되고 맙니다. 애들 어미는 애들을 천민으로 만들 수 없어서 깃발을 못 거는 것이고요."

벌써 여러 해 전 임림재에서 연화당이 염사선에게 어머니가 계시고 그 어머니가 무녀라고 한 적이 있었다. 사선이 그렇다고 했을 때 모두 놀라 입을 다물지 못했다. 도성으로 돌아온 뒤 사선에게 어머니에 대해 물었더니 사선이 토설했다. 사선은 임진강 어름에서 태어난 무녀의 아들이었다. 무녀들은 혼인하는 일이 거의 없고 자식을 낳게 되면 숨겨 키우고 아이가 걸을 만해지면 내쫓는 게 보통이라 했다. 무격의 자식은 세상 어느 곳에도 붙어살기 어려우므로 결국 무격으로 살아야 하니 자식이 그리 사는 걸 보고 싶지 않은 무격들은 자식을 내치는 것이었다. 사선도 그렇게 어머니로부터 쫓겨나 떠돌다가 효맹의 눈에 띄어 화도사로 들어오게 됐던 것이다.

"그러셨군요."

"예. 그렇지만 무녀는 무녀인지라 무녀의 권속으로라도 살아야 합니다. 애들 어미는 이웃의 삼덕 무녀 그늘에서 살고 있습니다. 저희들이 도성으로 옮겨가려면 애들 어미가 도성 쪽 어느 무녀의 권속으로 들어가 무녀 노릇을 할 수 있는 여건이 돼야 합니다. 그리하기 위해서는 상부에 고하고 여건을 만들어 주십사 청해야 하고요. 애들 어미가 이거에 동의하게 되면 그 절차부터 거쳐야 하는 것이죠."

"강담 아범님은 제 생각에 동의하십니까?"

"애들 어미는 삼덕 무녀하고 워낙 오래 함께 살아와서 어떨지 모르겠습니다만 저는 솔직히, 제 식구가 다 같이 살 수 있고 아이들이 잘 클 수 있는 곳이라면 어든 괜찮습니다."

"그렇다면 강담 아버님이 부인과 의논을 해봐 주십시오. 부인의 뜻을 먼저 듣고 동의해 주신다면 그에 따라서, 제가 먼저 돌아가 함월당께 이 댁의 이거에 관한 청을 드려 보겠습니다. 이거가 결정된다면 이 댁 식구가 살 만한 집이며 점포 등은 제가 준비해 놓지요."

"먼저 애들 어미와 의논을 해보겠습니다. 그 전에, 조심스럽습니다만 서방님께 여쭤볼 게 있습니다."

"말씀하십시오."

"서방님께서 점아의 생모님과 합치셨을 거라고 짐작은 했습니다. 오실 때마다 열 냥씩이나 되는 거금을 주시기에 서방님 댁이 곤궁하시지는 않는 거라고 생각했고요. 그렇더라도 댁에서 제 식구 집을 장만해 주실 만한 형편이 되시는지요? 집이며 점포 등을 말씀하실 만치 여유가 계신지?"

이들은 미연제가 누구의 딸인지도 모른 채 키웠나 보다. 그저 사통한 남녀가 자식을 낳았으나 키울 형편이 못되므로 그대들이 키우라는 상부의 명만 따랐던 것이다. 홍집은 기가 막힌 한편으로 이 같은 사람들에게서 미연제가 자랐다는 사실이 기쁘다.

"함월당께 아무 말씀도 못 들으셨나 봅니다. 어차피 아시게 되겠으나 저와 제 안사람은 도성 안에다 이 댁 식구가 살 만한 집과 점포를 마련할 수 있을 만치, 저희 자식을 키워 주신 분들께 충분히 사례할 수 있을 만큼 여유롭습니다. 어떤 집을 어디다 마련하실지만 결정해 주시면 됩니다."

"서방님 댁에 식구가 많으십니까?"

허원정 식구만 해도 팔십여 명이다. 상림 식구가 그만큼이고 이화헌과 보현정사까지 합치면 이백 수가 넘는다. 미연제의 직계로만 따지면, 어미아비에 상림의 조부모와 삼촌까지 겨우 다섯이다. 지난여름 영고당이 별세한 뒤 금오당이 상림으로 내려갔다. 부실 자리 이십팔 년 만에 금오당이 정실로 들어섰으므로 미연제한테 할아버지 할머니를 설명하기 쉽게 됐다.

"적지 않은 식구가 함께 삽니다."

"제 식구가 도성으로 가든지 못 가든지, 점아가 사람을 좋아하니 다행입니다. 어쨌든 이렇게 시작이 됐으니 애들 어미와 의논해 보겠습니다. 제가 건너가서 점아를 보낼 테니 서방님께서는 아이와 시간을 좀 보내십시오. 요령껏 운을 뗄 때 보시는 것도 좋겠지요. 사실 저는, 제가 아비라는 사실에 어떤 의심도 없는 점아한테 생부, 생모가 따로 계신다는 사실을 알릴 자신이 없습니다."

강담 아비가 나가고 홍집은 문을 열어 놓은 채 방안을 둘러본다. 두 간짜리 좁장한 방 안쪽에 책장이 있고 십수 권의 책이 놓여 있다. 그 곁 반다지 위에는 얌전히 개인 이불이 올라앉았고 그 옆은 쪽문이다. 쪽문을 열면 헛간이다. 큰 솥이 걸린 아궁이가 있고 이런저런 가장 집물들이 잘 정돈되어 있다. 고루 소박할지라도 환하고 따스한 집이다.

"아저씨!"

툇마루에 올라와 홍집을 부른 미연제가 방으로 들어온다. 머리에 쓴 흰 아얌에 오색 동그라미가 수놓여 귀엽다.

"점아 왔구나! 강담이는?"

"아버지가 담이한테 샘골 객점에 가서 술 한 되 받아오라고 보냈어요. 저한테는 아저씨 심심하시다고 가 보라고 하셨고요. 좀 놀아 드리래요."

지난 구월 초에 금주령이 다시 반포되었다. 오는 겨울과 내년 춘궁기를 대비해 식량을 술로 마셔 치우지 말라는 포고였다. 금주령이 조보에 대문짝만 하게 실리고 천지에 방으로 나붙었다. 술 마시다 걸린 자나 술 취해 걷는 자는 즉시 참수하리라는 단서가 붙었다. 얼마나 엄하게 단속하는지 하루 대여섯 명씩이 시구문밖 광장에서 술에 취한 채 참수되곤 했다. 술을 판 주막 주인도 마찬가지였다. 도성 거리에서 술이 자취를 감추는 동안 조정에서는 경기도와 호서지방, 호남지방, 영남지방 등에 안집사를 다시 파견했다.

　사실 지난 칠월 중순에도 각 도에 안집사가 나갔다. 세자의 하세와 더불어 흉흉해진 백성들의 민심을 다스리고 각도의 농사 상황을 살피기 위함이었다. 안집사들이 보내온 장계들에 따르면 충청과 경상과 호남 등 삼남 지방의 작황이 심히 좋지 못했다. 삼남 지방은 조선 백성이 일 년 먹을 양곡의 절반 이상을 생산하는데 가장 많은 양곡을 생산하는 호남지방의 작황이 특히 나빴다. 봄내 가물었고 오월에 비가 너무 잦았거니와 윤오월에는 태풍과 홍수 피해가 심했던 탓이었다. 이렇게 가다가는 내년 봄이 오기도 전에 기민饑民이 속출하고 굶어죽게 된 처처의 백성들이 민적을 버리게 될 터였다. 민적을 버린 백성들은 지주들의 종으로 들어가거나 산으로 숨어들거나 걸인이 되어 도성으로 들어올 수밖에 없었다. 이래저래 세역이나 군역을 담당하는 백성이 줄어 나라의 근간이 흔들리게 되는 것이다.

　조정에서 바짝 긴장하여 금주령을 다시 반포했지만 술은 거리에서만 사라졌을 뿐이다. 집에서 빚어 마시는 술을 어찌 막으랴. 도성 안 십이 만여 가구 중에서 제사를 지내는 집이 날마다 몇천 가구는 될 테고 제사에 쓸 술은 빚어도 되는데 무슨 수로 술을 막는단 말인

가. 어쨌든 그건 도성 이야기인가 보다. 이 산골짜기 마을에서는 여섯 살배기도 호리병을 들고 술을 받으러 가지 않는가.

"착하네, 우리 점아. 추우면 문 닫을까? 아저씨가 닫을까?"

"겨울엔 문을 꼭 닫아야 방이 식지 않고 사람이 안 추워요. 제 꼬리가 얼지 않게 제가 닫을 거예요."

아이가 하도 천연덕스러우니 문 밖에 꼬리가 있을 성싶은데 미연제가 낑낑거리며 문고리를 잡아당긴다. 장한 일을 한 듯이 자그만 손으로 박수를 친다. 겨울은 겨울인지 방문을 닫자 금세 안온해진다.

"점아가 기운이 세구나. 그런데 우리 뭘 하고 놀지? 점아는 요즘 무슨 놀이를 좋아해?"

"저와 담이는 요새 해금 켜는 걸 배우는데요, 재미있어요."

"어느새 악기를 배워? 대단한데! 많이 배웠어?"

"이제 겨우 궁상각치우 음계 배우는데요 뭐."

"막 배우는데도 재미를 알 정도면 대단한 거지. 집에 해금이 있어?"

"우리 동네 끝집에 사시는 선생님 댁에 있죠. 점심 먹고 나서 배우러 갈 거예요."

"그렇구나. 끝집에 선생님이 사시는구나. 이따 아저씨도 너희들 따라서 한번 가 보고 싶은데, 그래도 될까?"

"선생님이 부끄러워하시면 어떻게 해요. 선생님은 우리 삼덕 아주머니 동무신데 수줍음이 많으시거든요. 마을 밖에도 통 안 나가시고요, 집 밖으로도 잘 안 나오세요."

"그럴 수도 있겠구나. 그러면 내가 너희들 뒤에 몰래 따라가 방 밖에서 들어 봐야겠다.”

“그건 괜찮아요. 근데 아저씨는 오늘 우리 집에서 주무실 거예요?”

“그래도 되고, 샘골 객점에 가서 자도 되겠지. 그건 저녁 참에 생각해 보기로 하고, 지금은 아저씨가 이야기 한 가지 해볼까?”

“옛날이야기요?”

“아니. 요즘 얘기야. 도성에 사는 어떤 아저씨와 아주머니에 대한 이야기.”

“도성은 아주 크죠? 임금님도 사시고요?”

“넓지. 사람이 많고 집도 많고. 임금님도 사시고. 해볼까, 아저씨와 아주머니 이야기?”

“네.”

“그러면 글씨를 써가면서 해보는 게 어때?”

“글자놀이요?”

“그런 셈이지.”

홍집은 책장 아래에 있는 종이 뭉치에서 종이 한 장을 빼 서안 위에 펼치고 자신의 먹소용을 풀어 먹물을 준비한다. 종이 왼쪽에다 男女를 써놓으니 아이가 남녀라고 소리 내어 읽는다. 남녀 아래쪽에다 女息이라 쓰니 여식이라 읽는다.

“이 남녀를 이야기 속의 아저씨와 아주머니라고 생각하려무나.”

“원래 아저씨는 남정이고 아주머니는 여인이잖아요?”

“그렇지. 밑에 있는 여식은 무슨 뜻일까?”

“에이, 저 같은 딸아기잖아요.”

“우리 점아는 공부를 많이 했구나!”

"그렇지만 저는 담이보다 늦어요. 담이는 천자문을 거의 다 익혔
는데 저는 이제 선위사막宣威沙漠하니 치예단청馳譽丹靑이라를 쓰고
있어요. 글자가 어려워서 한 글자 그리는 데 한 식경은 걸려요."

"어느새 천자문을 반도 넘게 익혔네. 대단한데! 선위사막하니 치
예단청이라가 무슨 뜻일까?"

"어떤 사람들이 훌륭한 위엄을 사막에까지 떨치면 그 명예를 단청
으로 그려 후세에까지 전한다는 거래요. 그러니까 훌륭하게 살면 훌
륭한 이름이 멀리까지 오래오래 전해진다는 거예요."

"야, 점아 똑똑하구나."

"근데 아저씨, 사막이 뭔지 아세요?"

"점아는 아니?"

"우리 아버지가 사막은, 모래로만 돼 있는 넓은 땅이라고 하셨어
요. 모래로만 돼 있기 때문에 풀이나 나무가 살 수 없어서 사람도 살
수 없는 땅이라고요."

"점아가 잘 아는구나. 이 아저씨도 그렇게 들었어. 사막이라고 불
리는 땅에 가 보지는 않았고."

"우리 조선에는 사막이 없대요, 아저씨."

"그렇대?"

"네에. 그래서 우리 조선은 사람이 살기 좋은 땅이래요."

"그렇구나. 아버님이 그리 가르쳐 주셨어?"

"네. 우리 아버지는 모르시는 게 없거든요. 온갖 곳을 다 다니시니
까요."

홍집의 가슴이 아린다. 이름도 모르는 강담 아비에 대한 질투다.
자기 이름이 무슨 상관이겠는가. 강담 아비, 점아 아비만으로도 그

는 세상에 다시없는 저만의 세상을 갖고 있지 않은가.

"점아 아버님은 정말 훌륭하게 사시는구나. 헌데 훌륭하게 사는 게 어떤 건지 점아도 아니?"

"저는 아직 잘 모르지만 제가 착하고 예쁘게 큰 다음에 저절로 알게 된대요."

"아버님이?"

"우리 엄마가요. 우리 아버지는 집에 계실 때만 선생님이신데 자꾸 먼 데 갔다 오랜만에 오시니까 보통은 엄마가 선생님이시죠."

"어머니가 대단하시구나. 훌륭하시고. 우리 점아도 대단하고 훌륭해."

"담이가 훨씬 잘해요. 심부름도 잘하고요."

"담이보다 늦는 건 아무렇지도 않아. 날마다 조금씩이라도 꾸준히 하는 게 정말 대단한 거야."

"엄마랑 아버지도 그렇게 말씀하시는데요."

"어머니 아버지 말씀이 맞아."

"네. 그래서요, 아저씨하고 아주머니하고 딸이 있는 이야기, 해주세요."

"그래 해보마. 자, 종이 오른편에 글자를 쓸 테니 읽어 보렴. 못 읽어도 괜찮아."

오른편에다 養父養母를 쓰고 그 아래에 女息을 써놓자 아이가 또박또박 읽는다.

"우리 점아는 어려운 글자도 잘 읽는구나. 이제 얘길 해볼게. 종이 왼편에 적힌 남녀, 즉 아저씨하고 아주머니가 서로 사랑하여 점아처럼 어여쁜 딸아기를 낳았어."

"우리 어머니랑 아버지처럼요?"

"맞아. 서로 사랑하여 딸아기를 낳았는데 딸아기를 낳을 때쯤에 아주머니와 아저씨 형편이 아주 좋지 않았어. 함께 살 집이 없을 정도로."

"너무 가난해서요?"

"그런 셈이지. 그런 데다가 아주머니가 몹시 아파서 젖이 나오질 않았대."

"젖을 먹어야 아기가 사는데 아주머니가 그렇게 아파서 어떻게 해요?"

"그래서 아저씨는 아주머니한테서 딸아기를 안아다가 유모한테 맡겼지."

"유모는 젖어머니죠?"

미연제가 자그만 손가락으로 종이 오른편에 쓰인 양모를 짚어 보이며 종알거린다.

"유모가 딸아기의 양모가 된 거고요?"

"똑똑하다, 우리 점아. 맞아. 그래서 양쪽에 있는 여식, 딸아기가 같은 딸아기인 거야. 알아듣겠니?"

미연제가 왼쪽의 여女자를 짚으며 대답한다.

"그럼요. 다행이에요. 그런데 이 아주머니는 몸이 나았어요?"

"아주머니가 몸이 나을 때쯤에 아저씨 아주머니한테 집이 생기고 먹을 것도 제법 많아졌는데 그쯤에 아주머니가 사고를 당해 아주 크게 다쳤어."

"아이, 어떡해."

"아주머니가 팔다리를 쓰지 못하게 됐을 만치 심하게 다치는 바람에 다시 몇 년이나 아팠어. 그래서 딸아기를 데려다 키울 수가 없었어.”

“아주머니 가여워요. 눈도 안 보인대요?”

“다행히 눈은 보인대.”

“진짜, 진짜 다행이에요. 옛날에 우리 집에 눈이 안 보이는, 아주 고운 아주머니가 오셨거든요. 세상에서 제일 예쁜 아주머니였어요. 그런데 아주머니가 앞을 못 봐서요. 혼자 잘 걷지도 못하고요, 혼자 반찬도 못 집어 잡쉈어요. 그래서 제가 손을 잡아 드렸어요. 같이 더운 샘에 가서 목욕도 했고요. 같이 옷 벗고 목욕하는데 꽃나무에서 꽃잎이 막 떨어졌어요. 그런데 아주머니가 물속에서 꽃잎이 고춧물이라도 돼서 매운 것처럼 울었어요. 그리고 저를 안아 주셨는데요, 간지러워서 혼났지만 아주머니가 가여워서 참았어요.”

연화당을 말하는 모양이다. 그이가 여길 다녀갔던 것이다. 꿈인 양 아스라이 곱던 그이. 너무 고와 현실의 사람이 아닌 것 같던 여인. 온이 소소원에 가서 그를 만났다고 들은 게 지난 오월 하순이니 나경언의 고변사태가 터지기 전, 봄이었을 터이다. 이집 옆 계곡 더운 샘 위쪽에 왕벚나무와 자귀나무가 있으니 아이와 그이가 샘에 들어 있을 때 왕벚나무가 꽃잎을 날렸던 것이다.

연화당에게도 무슨 일이 생긴 성싶었다. 대처분이 있던 날 김강하가 분명히 연화당을 도성 밖으로 모셔 냈다고 했다. 김강하한테서 그리 들었으므로 홍집은 북악이 타건 소소원이 사라지건 그쪽은 신경 쓰지 않았다. 그런데 김강하 횡사 이후 수앙이 받았을 충격을 감안하더라도 반야원 동정이 지나치게 고요했다. 반야원뿐만 아니라 사신계 전체가 우물 속에 가라앉은 듯 움직임이 없었다.

"그 아주머니가 옛날 언제 다녀가셨어?"

"음, 그러니까 아저씨가 옛날에 겨울에 오셨잖아요? 커다란 쌀자루를 말에다 싣고요. 그리고 봄이 와서 벚꽃이 막 피었어요. 아주머니는 그때 오셨어요. 말을 타고요. 말 탄 사람들이 많이 와서 아주머니를 업어 주고 신발도 신겨 주고 그랬어요. 참말 어여쁘신데 참 가여운 분이었어요. 이 종이에 있는 아주머니처럼요. 이 아주머니는 지금도 많이 아프시대요?"

"지금도 많이 아프대. 혼자 걷지 못하고 스스로 밥도 먹기 어렵대. 그래서 아저씨나 식구들이 업어 주고 밥을 떠먹여 주고 옷도 입혀 주어야 하나 봐. 네가 뵈었던 그 어여쁜 아주머니처럼."

연화당이 김강하와 같은 즈음에 세상을 떠난 게 분명했다. 그 즈음부터 늘 등이 허전했다. 벗이 되고 싶었던 김강하가 세상을 떠나 생긴 허전함이라 여기기로 했다. 연화당이 이 세상에 없다는 상상을 하고 싶지 않아서였다.

"아이, 가여워라. 딸아기는요?"

"딸아기는 유모 집에서 아주 잘 자라고 있대. 아저씨와 아주머니가 생부 생모인 것을 모른 채로 양모가 된 유모 집에서 아주 다복하게 산대. 유모를 낳아 주신 어머니로 알고."

"아주머니가 가엽잖아요. 딸아기가 가서 좀 만나면 좋을 텐데요."

"좀 그렇지. 그런데 아저씨는 딸아기한테 자신이 낳아 준 아버지라고 말을 못한대."

"왜요?"

"딸아기가, 제 자라는 집에서 키워 주신 양모 양부, 즉 어머니 아버지와 잘 크고 있기 때문이야. 아저씨와 아주머니는 딸아기를 키워 주지 못했으니까 부끄럽고 미안해서 말을 못하는 거지."

"아주머니가 아파서 그런 거잖아요?"

"그래도 부모 노릇을 못했으니까 미안하잖아. 딸아기의 양부모한 테도 딸아기는 몹시 사랑하는 딸인데 이제 딸아기를 같이 키우자고 어떻게 말하겠어?"

"그렇네요."

"그렇지. 딸아기한테 엄마가 둘이고 아버지가 둘이면 어떻겠냐고 물을 수도 없고."

"엄마랑 아버지는 원래 하나씩이죠?"

"그러니까! 우리 점아 생각에는 아저씨랑 아주머니가 어떻게 하면 좋을 것 같아?"

"수수께끼 같아요. 어려워! 아주머니는 어떻게 사신대요?"

"딸아기를 몹시 그리워하면서 살고 있지."

"아저씨는요?"

"아저씨도 딸아기를 그리워하면서, 그리울 때면 한번씩 딸아기네 집을 찾아가서 몰래 딸아기를 바라본대."

"다른 아기는 없대요?"

"없대. 아주머니가 많이 아프니까 다른 아기를 낳을 수가 없는 거 지."

"아아, 아저씨! 좋은 수가 있어요."

"무슨 수?"

"우리 삼덕 아주머니네 신당에 가서 절하면서 하늘님한테, 아기를 아주머니 몸속에 넣어 달라고 비는 거예요. 온 마음을 다해 비는 걸 발원한다고 한댔어요, 우리 삼덕 아주머니가요. 그러니까 온 마음을 다해서 발원하면 하늘님이 우리 엄마처럼 아주머니를 배불뚝이로 만들어 주실 거예요. 우리 엄마는 섣달에 아기를 낳으실 거거든요. 강모 같은 오줌싸개를 낳으실 게 뻔하지만 아기들은 원래 그렇고, 뭐 저랑 담이도 옛날에는 오줌싸개 똥싸개였다니까 하는 수 없죠."

아이가 내놓은 신통한 수가 기막혀서 홍집은 웃음을 터트린다. 아주머니가 가여운 건 알지라도 그 아주머니의 여식과 저를 동일시할 수 없는 어린아이라는 걸 잊었다. 끼고 키우지 않으므로 모르는 것이다.

"그 아주머니가 하늘님한테 발원하면 점아처럼 어여쁜 딸아기를 정말 주실까?"

아이가 고개를 갸웃한다. 어쩐지 자신 없는지 눈을 내리뜨고 딴전 부리며 읊조린다.

"주, 주시지 않을까요?"

"점아, 어쩐지 자신이 없는 것 같은데?"

"우, 우리 고모가 뒷집에서 사시는데, 날마다 삼덕 아주머니랑 같이 하늘님한테 절하시는데 아, 아기가 없어서요."

귀엽다. 존재만으로도 뜨겁고 아프게 하던 아기가 햇살처럼 밝고 따뜻한 아이로 자랐다. 핏덩이를 안고 눈물 쏟던 시절이 몇 생의 전인 것 같다. 몇 년이 얼마나 길었던지. 이제 데려가고 싶다. 연화당이 살려내 이만큼이나 키워 준 아이를 데려다가 날마다 안아 주고 싶다. 지옥에 빠져 있는 제 어미한테도 아이의 빛살을 쐬 주고 싶다. 하지만 이토록 간절한 욕심이 장차 아이한테 해가 된다면 어찌할까. 또 어찌해야 아이가 놀라지 않게, 그 마음에 자그만 그늘이라도 지지 않도록 데려갈 수 있을 것인가.

홍집은 붓을 들어 남녀의 여식 아래에다 한글로 미연제라 쓰고 양 모양부의 여식 아래에다 점아라고 쓴다. 이야기 속 이야기인 양 가장 하여서라도 이야기를 더 해야 할 것 같아서다. 아이가 종알거린다.

"에이, 아저씨! 제 이름을 갈라 쓰시면 안 되죠. 또 거꾸로 썼잖아요. 제 이름은 미연제 점아가 아니라 점아 미연제인데요."

"그, 그래? 네 이름에 미연제가 붙어 있었어?"

"이름이 길어서 줄여 부르지만 엄마가 가끔 저를 꾸짖으실 때 엄한 얼굴로 그러시죠. 점아 미연제, 그러면 못 써요! 점아 미연제, 밥을 남기면 아니 된다 했을 텐데! 그렇게요. 그게 우스운 담이가 잘 따라 놀리고요. 점아 미연제 밥 좀 푹푹 먹어야지! 근데 아저씨, 이야기 속의 딸아기가 점아 미연제예요? 나?"

아이가 홍집을 바라보며 제 가슴에다 손바닥을 댄다. 홍집이 맞닥뜨린 일생최대의 고비 같다. 사실을 사실대로 당장 말할지. 사실을 이야기 속 이야기인 듯이 말하면서 에돌지. 연화당이 다녀갔다는 건 어쩌면 금제가 해제되었다는 뜻이 아닐까. 핑계가 생긴다. 데려가도 괜찮다는 말씀은 진작 들었다. 애초에 미연제가 여기 있다는 사실을 알려 준 게 그 때문일 터. 연화당이 이곳엘 다녀간 것 또한 그걸 알려 주기 위함이 아니겠는가. 미연제를 잘 키우고, 윤홍집으로 하여금 연화당 자신이 없는 이 세상의 적막을 견디라고. 핑계 대자고 드니 술술 떠오른다.

몇 달 전부터 반야원에서는 여러 무녀들이 번갈아 종일 점을 본다고 했다. 칠지 무녀 심경을 제외한 다른 네 무녀의 복채는 한두 냥씩인 모양이었다. 온은 난수한테 반야원 내부를 살피라는 뜻에서 점을 보라고 했다. 자신의 미래에 대한 말을 듣고 돌아온 난수는 점사에서 들은 말을 어이없을 정도로 솔직하게 털어놓았다.

난수의 점을 친 무녀는 서른 살가량의 묘향 무녀였다. 묘향 무녀가, 난수는 절간의 하속처럼 고독한 인생이라 부모덕이 없고 지아비 운이 없으며 자식 운도 희박하다고 했다. 몸으로는 자식 낳기가 어려우니 덕 쌓는 셈치고 주변 아이들을 잘 돌보라 했다던가. 난수는 한 냥이나 되는 복채가 아까워 묘향 무녀한테 자신의 운세를 바꿀 수 있냐고 물었다. 그러자 묘향 무녀가 난수한테 사는 자리를 바꾸면 달라질 수 있으리라는 뻔한 소리를 했다. 무녀로서는 좀 아는 것 같은 소리일 수 있으나 난수에게는 들으나 마나 한 소리였다.

"팔월부터 당분간 물러나 있고 싶사온데 아씨, 허락해 주시겠나이까?"

난수가 그렇게 물었던 게 온이 사산한 지 보름쯤 후였다. 난수는 자신이 회임한 사실을 온이 모를 거라 여긴 채 조심스레 꺼낸 말이었다. 그때 난수는 홍집의 아이를 몰래 낳으면서 사는 자리를 바꿔 보려 한 것 같았다. 배가 불러오기 전에 허원정에서 물러나 백자동 제 집에서 은거하듯 지내며 출산하고 아이를 키울 심산이었던 것이다. 그 속셈이 어떻든 온은 허락했다. 난수가 아이를 낳든 말든, 그 아이가 홍집의 자식이든 아니든, 뭐라 할 의지도 없었다. 홍집이 난수를 첩실로 허원정에 들여앉히겠노라 나서도 그러려니 했을 것이다. 김강하가 세상에 없지 않은가.

김강하를 몹시 미워한 적은 있을지언정, 그에게 못할 짓, 아니해야 할 짓을 했을지라도 그가 죽어 버릴 수 있다는 상상은 해본 적 없었다. 그가 죽었다는 소식을 접한 순간 지축이 꺼진 듯 온의 땅이 마구 흔들렸다. 하늘이 무너진 듯했다. 그 순간에는 하늘이 무너져도 괜찮고 땅이 꺼져도 상관없었다. 그날로 태아가 떨어졌다. 그조차도 당연한 것 같았다. 그런 마당에 난수가 아이를 낳든 말든 무슨 상관인가, 그랬다. 저 혼자 낳든 홍집과 더불어 낳든 내 알 바 아니라고 여겼다. 일성들의 칠석 회합을 준비하던 보현정사에서 난수가 유산했다는 말을 들을 때도 당연한 거라고 생각했다. 윤홍집이 이온의 지아비인 한 그의 자식은 미연제뿐이라고 여겼다.

난수가 제 삶의 자리를 바꿔 보려던 계획은 유산으로 무산되었다. 묘향 무녀의 점괘가 아무 소용이 없게 되면서 난수가 사는 자리를 바꿀 이유도 사라졌다. 사고무친의 스물아홉 살 계집에게 허원정이라는 언덕과 이온이라는 울타리보다 나은 곳이 조선 땅 어디에 있는가. 더구나 그 울타리 안에 맘 주고 몸 준 남정이 있음에랴.

오늘 다시 난수한테 반야원 근방에 다녀오라 한 까닭은 며칠 새에 그들의 움직임에 변한 게 있나 싶어서인데 똑같다고 한다.

"전혀 달라진 게 없어?"

"예, 아씨."

가마골 웃실 일대에 난 불로 수십 명이 죽었다는 소문이 흉흉했다. 그랬을망정 무녀 소소는 그 안에 있을 수 없고, 없어야 옳았다. 그래야 무녀 소소가 제 평생 떨쳐 온 이름값에 맞았다. 소소원에서 미리 피했을 소소가 중석이고, 중석이 사신계 칠성부령인 게 틀림없으므로 그가 들어갈 곳이 어딘가. 온이 백 가지로 따져 봐도 반야원인 듯했다. 사월 보름밤 선등춤을 추었다는 강신 무녀. 그는 새내기 무녀일지라도 반야원에서 그와 같은 복면을 쓰고 점사를 본다는 칠지 무녀는 중석일 것 같았다. 혹은 칠지 무녀 뒤편에 드리운 너울 안에서 가끔 점사에 끼어든다는 어미 무녀가 중석일 가능성이 높았다. 그 모녀가 김강하의 죽음 이후 함께 사라진 까닭도 김강하와 관련이 있기 때문이 아니겠는가. 김강하가 사신계일 뿐만 아니라 그 무녀와도 무관치 않다고 가정할 수밖에 없는 것이다.

새삼 그리 가정하고 나서 온이 이해할 수 없는 게 무녀 중석이나 사신계였다. 왜, 어째서 김강하를 죽인 흉적들을 처단하지 않는가. 김강하의 본가 사람들도 마찬가지다. 김강하의 내당을 납치한 것만으로도 그 난리를 쳤던 사람들이 어째서 잠잠한가. 찾자고 들면 못 찾을 것도 없지 않는가. 김강하가 대전의 부름을 받고 들어갔다가 나온 게, 사전에 계획된 것이든 그날 대전의 변덕이었든, 그 길목과 연결된 곳에 흉적들이 있었을 것이다. 신식 총이라 해도 세 발 쏘면 다시 장전해야 하므로 김강하가 동시에 맞았다는 이십여 발의 총알은 최소한 일곱 놈이 쏘았다는 뜻이다. 한 놈 찾기는 어려워도 일곱 놈 찾아내기는 오히려 쉽다. 그런데 어찌 그놈들을 찾아내 갈가리 찢어 놓거나 온몸에 구멍을 숭숭 뚫어 버리거나 하지 않는가. 그놈들의 정체는 빤한데.

그날 김강하한테 어명을 전한 자가 금위대 중위검관 국치근이라 했다. 그는 만단사 용부의 이룡사자였다. 사령께서 부실해진 이후 등을 돌리고 제 부령과 짝짜꿍이 되어 돌아가고 있는 작자. 그가 만단사자이든 뭐든 그자를 잡아다 족치면 범인들을 찾아낼 수 있을 터였다. 또한 국치근은 명화明和라는 머리띠를 두르고 다닌다는 도적 떼와도 무관치 않을 것이다. 조선에서 총 든 도적 떼의 출현은 사상 초유일 제 그들이 무단히 생겼겠는가. 무술을 수련한 자들이 검이며 화살을 쓰듯, 총질도 수련하고 실제로 쏘아 본 자들이 할 터. 국치근 주변에서 총 들고 설칠 수 있는 자들이 누구겠는가. 놈들은 금위대에 끼어 있을 것이었다.

이온이 이만큼 생각할 수 있는데 사신계라고 못하랴. 온이 반야원 동향을 자주 살피는 이유였다. 중석과 칠지, 그들이 돌아오면 김강하를 쏜 놈들을 찾아낼 것이라 믿기 때문이다. 신어미, 신딸 관계일 게 분명한 중석과 칠지가 반야원으로 돌아와도 흉적들을 처단하지 않는다면 온이 나설 참이었다. 놈들이 총을 가졌든 대포를 가졌든 김강하를 세상에서 지운 놈들을 이 세상에서 고이 살아가게 둘 수 없었다.

"알았어. 반야원은 며칠 뒤에 다시 살피도록 하지. 우륵재에 다녀온 일은 어찌됐어? 보연당이 뭐라서?"

보연당이 드나들던 예관골의 작은 집 은월당은 우륵재의 별저로 밝혀졌다. 온은 보연당이 그 집에서 사통밀회를 벌이는 것이라 여겨 약점을 잡으려 했다. 은월당이 비었을 때 들어가 봤던 난수도 그렇게 생각하노라 했다. 하지만 난수는 보연당의 밀회 장면을 잡지 못했고, 그 딸아기 이영로가 은월당을 화실로 쓰고 있는 것만 보게 됐다고 고해 왔다. 보연당의 약점을 잡아서라도 곤과 영로아기의 혼사를 추진하려던 계획이 어긋나 버렸다. 어긋난 게 다행일 수도 있었다. 정식으로 예의를 갖춰 청혼하는 것이야말로 스스로 떳떳하고 남 보기에도 좋지 않은가. 사실 처음부터 그랬어야 했는지도 몰랐다. 거절당할 게 뻔해서, 그걸 참기 싫어서 도리에 어긋난 시도부터 했던 것이다.

온은 이영로와 이곤을 기어이 혼인시키고 싶었다. 우륵재와 그 아우의 벼슬이 더 올라갔지 않은가. 작금 도성에 이영로만 한 규수가 드물었다. 곤에게 그만한 짝이 없을 것 같았다. 곤이 문제긴 했다. 간밤에 곤은 인달방의 국빈 네서 자겠다고 하고 나갔다.

　국빈은 지난 칠월 말의 정시 문과에서도 낙방했다. 두 번 낙방했 대도 이제 겨우 열일곱 살인데 갈피를 못 잡는 듯 수유일 전날이면 태학을 나와서 곤을 불러댔다. 국빈을 좋아하는 곤은 기별이 오면 낮밤을 가리지 않고 찾아갔다. 둘이 만나면 곤죽이 되게 술을 마시 는 것 같았다. 곤에 따르면 국빈의 술이 약해서 그리 많이 마시는 건 아니라고 했다. 자신은 취하지도 않는다고 태연히 뇌까리곤 했다. 취하건 취하지 않건 스무 살도 못 된 놈들이 어울려 술을 퍼마시며 방탕하는 게 문제였다. 더구나 금주령이 이처럼 엄혹한 마당에 술에 취해 갈지자걸음으로 나부대다가 무슨 일을 당할지 알랴. 이영로를 허원정으로 데려다 놓고 싶은 이유였다. 이영로와 혼인시키지 못한 다면 곤을 상림으로 쫓아 내릴 참이었다.

　"보연당께서는 온양의 시댁으로 내려가실 준비를 하고 계시더이 다. 사흘 뒤 열엿새 날에 출발하신다고요."

　"평생 아니 가던 시골집엘 이 동짓달에 간다고? 왜?"

　"바깥시어른께서 중환에 드신 모양입니다. 따님과 아드님과 조카 님까지 다 데리고 갈 참이라 준비가 많다고 하셨습니다. 그러시면서 아씨께서 만나자는 까닭에 대해 물으시더이다."

　"뭐라 했어?"

　"아씨 말씀대로, 오래 못 뵌 사이에 상림에 가 계시던 영고당께 변 고가 생겼는바 이런저런 말씀이나 나누고 싶어 그런다, 하였습니다."

　"했더니?"

"알았다 하시면서 지금은 아씨 뵐 짬을 내기 어렵다고, 나중에 한양으로 돌아오면 찾아뵙겠다고 전하라 하시더이다."

보연당 성정에 시골에서 오래 버티지는 못할 것이나 그래도 장손며느리일 제 내년 봄까지는 그곳에서 지내야 할 터이다. 온의 계획도 한 철은 미루어야 하게 생긴 것이다. 하는 수 없지. 온이 한숨을 쉬는데 난수가 다시 입을 연다.

"아씨! 오늘 달리 일이 없으시면 소인, 집에 가서 하룻밤 지낼까 합니다."

지금까지 난수가 제 집에 가서 잔다는 날 홍집이 찾아가는 듯했다. 홍집이 난수의 집에서 밤을 나는 일은 없는 성싶었다. 그들이 이러거나 저러거나 온은 그냥 두었다. 그들의 사통을 말릴 방법이 없거니와 입에 올리고 싶지도 않았다. 그들 사이에 자식이 태어난다면 어쩔 수 없이 난수를 부실로 들여야 할 터이다. 낯선 계집을 부실로 보고 사는 게 나을지, 난수를 보고 사는 게 나을지는 닥쳐 봐야 알 것이나 자식이 태어나지 않았으므로 아직은 생각하고 싶지 않다.

"그리해."

난수가 읍하고 있는 참에 밖에서 집사 평호의 기별 소리가 난다.

"아씨, 서방님께서 돌아오시었습니다. 아기씨를 모시고 들어오십니다."

온의 가슴이 철렁 떨어진다. 홍집이 미연제한테 간다고 나간 게 닷새 전이다. 대체 애가 얼마나 먼 데 있기에 며칠씩이나 걸리는가. 조바심을 내면서도 겉으로는 아무렇지도 않은 척, 기다리지 않는 듯 예사롭게 지냈다. 홍집이 아이를 데려오지 못했을 때 실망하지 않기 위해 마음의 준비도 했다. 이리 쉽게 데려올 수 있는 아이를 한 번도 못 보고 살았으랴, 내년 봄까지 차분하게 기다리자, 하면서.

"난수, 나를 대청으로 데려가."

난수가 수레좌대를 밀어 대청으로 나선다. 홍집이 중문 안으로 들어오고 그 뒤에 계집아이를 안은 남정이 따랐다. 오래전 미연제를 낳고 머물렀던 청계변 유모 집에서 얼핏얼핏 몇 차례 보았던 그 같다. 강담의 아비. 어느새 소식을 들은 집안의 가솔들이 죄 쏟아져 나왔는지 중문간 언저리며 내담 위로 삐쭉 내민 고개들이 수두룩하다. 홍집이 기단 아래서 아이를 가리키며 말한다.

"다녀왔습니다, 부인. 아이가 미연제이고요, 아이를 안은 분이 미연제의 양부이십니다."

강담 아비가 아이를 안은 채 고개를 숙여 보인다. 온이 목례를 하고 고개를 드는데 아이와 눈이 마주친다. 안겨서 말을 타고 왔는지 아이 볼이 발간데 말똥한 눈이 호기심으로 반짝인다. 온은 자신도 모르게 아이를 향해 고개를 끄덕여 보인다. 아이가 활짝 웃더니 제 양부 품에서 움직거린다. 강담 아비가 내려주자 아이가 다박다박 걸어 계단을 오르더니 대청 아래에 와 선다. 그리곤 두 손을 배에 모아 공수 인사를 한다. 고개를 들더니 인사말도 한다.

"안녕하시어요, 어머니?"

"어, 어머니?"

"네, 어머니. 좀 전에 우리 아버지가 그렇게 말씀하셨고요, 집에서 떠나올 때 우리 엄마도, 여기서 뵙는 분이 어머니라고 얌전히 절하고 말씀 잘 듣고 공부 많이 하며 지내라고 했어요. 아기 낳고 저를 보러 오신다고요. 꽃 필 때요."

"내가 널 낳은 어미인 걸 알아?"

"아저씨, 아니, 아버님이 글자놀이 하면서 알려 주셨어요."

"어떻게?"

"어머니가 많이 아팠어요. 아버님이 딸아기를 우리 엄마한테 안아다 줬어요. 어머니는 젖이 안 나왔거든요. 우리 엄마가 딸아기한테 젖을 먹여줬어요. 그래서 유모인 우리 엄마가 딸아기의 양모고요, 우리 아버지가 양부예요. 양모 양부는 키워 주신 부모고요, 생부 생모는 낳아 주신 부모예요. 그러니까 어머니가 저를 낳아 주신 어머니죠. 근데 어머니는 아주 많이 아파요. 걷지도 못하고, 혼자 밥도 못 먹고요. 그래서 어머니는 지금도 좌대에 앉아 있는 거지요?"

"그 그래, 아가. 나는 혼자 서 있기 힘들고, 걷기도 힘들단다. 혼자 밥 먹기도 힘들고."

"우리 엄마가 절더러 어머니한테 가서 손잡아 드리고, 진지 잡숫는 것도 도와 드리라고 했어요."

"착하구나. 우리 미연제. 추운데, 안으로 들어오려니? 네 아버지랑 모시고?"

"네, 어머니. 겨울이라서 추워요. 우리 아버지한테 안겨서 말 타고 오는데요, 추웠어요. 그런데 어머니!"

"응?"

"저는 그냥 미연제가 아니라 점아 미연제예요. 보통은 점아라고 해요. 이름이 길어서 그러는 거예요."

"그래, 점아 미연제야. 추우니까 어서 들어오너라. 그리고, 여보, 미연제 양부 모시고 들어오세요."

아이가 섬돌에 신을 벗어 놓고 오르자 홍집과 강담 아비가 오른다. 온의 좌대 등받이를 잡고 있던 난수가 홍집에게 자리를 내주곤 읍하며 내려간다. 집사를 비롯한 가솔들이 갑자기 부산하게 돌아선다. 아이 맞이할 채비를 시작한 것이다. 온은 혹시 이번에 아이가 오지 않을 때에 실망하고 싶지 않아 일체 준비하지 않았다. 정작 아이가 오면 자신이 데리고 잘 것이므로 다른 준비가 필요 없다고 여기기도 했다. 아직 어린 내 자식이니 데리고 자는 게 당연하지 않는가. 홍집이 좌대를 밀어 움직이자 아이가 좌대 오른쪽 받침대에다 제 손을 올린다. 제 딴에 거들어주는 모양이다. 손이 자그마해서 눈물겹다.

불씨 하나 솔솔 바람을 기다려

세자의 장례를 지낸 한 달 뒤쯤, 대전이 부왕인 숙종의 다례를 지내러 창덕궁 선원전에 거둥했다. 그날 대전을 뵙게 된 경춘전이 세손을 경희궁으로 데려가 가르치시라 소청했다. 아들을 떼어 내기가 몹시 싫었을 경춘전의 그 과감한 결단은 거려청에서 지내야 하는 어린 세손을 보호하기 위한 고심에서 나온 듯했다. 경춘전의 결정으로 세손은 조부모의 보살핌 속에서 부친의 삼년상 기간을 지내게 됐다. 이튿날 세손은 경희궁으로 이거했다. 그 한 달 후 대전 탄신일에 경춘전은 대전으로부터 효심 깊다는 칭찬을 받고 복상기간 동안 지내게 될 거려청에다 가효당嘉孝堂이라는 어제친필御製親筆 편액을 달게 됐다.

극영은 대전을 향한 경춘전의 효심을 헤아릴 수 없지만 모궁을 향한 세손동궁의 효심이 얼마나 깊은지는 알았다. 동궁은 새벽에 일어나자마자 모궁에게 문안편지를 써서 가효당으로 보냈다. 편지를 받은 가효당에서는 꼭 답장을 보내왔다. 동궁의 오전 서연書筵은 보통 대전과 신료들의 조당회의가 끝난 뒤에 시작됐다. 동궁이 대전과 신료들의 정무에 관한 논의를 날마다 참관하는 셈이었다. 그 때문에 동궁의 서연에는 서연관들과 대전 경연관들은 물론이고 대신들도 거개 참석했다. 대전께서 손자를 가운데 둔 채 벌이는 경연을 워낙 좋아하시므로 조당에 들었던 대신들이 빠지기도 어려웠다. 그 때문에 경연관이 이삼십 명씩 되기 예사였다.

동궁은 날마다 몇십 명의 노익장들을 감당할 만큼 총명하고 굳셌다. 하지만 경춘전의 답장이 늦어 편지를 읽지 못하고 서연에 드는 날은 불안한 기색을 보였다. 네댓 살부터 글을 좋아했다는 동궁이지만 아직은 열한 살의 아비 잃은 아이인 것이다. 오늘 아침에는 가효당으로부터 서연 잘 하고 오후에 보자는 편지를 받은 듯했다. 서연에서 동궁의 기세가 늠름하고도 의젓했다.

"할바마마, 소손 급한 일이 있어 먼저 나가기를 청하나이다. 허락하소서."

"또 뒷일이 급한 게냐?"

"황송하여이다, 할바마마."

"급히 가 보아라."

"은혜가 높으시옵니다, 할바마마."

대전과 신료들의 웃음이 번지는데 동궁이 꽁무니에 불이 붙은 듯이 급하게 편전을 나선다. 나서면서 극영에게 빨리 오라는 눈짓을 보낸다. 어린 주군의 친애가 사뭇 노골적이라 극영은 매일 민망했다. 그걸 알 리 없는 동궁이 처소인 융복전으로 뛴다. 익위들이 뒤따라 뛰고 융복전 궁인들도 뛴다. 극영은 천천히 걸어 융복전으로 향한다.

동궁이 아무도 보지 않는 곳에서 혼자서만 하고 싶은 일은 매화 피우기, 즉 똥 누기이다. 융복전 궁인들이 동궁의 매화틀을 모시고 다니므로 아무데서나 뒷일을 보아도 되련만 동궁은 자신의 처소에서만 하고 싶어 한다. 매화틀에 앉을 때는 수발 궁인도 물린 채 뒤를 본다고 했다. 뒷일을 다 보고 나서야 다 했어, 라고 소리친단던가. 창덕궁에서는 아침저녁으로 했던 그 일이 경희궁으로 온 뒤에는 오전 서연이 끝난 뒤에 이뤄졌다. 뒷일을 마치고 나온 동궁의 얼굴이 환하다.

"저하, 매화는 잘 피우셨나이까?"

"잘 봤어요, 선생님. 오늘은, 서연이 조금 더 길어졌더라면 영의정 대감 무릎을 깔고 앉아 똥을 누고 말았을 거예요. 노인들은 대체 어째 그리 잔소리가 많아요? 같은 말을 골백번씩 하고!"

현재 영의정은 화협 옹주의 시아버지인 신만이다. 오늘 서연에서 영의정이 며칠 전에 지나간 『논어』「안연」 편의 '君君 臣臣 父父 子子'에 관한 이야기를 다시 꺼냈다. 임금은 임금다워야 하고, 신하는 신하다워야 하며, 아버지는 아버지답고 아들은 아들다워야 예禮가 이루어지고 정치가 바로 서는바 나라가 윤택해 진다는 뜻인데, 신만이 지나간 주제를 다시 꺼낸 저의가 따로 있기는 했다. 세자가 하세하게 된 이유는 임금으로서나 신하로서나 아비로서나 아들로서나 제 구실을 못했기 때문이라는 생각을 그 아들인 동궁한테 세뇌시키려는 의도랄까.

그 의도는 대전의 뜻에 부합한 것이기는 할지라도 동궁은 몹시 듣기 싫어하는 내용이었다. 동궁은 그런 말을 자신의 부친에게 적용하기보다 일반적인 도리로써 해석하려는 의지를 표명하려 애썼다. 반면에 노신들은 일반적인 도리에 더해 자신들이 세자를 하세시킨 일을 은연중에 정당화하면서 동궁을 세뇌시키려 들었다. 그런 의도를 간파한 동궁이 영의정의 무릎에 똥을 누지 않았다는 말은 자신의 생각을 다 표출하지 않으려 애썼다는 뜻이다.

"잘 참으셨습니다, 저하. 장하십니다."

"도성에는 총 든 도적 떼가 날뛰고, 삼남 지방에는 흉년이 들어 굶어죽는 백성들, 땅을 버리는 백성들이 수만 명이나 된다면서, 내 귀에다 군군, 신신, 부부, 자자 소리나 들이붓고 있을 때냐고요. 신료들의 봉록을 줄이고 토호, 지주들의 탐학을 막아서 백성들을 구휼할 방법을 논해야 할 때 아니에요? 도적 떼를 잡아낼 궁리를 해야 하고요."

"그렇지요, 저하. 그리하시려 도당에서도 다들 애쓰고 계시잖습니까."

명화당 도적 떼가 닷새 전에도 출현해 서부 양생방에 있는 요정料亭을 털었다. 요정은 기생들을 두고 음식을 파는 객점이매 객점의 은금붙이는 물론이고 난봉질하던 갓쟁이들이 주머니를 탈탈 털렸다고 했다. 명화당의 네 번째 출현이었다. 그 직후 의금부에서는 무시무시한 내용의 포고문을 내붙였다.

   – 도적과 총 지닌 자를 발고한 자는 누구를 막론하고 포상금 일천 냥을 받으리라.

   – 도적을 발고한 자가 천인賤人일 경우 포상금과 아울러 면천될 것이다.

   – 상인常人일 경우 일백 결의 전답을 갖게 될 것이며

   – 관직에 있는 경우에는 승차할 것이다.

– 도적은 물론이고 허락없이 총을 소지하는 자는 삼족을 멸하고 구족의 가산을 적몰할 것이다.

– 도적의 식구라도 도적을 발고할 경우에는 그 식구를 살려 줄 것이다.

그 포고문의 발상은 동궁한테서 비롯됐다. 양생방 요정이 털린 이튿날 의금부 판사와 한성부 판윤이 편전에 들어와 보고하는 자리였다. 대전 앞에서 고개를 못 들고 있는 두 대신의 머리에 대고 동궁이 말했다.

"온 백성을 의금부 순군과 포도청 나군으로 만들면 되지 않습니까?"

"어떻게 말씀이옵니까, 저하?"

한성판윤이 반문했다. 한성판윤 김현묵은 경기관찰사 김시묵의 아우이고 김시묵은 동궁의 장인이다. 처숙부의 질문에 동궁이 대답했다.

"백성들이 도적놈을 발고하고 싶게끔, 발고하지 않을 수 없게끔 하면 되겠죠."

그 말을 듣고 나간 의금부 지사와 한성부 판윤이 두 관청의 간부들을 모아 놓고 포고문을 만들게 한 결과가 도성 안 곳곳을 휘돌다가 팔도로 퍼져 나가고 있었다.

"토호들이 소작인들한테 어전세를 징수하고 있다잖아요. 전하께옵서 모르시는 어전세가 말이 돼요? 안집사가 나가 있으니 잘들 처결할 것이라니! 잘 처결하는 게 겨우 그따위예요? 대체 그들은 녹봉 받으면서 뭘 하는 거예요?"

오늘 조회가 그런 식으로 마무리 되었다. 동궁은 신료들의 말에 수긍한 대전을 폄훼할 수 없으므로 지금 극영 앞에서 신료들만 성토한다.

"다시 논의들을 하시겠지요, 저하. 맘을 가라앉히시고 전하를 조용히 뵈실 때 저하의 뜻을 가만가만 개진해 보소서."

"그럴 참이에요. 최소한, 어전세를 운운한 자들을 그냥 둘 수는 없으니까요. 그런데 선생님, 오후에 저쪽 궁으로 오실 거예요?"

청나라에서 조선 세자 죽음의 경위를 조사한다는 명목으로 보내온 사신이 도성에 들어온 지 열흘째였다. 지난 아흐레 동안 그들은 모화관에서 갖은 영접을 받고 뇌물을 받아 챙겼다. 대전과 동궁은 미시 초경에 세자의 혼궁魂宮인 창덕궁 시민당에서 청나라 사신을 만나기로 예정돼 있었다. 오후에는 서연관들로만 이루어진 동궁의 서연이 있지만 오늘은 창덕궁으로의 거동 때문에 오후 서연은 쉬게 되었다. 시강원 교관들이 오늘 창덕궁으로 갈 필요는 없으나 극영은 가야 할 일이 있었다.

극영의 간밤 꿈에 수앙이 보였다. 승복을 입고 두건을 쓴 채 그림을 그리는 모습이었다. 수앙의 그림 속 여인은 극영이 모르는 얼굴이었는데 인상이 그리 좋지 않았다.

'누군데 그리 미운 모습으로 그리는 거야?'

극영의 질문에 수앙이 피식 웃더니 붓끝으로 극영을 가리켰다. 신기하게도 네가 내일 만날 사람이라는 뜻이 금세 느껴졌다.

'내가 꼭 만나야 해? 못생겼는데 아니 만나면 안 돼?'

극영의 질문에 수앙이 고개를 끄덕였다.

'만나서 어찌하라고?'

수앙이 오른손 검지로 극영을 가리키고 그 손가락으로 자신의 머리를 짚더니 원을 그려 보였다. 네가 알아서 생각하되 둥글게 움직이라는 뜻이었다. 그게 무슨 뜻이냐고 다그치다가 꿈이라는 걸 깨닫고 잠이 깼다. 수앙의 손짓 말이 둘의 어릴 때 자주 하던 놀이의 한 장면이라는 걸 깨치고는 실소했다. '그것도 모르니, 바보야? 네 머리통은 멋으로 달고 다니는 거야?' 심경과 한본이 노상 붙어 지내던 어린 날 서로를 약올릴 때 그리 말하곤 했다.

오늘 아침 극영이 등청했더니 왕실 문장이 찍힌 서찰 한 통이 들어와 있었다. 천만 뜻밖에도 곤전으로부터의 호출이었다. 곤전이 직접 쓴 것인지 그 아래 상궁이 쓴 것인지는 알 수 없되 결론은 같았다. 곤전에서 동궁의 공부를 알아보고자 하니 시강원 문학 이극영은 미시 초경에 대조전으로 홀로 들라는 것이었다.

대전께서 날마다 몸소 챙기시는 동궁의 공부를 곤전이 알아볼 일이 뭔가. 그것도 하필이면 대전께서 청국 사자들을 만나시는 시각에? 극영의 맘이 불안으로 우둔거렸다. 동궁의 공부에 대해 알아보려는 뜻이 진정이라면 보덕 영감을 불러들이면 될 터, 문학인 이극영을 부를 까닭이 없기 때문이다. 결국 곤전은 몇 해 전 보현정사에서 만난 이극영을 기억하고 있는 것이었다. 또한 오늘 대조전에 들라는 것은 아주 불순한 의도이거나 극영의 앞날에 대한 불길한 조짐이었다.

혼자 감당할 수 없는 사안이므로 극영은 대조전에서 온 편지를 시강원 보덕輔德 영감한테 보였다. 보덕 박명원은 세손의 고모부이자 임금의 사위였다. 어찌해야 하느냐는 극영의 질문에 박 보덕이 긴 한숨을 내쉬었다.

"간신히 한 고비 넘었다 싶었더니 또 첩첩 산이로구먼. 대체 어찌해서 자네한테 이런 일이 생긴 게야?"

극영은 중궁의 사가 시절에 보현정사에서 연 사흘 부딪쳤던 사실을 말했다. 설명을 들은 박 보덕이 김여주가 왕후로 간택된 과정의 일화를 들려주었다. 대전의 질문에 김한구의 딸이, 세상에서 가장 깊은 것은 인심이고 가장 아름다운 꽃은 목화꽃이라고 답했다. 그의 답이 사뭇 지혜롭고 영리했으므로 대전이 왕후로 간택했다. 열다섯 살에 그와 같이 지혜롭게 답할 수 있는 김여주의 영특함이 곤전으로 들어선 순간 권력을 세우기 위한 욕구로 대치되었던 것이다.

"그러니 자네 앞길이 순탄치 않게 되었다고 할밖에. 어쨌든 곤전의 명이시니 가서 알현해야 하되, 시강원 교관으로서 공식적인 행보임을 분명히 알려야 할 것이네. 동궁께도 말씀드리는 게 좋겠고."

보덕이 그리 당부했으니 극영이 따르는 게 마땅할 터이다.

"저하! 소신, 아침에 대조전으로부터 입시하라는 명을 들었나이다."

"할마마마께서요? 선생님을 왜요?"

"저하께서 근자에 어떤 공부를 하고 계신지 들어보고자 하신다는 말씀이었나이다."

"그러실 양이면 보덕 영감을 부르시면 되잖아요?"

"보덕 영감보다 소신이 저하를 모시는 시간이 많음을 대조전께서도 들으신 게 아니겠나이까?"

"그러신 것 같네요만 어쩐지 절차가 꼬인 성싶은데요? 아니 애초에 그러시는 게 경우에 맞는지도 의문이고요. 할마마마께서 나를 직접 부르는 게 맞지 않아요? 더구나 오늘 내가 창덕궁으로 가는데 청사신들 만나고 나서 내게 보자 하시면 되잖습니까?"

"저하의 할마마마이시니 어떻게 하시어도 무람하신 일이겠지요. 소신이 보덕 영감께 여쭸사온데 경우나 절차가 어긋난 일은 아닌 듯 하여이다. 하옵고, 저하! 소신의 부친이 중환에 들었삽기에 내일부 터 열흘간 수유를 청해 놓았나이다."

실제 그랬다. 내일부터 시작되는 수유가 정초 휴무일들로 이어지 므로 신년 정월 초아흐레나 돼야 동궁 곁으로 돌아올 터다. 온양에 계신 사온재께서 환후에 들어 계셨다. 성균관이 방학 중이라 대사성 인 이무영과 그 식구들, 내자인 인모도 온양으로 가 있었다. 이번에 는 보연당이 자식들을 대동하고 앞서 내려갔다. 사온재의 환후가 심 상찮은 것이었다.

"대감께서 많이 편찮으시대요?"

"그러신 듯하여이다. 하여 소신, 정월에나 저하를 뵙겠나이다."

"선생님 아니 계시면 제가 응석 부릴 곳이 없지만 아바님 편찮으 시다는데, 하는 수 없지요. 잘 다녀오세요. 아바님께서 쾌차하시어 부처님처럼 오래 사실 수 있게 구완하시고 돌아오세요."

"은혜가 높으십니다, 저하."

동궁은 이제 장락전으로 가서 조부모인 대전, 영빈과 점심을 마친 뒤 대전과 함께 창덕궁으로 향할 것이다. 대전의 심사는 정말 이해 하기 어려웠다. 아드님을 죽이고 나서 회춘한 듯했다. 회춘하기 위 해 아들을 죽였는가 싶을 만큼 펄펄해졌다. 너그러워지기도 했다. 사도세자라는 시호를 내린 아드님의 일생을 기록하게 했으며 홀로 살아갈 며느님에게 '가효당' 현판을 내리셨다.

"그런데 선생님, 절대 홀로 다니시면 아니 되세요. 무슨 말인지 아 시죠?"

김강하처럼 홀로 다니다가 변을 당하지 말라는 뜻이다. 부친에 이어 김강하까지 잃은 건 동궁에게도 큰 충격이었다. 김강하의 장례가 치러진 날 오후에 동궁이 거려청에서 극영에게 어찌 김 수사가 아니 보이느냐고 하문했다. 언제라도 알게 될 터라 극영이 사실을 알려주었다. 동궁은 우는 대신 몸을 마구 떨었다. 부친을 잃을 슬픔에다 스승을 잃은 두려움이 어린 옥체를 그처럼 떨게 한 듯했다.

"명심하겠나이다, 저하."

융복전을 나온 극영은 원청에 들러 외투를 걸쳐 입고 위아래 사람들한테 수유인사를 한 뒤 태령문으로 나와 창덕궁 쪽으로 걷는다. 웃궐에서 동궐 쪽으로 걷다 송교에 오르게 되면 꼭 돌아서서 송림을 바라본다. 김강하는 송림에 숨어 있던 자들이 쏜 총탄에 맞아 쓰러졌다. 당시 현장 가까이 있었던 백동수와 은백두는 김강하를 그대로 둔 채 놈들을 뒤쫓을 수 없었다. 그의 몸이 사라져 버릴 수 있기 때문이었다. 간발의 차이로 김강하를 뒤따라왔던 현무부령의 호위들도 흉적들을 놓치고 말았다. 의금부와 포청에서는 흉적들의 정체를 시늉으로만 찾다 말았고 사신계에서는 아직 찾고 있을 테지만 사신계가 어떻게 움직이고 있는지는 극영이 몰랐다.

김강하가 쓰러지던 그 시각에 극영은 작은언니인 양명일과 함께 도솔사로 가고 있었다. 도솔사에 들어가서 김강하한테 변이 생겼다는 걸 알았다. 수앙이 김강하에게 생긴 일을 느끼고 비명을 지르다 기절하는 바람에 도솔사에 난리가 난 때문이었다. 며칠째 혼수에 들어 있던 별님께서도 그때 숨결을 놓으셨다. 큰아들한테 생긴 참변을 느끼시고 그 충격에 그대로 숨을 거두었다고 볼 수밖에 없었다. 지아비와 어머니를 동시에 잃은 그때부터 수앙이 다시 묵언의 오리무

중 속으로 들어가 버렸다. 여섯 달째 도솔사 밖으로 나오지 않는 수앙이 언제 나올지, 언젠가 나오기는 할지 알 수 없었다.

그 모든 일의 근저에 곤전인 김여주가 있었다. 오라고 명한 곤전을 보러 가지 않을 수는 없는 처지일지라도 보덕 영감을 졸라서 혼자 가지 않을 방법을 찾을 수도 있었다. 극영은 그리하지 않기로 했다. 함월당에게 쫓아가 어찌하면 좋겠냐고, 당장 무슨 수를 써 달라고 보채지도 않았다. 어차피 오늘 피한다고 끝나는 일도 아닐 터, 이정도 일쯤은 이제 혼자 감당할 때가 되지 않았는가. 간밤 꿈에 수앙이 나타나 한 말이 극영 자신의 직감이든 무녀 심경의 그 어떤 예시이든 내용은 같았다. 혼자서 머리 써 감당하되 모나지 않도록 해야한다는 것이다.

대조전 앞에 시립한 상궁과 나인들이 극영에게 읍해 보이곤 돌아서 시강원의 사서 이극영이 들었노라고 아뢴다. 안에서 문이 열리더니 상궁 복색이 나온다. 오래전에 김여주를 수행하던 나이든 하님인데 상전을 따라 입궁하면서 지밀상궁이 된 모양이다.

"나리, 들어가시어 동궁저하의 근황을 마마께 고하십시오."

손바닥으로 해를 가리는 수작이지만 어떤 해는 손바닥으로도 가려진다. 지난여름 내내 지존께서 몸소 손바닥으로 해를 가릴 수 있음을 보여주셨지 않은가. 지존권력이나 그에 버금가는 권력자들은 자신의 눈만 가리면 되는 것이다. 그 손을 나무라고 트집잡을 다른 손이 없으므로.

너른 방의 한 가운데 너울이 드리웠고 방 가운데는 꽃수 놓인 두툼한 깔개가 깔렸다. 너울 안에 있는 중궁전의 모습은 너울에 가려져 아련하다. 상궁의 안내로 들어선 극영은 문 안쪽에 무릎을 꿇고 엎드린다. 지밀상궁이 구석자리에 서더니 등을 돌린 형상으로 시좌한다. 바깥의 눈을 의식한 것이되 이 안에 그는 없는 셈이다.

"소신, 동궁시강원의 문학 이극영, 대조전 마마의 부르심 받자와 들었나이다."

대조전이 너울 안에서 읊조린다.

"요즘 동궁께서는 무슨 책을 어떻게 공부하십니까?"

"동궁저하의 공부는 오전과 오후 시강으로 나뉘어 진행되시옵니다. 오전에는 성상전하의 경연관들과 어우러져 주제에 따른 토론 형식의 시강을 하시고, 오후에는 시강원 교관들과 정해진 과정을 공부하시옵니다. 근자의 저하께옵선 『서경書經』을 읽고 계십니다."

"잘 하시는 편입니까?"

"소신의 안목이나 식견이 천박한지라 동궁저하의 공부 정도가 어떠하신지 가늠할 수 없사오나, 소신의 윗분들이 말씀하시는 것으로 미루어보자면, 동궁저하의 공부 진척 속도가 상당히 빠르신 듯하여이다."

"동궁께서 아직 어리신데 할바님의 성화며 노신들의 눈초리를 너끈히 견디어 내십니까? 오래전, 경운궁께서는 그걸 못 견뎌 하셨다 하던데요?"

"동궁께옵서는, 글공부를 즐기시는지라, 날마다 이뤄지는 성상전하와 대신들의 시험을 너끈히 감당하시는 듯하여이다. 또한 전하께옵서 자애로우시고 경연관들께서도 동궁저하를 귀애하시는 바 시강 자리가 화기로운 듯하옵니다."

"다행이군요. 이 문학!"

"예, 마마."

"내 가까이, 방 가운데로 옮겨 앉으십시오."

"마마, 그리하면 소신, 죽어 마땅한 불경죄를 범하게 되나이다. 통촉하소서."

"만인환시萬人環視의 자리입니다. 다른 곳에서 이 공과 내가 함께 있으면 불경죄를 넘어 죽어 마땅한 죄를 범하는 것일지나, 오늘은 동궁을 사이에 두고 있으니 서로의 죄나 잘못을 따질 필요는 없을 겝니다. 이 공과 내 목소리가 이 방 밖으로 나가지 않을 만큼의 거리로 다가앉으시라는 겁니다."

측문 앞에 엎드려 있던 극영은 일어나 가운데 방으로 자리를 옮긴다. 다시 엎드리다 보니 꽃 깔개 가장이에 손이 닿는다. 극영은 꽃 깔개에 몸이 닿지 않도록 몸을 물려 엎드린다. 곤전의 목소리가 바투 들린다.

"너울 앞까지 오십시오."

극영은 깔개 위를 걸어 너울 앞까지 다가든 뒤 다시 엎드린다. 지밀상궁이 움직이는 기척이 나더니 곤전과 극영 사이에 드리워 있던 너울을 반쯤 걷어 놓고 물러난다. 너울까지 걷다니. 아주 노골적이다. 아예 작정을 한 것이다. 곤전의 목소리가 극영의 정수리에서 들린다.

"몇 해 전 사월 어느 날에 보현정사에서 만난 계집아이를 기억하십니까?"

이 자리를 무난히 넘기고 이후 다시 독대할 일이 없게 하려면 어찌 처신해야 하는가. 찰나지간에 숱한 생각들이 스쳐가지만 뾰족한 수는 없다.

"예, 마마. 기묘년 사월 십삼일 아침이었나이다. 그날 새벽에 소신은 북악을 타고 내려와 보현정사에 들렀사온데, 한 아리따운 규수께서 백팔배를 하고 계셨습니다. 고귀하신 규수께서 계시는 바 소신은 그냥 돌아섰어야 마땅했으나 당시 소신이 날마다 백팔배를 올리던 중이라 규수의 뒷켠에서 할 일을 했나이다."

"이튿날은요?"

"규수께서 청하시기에 「신묘장구대다라니」의 뜻과 소리를 적어 드렸나이다."

"그 뒷날은요?"

"그날 소신이 산을 타며 원체 땀을 많이 흘렸던지라 법당 안에 들기 황송하였기에 물러났나이다."

"그날 규수가 청한 게 있었을 텐데요?"

"예, 마마. 규수께옵서 오후에 다시 보자 하셨나이다."

"어찌 그 규수의 청을 들어주지 않았습니까?"

"그 규수께서는 워낙 고귀하신 분인 듯했사옵고 소신은 백면서생이었던지라 감히 엄두를 내지 못하였나이다."

"그 계집아이가 그전에 책방에서도 도련님을 뵈었노라고, 다시 뵙고 싶다는 뜻을 충분히 표명했던 것 같은데, 계집아이가 싫으셨던 겁니까?"

"소신이 언감 규수께 싫다, 좋다할 계제가 못 되었사옵고, 사실 소신이 겁이 많은 놈이었는지라 달아난 것이옵니다."

"그 규수를 어찌 생각하셨는데요?"

곤전이 바라는 게 뭔가. 현재 곤전은 열여덟 살이고 노론 가문에서 태어나 금지옥엽으로 자란 덕에 남녀칠세부동석의 내외법 안에서 살다가 일인지하 만인지상의 자리로 올라갔다. 외간 사내를 모를 터이다. 삼 년여 전 보현정사에서 만난 이극영이 그가 아는 유일한 외간 사내인바 그는 지금 외간 사내와의 통정이나 그 비슷한 무엇을 바라는 것이다. 이극영은 외간 여인과의 통정을 바라지 않지만 지금 상대는 두려울 게 없는 곤전이다. 아니 눈에 뵈는 게 없는 곤전이라 해야 할 것이다. 전시 상황과 진배없으므로 그에 준하여 생각해야 한다.

각종 병서들의 기본원칙은, 적을 이길 수 없다면 현재를 지켜야 하고 내가 승리할 수 있을 때만 공격해야 한다는 것이다. 강자 앞에서는 약해지고 약자 앞에서는 강해지라는 것이고 싸움은 내가 위태롭지 않을 경우에만 감행하라는 것이다. 지금 이극영은 약자이고 김여주는 약자가 대항할 수 없는 절대강자다. 그는 이극영을 죽일 수 있는 힘뿐만 아니라 친가인 우륵재와 처가인 수풍재의 앞날을 좌지우지할 수 있는 힘을 가졌다. 그럴 제 이극영이 고육지계를 못쓸 것도 없다.

"소신은 그 봄날 오후에 어찌할 바를 모르고 방안을 서성거렸나이다."

"헌데 어찌 아니 오셨답니까?"

"소신이 철이 없고 막된 자라 규수를 다시 뵙게 되면 그의 손을 잡고 그를 막무가내 안고 싶을 듯하여 못 갔나이다."

"그리해도 무방하지 않았습니까? 그리고 혼인할 수도 있었을 텐데요?"

"소신 그때 열여섯 살로 천지분간 못하는 자였사옵니다. 그런 자가 어찌 감히 규수께 무례를 범하겠습니까. 기를 쓰며 참을 수밖에 없었나이다. 그러면서도 못난 자신을 무수히 책망할 수밖에 없었고요."

"그 규수에 대한 지금 마음은 어떠신데요?"

"이따금, 그때 법당으로 가서 그를 안고 그에게 청혼했더라면 좋았을 것이라 생각키는 하오나, 이제 현실의 사람이 아닌 듯 너무 멀고 높이 계신 분이라 그를 생각하는 소신을 책망하며 생각을 죽이옵니다."

"생각을 죽이면 생각이 죽나요?"

"무엇을 죽임은 그 무엇을 잊으려는 방법인 듯하여이다. 그 규수께서 소신을 어찌 생각하셨는지 모른 게 다행이고, 소신의 맘을 그 규수께서 모르신 건 천행이라 여긴 터수라, 잊기도 하나이다."

"당시 다시 만나자고, 부디 와 달라고 청한 그 규수의 맘을 몰랐다는 말씀입니까?"

"어렴풋이 느꼈사오나 그분을 향한 소신의 생각이 워낙 불측하였던지라 널리 헤아릴 겨를이 없었나이다."

"그 규수한테는 그 도령이 첫정이었다 합니다. 해서 어려운 줄도 모르고 경문의 음을 써 달라 청하고 다시 만나 달라 청할 수 있었다 하고요. 무참히 청을 거절 당한 뒤로도 한참이나 그 도령 때문에 마음을 앓았더랍니다."

"황송하여이다, 마마."

"어떻든, 고개 좀 들어 보세요."

극영은 무거운 고개를 들어올린다. 눈이 마주친다. 내명부 웃전들과 신하들은 눈을 맞출 수 없는 게 상하안팎의 법도이다. 극영이 지난 일 년 가까이 자주 뵌 경춘전이 어찌 생기셨는지도 잘 모르는 까닭이다. 그런데 곤전을 독대하여 그의 눈을 쳐다보게 되었다. 열다섯 살의 김여주는 숫보기였으나 눈앞의 곤전은 세련되고 아리땁다.

"이 사서!"

"예, 마마."

"삼 년여 전의 그 규수가 시집을 갔다 하던데, 알고 계시지요?"

"예, 마마."

"그 규수가 자식 낳을 가망이 없는 가련한 처지인 것도 아시지요?"

"그, 그 점은 생각해 본 적 없나이다."

"그렇다 합니다. 자식 낳을 가망은커녕 살아 있는 지아비한테 한 번 안겨 보지도 못한 채 일생을 생과부로 살아야 한답니다."

한 여인으로서 따지고 보면 가여운 노릇이긴 하다. 수풍재의 딸 설인모는 열다섯 살 초겨울에 우륵재의 아우 이극영과 혼인했다. 극영은 그때 열일곱 살이었다. 열다섯, 열일곱 내외의 첫날밤 합궁은 서로에게 시련이고 고통이었다. 너무 서툴렀던 탓이다. 나흘째 밤부터는 놀이가 되었다. 어느 놀이가 그보다 재미있을 것인가. 이후 내외가 함께 지내는 밤이면 그 놀이 하느라 잠을 제대로 못 잤다. 이태가 지난 지금도 안해와 함께 밤을 날 때면 하룻밤에 서너 번씩 갖은 짓으로 교접하느라 잠을 설치기 일쑤다. 인모는 새벽에 옷을 입을 때마다 수줍은 듯 속삭인다.

"이러다 말라 죽겠다 싶은데도 또 안고 싶어요."

인모가 그리 말하면 삽시간에 달아오른 극영이 또 그를 넘어뜨리고 새벽 방사를 치르기 마련이다. 새벽엔 시간이 별로 없으므로 짧고 효과적으로 금세 절정에 닿았다. 좋아, 지금, 어서. 그런 단음절로 서방을 부추기는 안해는 제 욕망을 거침없이 표현하고 극영은 그 때문에 더욱 사내다워지곤 한다. 그게 운우지락이고 그게 내외가 누릴 수 있는 지극한 세상일 제 김여주는 평생 닿을 수 없는 세상이다.

그와 그의 가문이 대조전을 차지하면서 치른 대가인 것이다.

"망극하여이다, 마마."

"그때의 규수가 평생 가여운 처지의 아낙으로 나이 들어갈 것이매 이 공의 심정은 어떠십니까?"

"그 규수께 소신이 어떤 마음을 가질 수 있겠나이까. 통촉하오소서, 마마."

"그 아낙은 이 공이 통촉해 주시길 바라는 것 같은데요."

오늘 이 자리의 뜻이 결국 그것이었다. 사내의 손길이 닿아 보지 않은 채 나이 들고 늙어가기 싫다는 것. 가능하다면 맘 준 적 있는 사내의 씨를 받아 자식을 낳고 싶다는 것. 그렇게 낳은 자식으로 자신의 일생을 밝힐 등불로 삼고 싶다는 것이다. 몇백 년 조선이 다져온 기강을 근본부터 뒤집을 만한 무시무시한 발상이다. 곤전이 이런 생각을 해내고 시도하리라고 누가 상상이나 하랴.

"무슨 말씀이신지, 소신은 헤아리기 어렵나이다."

손바닥으로 해를 가릴 수 있다고 해도 이극영은 김여주에게 자식을 낳게 할 생각은 없다. 하지만 다른 수가 생길 때까지 김여주를 묶어 둘 수 있다면 맞장구치는 행세쯤 못하랴.

"이 공을 연모했던, 지금도 그 마음을 가진 채 살고 있는 그 아낙의 맘을 헤아려 달라는 게지요. 자식 낳을 가망 없이 나이들어 갈 그 몸도요."

곤전이 무슨 수를 쓰든 자식을 낳는다 치고 그 자식이 대군일 때, 동궁의 미래는 돌아간 소전과 다를 게 없어진다. 극영은 소전이 어떤 치욕을 겪으며 죽어가는지 똑똑히 지켜봤다. 또 죽은 소전을 주군으로 섬겼던 김강하가 어떤 꼴을 당했는지도. 소전을 죽이느라 만들어지던 지난여름의 지옥도. 한 사람의 죽음은 그 한 사람으로 끝나는 게 아니므로 지옥은 연쇄적이다. 저들이 그동안 겨냥했던 표적이 사라진 이제 저들의 표적은 동궁이다. 누구나 짐작하는 바이다. 동궁을 지운 자리를 메우기 위한 저들의 술책 중에 이극영이 포함될 수 있다는 걸 오늘 알게 된 것 뿐이다. 미리 알았든 오늘 알았든, 알게 되었으니 대응해야 하는 것이다.

"소신이 삼 년 전의 봄날로 돌아가 그 규수와 다시 만날 수 있다면 그의 손을 잡을 것입니다. 그와 더불어 숲길을 거닐고 그와 더불어 시를 짓고 그와 더불어 저자 구경도 다닐 것입니다. 그 규수를 댁까지 모셔다 드린 다음에는 집안 어른들한테 청해 규수의 집안으로 청혼서를 넣을 거고요. 혼인한 뒤 밤이면 안해를 안고 낮에는 부지런히 공부하여 과거에 급제했을 것입니다. 자식도 낳게 되겠지요. 하오나 과거는 돌이킬 수 없는바 소신이 그 규수를 다시 만날 길도 없는 줄 아나이다."

"과거는 돌이킬 수 없을지라도 그 규수를 다시 만나게 되시면 어찌하실 건가요?"

"지금 소신이 그 규수를 다시 만난다면, 하여 그 봄의 다정이 여전하다면, 달라져 있을 서로의 처지를 감안해 남모르게라도 그를 보기 위해 애를 쓸 것입니다."

"어떻게 말입니까?"

"어떻게 할지는 그 규수를 만나 봐야 알 것입니다."

"지금 이 공 앞에 있는 사람은 그 규수가 아닙니까?"

"지금 소신 앞에는 곤전마마가 계십니다."

"하면 이 공이 그 봄날에 보신 규수를 다시 만나려면 그 규수가 어찌해야 하는 겁니까?"

김여주와 얽혀 지내거나, 곤전의 사사로운 적이 되어 어떤 식으로든 죽게 되거나. 선택은 두 가지뿐이다. 왕후가 외간 사내한테 이 정도까지 털어놓고 거절당할 제 살려 두겠는가. 새삼 선택할 것도 없다. 이 방에 들어선 순간부터 막다른 길이었다.

"소신이 앉은 자리가 낮은 데다 그 규수께서 앉으신 자리는 아무도 범접치 못할 만치 높으십니다. 규수께서 저를 원하신다면 잠시라도 내려오셔야지요."

"어떻게 내려갑니까?"

"다가오시어 손을 내미셔야지요."

"언제요?"

"원하실 때겠지요."

내내 눈길을 잇고 있던 곤전이 눈을 감는다. 나는 네가 원하는 대로 하리라! 그러나 네 뜻대로만 움직일 수는 없노라. 극영은 내밀 수 있는 패를 다 내보였다. 이후 벌어질 수 있는 상황은 그의 선택이다. 여기서 한 발만 내딛는다면 이극영은 물론 곤전 또한 역사에 남을 수도 있는 추문을 향해 나서는 것이다. 추문은 항간에 알려졌을 때 추문이 되는바 알려지지 않게 하려면 비밀이 되어야 한다.

극영은 두렵지 않다. 김강하를 잃고 나서 돈 것 같았다. 수앙에게 지아비의 주검을 보게 할 것인가. 아니 보이는 게 나을 것인가. 그의 몸에 박힌 총탄들을 빼내고 염습을 할 것인가 총알을 그대로 둔 채 염습할 것인가. 그러한 논의를 심각히 하는 어른들 곁에서 그들을 비웃으며 울 때 세상이 같잖아졌다. 수앙이 와서 지아비의 주검을 어루만지다가 제 목을 붙들고 기함을 할 때 그를 안고 울며 모든 게 사소해졌다. 김강하를 지키지 못하고, 그를 쓰러뜨린 흉적들을 찾아내지 않는 사신계도 더 이상 중요치 않았다.

대체 계가 존재할 이유가 무엇인가. 오래전 미타원이라는 집과 도고관아에서 일어났다는 참변도 그랬다. 별님과 그 식구를 지키기 위해 스러졌다는 생부의 이름이 동마로였다고 했다. 성씨도 없었다는 그분. 사신계는 그들을 보호하지 못했다. 이제 극영은 자신의 방식으로 지켜야 할 사람들을 지키고 바꿔야 할 세상을 바꿔 볼 셈이었다. 하다하다 못하면 그만 아닌가. 깨지든 터지든 가는 데까지 가 보는 것이다. 김강하처럼 온몸이 벌집처럼 뚫려 죽을지라도 어차피 죽는 건 한 번 아닌가.

"지금 원해요."

눈을 뜬 김여주가 그리 말하더니 일어나 극영에게로 다가든다. 극영도 일어나 한 발 내딛는다. 김여주가 내민 두 손을 맞잡아 와락 당긴다. 얇은 몸피가 왈칵 품속으로 들어온다. 극영은 김여주의 두 손을 자신의 어깨로 올려놓고 한 손으로 그의 허리를 바싹 당겨 안고 다른 손으로 그의 머리 뒤를 받친 채 그의 얼굴을 내려다본다. 두 눈에 두려움과 수줍음이 서렸다. 극영은 대번에 으스러뜨릴 수도 있을 만치 가녀린 여인이 왕후라는 생각을 떨쳐낸다. 어느 봄날에 만났던 그 되바라져 보이던 규수만 생각한다. 한없이 숫졌던 그 사람.

극영의 얼굴이 다가들자 곤전이 눈을 감는다. 극영은 그의 이마에 자신의 입술을 찍고 미간에 입술을 댄다. 양 눈과 콧등에 입술을 붙였다 떼어 낸 뒤 그의 목에다 입을 맞춘다. 그의 등이 밖으로 휘어지면서 하체가 한층 더 밀착된다. 어이없게도 극영의 하초가 도드라진다. 내가 제정신이 아니다, 자책하면서 극영은 곤전의 목에서 떼어 낸 입술을 그의 입술에 댄다. 그가 놀란 듯 입을 벌린다. 그 입 안에서 두 혀가 엉킨다. 놀리듯 가벼이 그의 혀를 건드리고 그가 건드려오게 한다. 극영은 안해와의 교접을 통해 사내를 맞이하는 여인의 몸이 어찌 반응하는지 익히 안다. 여인의 신체구조는 물론이고 여인들이 몇 겹의 옷을 걸치는지 알고 그 옷들을 다 벗기지 않은 채 그 속으로 단숨에 파고들 수 있다는 것도 잘 안다. 처음에는 부드러워야 하며 여인의 몸을 달게 하지 않으면 두려움을 느낀다는 것이나 어느 선에서 멈춰야 여인이 미친다는 것을. 극영은 이 자리에서 딱 거기까지만 할 작정이다. 미치기 직전까지만. 그리하여 그 홀로 있을 때 이극영 때문에만 미치도록.

왕이나 왕세자의 여인들은 불가피할 때 궐 밖 나들이는 할 수 있을지언정 궐 밖에서 밤을 지낼 수는 없다. 왕후는 말할 것도 없다. 어느 법에도 쓰여 있지는 않을지라도 선대의 어떤 왕후도 그 법을 어기지 않았다. 김여주도 마찬가지다. 어기지 못하고 어기지 않을 터였다. 그리 결심하고 삼 년 반 만에 궁을 나왔다. 모친 환후를 빙자한 사가 나들이였다. 현임당이 요즘 궁 출입을 못할 정도로 자주 앓는 건 사실이었다. 자주 꿈자리가 사나운 탓에 수시로 어지럼증을 느낀다고 했다. 시방도 얼굴에 핏기가 없다.

신간이 편찮은 현임당한테 사실대로 말할 수는 없다. 관인방 삼거리 어름에 있는 주막에서 사내가 기다리고 있어 그를 만나러 가리라고 말하는 순간 현임당은 쓰러지고 말 것이다. 현임당이 장동에다 마련해 뒀다는 안가安家로 가겠다고 나서지도 못한다. 딸자식이 왕후가 된 뒤 권력에 눈을 떴다고는 해도 현임당은 어머니이고 여인이었다. 왕후가 외간 사내를 만나러 나간다는 사실을 용납하기는 어려울 터였다. 무엇보다 이극영에게 해롭다. 어머니는 아버지나 큰오라비를 책동하여 이극영을 단박에 죽이려 들 것이었다.

"기어이 나가 보고 싶으십니까, 마마."

현임당이 또 확인한다.

"숨이 막혀 죽을 것 같습니다. 바람을 좀 쐬야겠습니다. 가벼이, 잠시만 나다니다 돌아올게요."

어머니도 왕후가 그저 시전 구경이나 하자고 나서는 건 아닐 것이라 짐작하는 것 같다. 더 캐묻거나 말리지 못한다. 무슨 일인지는 알 수 없되 지금 말리면 딸이 반발하리란 걸 알았다. 어머니가 그 기색을 충분히 느낄 만치 김여주는 이극영 때문에 뜨겁고 아프다. 지난 초여름부터 이극영을 불러들일지 말지, 작심했다 포기하길 골백번 반복했다. 작심하면 두렵고 포기하면 사는 것 같지 않았다. 죽으면 그만이다. 그리 여긴 게 그제 밤이었다. 급기야 편지를 냈다.

왕후가 높긴 높았다. 몇 줄 안되는 편지 한 번에 그가 대조전으로 왔다. 들어주지 않으면 죽이리라. 그랬는데 그가 호응했다. 하늘 아래 어느 사내도 감히 손댈 수 없고 왕조차 손대려 하지 않는 왕후를 거침없이 끌어안았다. 이마와 미간과 입술에 와 닿던 그의 입술. 그의 혀가 들어와 두 혀가 맞닿았을 때 김여주는 숨이 멎는 것 같았다. 남녀의 교합은 이렇게 시작되는 것이구나. 몸이 달달 떨렸다. 떠는 몸을 그가 더 푹 안았다. 그의 혀가 여주의 혀를 빨아 당기다가 자신의 혀를 여주의 입 속에 넣어 빨게 했다. 그 순간에는 그의 혀가 김여주의 우주였고 그의 품이 세상이었다. 여주가 아득해져 비틀거리자 끌어안고는 얼굴을 떼어 내며 속삭였다.

"관인방 삼거리에 주막이 있습니다. 옥구헌에서 가깝습니다. 내일 정오 즈음에 거기서 기다리겠습니다. 오시 말경까지 아니 오시면 못 움직이신 것으로 알겠습니다. 참고로 저는 부친께서 편찮으시어 내일 향리에 갑니다. 마마를 뵙거나 못 뵙거나 그 길로 향리를 향해 떠날 겁니다."

어제 그렇게 독대한 시간이 일각이나 됐을까. 그 일각 사이에 세상이 개벽한 건 아닐지라도 김여주의 세상은 바뀌었다. 그를 다시 만나지 못한다면 살고 싶지 않았다. 이같은 짓을 할 제 왕후 김여주와 그 집안만 큰일인 게 아니라 이극영 또한 목숨을 걸었다. 그가 목숨을 걸고 응해 오므로 김여주는 눈에 뵈는 게 없어졌다. 친정? 친정은 지금까지 누린 것으로 충분할 듯했다. 딸자식으로서의 김여주도 할 만큼 했다. 그리 생각됐다. 높은 곳에서 내려가 닿는 곳이 길가의 자그만 주막이라 한들 어떤가. 이극영과 시작할 수 있느냐, 영영 못 보게 되느냐를 결정할 장소인데.

어제 그가 대조전을 나간 뒤 어떻게 궁을 나갈 것인지 수백 가지로 궁리했다. 열쇠는 대전이 쥐고 있다는 걸 깨달았다. 청국 사신을 만나고 경희궁으로 돌아가기 전에 대조전에 들린 대전께 모친의 환후를 말씀드리고 잠시 사가에 다녀오고 싶다고 청했다.

"뜻대로 하시구려."

허락이 너무 쉽게 떨어져 멍했다. 이처럼 쉬울 줄 알았더라면 소전을 그처럼 죽이는 대신 다른 수를 찾았을지도 모른다는 생각을 했다. 소전을 하세시키고 나면 세상이 달라질 줄 알았으나 오산이었다. 소전이 하세한 뒤 대전이 동궁을 그처럼 싸고돌 줄 몰랐다. 경춘전이 동궁을 경희궁으로 보낼 줄도 몰랐다. 경춘전이 그처럼 허를 찌르고 들어올 줄이야.

이대로 몇 해 지나 동궁이 열다섯 살이 되면 하세한 소전처럼 대리 기무를 하게 될 터이다. 대전을 대신해 정무를 관장하다 자연스레 등극할 것이고 연후에는 제 아비를 죽음으로 몰아붙인 인사들을 모조리 축출할 것이다. 축출 당할 사람들의 한가운데에 곤전이 있었다. 동궁이 즉위할 제 곤전은 왕대비가 되므로 죽이지는 못할 것이나 전각 안에 유폐되어 늙어죽을 때까지 살게 될 것이다. 그 모양으로 살게 될 게 끔찍하여 소전을 제거한 것인데 이제 아무려면 어떤가 싶었다. 이극영을 만날 수만 있다면 나머지 모든 것은 아무래도 좋았다.

김상궁이 가리킨 주막은 옥구헌 대문에서 두어 마장이면 닿을 만한 삼거리에 있다. 충훈부청에서 내려오는 큰길이 관인방과 청성동으로 갈라지는 지점에서 작은 숲을 등진 채이다. 충훈부 관헌의 숫자가 적어 밥 먹는 사람이 없는지 점심때인데도 주막 앞은 한산하다. 문 닫힌 방안에서 몇 사람이 말하는 소리가 들리기는 한다. 부엌 쪽에도 사람 기척이 난다. 김상궁이 사립 안을 들여다보고 곤전도 덩달아 안을 엿보고 있는데 뒤에서 인기척이 인다. 화들짝 놀란 여주가 휙 돌아서자 이극영이 쓱 다가든다. 다가든 그가 여주의 손을 덥석 잡으며 씩 웃는다.

"제가 조금 늦었습니다. 뒤채에 방 두 개를 얻어놨습니다. 시좌께서는 이웃방에서 상전을 지키시면 될 겝니다. 추운데 들어가시지요."

김상궁이 추운 데서 떨지 않게 배려한 그가 여주의 손을 잡은 채 안으로 성큼성큼 들어선다. 곧장 뒤채로 향하더니 오른쪽 방의 문을 열고는 여주를 이끌어 들인다. 아랫목에 이부자리가 깔린 방은 자그

맑고 어둡지만 따뜻하기는 하다. 비로소 여주의 몸이 떨리기 시작하는데 그가 잡은 손을 놓으며 소리 내어 웃는다.

"뭐가 우습습니까?"

"아씨의 남정 옷이 크고 갓도 커서 옷에 싸인 것 같습니다. 귀엽습니다."

귀엽다는 말이 이처럼 다정한 말이었다니. 여주가 신기해하는데 이극영의 손이 불쑥 다가오더니 갓끈의 매듭을 잡아당기곤 갓을 벗겨낸다. 벗긴 갓을 자신의 뒤쪽으로 떨어뜨리고는 여주를 당겨 안고 묻는다.

"시간이 얼마나 있습니까?"

"하, 한 시진? 해지기 전에 환궁해야 해서."

"그 한 시진 동안 뭘 하시고 싶습니까?"

"나, 나는 모릅니다."

"허면 제가 이끄는 대로 따르시렵니까?"

"그, 그렇습니다."

"아씨와 제가 어제 하고 싶었던 일을 해도 되겠습니까?"

"그게 뭔데요?"

그가 자신의 갓을 벗으며 이런 거지요, 한다. 이런 것이 뭔가 묻고 싶지 않거니와 물을 겨를도 없다. 드러난 순간 두 사람과 주변이 쑥대밭이 되고 말 일을 이극영은 거침없이 시작한다. 여주를 안아다 이부자리에 놓고 도포를 벗기고 저고리 고름과 바지춤의 띠를 푼다. 여주의 속저고리와 속바지, 속속저고리와 속속바지를 망설임없이 벗긴다. 으뜸부끄럼가리개와 버금부끄럼가리개만 남겨놓은 그가 여주를 쓸어안고 누이며 자신의 옷을 벗어부친다.

겨울 숲 깨어나다

　동지사단의 부사로서 연경에 다녀오다 심양 근방에서 낙마 사고를 당한 이후 이태쯤, 이록의 세월은 자신과 무관하게 흘렀다. 죽은 내가 귀신이 되어 살아 있는 내 몸뚱이가 하는 짓을 멀거니 지켜보는 것 같았다. 온이 사지가 뭉개져 돌아온 것이나 홍집과 혼인한 것이나 자신이 상림으로 내려온 일들이 다 꿈같았다. 상림으로 와서도 일 년쯤은 살았다 할 것이 없었다. 내가 하는 모든 일이 내가 하는 게 아닌 성싶었다. 어떤 일도 맥락이 느껴지지 않고 그러려니 생각됐다. 궁금한 일도, 기쁜 일도, 화나는 일도 없었다. 주변의 모든 일들을 현실로 느끼기 시작한 지는 일 년쯤 됐다. 빈 채 있던 등잔에 기름이 차서 심지에 불이 붙은 듯했다.

　머리가 완연히 맑다고 느끼게 된 어느 때 심양 조선객관 마당에서 벌어진 씨름과 벅수치기 대회가 떠올랐다. 대낮처럼 밝던 정월 하순의 그 밤. 이록은 천막 안에서 정사 대감이며 수역관, 수의 등과 있었다. 이불을 돌돌 감고 앉아 객관 마당에서 벌어지는 벅수치기 시합을 지켜봤다. 보위대의 조장 중 하나였던 박두석이 우승하면서 이백여 명의 사행단 하속들이 와와, 아우성치고 함성을 내질렀다. 그때 이록은 김강하를 보고 있었다. 조선에도 청국에도 그만치 빛나는 놈은 없었다. 지켜볼수록 죽이기 아까운 놈이었다. 좀 더 지켜보기로 했다. 사위로는 못 들이게 되었을지라도 궁리하다 보면 수하로 만들 방법이 있을 것 같았다. 처소로 들어갔고 탕약을 마신 뒤 양치까지 하고 누워 잠들기 전에 중석을 떠올렸다. 꿈속에서 중석을 만나 군자양양을 노래하며 춤추는 그를 만날 수 있기를 고대했다. 정신 차리고 보니 몇 년이 지나 있었다.

어찌해서 그리되었는가. 이모저모 온갖 것들을 따져 보다 심양 조선 객관에서의 대회가 예사로운 게 아니었다는 결론에 이르렀다. 서장관 이무영이며 그의 비장 김강하가 사비私費를 쓰며 만들어 냈던 그 씨름과 벅수치기 대회! 낙마도 우연한 사고라 하기 어려웠다. 잘 길들여진 말이 평지에서 왜 꼬꾸라지랴. 그전이나 이후에 주변에서 일어났던 일들이 하나같이 여상치 못했다. 먼저 이록을 연경으로 보내기 위한 소전과 그 측근들의 공작이 있었다. 김상로며 홍계희, 홍인한 등의 대신들이 소전과 한통속은 아닐지라도 공작을 방치했다. 그 결과 이록은 연경으로 갔다. 사고를 당한 이록이 벅수처럼 지낸 몇 년 동안 온갖 일들이 일어났다. 그 일련의 시간 속에 끼어 있는 이름들과 사건의 조각들을 수도 없이 맞춰 보고 걸러 보고 다시 뒤섞어 보면서 구심점이 어딘지를 찾아봤다. 별 수 없이 사신계였다. 이록이 행하거나 겪은 모든 재난은 사신계와 연결되어 있다는 그 결론도 새삼스럽지 않았다. 숱하게 사신계를 의심했지 않은가.

지피지기知彼知己면 백전불태百戰不殆라 했는데 이록은 적군을 몰랐거니와 이제 아군도 모르게 됐다. 아군이 있기나 한가. 불구가 된 딸 이외에 누가 있는가. 온통 못 믿을 자들 중에서도 가장 못 믿을 자가 사위인 홍집이다. 제 근본도 모르는 놈이 버드나무처럼 쑥쑥 크더니 박달나무처럼 단단해져서 과거에 급제했고 이록의 신임을 얻었다. 급기야 이온을 수중에 넣으면서 이록의 사위가 되었다. 사실상 만단사의 태반이 놈의 수중에 든 것이었다.

홍집이 아무리 특출해도 그 홀로 지금의 그가 되기는 불가능했다. 조선은 중원 대륙에서 명멸했던 그 어떤 나라보다 오래 버티는 나라였다. 심지어는 반만년 전에 존재했던 단군의 조선을 이어받노라며 국호도 같이 쓰지 않는가. 결코 만만하게 굴러가는 나라가 아니었다. 그와 같은 나라에서 개똥이로 태어나 비휴로 자란 놈이 종육품의 관헌이 되는 동안 이록이 한 일은 단 하나 그의 신분을 바꿔 준 것밖에 없었다. 그 외는 모두 그 홀로 했으나 그가 한 일들은 그 홀로 가능한 게 절대 아니었다. 또다시 사신계였다.

사위 홍집과 그 휘하 비휴들이 죄 사신계라고 결론짓고 나서 이록은 또 얼빠진 듯이 웃었다. 사위도 자식인데 자식까지 사신계라고 몰아붙이고 나서 뭘 할 수 있을까 싶어서였다. 홍집이 사신계일 리 없지 않은가. 설령 그렇다 하더라도 도리 없지 않나. 그렇게 자신을 납득시키느라 다시 몇몇 날을 보냈다. 홍집을 믿을 수 없으되 그 말고는 믿을 만한 자도 없었다. 인재라 믿고 음으로 양으로 키웠던 자들 중에 누가 남았는가.

그러는 중에 세자가 죽었다는 소식이 들려왔다. 금상이 급기야 제 아들을 잡은 것이었다. 언젠가는 그리되리라 예상했으나 소전 사태에 직면하여 이래저래 함께 죽은 서른 명 남짓한 자들 중에 소소 무녀와 김제교와 김강하가 끼었다는 사실에는 사뭇 놀랐다. 김강하는 정체 모를 자들의 총알받이가 되어 절명했다 하므로 죽은 게 분명했다. 소소 무녀를 잡으러 가마골로 갔던 김제교가 북악에 난 산불에 휘말려 사라졌다는 사실은 믿기 어려웠다. 더구나 그 산불에 중석이 타 죽다니! 옥청에 잡혀가 목이 떨렸다면 모를까 불에 타 죽을 리는 없지 않은가? 중석이 그렇게 세상에서 사라지고 말았다면 너무 허망했다. 또 중석을 잡아야 사신계를 찾을 수 있으리란 계획이 어그러졌으므로 심히 맥 빠질 노릇이었다.

어쨌든 금상이 제 아들을 죽였으므로 작금의 왕실은 이 빠진 잇몸이 되었다 할 수 있었다. 이제 금상이든 세손이든 한 쪽만 넘어지면 왕실은 산산이 조각날 것이고 권신들은 그 조각들을 붙들고 다른 조각까지 차지하기 위해 다투다가 조선을 무너뜨릴 것이었다. 만단사도 마찬가지였다. 이록이 넘어져 있는 동안 저희들끼리 동맹을 맺은 것 같으나 그 동맹은 조정 인사들과 그물처럼 얽혀 있으므로 오래지 않아 찢어지게 될 터였다. 이록은 그때 만단사를 그러모으고 조선을 해체하여 새나라 만단을 세우면 되는 것이다.

이록은 당분간 더 은거하기로 했다. 자신이 몇 해간 넋 빠진 채 지냈을지라도 다들 제 갈 길로 가지 않았는가. 도드라질 자들은 더 도드라지고 넘어질 자들은 다시 일어나지 못할 만치 넘어져라. 나는 그 자리로 들어설 것인 바 오래 걸리지 않을 것이다. 그리 작정하고 나니 만단사 대회합을 소집해 볼 여유가 생겼다. 만단사가 얼마나 흐트러져 있는지. 부령들 휘하 만단사자들이 사령에 대해 어찌 나오는지. 나의 현재 위치가 어느 정도인지. 모든 걸 확인해 볼 배짱이 생겼다고 해야 할 것이다. 그 확인 작업으로서 만단사 부령들과 일봉사자들을 아우른 대회합을 계획했다. 오는 삼월 보름날의 대회합을 어디서 열 것인가. 이번에 설쇠러 온 홍집과 의논했다. 포천현에 있는 영지에서 대회합을 열기로 결정했다.

　포천은 허원정 일족에게는 뜻이 깊은 땅이었다. 광해께서 등극하신 지 십 년 되던 해에 포천현과 이웃한 영평현을 합쳐 영흥도호부로 승격시키고 경기감영을 포천에 두었다. 도호부란 도성을 호위하기 위한 곳이므로 국방력을 키우는 범주를 넓히자는 의도였다. 임진란을 당해 부왕과 함께 파천을 겪었던 광해께서 도성 위수지역의 필요성을 절감하여 시행한 조처였다. 하지만 능양군 인조가 들어서면서 영흥도호부를 폐하고 포천과 영평을 둘로 갈라 현으로 낮춰 버렸다. 허원정 사조四祖 이호는 일조가 지녔던 그 뜻을 『허원록』을 통해 읽고 나서 포천 땅을 돌아보다가 버려져 있던 산정평을 발견하고 사들여 영지로 만들었다.

　"길을 나서겠습니다, 어머님 아버님."

　홍집과 곤이 길을 나서겠다고 안방으로 인사하러 들어온 참이다. 지난여름, 영고당이 홍남수와 사통하다 홍집에게 잡혀 주검으로 실려 들어왔다. 나경언이 죽기 전에 홍집에게 털어놓았던가 보았다. 홍낙춘 쪽에서 상림에 세작을 두고 있으면서 이록을 죽이려 한다고. 홍집이 즉각 내려와 현장을 잡았으나 둘 다 죽었으므로 그들의 사통이 몇 해간이나 지속되었는지 알지는 못했다. 이록은 어이가 없었을 망정 화가 나지는 않았다. 내가 병들어 있었으니 주변이 병드는 것도 당연하지 않은가 했을 뿐이다. 어쨌든 또다시 장가들 수는 없고 그리하고 싶지도 않았다. 주변을 단정히 하고 싶었다. 상림에 안주인이 필요하므로 금오당을 내려오게 했다. 상림에 든 금오당은 평생

이곳에서 살았던 듯이 자연스레 적응했다. 홍집과 곤에게 어머니라 불리면서 둘 다를 자신이 낳은 듯 임의롭고 애틋해했다.

"이건 위로문과 부의금이 든 봉투이니 나를 대신하여 왔노라, 각기 상가에 전하거라."

이록은 두 장의 봉투와 두 개의 주머니를 사위와 아들 앞에 나누어 내놓는다.

상주의 거북부령 구양견과 온양의 사온재 이한신이 며칠 상관에 잇달아 별세했다. 거북부령 측에서는 직접 부고를 보내왔고 사온재의 별세 소식은 홍집이 설쇠러 오며 가져왔다. 구양견의 하세 소식은, 관심이 있으나 감상은 없었다. 부령 유고시에는 통상 장례 한 달 뒤쯤에 새 부령을 뽑는바 도성에서 이루어질 일귀사자들의 회합은 이월 초가 될 것이다. 그 회합에서 누가 거북부령이 되든지 무슨 상관인가. 지켜보기만 할 참이므로 형식적인 위로문과 부의를 전하기로 했을 뿐이다. 사온재 이한신이 섣달 스무사흘 밤에 별세하였다는 소식이 궐로 들어왔노라고 홍집이 와서 알려 주었을 때는 허룩했다. 자신의 나이를 새삼 느꼈다고나 할까. 물처럼 혹은 불처럼 확연하게 사노라 자신했건만 이룬 게 없이 속절없이 나이만 먹고 있지 않은가. 금오당이 홍집에게 말한다.

"이번에 아기를 못 본 게 몹시 서운하네만 두 달 뒤쯤에는 볼 수 있다니 봄이 오기를 학수고대하고 있겠네."

이번에 홍집이 오자마자 온과 혼인하기 전부터 다정하게 지냈으며, 몰래 아이를 낳아 유모한테 맡겨 키웠다고 토설했다. 지난 동짓달에 미연제라는 그 아이를 허원정으로 데려왔으며, 아이가 어려 이번에 못 데려왔다고 했다. 금오당은 삼월 보름 산정평 회합에 맞춰 도성에 가는 이록을 따라나설 참이었다. 미연제를 보기 위해서였다. 미연제가 어떻게 생겼든 온의 딸이 분명하므로 허원정의 유일한 칠대손이었다. 금오당은 홍집에게 아이에 대해 듣고부터 궁금해 어쩔 줄 몰랐다.

"예, 어머님."

홍집의 대답에 금오당이 곤을 향해 묻는다.

"곤이는 사온재까지 잘 찾아갈 수 있겠니?"

곤이 헤헤 웃고는 답한다.

"천안 가면 그 옆이 온양이고 온양 부내에서 용문골 이 대감 댁을 물으면 누구나 알 건데요, 심려 놓으세요, 어머니."

곤은 열여덟 살이 됐는데 여전히 무구하다. 그 덕에 이록을 아비로 따르고 정을 느끼는 것일 터였다. 녀석은 맘씀도 다사롭다. 녀석 덕에 제 종자인 늠이가 면천됐다. 녀석이 양자로 입적된 이후 몇 차례 온에게 늠이를 면천시켜 달라 했던 모양이었다. 온은 작년 곤에게 네가 스무 살 이전에 급제하면 늠이를 면천시켜 주겠다고 언질하고 나서 이록에게 서찰을 보내왔다. 곤과 늠이가 쌍둥이처럼 우애가 깊은 데다 곤을 향한 늠이의 충심이 깊으므로 면천을 시켜 주고 싶다는 내용이었다. 이록은 허락했다.

"이제들 나가 봐라. 문상 마치고 도성에 가서는 안팎으로 조심시키고, 너희들도 극히 조심해야 할 것이다."

이록은 시골에 가만 묻혀 사는데 도성에는 명화당이라 자칭하는 총 든 도적 떼가 설치고 있다 했다. 곤이 가져온 조보에 의금부의 포고문이 살벌하게 적혀 있었다. 포고문이 나붙은 지 보름 정도밖에 안되었고 홍집과 곤이 도성을 떠나온 이후 어떤 상황이 벌어졌는지 알 수 없으나 도성은 그 포고문으로 인해 뒤숭숭할 터였다. 사노비들은 주인을 발고할 수 없는 게 법일지라도 혹시나 하고 눈이 벌게져 살필 것이다. 양민들은 이웃과 행인들을 톺아볼 것이며 관헌들은 상하전이며 동료를 눈여겨 살펴볼 것이다. 기민들의 유입으로 가뜩이나 어지러운 판에 모든 도성민들의 눈이 뒤집히게 된 판이었다. 도적들은 더 이상 움직이지 못할 것이나 동시에 음해와 무고誣告도 난무할 것이다. 평소에 자신을 핍박하던 자나 시기했던 자들을 거꾸러뜨릴 호기가 아닌가.

"예, 아버님, 명심하겠습니다. 산정평에서 뵙겠습니다. 어머님께서도 강령하십시오."

상주와 온양으로 가기 위해 홍집과 곤이 절하고는 일어나자 아쉬움을 이기지 못한 금오당이 졸졸 따라나간다. 이록도 느릿하게 일어나 뒤를 따른다. 하속들이 죄 대문 앞까지 쏟아져 나와 홍집과 영글, 곤과 늠이를 배웅한다. 범처럼 늠름한 네 장정이 각기 탄 말을 움직여 떠나간다. 금오당이 자식들의 꽁무니가 사라졌음에도 서서 눈물 훔치는 걸 보고 이록은 돌아선다. 사랑으로 들어서며 보위대장 상일한테 보위들을 모두 불러오라 명한다. 그동안 겉으로는 은거처사처럼 지냈을지라도 상림의 주인으로서 해온 일은 적지 않았다.

봄의 큰 가뭄과 여름 홍수가 지난 자리에 병해충이 기승을 부리더니 초가을에는 메뚜기 떼가 출현했다. 메뚜기가 나타났다는 소식을 듣자마자 이록은 함양군수 서석진을 찾아가 제안했다.

"메뚜기를 잡아 말리면 전부 사 주겠다고 백성들에게 포고를 하시지요."

서 군수가 눈이 동그래져서 반문했다.

"누, 누가 그걸 산다고요?"

"제가 사지요. 말린 메뚜기 한 되 당 닷 푼씩을 내놓겠습니다."

서 군수로서는 관내의 작물 피해를 줄이고 백성들은 돈을 벌고 식량을 비축할 수 있는 일거삼득의 방안이었다. 돈을 이록이 낸다 하므로 서 군수가 마다할 까닭이 없었다. 서 군수는 이록의 제안대로 메뚜기를 잡아 말려 오면 한 되 당 닷 푼씩을 주겠노라, 군내의 온 고을에 방을 붙이게 했다. 인근 백성들은 메뚜기가 돈이 될 수 있다는 것과 여축 식량이 되리라는 사실을 아울러 깨닫고 혈안이 되어 메뚜기를 잡았다. 밤낮을 가리지 않고 이동하는 메뚜기 떼를 좇아다녔다. 팔월 초부터 보름 동안 말린 메뚜기 천여 가마니가 모였다. 상림에서 메뚜기 값으로 낸 돈은 천오백 냥 정도였다. 서 군수가 천 가마니가 넘는 메뚜기를 다 어찌할 것이냐고 물어왔을 때 이록은 전량을 백성들에게 나누어주라 했다. 메뚜기를 나누어주던 사흘간 함양 고을은 물론이고 이웃 고을 백성들까지 자루며 함지박 등을 가져와 잔뜩 받아갔다.

그렇게 지은 농사로 거둔 수확이 예년의 삼분지일밖에 되지 않았다. 상림의 영지가 거둔 절반 수확이 이 함양에서 그나마 높은 것인바 다른 고을은 물론이고 팔도의 작황은 손바닥 보듯 했다. 그럼에도 서 군수는 중앙에서 작황을 살피라고 보내온 안집사한테 치하를 들었다. 서 군수 스스로도 조정에 올린 장계에서 자신이 고을의 농사를 어찌 지켜냈는지 충분히 자랑했을 터였다. 이록의 생각과 돈으로 이루어진 일이라는 말을 보탠 것 같지는 않았다. 애초에 임금과 그 주변 자들의 눈에 띄고 싶지 않았으므로 서 군수의 치졸한 처사는 이록에게 오히려 다행이었다.

농사가 끝난 뒤 이록은 영지의 논과 밭을 태우라 지시했다. 산불이 나지 않도록 하되 최대한 그을리고 논밭을 갈아엎으라 했다. 내년 봄이나 돼야 하게 될 일을 미리 하게 한 까닭은 메뚜기 떼가 낳아놨을 알을 줄이기 위함이었다. 상림의 영지들이 그리하므로 함양 사람들이 따라했다. 소문을 들은 인근 고을에서도 따라 불을 지르고 전답을 갈아엎었다. 정월 보름 지나 날이 약간 풀리면 고을 내 남정들을 모아들여 영지 내 곳곳에다 둠벙을 파게 할 참이었다. 일꾼들은 품삯을 받게 될 것이고 논밭은 가뭄을 덜 타게 만들려는 것이었다.

내 영지에서는 굶는 자가 없게 하리라.

요즘 이록의 목표는 단순했다. 아직은 작년 흉작의 여파가 크게 드러나지 않았다. 온갖 방법들로 곡식을 늘려 먹으면서 메뚜기를 김치 등속과 함께 지져 먹고 나무새 등과 볶아 먹고 여러 가루들에 부쳐 먹으면서 지내고 있는 것 같았다. 정월 지나면 달라질 것이다. 이록은 요즘 머지않아 닥칠 극한의 춘궁기를 대비하고 있었다. 그때 함양 백성의 절반은 이록의 양곡을 먹게 될 터였다.

"태감마님, 소인 상일 이하 보위들 대령하였나이다."

은적암 비휴의 맏이인 상일이 들어와 읍하고 앉는다.

"외무집사가 삼월 회합을 대비하여 경기도 포천현의 산정평으로 갔다. 지금쯤 당도했을 것이다. 너희들도 이제부터 행장을 꾸려 그곳으로 가서, 산정평과 그 주변의 지형지세를 상세히 익히고 오너라."

"예, 태감. 하온데 지형지세를 어떤 용도, 어떤 눈으로 살펴야 하오리까?"

"산정평은 북쪽은 명성산, 남쪽은 관음산, 동쪽은 사향산, 서쪽은 망무봉으로 둘러싸여 있는 분지 형세다. 그럴 일은 없으리라 믿는다만 가령, 네 부의 부령들이 내게 반기를 들고 나를 제거하기로 든다면 만단사자 사오백 명쯤이 나를 향해 무기를 겨눌 수 있다. 그럴 제 내게는 너희 열 명과 조금 전에 떠나간 양연 휘하의 스무 명이 있을 뿐이다. 스무 명, 아니 일단은 너희 열 사람이 사오백 명을 상대한다고 가정하여 지형지세를 살피고 대응 방법을 찾아보라는 게다. 너희들이 살피고 돌아오면 나는 너희들의 생각을 들어보고 다시 의논할 것이다."

"예, 태감."

"시간을 넉넉히, 이달 말까지 줄 터이니 유람 삼아 다녀오도록 하되 도성에는 들어가지 마라. 누구의 눈에도 띄지 않게 움직이라는 게다. 더욱 조심할 것은 너희들의 몸이다. 누구도 다치지 않게 조심하되 너희들도 오가며 다치지 말라는 것이야."

"명심하겠습니다, 태감."

상일이 읍하고 나간다. 보위들에게 특별한 명을 내린 것도 아니면서 사족인 양 당부를 붙인 까닭은 소심해졌기 때문이다. 몇 해 동안의 명함에서 깨어나며 인식한 큰일 중의 하나가 즈믄 휘하의 통천 비휴들과 양쪽 무극들의 실종사태였다. 온이 황환과 구양견과 중석을 잡으라고 명했던 그들이 명을 수행하기는커녕 종적도 없이 사라졌다는 것. 대체 그들이 몽땅 어디로 가 버렸는가. 연기라서 증발했는가. 새라서 날아갔는가. 물이라서 땅으로 스며들었는가. 도저히 풀리지 않는 그에 대한 의문이 고스란히 남아 있는 한 이록은 조심할 수밖에 없었다. 이록과 이온 부녀를 주시하고 있는 뚜렷한 세력이 있다는 뜻이기 때문이다. 또다시 사람을 잃어서는 안 되므로, 누군가를 해치라는 명을 내림에 있어서는 얼마나 신중해야 하는지 충분히 알게 되었다.

사온재와 우륵재

지난 윤오월 중순에 국빈은 이모인 영고당의 부고를 들었다. 상림에 다녀왔다는 이곤이 말해 주었다. 영고당이 규명치 못할 급환에 들어 며칠 만에 하세하였고, 염천 더위 속에서 긴 초상을 치를 수 없어 사흘장으로 장례를 치렀으며 묘지는 함화루 바깥 숲 속에 만들어졌다 했다.

이모한테 정을 느껴 보지 못해서인지 때늦은 부고를 듣고도 국빈은 별다른 감상이 없었다. 아들 혼례 때문에 상경했던 어머니가 아직 인달방 집에 계시던 때였다. 어머니는 한참을 우시는 듯했는데 국빈은 어머니의 슬픔이 아우를 잃은 설움인지 당신 삶에 대한 설움인지 알 수 없었다. 알고 싶지도 않았다. 어머니에게 극진했던 마음이 혼인과 동시에 간 데 없어졌다. 천치 병신을 아들의 짝으로 묶어 놓은 어머니에 대한 섭섭함이 너무 컸다. 생모라면 설마 그리하셨을까!

국빈이 어떻게 생각하고 무엇을 느끼든 천치 며느리를 귀애하던 어머니가 향리로 내려갔다. 국빈은 성균관에서 지낼 수 있는 걸 다행으로 여기며 집에는 거의 가지 않았다. 그렇지만 칠월 하순의 과거시험에도 실패했다. 봄에 연이은 실패에도 국빈은 덤덤했다. 아무려면 어떤가, 될 대로 되겠지 싶었다. 가을을 대충 지내다 방학하자마자 문암골로 왔다. 책을 방패 삼아 어머니의 접근을 막아 놓고 방에 들어앉아 섣달 한 달을 게으름에 빠져 지냈다. 책을 보는 시간이 너무 길었던 게 과거 실패의 원인이었던 듯했다. 문암골에서는 책을 읽는 대신 잤다. 자다가 생각나는 게 있으면 그와 관련된 시제를 가상하여 문장을 썼다. 삼천에서 오천 글자에 이르는 문장을 써 보고난 뒤에도 책장을 열어 내가 쓴 것과 비교분석치 않았다. 꼬박 한달넘게 책을 보지 않으니 책과 나 사이에 객관적인 거리가 생겼다. 뭔가가 선명해졌다. 그 느낌이 마냥 책만 파던 자신에게는 중요한 분기점이 되리라고 느꼈다.

설 명절을 치르고 정월 초닷새가 되었다. 내일 상경할 텐데 그 전에 스승들을 뵙긴 해야 할 성싶어 향교에 들렀더니 방학 중이라 훈도나 유생들이 몇 사람 밖에 없었다. 그들에게서 용문골 이 대감 댁의 부고를 들었다. 사온재께서 섣달 이십삼일 밤에 하세하시어 십오일장葬을 치르고 있다는 소식이었다. 내일이 발인이라는 말에 놀란 국빈은 서둘러 용문골로 왔다. 초상 열나흘째라 문상객이 얼추 다녀갔을 텐데도 상가는 내일의 발인을 준비하느라 부산하다. 장대에 매달린 백여 기의 만장輓章들로 바깥마당이 꽉 찬 듯하다.

국빈은 큰사랑 대청에 마련된 상청에 올라 영좌靈座에 절하고 굴건제복의 상제들과 상사喪事 인사를 나누었다. 국빈과의 인사가 끝난 뒤 극영이 우륵재 영감에게 잠시 자리를 비우겠노라 허락을 구한다. 우륵재가 그러라는 듯이 고개를 끄덕였다. 긍로와 우진이 엉덩이를 들썩이고 나서자 우륵재가 어허! 나무랐다. 긍로와 우진이 놀란 강아지들처럼 주저앉았다. 극영이 빈 객청으로 이끌더니 국빈에게 사성 영감한테 인사를 하라 한다. 몇 유생들과 함께 있던 사성 김종정 영감이 허리 숙여 인사하는 국빈에게 고개를 끄덕여 보인다. 국빈은 상가라 문상객끼리의 인사치레가 간단한 걸 사뭇 다행으로 여긴다. 대사성이나 사성 등, 성균관 교관들을 뵙기가 민망한 까닭이다. 그 또한 혼인 이후 생긴 부끄러움이다.

극영이 작은사랑으로 들어섰다. 마당에서 놀던 아이들이 황황히 달아난다. 방에 들어앉아서야 국빈은 극영에게 둘이 나눌 만한 인사를 한다.

"형, 많이 수척해 졌구려. 눈이 아직도 팅팅 부어 있네."

"아버님 병환이 깊으시다는 말을 듣고 오기는 했어도 돌아가실 줄은 몰랐어. 눈물이 시도 때도 없이 나더니 오늘은 덜하네."

"부모상이면, 졸곡卒哭 때까지 석 달 수유를 받던가?"

"그렇긴 한데 형님이 사직상소를 올리고 여기서 삼년상을 지내시려나 봐. 나한테는 삼우三虞까지만 지내고 상경하라셔. 삼우 마치면 대보름이니까 여기서 대보름 지내고 열엿새 날 길을 잡으라고."

대사성인 우륵재가 사직하면 김종정 사성이 대사성으로 올라갈 확률이 높겠다. 조금 전 김 사성께 드린 인사가 너무 허술했던 것 같다는 생각을 함과 동시에 국빈은 다시금 부끄러움을 느낀다.

"그러면 형수님이랑 둘이만 상경하겠네?"

"안사람은 졸곡제 때 내가 내려와서 데려가려고. 형님 식구는 앞으로 여기서 지내고 진장방 집 살림은 내 안사람이 하게 될 모양이야."

이영로도 여기서 산다는 뜻이다. 이영로가 어디서 지내든 국빈 자신과는 하등의 관계가 없게 되었는데도 서운하다.

"처가살이를 마친 셈이구려?"

"그런 셈이지. 너는 언제 상경할 건데?"

"내일 상경할 참이었어. 가기 전에 향교에 인사나 한번 하자 싶어 들렀다가 이 댁에 초상난 걸 들었잖아. 나도 내일 발인을 봐야지. 모레 아침에나 떠야겠어."

발인할 때는 먼빛으로나마 영로를 볼 수 있을지도 모른다. 그러고 나면 다시 보기 어려울 터이다. 철들고 처음 세운 계획은 이십 세가 되기 전에 급제하기였고, 처음 생긴 소망은 이영로와 혼인하는 것이었다. 급제라도 해야 이영로한테 장가들 수 있을 것이라 여겼으므로 계획과 소망이 한가지였다. 그걸 어머니가 산산이 부쉈다. 국빈은 혼인하고 나서 맘 둘 곳이 없었다.

"두남입니다."

밖에서 기척이 나더니 몸집 큰 두남이 상객상을 들고 들어온다. 두 사람 분의 겸상을 방 가운데 놓은 두남이 국빈에게 인사하고는 제 주인한테 으름장을 놓는다.

"서방님이 이거 다 잡숫기 전에 상을 내오면 제 다리몽댕이를 분질러 놓겠답니다."

"누가?"

"마성천 씨지 누구겠습니까? 어서들 잡수십시오. 다 잡수신 뒤에 빈 상을 들고 나가겠습니다."

"다 먹고 부를 터이니 나가서 자네 일 봐."

"진짜 다 잡수시는 겁니다."

"그래."

두남이 나가 방문을 닫자 극영이 상머리로 다가들며 국빈에게도 권한다. 소고기를 넣은 따끈한 뭇국에 밥과 김치와 나물들과 전적 등. 팔도에 기근이 시작되었다지만 여기는 대가인지라 상객상이 푸짐하다. 점심과 저녁 사이의 애매한 때이기는 해도 시장기가 돌던 참이라 국빈은 수저를 부지런히 놀린다. 극영은 마지못해 먹는다.

"두남이 다리 부러지지 않게 좀 부지런히 먹지 그래."

"임종하고 나서부터 배고픈 줄 모르겠어."

"억지로라도 먹어. 다시 나가면 한데서 내리 지내야 하는데 속이라도 든든해야지. 난 조부님 초상 치를 때 구일장이었는데도 솔직히, 힘들더라. 졸리고 허기지고. 정말 어지러웠어."

"그때 넌 어린 데다 독자라서 그랬지. 나는 형님과 자형과 숙부님이며 사촌 형님들이 계셔서 잠깐씩 눈 붙이고 이렇게 숨어서 먹기도 하잖아."

말을 하다 말고 숨이 찬 듯 한숨을 쉰 극영의 눈자위가 또 붉어진다. 눈자위를 훔친다. 국빈은 못 본 양 밥을 먹는다. 국빈은 여섯 살 겨울에 아버지를 잃었다. 그 탓에 아버지와 관련한 기억이 없었다. 기억이 없으므로 슬픔도 없었다. 커서 알게 된 여러 사실들을 조합해 만들어 낸 기억에 따르자면 아버지는 군자감의 직장을 지내면서 도성에서 첩실과 함께 살았다. 그러다 종무소식이 되어 버렸다. 혼자 남았던 아버지의 첩실도 본가와의 인연을 끊고 사라졌다. 그이가 국빈의 생모였다. 그이가 어디 있는지, 살아 있기는 한지 어머니가 모른다 하므로 국빈도 몰랐다. 몰라도 되었다.

"작은 서방님, 도성에서 손님이 오셨어요. 상청에 절하고 나오셔서 서방님을 찾으세요."

두남의 소리에 극영이 묻는다.

"누가 오셨는데?"

"이곤이라는 서방님이세요."

뜻밖의 이름에 극영과 국빈의 눈이 마주친다. 국빈이 히죽 웃고는 일어나 문을 열자 곤과 늠이가 마당에서 두리번거리고 있다. 국빈을 발견한 곤이 눈을 크게 뜨고는 성큼성큼 걸어 기단을 올라온다. 방으로 들어온 곤이 극영에게 절하고 극영이 맞절하면서 상객과 상제로서의 예를 갖춘다.

"소식을 어찌 듣고 왔어?"

"내가 동짓달에 함양 집에 가서 지내던 참인데 우리 자형이 설쇠러 내려오셨어요. 그리고 이 댁에 난 초상 소식이 궐로 들어왔더라고 알려 줬어요. 우리 아버님이 절더러 상경하면서 문상을 하라고 하시데요. 우리 아버님 뜻을 상청에 전하고 나서 극영 형님과 동무라고 했더니 이리 보내 주시네요."

"볼이 얼었네. 아랫목으로 앉아. 자네 아버님께서는 강령하시지?"

"강령하세요."

"편찮으신 건 다 나으셨나?"

"그러신 것 같아요."

"그거 참 다행이시네."

"다행이죠. 암튼 저는 어제 공주서 자고 아침부터 내처 달려온 셈인데 이제 겨우 들어왔네요. 춥긴 되게 춥대요. 그래도 이쪽에 눈이 내리지 않아서 다행이에요. 어제 공주 쪽에는 눈이 꽤 많이 내렸거든요."

"먼 길 와 줘서 고맙네."

"별 말씀을요."

"자네 상이 들어올 터인데, 먹으면서 좀 쉬도록 하게. 쉬다가 국빈이 따라서 문암 쪽으로 넘어가던가. 나는 상청으로 나가 봐야겠어."

"저 오늘, 이 댁에서 자도 돼요?"

"사람이 너무 많아 불편할 거야. 문암골이 그리 멀지 않으니 넘어가서 자고 발인에 맞춰 오는 게 나을 성싶은데, 알아서들 하게."

극영이 나가고 두남이 상객상을 들고 들어와 곤 앞에 놓고 국빈 앞에 놓인 반쯤 빈 상을 들고 나간다. 문을 닫으려다 말고 말한다.

"서울 서방님 시자한테도 한상 차려줄 테니 걱정 말고 드십쇼."

두남에게 고맙다고 말한 곤이 몹시 시장했다는 듯이 입맛을 쩝쩝 다셔가며 밥을 먹는다.

"점심 안 먹었어?"

"먹었어요. 그래도 시장했어. 춥고 배고프고 졸리고! 동냥치의 삼 대 요소가 그렇다면서?"

"말 타고 말 탄 하속 거느리고 다니는 동냥치가 어딨어?"

"없나?"

"아버님은 정말 다 나으셨어?"

"나한테 성균관에 입학하라 명하실 정도니까 말짱하신 거 아니겠어?"

이곤과 성균관은 참 어울리지 않는 조합이다. 이곤처럼 제멋대로인 사람이 무슨 수로 성균관의 꽉 짜인 일상을 견딘단 말인가.

"그러면 아버님은, 금년에는 도성으로 오시겠네?"

"그런 말씀은 없으셔. 봄에 도성이 기민들의 유입으로 시끄러울 것이니 성균관에 들어가 점잖이 공부나 하며 지내거라, 그러셨거든. 형, 금년에도 성균관에 있을 거지?"

"올해까지는 지내려고. 넌 입학시험 칠 거야? 문음승보로 들어올 거야?"

"들 수 있을지 모르지만 입학시험을 쳐 보긴 해야지."

"못 들면?"

"못 들면 일 년 공부해서 내년에 입학시험 쳐야지."

"음보로 입학하면 되지 뭣 때문에 그런 수고를 해?"

"입학시험에도 못 드는 놈이 성균관 공부는 어찌 따라가겠어? 근데 형, 영로아기는 봤어?"

"상복 입고 내원에 있는 규수를 어찌 봐. 못 보는 걸 알면서 묻는 건 무슨 심술이야?"

"내가 궁금해서 물어보는 거야."

"네가 왜 궁금해?"

"지난여름에 둘이 벗트기로 해놓곤 보현정사에 발걸음도 아니하잖아. 그래서 내가 우륵재로 만나자는 편지를 보냈어. 시월에. 영로아기가 늠이한테 답장을 들려 보냈는데, 조부님 편찮으시어 향리로 가게 됐다고, 나중에 기회가 되면 뵙겠다고, 부지런히 공부해서 급제하기 바란다고 했더라고. 급제 못하면 벗트기로 한 것을 취소하겠다는 협박 같았어."

"벗을 어찌 튼다는 거야?"

"형하고 극영 형님이 벗이고, 나하고 극영 형님도 벗인 것처럼 영로아기하고도 그런 거지."

"규수가 사내놈하고 어찌 벗을 하냐는 거지."

"벗을 못할 건 뭐야?"

"현실에서 젊은 남녀가 벗으로 지내기는 불가능해."

"그럼 혼인해서 벗으로 살아야겠네."

"벗하기 위해 혼인을 해? 대체 네 머릿속에는 뭐가 들었기에 그런 발상이 가능하냐?"

"그것도 이상해?"

"이상한 정도가 아니라 기괴하지. 천치 같던가."

"벗트고 싶은 규수가 있어. 그가 나한테 급제하라고 해. 나는 급제하지. 청혼해서 혼인하고 벗을 하면 돼. 이게 그리 이상한 생각이야?"

"말이 안 되는 소리 작작 좀 해. 네 칠엽꽃은 어쩌고?"

"내 칠엽은 내 속에 그대로 있지. 그 사람하고 더불어 사는 것처럼 날마다 보는데."

"어디서?"

"꿈에서."

"뭐가 어째?"

히히 웃더니 생선전을 한 점 먹고 밥을 우물거리고 나서 진지하게 말한다.

"영로아기하고 혼인 운운한 건 농담이고, 진짜 꿈에서 칠엽을 보곤 해. 꿈속에서 그이는 내가 만났던 모습 그대론데 말은 하지 않고 늘 그림을 그려. 꽃이나 사람이나 풍경이나. 그런데 그이가 그리는 그림이 나한테는 말로 보이고, 들려."

"네 꿈속의 그이가 그림으로 무슨 말을 하는데?"

"꿈에서 깨고 나면 그이가 한 말은 생각나지 않아. 그이가 나와 같이 있었다는 꿈의 기억만 남거든."

"꿈에서 칠엽인지 꽃별인지, 그 사람을 만지기도 하냐?"

"못 만져."

"왜?"

"보이지는 않는데 주변에 그 사람의 범 같은 호위들이 있는 것 같거든. 살쾡이 같은 꼬맹이도 있는 거 같고. 그런데 이상하게 꿈에서 깨고 나면 그 사람을 꼭 안고 밤새 잔 느낌이야. 모자란 게 없거든."

"가지가지 하는구나. 그런 꿈을 꿀 정도로 많이 생각하는 처자를 두고 다른 여인과 혼인을 운운해? 열여덟 살이나 됐는데?"

아무리 이곤이라 해도 영로와 혼인하는 건 못 볼 것 같다. 하지만 말이 씨 된다는 소리가 공연히 있는 게 아닐 것이다. 이곤이 이처럼 농담을 할 때에는 근거가 있을 터. 국빈의 가슴이 불안으로 흐려진다.

"영로아기하고 벗트는 얘기하다 농담이 된 거잖아."

"어쨌든 누구랑 어떻게 혼인을 하든지, 혼인을 한 상태로는 네가 칠엽화를 만난다고 해도 그와 혼인할 수는 없어. 그 정도는 알지?"

어이없다는 양 눈을 치뜨더니 웃는다.

"내 아무리 바보처럼 지낸다고 그 정도도 모를까 봐 그런 소릴 해? 그리고 나 그 사람하고 벌써 혼인한 거 같아서 다른 사람하고 혼인 안 해. 그러니까 영로아기하고는 벗을 해야 하고."

"상가에 와서 만난 너하고 이런 말을 하고 있는 내가 모자란 자다. 밥이나 먹어라!"

입을 삐죽인 곤이 우걱우걱 밥을 먹는다. 이곤의 머릿속에는 세상 모든 걸 단순화시키는 우물 같은 게 들어 있는지도 모른다. 그 단순

무구함 때문에 이곤을 미워하거나 시기하지 못하는 것일 테다. 생각해 보면 이곤 주변의 사람들이 모두 그를 좋아한다. 그가 부귀한 집안의 아들이라서가 아니라 그의 무구한 성정에 동화되는 것이다. 그러므로 이곤은 제가 원하는 대로, 말한 대로 살게 될 수도 있다. 칠엽꽃을 만나 혼인하거나, 이영로하고 벗트고 지내다 혼인하여 벗처럼 더불어 살게 될지도. 그때도 이곤을 시기하지 않고 질투하지 않을지는 알 수 없다. 환장할 것 같은 나날을 살면서 미치지 않고 지낼 수 있을지도 모르겠다.

사온재는 시월 하순에 고뿔이 들어 누웠다. 고뿔쯤 이기지 못하랴. 누구나 그랬으나 사온재의 고뿔은 폐로 들어가 고열을 일으키고 숨쉬기를 힘들게 했다. 두 달여의 시간을 버틴 게 용했다. 마지막 이틀은 오히려 병세가 순했다. 덕분에 고요히 영면에 들었다.

이알영은 동짓달 중순에 친정에 도착해 부친 생애의 마지막 달포를 곁에서 지냈다. 올케 보연당이 제 하속들까지 이끌고 사온재로 들어와 있던 건 몹시 의외였다. 다행이기도 했다. 모친께서는 글자 읽기가 어려울 만치 눈이 어두워지셨고 작은 올케인 인모는 큰살림을 돌보기에는 너무 젊었다. 철없고 속없는 줄 알았던 보연당이 이번에 집안을 단속하는 품이 제법 어엿하고 특수했다. 초상 기간의 집안도 잘 이끌었다. 삼우제까지 스무날이 다 걸린 초상이 끝났다.

내일이면 떠날 사람은 떠나고 남을 사람은 남을 것인데 출가외인인 알영은 떠날 사람이었다. 떠나기 전에 알영은 보연당한테 할 말이 있어 별당으로 와 달라 청했다.

별님이 남긴 성아를 어찌할 것인가. 방산이 의논을 청해온 게 지난가을이었다. 성아가 자라고 있는 데다 아이를 입적시키는 일은 시일이 걸리므로 시작된 의논이었다. 아이 문제를 생각해야 할 수앙이 입 닫은 채 도솔사에만 박혀 살므로 주변에서 대신 나설 수밖에 없었다. 그때 알영은 성아를 자신의 딸로 삼을 생각을 했다. 방산이 숙고하자며 말렸다. 별님이 지금까지 아이를 어디에도 입적시키지 않고 놔둔 까닭이 무엇인지, 수앙에게 맡겼던 까닭은 무엇인지 생각해보자 하였다. 이번에 친정에서 두 달 남짓 지내는 동안 별님이 성아를 놓고 싶은 자리가 우륵재, 이무영의 딸 자리가 아니었을까 하는 생각이 났다. 평생 애틋했던 두 사람이므로.

"보자셨어요, 형님?"

마주앉은 소복차림의 보연당은 큰일 치러낸 사람답게 야위고 수척해졌다.

"각설하고 말씀드리겠네."

"말씀하십시오."

"내 동무 중에 유복녀를 낳고 키우다 병자년 돌림병으로 죽은 이가 있네. 아이가 다섯 살 때였지. 그즈음부터 내가 맡아 돌봐 왔는데 그 아이가 어느새 열두 살이라 오래지 않아 혼인을 시켜야 할 터. 내가 그 아이를 양녀로 입적시킬 셈이었네."

"예?"

"헌데 이번에 여기와 지내는 동안 생각이 달라져서 아이를 자네한테 입적시키면 어떨까 싶은 생각이 들었네. 자네, 딸 하나 더 낳은 셈 치시려는가?"

"예?"

"어렵겠나?"

당연히 어려울 노릇이라 빙빙 돌리는 대신 내질렀다. 두어 해 전에 송도 진봉산의 월대를 찾아갔을 때도 알영은 이랬다.

"은봉, 다 큰 아들 하나 두시렵니까?"

책 읽고 책 쓰며 나무 조각에다 글씨 쓰는 재미로만 살며 늙어가는 정의목이 대번에 고개를 저었다.

"난 제삿밥 같은 거 필요치 않소. 평생 홀로 잘만 지내왔는데 내가 다 늙어서 아들 들일 까닭이 뭐요?"

"나이가 그만큼이나 드시고서도 자신 편한 것밖에 모르십니까? 제가 여기까지 와서 선생님께 아들을 들이시라 할 적에는 까닭이 있을 것인즉, 까닭부터 물으셔야 하는 거 아닙니까?"

그때 내지른 덕에 별님이 만단사에서 떼어 내 사신계로 들여 놓은 통천 비휴의 아홉째 수지니가 정의목의 양자 정승주로 들어가 자리를 잡았다. 다 큰 장정들이라 해도 사람답게 살게 하자니 부모가 필요했고 그 부모가 이왕이면 자식들의 언덕이 되어 줄 만한 사람들이어야 했다. 그리하여 자식은 또 부모의 언덕이자 기둥이 되는 것이었다. 당시 알영은 평생 벗으로 지내는 정의목이 홀로 나이들어 가는 게 안쓰러웠다. 정의목이 하세할 제 그가 지닌 반족 신분도 사라지는 것. 그 신분이 아깝기도 하려니와 병이라도 들면 방에 군불이라도 지펴 줄 누군가가 있어야 하지 않은가. 정의목은 현재 아들 승주와 며느리 선령비와 함께 지낸다. 선령비는 불영사에서 커 나왔던 무극의 아홉째였다.

"그 아이가 혹여, 영로아범의 자식입니까?"

"그 무슨 뜬금없는 소리야?"

반문하긴 했으되 알영은 좀 놀랐다. 낳지는 않았을지라도 성아가 별님의 딸이므로 이무영에게도 자식이나 진배없지 않은가. 보연당이 정색한 얼굴로 입을 연다.

"저는 혼인한 이래로 내내 영로아범에게 숨겨진 여인이 있는 게 아닐까 의심해 왔습니다. 나타나지 않았고 발견되지도 않았습니다만 지금도 영로아범한테 그런 여인이 있을 것 같습니다."

"왜, 서방이 계집 데려다 첩실로 앉히지 않고, 오입질도 하지 않으니 자네 삶이 심심하던가? 서방이 너무 점잖아서?"

보연당은 손위 시누이인 알영의 눈을 쳐다본다. 알영의 말대로 서방이 너무 점잖아서 여편네가 갖은 짓을 다 해왔던 셈이다. 지난여름 영로가 은월당에 나타나면서 그짓을 멈췄다. 멈추기로 하니 멈춰졌고, 멈추고 나니 삶이 단순하고 단정해졌다. 시골살이 못할 것이 없었다. 시아버님의 병환을 핑계로 본가살이를 시작할 수 있었다. 그간 벌였던 짓들이 없었던 양 되기는 했으나 떳떳하지는 못했다. 지금 시누이가 양녀를 운운하고 나오니 그 아이가 우륵이 밖에서 낳아 누이 품에다 숨겨 키운 자식인 것만 같다. 우륵도 하늘을 우러러 한 점 부끄럼 없는 남정은 아닌 거라고, 생각하고 싶은지도 모른다.

"그랬는지도 모르겠습니다만, 지금 제가 형님께 그 아이가 영로아범의 자식이냐고 여쭙는 건 심심해서는 아닙니다. 그 아이가 영로아범의 자식이라면 당연히 제 자식으로 받아들일 것이되 생판 모르는 아이라면 ,저도 생각을 해봐야겠기에 여쭙는 것입니다. 형님께서 동무의 딸이라 하시는 게 거짓은 아니실 텝니다만, 아이가 어찌 생겨났기에 형님께서 키우셨는지요. 아이한테 부모는 없을지라도 일가붙이는 있을 게 아닙니까?"

"아이의 조모에 대한 이야기부터 해야겠구먼. 아이의 조모는 일가가 단출한 반족집안의 과부였다네. 자식도 낳지 못한 채 과부가 되어 몇 해를 지내던 중에 죽은 지아비의 벗과 정인으로 지내게 됐다 하더구면. 내 동무를 낳게 됐고. 반족집안 과부는 재가할 수도 없거니와 반족집안 과부와 사통한 사람도 멀쩡할 수 없는바 내 동무는 자기 모친의 양녀로서 자랐지. 그러다 사고무친의 남정과 혼인하여 살다가 과부가 되었고 유복녀를 낳아 기르던 중에 세상을 뜬 게고. 아이의 외가 쪽에 일가붙이가 없지 않으나 촌수가 멀고 계집아이를 따뜻이 품어 줄 일가붙이도 아닌 탓에 내가 보살펴 키운 것이네."

"아이의 돌아간 모친과 형님은 어떻게 동무이신데요?"

"아이의 외가가 우리 동네 한실이네. 내가 한실로 시집갔을 적에 나보다 두어 살 적은 아이의 어머니와 동무가 됐고 동무는 이태 뒤에 도성으로 시집을 갔지. 이듬해 아이의 외할머니가 돌아가셨고. 아이가 사고무친이 된 까닭이 그렇네. 영로아범과는 하등 무관한 아이고, 영로아범의 자식이었으면 우리가 여태 그 아이와 아이 어미를 숨겨 놓았겠는가? 남정이 밖에서 여인을 보고 자식 낳는 일이 무슨 그리 큰 흠이라고?"

그렇기는 하다. 우륵은 제 자식을 누이한테 떠맡겨놓을 남정이 아니거니와 그럴 까닭도 없다. 내자 무서워 자식 버릴 남정이 아니므로 결국 또 원점이 됐다.

"영로아범과는 상의해 보셨습니까?"

"남정이 밖에서 몇몇 여인을 보고 몇을 집안으로 끌어들여 부실에 앉히든 제들 맘일지나 적자 적녀로서 들일 때는 안주인이 허락을 해야 하지 않은가? 하여 내 자네 의중부터 묻는 것이네. 자네가 허락하면 영로아범한테 물어보려고."

"제가 싫다 하면 어찌하시려고요?"

"내 딸로 해야지."

"그리 작정하시고서도 제게 하문하신 연유는요?"

"그 아이를 입적시킬 제 이왕이면 나보다 더 높고 좋은 가문의 딸로 만들어 주고 싶어 그렇네. 아이의 근본을 바꿔 주려는 것이며, 한실에는 덧정 없는 아이의 일가붙이들이 있어 피하고 싶은 것이고."

"어떤 아이입니까? 용모는 어떻고요? 지금은 어디 있습니까?"

"아이는 말했다시피 올해 열두 살이 됐고, 용모는 더 커 봐야 알겠으나 밉상은 아니네. 놀랍게 영민한 아이지. 명랑하기도 하고. 시방은 삼내미에 있지."

"혜정원이 있는 삼내미 말입니까?"

"그렇네. 아이 아비와 어미가 혜정원에서 일꾼으로 살다가 떠났기에 아이도 삼내미에서 지낸 것이지. 제 어미아비와 잘 알고 지내던 이웃 사람들의 보살핌 속에서 자랐고. 나는 실상 두어 달에 한 번씩이나 들러서 그들이 아이를 어찌 보살피는지나 살폈던 게고."

보연당은 아들 긍로를 낳은 뒤 자식을 더 낳고 싶었다. 당연히 낳을 수 있을 줄로 여겼으나 이후 수태하지 못했다.

"며칠간이라도 생각을 해보고 싶습니다."

"물론 그리해야지. 영로아범하고도 의논해 보고 둘이 뜻이 맞으면 어머님께도 말씀드려야지."

"형님은 내일 가신다면서요?"

"나흘 뒤가 우리 집 큰 기일이니 가야지."

한실 한곡재의 정월 큰 기일은 십여 년 전 겨울돌림병을 정면으로

겪으면서 생겼다. 그때 알영은 시부모와 시동생과 시누이와 아들 둘
과 대여섯의 하속을 잃었다. 까딱했으면 몰살을 겪을 뻔했던 그 환
란에서 알영 내외와 막내 우진이 살아남은 건 그때 한실에 있지 않
았기 때문이었다. 알영이 막내만 데리고 부군이 부임해 있던 고을에
서 지내고 있었던 것이다.

"제가 열심히 생각해 보고 애들 아범과 의논도 한 뒤에 기별을 드
리겠습니다."

"그러시게. 느닷없는 일이라 결정이 쉽지는 않을 게야. 자네가 결
정치 못하면 내 딸로 삼을 터이니 부담은 갖지 말고 찬찬히. 사실 나
는 자식 삼고 싶은 아이가 둘이 더 있네. 역시 부모 없이 자라는 아
이들이지. 먼저 간 내 자식들 생각해서 그 아이들을 자식으로 들여
놓고 애지중지 키울 생각이네."

보연당이 보기에 시누이 이알영은 오지랖이 바다처럼 넓다. 맘씀
이 넓은 거였다. 따지고 보면 이알영은 아낙으로서 못 겪을 일을 겪
어낸 여인이다. 자식을 둘이나 잃었지 않은가. 가여워할 만도 했는
데 어찌 그리 싫어했는지 모를 일이다. 내가 갖지 못한 마음과 내가
하지 못한 일들을 할 수 있는 시누이라서 그랬을 것이다. 남이 낳은
아이를 셋이나 내 자식으로 거둘 수 있는 그 배포를 부러워하며 시
기했는지도. 이제금 시누이처럼 오지랖 넓은 짓 좀 하며 사는 것도
괜찮을지 모른다.

박새임의 친정은 전라도 담양 땅의 창평현이다. 친정이 금성산성
과 가까웠다. 이십 년 전 새임이 한본을 태중에 담고 지아비 동마로

가 있는 온양의 도고를 향해 친정을 나섰을 때 스물여섯 살이었다. 십오 년 만에 친정에 갈 수 있었던 건 창평에서 반나절 길인 무등산 아래 무등원으로 가서 살겠노라 새임이 자원했기 때문이었다. 친정 부모님은 돌아가신 뒤였다. 오라버니인 박정생은 담양관아의 별장을 지내고 있었다. 부모님 묘소 앞에 엎드려 한참을 울고 오라비 집에서 사흘을 묵은 뒤 무등원으로 가 이소당 휘하에서 오 년여를 지냈다.

지난 동짓달 중순에 이소당이 새임에게 도성으로 가서 지내겠느냐고 물었다. 도성에 두 아들이 살므로 가고 싶지만 그들 가까이 다가갈 수 없으므로 까닭을 반문했다. 놀랍게도 이소당이 새임에게 극영의 집으로 가서 그들을 돌보며 살림을 하겠느냐, 했다. 그러면서 극영이 장가들고 벼슬하며 처가살이 하다가 가형이 살던 진장방 집으로 들어가게 되었다고 했다. 그 집의 살림을 관장해 줄 사람이 필요하다는 것이었다. 방산은 만단사에 적을 두고 있는 성균관 유생 김국빈이 새임의 작은아들이라는 걸 알면서도 그에 대해서는 아무 말이 없었다. 국빈이 아직 어리고 만단사에서 뚜렷이 맡은 직책이 없는 탓인 것 같았다. 어찌되었든 새임이 마다할 수는 없었다.

섣달에 도성으로 들어왔다. 방산이 새임에게 허원정으로 가서 이온한테 도성으로 돌아온 사실을 고하라 했다. 앞으로 도성에서 살게 될 것인바 허원정 사람들의 눈길을 피하지 않아도 되게끔 인사를 해 놓으라는 것이었다. 그러면서 이온의 몸이 부실하다는 것과 그 까닭을 알려 주었다. 이온이 별님의 딸 심경을 납치한 일로 그리되었다는 것이었다. 심경이 겪은 큰일이 여러 사람에게 큰일이고, 그중 한 사람이 극영이며 극영을 가까이서 보살필 사람이 필요하여 새임이 물망에 올랐다고 했다.

새임은 허원정으로 가서 온에게 오 년 전 그때 고향에 가서 지내다 다시 도성으로 왔기에 인사차 들렀노라 했다. 온이 바퀴달린 좌대에 앉은 채 말했다.

"마땅히 갈 곳이 없으면 다시 우리 집에서 일하겠소?"

온 곁에 예닐곱 살배기 아이가 있었다. 오래전 온이 새임의 애오개 집에서 은거하며 낳은 미연제가 제 모친 곁으로 온 것이었다. 귀엽고 애틋한 아기씨였다. 갈 곳이 정해지지 않았다면 허원정에서 미연제를 키우고 싶었을지도 몰랐다. 하지만 큰아들 곁으로 가기로 결정된 터였다. 꿈에서도 이극영이 내 아들이라 말할 수 없으나 그 곁에서 살 수 있게 되었으므로 극히 조심해야 했다. 새임은 적선방 쪽에 알고 지내던 댁이 있어 그 따님 댁에서 일하게 되었노라 했다.

"적선방 어느 댁이고, 그 따님이 시집간 댁은 어딘데요?"

온이 그렇게 물었을 때 새임은 함월당에서 그에 관한 지침을 듣지 못한 걸 깨달았다. 어느 집에서 일하는지 비밀로 하라는 내용이 없었다. 삼품 계원이므로 이제 그쯤은 알아서 대처하라는 뜻인 것 같았다.

"나중에 다시 아씨를 뵙게 되면 말씀드리겠나이다."

"그게 비밀이오?"

"무슨 비밀이겠습니까만 미처 새 주인 아씨께 인사도 드리지 않은 터라 삼가고 있나이다. 어떤 일꾼이든 주인댁에 관해서는 조심해야 할 도리가 있지 않습니까."

온이 웃고는 더 묻지 않았다. 난수가 배웅했다. 난수는 그사이에 사뭇 야위고 나이가 들어 있었다. 한집에서 지낸 시간이 짧은 데다

정들일 새도 없었으나 대문 밖까지 따라나온 난수는 무슨 얘긴지 하고 싶은 듯 서성이는 눈치였다. 어쩐지 안쓰러운 맘에 새임은 헤어지기 전에 난수한테 집이 따로 있느냐 물었다. 난수가 백자동 성곽 아래에 제 집이 있다고 했다. 배오개 저자거리에서 성곽을 따라 북쪽으로 삼백 걸음쯤 지나면 나타나는 기와집이라고 했다. 새임은 고개를 끄덕이고 다시 보자며 허원정을 떠나왔다.

진장방 우륵재는 청지기 식구를 비롯해 하속의 절반이 주인 식구를 따라 용문골로 내려간 상태였다. 그러고도 남은 하속이 범이네와 천아네를 합쳐 열셋이나 되는데도 집안이 휑한 것 같았다. 범이네는 할아버지와 할머니, 아비와 어미, 범이와 영이와 국이 등의 일곱 식구였다. 천아네는 할머니와 어미아비와 천아와 선아, 복아 등 여섯이었다. 극영의 장모가 새삼 딸을 시집보내 듯 우륵재의 살림을 정리해 주었다. 범이네와 천아네는 살던 대로 우륵재에 잇대진 외채에서 살고 새임의 처소는 내원 뒤채의 큰방이었다. 작은 방에서는 천아 할머니가 살고 있었다. 새아씨를 보필할 아낙이라 새임에게 큰방이 주어진 것이었다.

"서방님 들어오시오!"

청지기인 범이 아비가 대문간에서 소리치고 있었다. 범이네와 천아네 등과 부엌에서 저녁 준비를 하던 새임은 아낙들을 따라 바깥마당으로 나온다. 부친 병문안하러 갔다가 초상까지 치르게 됐다는 극영이 한 달이나 지나 혼자 돌아왔다. 몇 해 만에 보는 극영은 훌쩍 컸으되 강팔라 보일 만치 야위었다. 언뜻 눈이 마주친 것 같았을 때 새임의 가슴이 철렁 내려앉는데 극영의 시선은 무연하게 범이 어멈한테로 쏠린다.

"나는 적선방에 먼저 들렀다 저녁 먹고 왔으니 저녁은 신경 쓰지 마시고, 좀 이따 내 벗들이 찾아올 테니 주전부리를 준비해 주세요."

하속들 얼굴도 제대로 살피지 않고 건성으로 말한 극영이 사랑채의 건넌방으로 들어가 버린다. 범이 아비가 따라 들어갔다가 나오더니 서방님께서 동무가 오시기 전에 잠시 누우시겠다고 한다며 범이한테 방에 불을 더 때라 했다. 범이가 불을 때러 나간 뒤 새임은 범이 아비한테 서방님의 어떤 벗이 오시냐고 묻는다. 주전부리만 준비하면 되는지 주안상을 차려 내야 하는지 알기 위해서다.

"성균관에서 공부하시는 김국빈이라는 서방님으로 온양에서도 동학하셨답니다. 댁은 인달방이라 하시네요. 인달방 서방님이 안국방 허원정의 도련님과 함께 오실 거라고요."

기겁한 새임은 부엌으로 들어와 아궁이의 불을 살피며 떨리는 몸을 가라앉힌다. 국빈과 곤이라니. 극영과 국빈이 어릴 적부터 가까이 지냈으므로 도성에 와서도 만나며 살 법한데 새임은 그걸 깜박했다. 더구나 극영이 이곤과도 동무로 지내고 있으리라곤 상상도 못했다. 곤이 오매 늠이도 함께 올 터이다. 내가 낳았으나 키우지 못한 두 아들과 내가 낳지 않았으나 아들처럼 돌봤던 두 아이가 한자리에 모이는 것이다.

"아주머니, 아무래도 술을 좀 올려야겠지요?"

천아네의 물음에 새임은 아궁이 앞에서 일어난다. 엊그제부터 서방님이 언제 오실지 모른다며 끼니때마다 아낙들이 공을 들일 때 새임도 가슴 설레며 정성을 들였다. 아낙들을 제치고 혼자 다 하고 싶은 마음을 떨치며 남모르게 애썼다. 그랬건만 조금 전 극영은 제대로 쳐다보지도 않고 들어가 버렸다. 여러 해 전 용문골에서 봤던 그 한성댁이 아니냐고, 반가워해 줄 거라 여겼는데 알아보기는커녕 제 집에 든 낯선 아낙에게 보낼 법한 눈길조차 없었다. 국빈과 곤과 늘 이 와도 사랑채엔 얼씬도 할 수 없게 된 것이다. 서운하지 않다! 새임은 자신을 다독인다. 오늘만 날이 아닌데 서운할 게 뭐냐. 새임은 행주치마의 끈을 풀어 다시 동여맨다. 오래오래 전 아비 동마로가 안해를 지나는 길손인가 하며 외면했던 것처럼 아들도 어미인 줄 모르는 어미를 거들떠보지 않을지도 모른다는 불안을 다독인다. 이제 더 이상 떠돌지 않고 큰아들 곁에서, 작은아들도 가끔 보면서 지내 다 죽을 터인데 아무려면 어떤가 하며.

– 반야 3부 9권에 계속

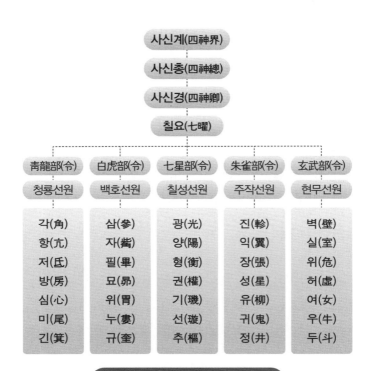

사신계(四神界)

사신총(四神總)

사신경(四神卿)

칠요(七曜)

靑龍部(令)	白虎部(令)	七星部(令)	朱雀部(令)	玄武部(令)
청룡선원	백호선원	칠성선원	주작선원	현무선원
각(角)	삼(參)	광(光)	진(軫)	벽(壁)
항(亢)	자(觜)	양(陽)	익(翼)	실(室)
저(氐)	필(畢)	형(衡)	장(張)	위(危)
방(房)	묘(昴)	권(權)	성(星)	허(虛)
심(心)	위(胃)	기(璣)	유(柳)	여(女)
미(尾)	누(婁)	선(璇)	귀(鬼)	우(牛)
긴(箕)	규(奎)	추(樞)	정(井)	두(斗)

사신계 강령(四神界 綱領)

凡人은 有同等自由而以己志로 享生底權利라.
모든 인간은 동등하고 자유로우며 스스로의 의지로
자신의 삶을 가꿀 권리가 있다.

誓願語

不問如何境愚 當絶對沈默於四神界 不問如何境遇 當絶對順從於 四神總令.
어떠한 경우에도 사신계에 대해 침묵하고, 어떠한 경우에도 사신총령을 따른다.

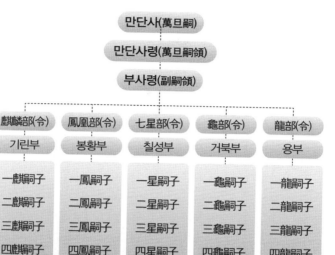

만단사(萬旦嗣)

만단사령(萬旦嗣領)

부사령(副嗣領)

麒麟部(令)	鳳凰部(令)	七星部(令)	龜部(令)	龍部(令)
기린부	봉황부	칠성부	거북부	용부
一麒嗣子	一鳳嗣子	一星嗣子	一龜嗣子	一龍嗣子
二麒嗣子	二鳳嗣子	二星嗣子	二龜嗣子	二龍嗣子
三麒嗣子	三鳳嗣子	三星嗣子	三龜嗣子	三龍嗣子
四麒嗣子	四鳳嗣子	四星嗣子	四龜嗣子	四龍嗣子
五麒嗣子	五鳳嗣子	五星嗣子	五龜嗣子	五龍嗣子

만단사 강령(萬旦嗣 綱領)

人自有其願 須活如其相 有權獲其生.
모든 인간은 스스로 간절히 원하는 바 그 모습으로 살아야 하며
그런 삶을 얻을 권리가 있다.

願乎? 有汝在. 去之!
그대 원하는가. 거기 그대가 있느니. 그곳으로 가라.

誓願語

不問如何境遇 當絕對沈默於 萬旦嗣. 不問如何境遇 當絕對順從於 萬旦嗣領令.
어떠한 경우에도 만단사에 대해 침묵하고, 어떠한 경우에도 만단사령의 명을 따른다.

반야 8

초판 1쇄 인쇄일 • 2017년 12월 10일
초판 1쇄 발행일 • 2017년 12월 15일

지은이 • 송은일
펴낸이 • 임성규
펴낸곳 • 문이당

등록 • 1988. 11. 5. 제 1-832호
주소 • 서울시 성북구 동소문로 65-2 삼송빌딩 5층
전화 • 928-8741~3(영) 927-4990~2(편)
팩스 • 925-5406
ⓒ송은일, 2017

전자우편 munidang88@naver.com

ISBN 978-89-7456-506-0 04810
978-89-7456-509-1 04810 (전10권)

값은 뒤표지에 표시되어 있습니다.